ま文庫

素粒子

ミシェル・ウエルベック
野崎 歓 訳

筑摩書房

目次

素粒子

プロローグ

本書は何よりもまず一人の男の物語である。男は人生の大部分を、二十世紀後半の西欧で生きた。ほとんどいつも孤独だったが、ときには他の人間たちと関係を持つこともあった。男の生きた時代は不幸で、混乱した時代だった。男を生んだ国はゆっくりと、しかしあらがいがたく中貧国の経済レベルに転落していった。彼の世代の人間は、たえず貧困に脅かされ、そのうえ孤独と苦々しさを抱えて人生を過ごさねばならなかった。恋だの優しさだの人類愛だのといった感情はすでにおおかた消え失せていた。同時代人たちは互いの関係においてたいていは無関心、さらには冷酷さを示していた。

消息を絶ったとき、ミシェル・ジェルジンスキは超一流の生物学者として誰もが認める存在であり、ノーベル賞の有力候補と目されていた。だが彼の真の重要性が明らかになったのはもう少し後になってからのことだった。

ジェルジンスキの生きた時代、人々は哲学をいかなる実際上の重要性もなければ、対象も持たない代物だと考えるのが常だった。だが現実には、ある時期に社会の成員たちによってもっとも広く受け入れられている世界観こそが、その社会の政治、経済、慣習を決定するのである。

形而上学的変異――すなわち大多数の人間に受け入れられている世界観の根本的、全般的な変化――は、人類史上まれにしか生じない。その例としてキリスト教の登場をあげることができる。

形而上学的変異はひとたび生じるや、さしたる抵抗にも会わず行き着くところまで行き着く。既存の政治・経済システムや審美的見解、社会的ヒエラルキーを容赦なく一掃してしまう。その流れはいかなる人間の力によっても――新たなる形而上学的変異の出現以外には、いかなる力によっても――止めることができない。

形而上学的変異は、すでに弱体化し衰退しつつある社会ばかりを襲うわけではない。キリスト教が登場したとき、ローマ帝国はその勢力の絶頂にあった。最高度に組織化された帝国が、当時知られるかぎりの全世界を支配していたのである。技術力、軍事力にかけて肩を並べるものはなかった。それなのにローマ帝国に勝ち目はなかったのである。近代科学が登場したとき、中世キリスト教文化は人間および宇宙に関して完璧な理解のシステムを形作っていた。それが人民を統治するための礎となり、学問や芸術作品を生み、戦争と平和の鍵となり、富の生産と分配を組織していた。そうしたいっさいをもってしても、中世キリスト教文化の崩壊を止めることはできなかったのである。

ミシェル・ジェルジンスキは、世界史上に新時代を開くこととなった、多くの点でもっともラディカルな第三次形而上学的変異の先駆者でもなければ、立役者でもなかった。しかし、人生におけるまったく個人的ないくつかの事情ゆえに、彼はそのもっとも意識的で、もっとも明晰な推進者となったのである。

われわれは今日、まったくの新体制下に暮らし、
さまざまな状況の絡み合いがわれわれの身体を包み、
われわれの身体を浸す、
輝く喜びのうちに。
過去の人間たちが彼らの音楽をとおしてときに予感したもの、
われわれはそれを日々、実生活のうちに実現する。
彼らにとって近づきがたい絶対の領域に属していたもの、
われわれはそれをごく簡単な、おなじみのものとみなす。
しかしながらわれわれは過去の人間たちを軽蔑はしない。
自分たちが彼らの夢に負うところを知り、
彼らの歴史を織りなした苦悩と喜びの絡み文様なしでは自分たちが存在しえなかっただろうと知るがゆえに。
彼らが自らのうちにすでにわれわれのイメージを抱いていたことを知るがゆえに。彼ら

が憎しみと恐れを味わい、暗闇に突き当たったそのとき、
彼らが一歩一歩、自分たちの歴史を綴っていったそのときに。
胸の奥底にその希望を抱かなかったなら、彼らが存在しなかった、存在などしえなかっ
ただろうとわれわれは知っている。
その夢なしでは彼らは存在さえしえなかっただろう。
われわれが光のなかで生きる今、
光の間近で生きる今、
そして輝く喜びのうちに
光がわれわれの身体を浸し、
われわれが川の間近に居を据え、
身体を包む今、
尽きせぬ午後に身を置いた今
われわれの身体を取り囲む光に触れることさえできるようになった今、
われわれが運命に到達した今、
そして別離の世界、
精神的な分離の世界をわれわれが後にし、

新しい法の
不動にして豊饒な喜びのうちに身を浸した今、
今日、
われわれは初めて、
旧体制の終わりをたどりなおすことができる。

第一部　失われた王国

1

一九九八年七月一日は水曜日だった。だからジェルジンスキがお別れパーティーを、いささか異例とはいえ火曜日の晩に開いたのは理屈にかなったことだった。胎児冷凍庫のあいだにはさまれていささか窮屈そうなブラント社製の冷蔵庫に、シャンパンが数本冷やしてあった。ふだんはよく使う化学物質の保存に用いられている冷蔵庫だった。

十五人に四本では、本数が少々足りない。そもそも何もかもが不足気味だった。皆が集まった動機は皮相なものだった。不用意な一言、敵意ある眼差し、それで座はお開きになりかねなかった。誰もが自分の車に向かって駆け出そうとしていた。地下の冷房の効いた一室、白いタイル、壁にはドイツの湖のポスター。写真を撮ろうと言い出す者はいなかった。年の初めに赴任してきた若手研究者、髭面の間の抜けた様子の男が、駐めてある車がどうこうと言い訳を言って何分かで姿を消した。客のあいだに漂う居心地悪さは増すばかりだった。ヴァカンスが近づいていた。実家に帰る者、アウトドアで過ごそうとする者。交わされた言葉はその場の雰囲気の中でゆっくりとくたばっていった。一同は早々に別れた。

七時半、すべてお開きとなった。ジェルジンスキは、長い黒髪に純白の肌、豊かな胸をした同僚の女性と一緒にパーキングを横切った。彼女は少しだけ年上だった。どうやら彼の後を継いで研究科長におさまるらしかった。彼女の論文の大半はショウジョウバエのDAF3遺伝子に関するものだった。彼女は独身だった。

自分のトヨタの前に立って、彼は微笑みながら彼女に手を差し出した（数秒前からこのしぐさをすることを見越して、微笑みを添えようと心のうちで準備していた）。二人のてのひらが重なり合ってそっと揺れた。少ししてから彼は、握手では熱っぽさが足りなかったと思った。こんな場合なのだから、二人は大臣同士か、それともポップス歌手か何かがするように抱き合ってもよかったのだ。

別れの儀式を終えて、彼は五分ほど車のなかでじっとしていたが、そのあいだが長く思えた。彼女はなぜ車を出さないのだろう。ブラームスを聴きながらオナニーでもしているのだろうか？　それとも自分のキャリアのこと、新しい役職のことでも考えて悦に入っているのだろうか？　やがて女性遺伝学者のゴルフはパーキングを出ていった。ふたたび彼は一人になった。素晴らしく晴れわたった一日で、まだ暑さが残っていた。夏の初めの数週間は、何もかもがまばゆい光のうちに凝固して動かないかに思えるものだ。しかしながらジェルジンスキは、昼がすでに短くなりはじめていることを意識していた。

これまで自分は特別な環境で仕事をしてきたのだと、彼も車を出しながら考えた。「あなたはパレゾー〔パリの南、エソンヌ県の町〕で暮らしていて、特別な環境に恵まれているとお感じですか？」という質問に対し、住民の六三パーセントは「はい」と答えている。それは理解できることだ。一戸建てが並び、そのあいだには芝生が広がっている。大型スーパーが何軒かあって買い物には便利である。「豊かな生活」の概念は、ことパレゾーに関しては大げさではない。

パリへ向かう南高速道はがらがらだった。学生時代に見たニュージーランドのSF映画の登場人物になったような気分だった。あらゆる生命が滅びた後の、地上最後の人間。この世の終わりを無味乾燥に告げるような雰囲気があたりに漂っていた。

ジェルジンスキは十年来フレミクール通り〔パリ十五区〕で暮らしていた。静かな町の暮らしになれ親しんでいた。一九九三年、彼は誰かと一緒に暮らす必要を感じた。夜帰ったときに迎えてくれる何者か。彼が選んだのは怖がりな生き物である、白いカナリアだった。カナリアはとくに朝になるとよくさえずった。とはいえ喜んでいる風には見えなかった。そもそもカナリアが喜ぶということはありうるのか。喜びとは強烈で深い感情であり、意識全体によって感じ取られる、胸躍るような充実感である。それは陶酔や法悦、恍惚にもたとえうる。一度彼はカナリアをかごから出してみたことがあった。カナリアはおびえきってソファに糞を垂れ、かごの入り口を求めて格子にぶちあたった。一カ月後、もう一度やってみた。哀れなカナリアは、今度は窓から落ちてしまった。何とか墜落をまぬがれて、カナリアは正面の建物、五階ほど下のバルコニーにとまった。ミシェルはその部屋の主が猫を飼っていないことを願いつつ、彼女の帰りを待たなければならなかった。彼女は「二十歳《ヴァンタン》」誌の編集者だった。一人住まいで、帰りが遅かった。猫は飼っていなかった。

夜になった。ミシェルはコンクリートの壁ぎわにうずくまって寒さと恐怖で震える小鳥を拾い上げた。それから何度か、たいていはゴミを出すときに、女性編集者とすれ違った。彼女はこんにちはという代わりにうなずいてみせた。彼もうなずいた。結局、このできごとで彼は隣人とのつきあいを得たのである。その点ではいいことだった。

アパルトマンの窓からは十軒ほどの建物、つまり約三百戸分のアパルトマンが見渡せた。普段、夜帰宅すると、カナリアはさえずりはじめ、それが五分から十分続いた。すると彼は餌と、寝床と、水を替えてやる。だがこの晩は、彼が戻っても静かなままだった。彼は鳥かごに近寄った。小鳥は死んでいた。小さな白い死体はすでに冷たくなって、細かい砂利を敷いた寝床の脇に横たわっていた。

彼は〈モノプリ・グルメ〉〔大型スーパーのインスタント食品〕の香草入りスズキのパイ皮包みを食べ、まずいヴァルデペニャス〔スペインのワイン〕を飲んだ。しばらく迷ってからカナリアの死体をビニール袋に入れ、ビール瓶を重しにして、ダストシュートに投げ込んだ。他にやり方などあるだろうか？　ミサでも上げろと？

投げ込み口の狭い（とはいえカナリアの死体を投じるには十分な）このダストシュートが

どこに通じているのか、彼にはまったくわからなかった。だが彼は、コーヒーフィルターやソースのかかったラヴィオリや切断された性器などでいっぱいになった巨大なごみ箱を思い描いた。小鳥ほどもある大きな蛆虫、くちばしを備えた蛆虫どもがカナリアの死体をついばんでいる。カナリアの脚をちぎり、内臓を引き裂き、眼球に穴を開けている。彼は闇のなかで震えながら体を起こした。一時半になったところだった。ザナクス〔抗ストレス剤〕を三錠飲んだ。彼にとって最初の自由な夜はこうして終わった。

2

一九〇〇年十二月十四日、ベルリン・アカデミーでの「標準スペクトルにおけるエネルギー配分の法則のために」と題された発表のなかで、マックス・プランクは初めてエネルギー量子の概念を導入し、それが以後の物理学の発展において決定的な役割を演じることとなった。一九〇〇年から一九二〇年のあいだに、アインシュタインとボーアをおもな推進者として、新しい概念を従来の理論の枠組みに何とかうまく適合させようと、さまざまな理論モデル化が試みられた。そして二〇年代初頭に至ると、従来の枠組みではもはやどうにもならないことがようやく明らかになったのである。

ニールス・ボーアが量子力学の真の創設者とみなされているのは、単に彼の個人的発見によるばかりではなく、とりわけ創造性と知的熱気、精神の自由と友情にあふれた素晴らしい雰囲気を彼が周囲に生み出したことによる。ボーアによって一九一九年に創立されたコペンハーゲン物理研究所には、ヨーロッパ物理学界のおもだった若手研究者たちが結集することになる。ハイゼンベルク、パウリ、ボルンがそこで修行を積んだ。ボーアは彼らより少しばかり年長だったが、哲学的炯眼と優しさ、そして厳密さを兼ね備えたこの唯一無二の人物は、彼らの仮説を隅々まで議論するために何時間でも費した。マニアックなまでに正確さを追求し、実験の解釈をめぐってはあいまいさをいっさい認めなかった。しかしまたいかなる新しいアイディアであれ一笑に付すことはなく、いかなる古典的概念であれ絶対視することはなかった。彼は好んでティスヴィルデの別荘に学生たちを招いた。そこには専門分野の異なる科学者や、政治家、芸術家たちも招かれた。話題は物理学から哲学、歴史から芸術、宗教から日常生活へと自在に広がった。初期のギリシア思想以来、これに比すべきものが生じたためしはなかった。こうした例外的空気のなかで一九二五年から一九二七年にかけて、コペンハーゲン解釈の根本概念が練り上げられ、空間、因果律、時間に関するそれまでのカテゴリーをほぼ完全に無効にしたのだった。

ジェルジンスキには自らの周囲にそうした状態を出現させることはとてもできなかった。彼の率いる研究科の雰囲気は純然たるオフィスの雰囲気であって、それ以上でも以下でもなかった。たいていの分子生物学者たちは自分のことを、一般大衆が好んで思い描くような顕微鏡のランボーどころか、「ヌーヴェル・オプセルヴァトゥール」誌を読み、グリーンランドでのヴァカンスを夢見る、天才とは無縁の誠実な技術者として思い描くのが常だった。分子生物学の研究にはいかなる創造性も発明も必要ない。実際それはもっぱらルーチンによる活動で、二流の知的才能しか要求しない。博士課程に進んで論文は書くが、しかし器具の操作には理系大学入学資格《バカロレア》程度で十分だった。「遺伝コードを理解するためには」と、CNRS〔国立科学研究所〕の生物学部門部長デプレシャンはよく言ったものだった。「あるいはタンパク質合成の原理を発見するためには、なるほど少しばかり知恵を絞らなければならなかったでしょう。そもそも最初にそうした研究に首を突っ込んだのは物理学者のガモウなのですよ。しかしDNAの解読はというと、うーん……。とにかく、ひたすら解読するのです。細胞を一個やったら、別の一個に移る。データをコンピュータに入れると、コンピュータがアンダーシーケンスを弾き出す。そこでコロラドにファクスを送る。向こうがB27遺伝子をやっているあいだ、こちらはC33をやる。ちょっとした駆け引きですよ。ときたま器具がほんの少しばかり改善される。そうするともう、ノーベル賞をもらえる。やっつけ仕事です。簡単な話ですよ。」

七月一日の午後はうんざりするような暑さだった。しまいには天気が崩れ、夕立に降られた人々がびしょ濡れになって散っていく、そんな種類の午後だった。デプレシャンのオフィスはアナトール・フランス河岸に面していた。セーヌ川の向こう側、チュイルリ河岸ではホモセクシュアルの男たちが日なたを歩き回り、二人ないし数人のグループで語り合い、タオルを貸し合っている。ほぼ全員がきわどいストリングをはいていた。日焼けオイルを塗った体の筋肉が陽光を浴びて輝き、つやつやとした尻が盛り上がっていた。おしゃべりをしながらストリングのナイロン布地ごしに性器をこすったり、あるいは指を滑り込ませて陰毛やペニスのつけ根をのぞかせている者もいた。広い窓ガラスのそばにデプレシャンは望遠鏡を備えつけていた。彼はホモセクシュアルだというわさだった。実際には数年来、彼は社交好きなアルコール中毒患者であった。今日のような午後に望遠鏡をのぞいていて、ストリングをずり下ろした青年のペニスが宙に向かって感動的におっ立ち始めているのを見つけ、目をレンズに張りつかせたままマスターベーションをしようとしたことが二度ほどあった。だが彼自身のペニスはぐんにゃりと皺だらけになってしぼんだ。それきりやめてしまった。

ジェルジンスキは五時ちょうどにやってきた。デプレシャンが会いたいといって呼んだのである。彼にとって気になるケースだった。研究員が一年間の研究休暇を取って、ノルウェーか日本か、それとも四十代の人間が大挙して自殺している陰気な国々のどれかに出かけ、そこの研究グループに加わるというのはよくあることだった。それともまた——これは「ミッテラン時代」、金もうけ主義の貪欲さが未曾有の規模にまでふくれあがったあの時代にはよくあったケースだが——、キャピタルリスクを求めて会社を設立し、これこれの分子を商品化しようと企てる者もあった。わずかのあいだに結構な財産を築き上げたり、無欲に研究に励んだ数年間にたくわえた知識を卑しいやり方で営利化する者もいたのである。しかしジェルジンスキの休職の場合は計画も目的もなければ、多少の説明さえもなく、理解に苦しむものだった。四十歳にして彼は研究科長であり、十五名の科学者が彼の指導のもとで研究に従事していた。上役としては――それもまったく名目上のことだったが――デプレシャンがいるだけだった。ジェルジンスキの研究グループは優れた成果をあげており、ヨーロッパで最高の研究グループの一つと目されていた。というわけで、いったいどこに問題があるというのか？　デプレシャンは声に力をこめて言った。「何か計画があるのか。」三十秒ほど沈黙があったのち、ジェルジンスキは言葉少なに答えた。「いろいろと考えてみたくて。」雲行きがおかしかった。デプレシャンはしいて陽気な調子で言った。「個人的問題かな？」相手の真剣な顔、厳しい表情、悲しげな目を見つめるうち、彼はとつぜん恥ずかしさに打ちひしがれた。個人的問題かな、だと？　十五年前、彼自身がパリ大学オルセー校まで出向いてジェルジンスキをスカウトしてきたのである。その選択は正しかった。ジェルジンスキは几帳面で、厳密で、アイディア豊かな研究者だった。次々にもたらされる成果は大変な数にのぼった。CNRSが分子生物学の領域でヨーロッパ有数の地位を保ってこられたのも、彼に負うところが大きかった。期待は十二分に満たされたのである。

「むろんきみは」とデプレシャンがしめくくった。「これまで同様コンピュータにアクセスできる。サーバーにストックされる研究成果と、センターのネットワークにアクセスするためのきみの暗証番号はそのままにしておこう。無期限にだ。何かほかに必要なものがあったら、いつでも言ってくれ。」

ジェルジンスキが行ってしまうと、彼はふたたび窓ガラスに近づいた。うっすらと汗ばんでいた。正面の河岸では、北アフリカ出身らしい浅黒い肌をした男がショートパンツを脱いでいた。基礎生物学にはまだ真の問題が残っていた。生物学者たちは分子が個別の物質的要素であって、それらがもっぱら電磁気学的な引力と斥力によって互いに結びつけられているのだと考えていた。生物学者の誰一人として、とデプレシャンは確信していたが、ＥＰＲの逆説〔アインシュタインが一九三五年、ボーアに代表されるコペンハーゲン流量子力学に反駁するためポドルスキー、ローゼンと連名で行った問題提起〕やアスペの実験〔一九八二年、アインシュタインの反論を退け量子力学の正しさを実証したフランスのアスペによる実験。一七〇ページ参照〕のことなど聞いたこともなかった。世紀初頭から物理学の分野で実現されてきた進歩について調べてみようと考える者すらいなかったのである。生物学者たちの原子の概念はデモクリトスのそれとほぼ同じままであった。彼らは同じようなデータを愚直に積み重ねるばかりで、目的といえばそれを直ちに産業化することのみであり、自分たちの研究の概念的土台がむしばまれているという自覚を決して持たなかった。ジェルジンスキおよびデプレシャン自身は、もともと物理学者としてスタートしたことにより、おそらくその事実を意識しているＣＮＲＳで唯一の人間だった。生命の原子的基盤に本当に取り組むならば、そのとき現在の生物学の基礎は木っ端みじんに吹き飛ばされるだろう。デプレシャンがそうした問題に思いをめぐらせているうちに、セーヌ川に夕暮れが下りてきた。ジェルジンスキの思考がいかなる方向に向かうのか、それは想像のおよばないことだった。デプレシャンは自分にはそれを彼と語り合う能力すらないと感じていた。デプレシャンは六十になろうとしていた。知的レベルでは、自分が完全に時代遅れになってしまったことを実感していた。ホモセクシュアルの男たちはもういなくなり、河岸に人影はなかった。自分が最後に勃起したのがいつか思い出せなかった。彼は夕立を待っていた。

3

雨は夜九時ごろになって降りだした。ミシェル・ジェルジンスキは安物のアルマニャックをちびちびと飲みながら雨音を聞いていた。四十歳になったばかりだった。自分は〈四十代の危機〉に陥ってしまったのか？　生活環境の改善により、今日の四十歳は元気満々、健康状態は優良である。もう峠を越えてしまったのだということ、あとは死に至るまでゆっくりと下降線をたどるしかないのだということを——肉体的外見によってであれ、疲れに対する体の反応によってであれ——示す最初のしるしが表れるのは、たいていの場合四十五歳かあるいは五十歳になってからだ。そしてまた、〈四十代の危機〉とやらは主として性的現象にまつわるもので、ごく若い娘たちの肉体を突如がむしゃらに追い求め始めるといった事態を指す。ミシェルの場合、そんなのはお門違いもいいところだった。彼の場合、ペニスは小便の役に立つだけだった。

翌朝彼は七時ごろに起き、書棚からヴェルナー・ハイゼンベルクの科学者としての自伝

『部分と全体』を取り出すと、徒歩でシャン・ド・マルスのほうへ向かった。早朝の空は澄み渡り、空気はさわやかだった。それは十七歳のころから持っている本だった。ヴィクトル・クーザン通りのプラタナスの木陰に座って、ハイゼンベルクが学生時代を振り返って、原子理論といかにして出会ったかを語る第一章を読み返した。

「それは、おそらく一九二〇年の春だったにちがいない。第一次世界大戦の結末は、わが国の若者たちを不安と焦燥におとしいれていた。心底から失望してしまった年配の世代は手綱を失い、若い人々は集まって大、小さまざまの団体をつくり、新しい自分たちの進路を求め、古い指針が用をなさなくなってしまったいま、せめて新しい指針を見出して、それによって立ち上がろうと試みていた。そんな状況にあった当時のある晴れた春の一日、私はおよそ十人から二十人ぐらいの仲間の若者たちと一緒に歩いていた。もし私の記憶が正しければ、私たちはシュターンベルガー湖の西岸の丘陵地帯をヴァンダールングしていたのである。時おり視野が開けると、輝くばかりの新緑のブナの茂みの間から左下方に湖が横たわるのが見え、それはほとんど背後の山々にまで達しているように思われた。私自身のその後の学問的な成長にとって重要な意味をもつようになった原子の世界についての最初の対話が、この道中で行われたということは、いま考えてみると不思議なことであった。」

十一時ごろ、ふたたび暑さがつのってきた。ミシェルは家に戻り、素っ裸になって寝そべった。以後三週間、彼の行動はきわめて限られたものだった。魚がときおり水面から顔を出して空気を吸い、天上の、まったく異なる——楽園のような世界を眺めるのを想像すればいい。もちろん魚は、魚どうしがむさぼり食らい合う水藻の世界へと戻っていかなければならない。だが数秒のあいだ、魚は異なった世界、完璧な世界——われわれの世界を垣間見たのである。

七月十五日の晩、彼はブリュノに電話した。〈クール〉派ジャズのサウンドを背に、父親を異にする兄の声はひそかに〈隠された〉メッセージを発していた。ブリュノこそは確かに〈四十代の危機〉の渦中にあった。彼は革のコートを着て、髭を生やしていた。酸いも甘いもかみわけたといった風に、まるで二流サスペンスドラマの登場人物のような話し方をした。シガリロを吸い、胸の筋肉を鍛えていた。しかしミシェルは、〈四十代の危機〉なる説明が自分にあてはまるとは少しも思えなかった。四十代の危機に陥った男が望むのはただ生きること、もう少々生きることである。少しばかり延長を求めようとするのだ。だが彼の場合、本当のところもう完全にうんざりだった。端的に言って、これ以上やっていくための理由がもはや見出せなかった。

この晩、彼はシャルニー〔ブルゴーニュ地方北西部、ヨンヌ県の町〕の小学校時代の写真を一枚見つけた。そして泣き出してしまった。子供は机に座って教科書の開いたページに手を置いている。喜びとやる気にあふれた表情で微笑みながらこちらを見つめている。理解に苦しむことだが、この子供が彼だったのだ。子供は宿題をし、疑いを知らぬまじめさで授業を受けた。これから世の中を発見し、世の中に出ていこうとしていたが、少しも怖がってはいなかった。大人たちの世界に加わる覚悟ができていたのである。子供の眼差しがすべてを物語っていた。子供は小さな襟のついたシャツを着ていた。

数日間ミシェルは写真を手元から放さず、枕元のランプに立てかけておいた。時間とは平凡な神秘であり、すべてはどうにもならないことなんだと自分に言い聞かせようとした。目の輝きは消え、喜びも信頼も消え失せるものだ。ビュルテクス社製のマットレスに寝そべったまま、無常を受け入れようとむなしく努力した。子供の額には小さな丸いへこみ——水疱瘡の跡——があった。この跡が何年もの時を経てきたのだ。真実はどこにあるのか？　昼間の暑さが部屋を充たしていた。

4

一八八二年、コルシカ内陸部の村で、文盲の農民一家に生まれたマルタン・チェッカルディは、そのままいけば何世代も前の祖先たちと同じ限られた活動範囲の中で、純朴な農民の暮らしを送るはずであった。それはわれわれの国から失われて久しい類の暮らしであるから、ことこまかに分析してみても限られた人々の興味しか引くまい。だが、理解しかねるようなノスタルジーを振りかざす過激派エコロジストもいることだし、ここで私は完璧を期して、そうした人生を総括的かつ手短に描写しておきたい。恵まれた自然、おいしい空気があり、耕すべきわずかばかりの土地がある(その面積は厳密な相続制度によって正確に定められている)。ときどきイノシシをしとめることもある。相手かまわず寝る。とりわけ自分の妻と寝て、その結果〈子供〉ができる。その子供なるものを育て、同じ環境システム内で跡を継がせる。病気にかかり、一巻の終わりとなる。

マルタン・チェッカルディのたどった特異な運命は、実際のところ、第三共和制〔一八七五年―一九四〇年〕の時期に宗教色を脱した公立学校が、フランス社会への国民の同化および技術的進歩の促進にとって果たした役割をみごとに象徴するものである。担任の教師は、相手が抽象化、形式化の能力に恵まれた特別な生徒であることにすぐさま気がついたが、そうした能力は彼の生まれ落ちた境遇ではなかなか発揮されにくい性質のものだった。将来の市民である生徒一人一人に必要な知識一式を授けることだけでなく、共和国の中枢に統合されるべきエリートを捜し出すこともまた自分の役割であると十分に意識していた教師は、マルタンの両親をなんとか説得し、息子はどうしたってコルシカからはばたいていく運命なのだと認めさせた。こうして一八九四年、奨学金を得たマルタン少年は、マルセイユのティエール高校に寄宿生として入学した（この高校はマルセル・パニョルの回想記の中で見事に描き出されている。恵まれない境遇に生まれた才能ある若者の足跡をとおし、一つの時代を作り上げた理想の数々をいきいきと再現したその傑作は、死ぬまでマルタン・チェッカルディの枕頭の書となったものである）。一九〇二年、かつての師の期待にこたえて、マルタンは理工科学校合格をはたした。

彼の人生のゆくえを決定することになったのは、一九一一年に命じられた任務だった。それはアルジェリア全土にわたり効率のいい導水網を敷くという任務であった。その仕事に二十五年以上の歳月を捧げ、水道橋のカーブや水路網の直径を計算し続けた。一九二三年、郵便局の窓口で働くジュヌヴィエーヴ・ジュリと結婚。ジュヌヴィエーヴの家はもともとはラングドック地方の出だが、二世代前にアルジェリアに移民してきたのである。一九二八年、二人のあいだに娘のジャニーヌが生まれた。

人間の生涯の物語は、望むがまま、長くも短くもできるものだ。つまるところ、昔からのならわしで墓石に刻まれてきた、生没年のみにとどめるという形而上学的ないし悲劇的選択が、その極端な簡潔さゆえに望ましいものであることは言うまでもない。だがマルタン・チェッカルディの場合は、歴史的・社会的次元を参照して、個人の特殊事情よりも、彼が徴候的要素となっている社会の変化を強調するのが適当であるように思われる。一方では自らの属する時代の変化にさらされ、それに従うことを選択しながらも、徴候的個人は、一般に単純で幸福な生活を送るものである。その場合、生涯の物語は一、二ページの古典的物語で足りる。ところがジャニーヌ・チェッカルディのほうは、〈先駆者〉というやっかいなカテゴリーに属していた。自らの時代に支配的なライフ・スタイルにしっかりと適合しながら、他方、それを「高みから」乗り越えようとして、新しい生き方を説き、あるいはまだほとんど実践されていなかった生き方を広める。そんな先駆者たちに関しては、その人生がしばしばより苦難に満ち、混乱したものであるだけにいっそう、少々長めの記述が必要となる。とはいえ、彼らは歴史の流れを加速する役割――たいていは歴史的解体を加速する役割――を演じるにすぎず、事態に新たな方向を与えることは決してできないのである。そうした役割は、〈革命家〉や〈予言者〉の担うものだ。

マルタンとジュヌヴィエーヴ・チェッカルディ夫妻の娘ジャニーヌは、早くからなみはずれた、少なくとも父親に負けない知的能力を発揮するとともに、旺盛な独立心をも示した。十三歳で処女を失い（その時代、そして彼女の育った環境において、これは例外的だった）、第二次大戦の時期には（アルジェリアではさほどの動乱はなかった）毎週末開かれるダンスパーティーをめがけて、まずコンスタンチーヌ、それからアルジェの町にくり出した。それも毎学期、驚くべき好成績を収めながらのことである。こうして優等賞で大学入学資格を獲得し、性体験もしっかりと積んだうえで、彼女は一九四五年両親のもとを離れ、医学を修めるためにパリにやってきた。

終戦直後の数年は、つらい激動の時期だった。工業生産指数は最低を記録し、食糧配給制が廃止されたのはようやく一九四八年になってからだった。しかしながら一部の富裕な階級では、すでにアメリカ経由の、大々的なセックス娯楽消費の最初の兆しが現れていた。それが以後、数十年間のあいだに国民全体に広まっていくことになる。パリ大学医学部に学ぶジャニーヌ・チェッカルディは、こうして「実存主義」時代を実地に生き、ジャン゠ポール・サルトルと酒場タブーで〈ビバップ〉を踊る機会さえ持ったのだった。サルトルの著作には別段感心しなかったものの、彼女は哲学者の容貌の、ほとんどハンディキャップともいうべき醜さに仰天し、両者の間柄はそれ以上進展を見ずに終わった。ジャニーヌ自身は典型的地中海タイプの、大変な美人で、数々のアヴァンチュールを経た末に、一九五二年、外科学専攻を終えようとしていたセルジュ・クレマンと出会った。

「父親はどんな人物だったかですって？」何年ものちに、ブリュノは好んで語ったものだ。「猿が携帯電話を持っているとしましょう。それがぼくのおやじですよ。」もちろん当時、セルジュ・クレマンは携帯電話など持っていなかった。だが実際、彼はかなり毛深いたちだった。結局のところ美男というにはほど遠かった。しかし強烈な、ストレートな男臭さを放っていて、それが若き女性インターンを惹きつけたのだろう。そして彼には計画があった。アメリカに旅したのち、野心的な開業医にとって美容整形外科が将来大いに有望な道であるという確信を得たのである。エステ産業市場の拡大、それと並行して起こった伝統的夫婦関係の分裂、そして西欧経済発展の見通し。そうしたいっさいが美容整形外科に輝かしい未来を約束していた。しかもセルジュ・クレマンには、そのことをヨーロッパで初めて理解した人物のうちの一人――ひょっとしたらまさに最初の一人――であるという有利さがあった。問題は、開業にあたって必要な資金がないことだった。将来の婿の起業精神に打たれたマルタン・チェッカルディは、資金を貸してやることにし、一九五三年、ヌイイ〔パリ・ブローニュの森の北側に広がる住宅地〕に最初のクリニックが開かれた。当時急成長しつつあった女性誌の広告ページにも助けられて、クリニックは驚くべき成功を収め、一九五五年にはカンヌの高台に新たなクリニックが開かれた。

夫婦はのちに「現代的カップル」と呼ばれることになるような関係を築き、ジャニーヌが妊娠したのはむしろ予定外の結果だった。しかしジャニーヌは子供を産むことにした。母親になるというのは、と彼女は考えた。女にとって大切な経験にちがいない。妊娠の期間もさしてしんどい思いを味わうことなく、一九五六年、ブリュノが生まれた。子育てのやっかいさは、夫婦の個人的自由の理想と相容れないことがたちまち明らかになり、夫婦の合意のもと、一九五八年、ブリュノはアルジェの母方の祖父宅に追い払われた。そのころ、ジャニーヌはまたも妊娠した。だが今度の父親はマルク・ジェルジンスキだった。

カトヴィチェ〔ポーランド南部の町〕の鉱山に生まれたリュシアン・ジェルジンスキは、極度の貧困により飢餓の一歩手前まで追い詰められ、一九一九年、二十歳で鉱山を去り、仕事を求めてフランスにやってきた。まず鉄道敷設労働者として雇われ、それから鉄道整備員となったリュシアンは、ブルゴーニュ出身のジャーナリストの娘で、やはり鉄道で働くマリ・ル・ルーと結婚した。四人の子供をもうけたのち、一九四四年、リュシアンは連合軍の砲撃で命を落とした。

三番目の子供であるマルクは、父親が死んだとき十四歳だった。マルクは頭のいい、まじめな、そして少し寂しげな少年だった。隣人の口ききで、一九四六年、ジョワンヴィル〔パリ東郊〕のパテ・スタジオに照明係見習いとして雇われ、たちまち頭角を現した。大ざっぱな指示だけをもとに、撮影監督がやってくる前に見事に照明をセッティングしたのである。アンリ・アルカン〔フランスの撮影監督、一九〇九年生まれ。『霧の波止場』、『美女と野獣』、『ベルリン天使の詩』等のキャメラを担当〕は彼を大いに気に入り、自分の助手にしたがったが、マルクは一九五一年、放送を開始したばかりのフランス・テレビ放送協会に入ることに決めた。

一九五七年にジャニーヌと知り合ったとき、彼はサン＝トロペの社交人士に関するドキュメンタリー番組を制作していた。とりわけブリジット・バルドーに焦点を当てながら（一九五六年に公開された『素直な悪女』が、バルドー神話の真の始まりとなった）、芸術・文学上の流派、特にその後「サガン一派」と呼ばれることになる連中をも取材した。金はあっても自分には近づけないこの世界に魅了されていたジャニーヌは、本気でマルクに惚れてしまったらしい。マルクには偉大な映画監督になる才能があると信じ込んだのだが、おそらくそれはまちがいではなかった。ルポルタージュという制約のもと、限られた照明機材を用いながら、キャメラの前の対象を少しいじるだけで、彼はエドワード・ホッパー〔アメリカの画家、一八八二年―一九六七年〕の作品を思わせるような、写実的で、静かで、深い絶望の漂う、心まどわす光景を作り出した。周囲の有名人たちに無関心な視線をさまよわせ、バルドーやサガンを、イカかエビを撮っているかのような態度で撮った。誰にも話しかけず、誰とも打ち解けなかった。そんな彼は実に魅惑的だった。

ジャニーヌは一九五八年、ブリュノを自分の両親のもとに追い払った直後に夫と離婚した。それは互いに自らの非を認める、円満な離婚だった。セルジュは気前よく、カンヌのクリニックをジャニーヌの取り分として与えたが、それだけでジャニーヌには十分な額の収入が保証された。二人でサント＝マクシム〔プロヴァンス地方、サン＝トロペ湾の村〕の別荘に落ちついてからも、マルクは独身時代の習慣を少しも変えなかった。ジャニーヌは映画の道でがんばるようマルクをせっついた。がんばるよと言いながら何もせず、ルポルタージュの次のテーマが決まるのを待っているだけだった。ジャニーヌがディナーパーティーを催しても、たいてい先に台所で、一人で食事をすませた。そして海辺に散歩に行ってしまう。客が帰るころになると戻ってきて、編集をすまさなければならなかったものだからと言い訳するのだった。一九五八年六月に息子が生まれると、マルクは明らかに困惑した様子だった。何分間もじっと息子を眺めていたが、息子は驚くほど父親似だった。同じような鋭い輪郭の線に、突き出た頬骨。同じ緑の大きな目。まもなくジャニーヌは浮気をするようになった。マルクにとって打撃だったかもしれないが、しかしなんとも言えない。何しろ彼はどんどん言葉少なになっていったのだ。小石や枝や蟹の甲羅を使って、小さな祭壇をいくつもこしらえた。それに強烈な照明をあてて写真に撮った。

彼が撮ったサン＝トロペについてのドキュメンタリーは業界で大評判を呼んだが、「カイエ・デュ・シネマ」からのインタビュー依頼を断った。一九五九年春に撮った、『キッシン・カズン』〔エルヴィス・プレスリー主演のアメリカ映画、ただし一九六四年公開ゆえ時期が合わない〕およびイエイエ族の誕生をめぐる刺激的な短編ドキュメンタリーにより、評価はいっそう高まった。物語映画にはまったく関心を寄せず、ゴダールと仕事しないかという誘いを二度断った。同じころ、ジャニーヌはコート・

ダジュールを訪れるアメリカ人たちとつきあいはじめていた。アメリカ、カリフォルニアでは何か根本的に新しいことが起こりつつあった。ビッグ・サーに近いエスリンには、フリーセックスと幻覚性ドラッグに基盤をおくコミューンができ始めていた。それらによって意識の領野が開かれると信じられていたのである。彼女はフランチェスコ・ディ・メオラの愛人になった。このイタリア系アメリカ人はギンズバーグやオルダス・ハックスレーの知り合いで、エスリンにコミューンを創立した一人だった。

一九六〇年一月、マルクは中華人民共和国に生まれつつある新しいタイプの共産主義社会について、ドキュメンタリーを撮るために出発した。六月二十三日の昼下がり、サント＝マクシムに戻ってきた。家の中はがらんとしていた。だが十五歳くらいの娘がすっぱだかで、居間のカーペットの上にあぐらをかいて座っていた。「ゴーン・トゥ・ザ・ビーチ……」彼の質問にそう答えると、娘はふたたび無関心の状態に沈み込んだ。ジャニーヌの寝室では髭面の大男が、明らかに酔っぱらっているらしく、ベッドに寝ころがっていびきをかいていた。マルクは耳をそばだてた。うめき声か、あえぎ声のような音が聞こえてきた。

二階の寝室には恐るべき悪臭がたちこめていた。窓ガラスから差し込む陽光が白と黒のタイル張りの床を強烈に照らしていた。マルクの息子が、床の上をよちよち這っていき、ときおり、小便や糞便の溜まりで手足をすべらせた。赤ん坊は目をしばたたき、たえずうめき続けていた。誰か来たのに気づいて、逃げ出そうとした。マルクは赤ん坊を抱え上げた。赤ん坊はおびえきって、彼の手の中で震えていた。

マルクは寝室を出た。近くの商店でベビーシートを買った。ジャニーヌ宛に短い置き手紙を書き、ふたたび車に乗り込み、赤ん坊をシートに固定し、北に向かって出発した。ヴァランスに近づいたところで、中央山脈の方向にそれた。夜になっていた。ハンドルを切りながらときどき息子に目をやると、息子は後部座席で眠っていた。マルクは自分が不思議な感情に満たされるのを覚えた。

この日からミシェルは、ヨンヌ県に隠退している祖母のもとで育てられた。祖母はそこの出身だった。まもなく母親は、カリフォルニアのディ・メオラのコミューンで暮らしに行った。ミシェルは十五歳になるまで母親と再会することはなかった。父親と顔を合わせる機会もそれほどなかった。一九六四年、父親は当時中国軍に占領されていたチベットについてドキュメンタリーを作りに旅立った。自分の母親宛に、元気でやっているから安心してくれ、チベット仏教徒たちのデモに共感をそそられたが、それを中国は暴力によって根絶やしにしようとしていると書いてきた。それきり音信は途絶えた。フランスは中国政府に対し抗議したが効果はなく、遺体が発見されたわけではないものの、一年後マルクは公式に故人とみなされるに至った。

5

一九六八年夏、ミシェル十歳。二歳の年から、彼は祖母と一緒に暮らしてきた。二人はロワレ県〔パリ盆地南部の県〕との境に近い、ヨンヌ県シャルニーに住んでいた。ミシェルは朝早く起き、祖母の朝食を用意する。特別のカードを作って、そこに紅茶の時間、タルチーヌ〔パンにバターやジャムを塗ったもの〕の数などを書き込んでおいた。

しばしば、昼食の時間まで、ミシェルは自室ですごす。ジュール・ヴェルヌを読み、『犬のピフ』〔人気マンガシリーズ、作者はバルセロナ出身のフランス人アルナル〕や『五人のクラブ』〔四人の少年少女と犬のダゴベールの冒険を描くブリトン作の人気読み物〕を読む。しかしそれよりも、揃いで持っている「全世界」誌に読みふけることのほうがもっと多かった。そこでは材料強度や、雲の形や、ミツバチの踊りが話題になっている。昔々の王様が亡き妃のために建てた宮殿であるタージ・マハールの話、ソクラテスの死、そして三千年前のユークリッドによる幾何学創始の話も出ていた。

午後は庭に座ってすごす。短パン姿で、桜の木に背中をもたせ、芝生のしなやかな広がりを体で感じる。太陽の暑さを感じる。レタスが太陽の熱を吸収し、水を吸収している。夕暮れ時には水をやらなければならないだろう。彼は「全世界」を読み続ける。それとも「百の質問」シリーズの一冊を。そうやって知識を吸収するのだ。

そしてまた、自転車で田園に出ていくこともよくある。全力でペダルをこぎ、両方の肺を永遠の味わいで満たす。子供時代の永遠は長く続かないが、しかしそのことを彼はまだ知らない。風景が流れていく。

今ではシャルニーには食料品店が一軒しか残っていない。だが、肉屋の小型トラックが水曜日、魚屋の小型トラックが金曜日にやってくる。土曜日の昼、祖母はよく鱈のクリームソースあえを作ってくれる。それはミシェルにとってシャルニーですごす最後の夏だったが、そのことを彼はまだ知らない。年の初め、祖母は発作を起こした。パリ郊外に住む二人の娘たちは、自分たちのところからあまり遠くない場所に母親用の家を探している最中である。祖母には、一年じゅう一人きりで、庭の手入れをして暮らす体力はもうなかった。ミシェルは同じ年ごろの少年たちとはめったに遊ばなかったが、かといって仲が悪いわけではない。いくぶん特殊な存在とみなされているのだ。学校では抜群の成績で、とりたてて苦労するふうもなく何でも理解した。全課目にわたって、彼はつねに首席である。もちろん祖母はそれを誇らしく思っている。だが彼は仲間に嫌われもせず、いじめられもしなかった。宿題を机の上に広げるときには、何のこだわりもなく写させてやる。隣の子が写し終わるのを待ってから、ページを繰った。優等生なのに、いちばん後ろの席に座っていた。子供の王国を支えるのは微妙な条件なのである。

6

まだヨンヌ県に住んでいた夏のある午後、ミシェルはいとこのブリジットと一緒に草むらを駆けっこした。ブリジットは十六歳の美しい娘で、大変やさしい性格の持ち主だったが、それから数年後には手に負えない馬鹿と結婚する運命にあった。一九七八年の夏、ブリジットはミシェルの手をひっぱって、ぐるぐると回転させた。それから二人は刈ったばかりの草原に倒れ込んだ。彼は彼女の熱い胸もとに体を寄せた。彼女は短いスカートをはいていた。翌日、二人は赤い湿疹に覆われ、体じゅうがひどいかゆみに襲われた。〈トロンビディウム・ホロセリクム〉、またの名をアキツガムシは、夏の草原によくいる昆虫である。直径は約二ミリ。体に毛が生え、胴体の真ん中が分厚くふくらんでいて、色は鮮やかな赤。口吻を哺乳類の皮膚に差し込み、耐えがたいかゆみを引き起こす。〈リングアツリア・リナリア〉、またの名をシタムシは、犬の鼻孔や前頭洞、顎洞に住みつき、ときには人につくこともある。幼虫は楕円形で、尾を生やしている。口に穿孔性の機能が備わっており、二対の付属肢（ないしは未発達肢）には長い爪がついている。成虫は白く、披針形で、体長は十八ミリから八十五ミリに及ぶ。体は扁平かつ環形、透明で、キチン質の針状体に覆われている。

一九六八年十二月、祖母はセーヌ＝エ＝マルヌ県〔パリ西側に隣接〕の娘たちの近くで暮らすため引っ越した。そのせいでミシェルの暮らしにも、最初のうち少しばかり変化があった。クレシー＝アン＝ブリはパリから五十キロしか離れていないが、当時はまだ田舎だった。景色のきれいな村で、古い家が残っていた。コローが絵を描いた村である。グラン・モラン川の水を引く水路網のせいで、パンフレット類には〈ブリのヴェネツィア〉などと誇張して紹介されていることがある。パリで働く住民はまれだった。大半は地元か、それともモーの小企業で働いていた。

二カ月後、祖母はテレビを買った。最初のチャンネルに最初のＣＭが登場したころだった。一九六九年七月二十一日、ミシェルは月に人類が第一歩をしるす瞬間を生中継で見ることができた。全世界の六億人の視聴者が、同時に同じ光景を見つめていた。数時間に及ぶその中継において、西洋テクノロジーの夢の第一期は絶頂を迎えたのだった。

学期途中で転校したのにもかかわらず、ミシェルはクレシー＝アン＝ブリのＣＥＧ〔普通教育コレージュ〕によく適応し、難なく第五学級〔中学二年に相当〕に上がった。木曜日になると内容一新した「ピフ」〔『犬のピフ』の人気を受けて創刊されたフランス初の少年向けマンガ・読物週刊誌〕を買った。多くの読者と違って、ミシェルがその雑誌を買うのはおまけ目当てではなく、読みきり冒険談に惹かれてだった。物語の時代や舞台は驚くほど多岐にわたり、単純ながら深い精神的価値がそこに込められていた。ヴァイキングのラグナール、テディ・テッドとアパッチ族、「未開時代の息子」ラーアン、イスラムの大臣やカリフを手玉に取ったナディーヌ・オジャ。その全員が、あたかも同じ倫理観を抱いているかのようだった。ミシェルは次第にそのことを意識するようになり、将来に及ぶ影響を受けた。ニーチェを読んでもいささか苛立たしい思いを感じるのみだったし、カントはすでに知っていることを裏付けてくれただけだった。純粋道徳とは唯一、普遍的なものなのである。時が移ろっても変化しないし、何かがそこに付け加わることもない。いかなる歴史的、経済的、社会学的、文化的要素にも支配されない。まったく何物にも支配されないのである。何ら限定を受けず、すべてを決定する。何物にも条件付けられず、すべてを条件付ける。要するに、絶対的なるもの。

実地に観察できる道徳とは、純粋道徳と、他のいささか出所の不確かな要素、多くの場合は宗教的な要素とが、さまざまな割合で混ざり合った結果なのである。その道徳のうち純粋道徳の占める割合が大きければ大きいほど、道徳の支えとなる社会は長く幸福を享受できる。究極的には、普遍道徳の原理のみが支配する社会ならば、世界の終わりまで存続するであろう。

ミシェルは「ピフ」の登場人物たちがみんな大好きだったが、なかでもお気に入りといえば〈黒狼〉だったろう。アパッチ族、スー族、シャイアン族の気高さをあわせもつ孤独なインディアンである。〈黒狼〉は愛馬シヌークと狼トゥーピーを従えてどこまでも平原を渡っていく。弱きを助けるために敢然と戦いもするが、同時にまた〈黒狼〉は自分の行動について、超越的な倫理基準に照らしてたえずコメントを加えるのである。ダコタやクリーのいろいろな諺を引いてそこに詩情を添えることもあれば、単に「平原の掟」をよりどころとすることもある。その後何年も、ミシェルにとって〈黒狼〉はカント的英雄の理想像であり、「自らの道徳基準に照らして、目的の普遍王国の立法者であるかのように」つねに振る舞う存在であり続けた。なかでも、星を捜し求めるシャイアン族の長老という感動的人物の登場する「革の腕輪」の挿話などは、冒険物語といういささか狭い枠組みを超えて、純粋に詩的かつ道徳的な境地に達していた。

ミシェルはテレビにはそれほど夢中にならなかった。それでも、「野生の王国」は毎週胸をときめかせて見ていた。ガゼルやダマシカといったきゃしゃな哺乳類は日々恐怖とともに暮らしていた。ライオンやヒョウは不活発な痴呆状態で生きているが、ときおり残酷さを爆発させる瞬間が訪れる。弱い動物、老いた動物や病気の動物を殺し、引き裂き、むさぼり食う。それからまた呆けたように眠り込むのだった。その安寧を揺さぶるのは、彼らを内側から食らう寄生生物の攻撃のみである。寄生生物の中には自らもまたより小型の寄生生物に攻撃されているものもある。だがその小型寄生生物も、ウイルス繁殖の土壌となるのだ。蛇は木々のあいだを滑るように移動し、鳥や哺乳類を毒牙にかける。あるいは逆に、ハゲタカのくちばしで突然輪切りにされてしまうこともある。クロード・ダルジェが大げさで空疎な声音でそれらの兇暴な映像に解説を加えていたが、その口調には不適切なほどの感嘆の念がこもっていた。ミシェルは怒りに震えつつ、ここでもまた自分のうちに揺るがぬ信念が芽生えるのを感じていた。野生の自然とは全体として胸のむかつくほどのおぞましさであった。それは全体として、全面的破壊、普遍的ホロコーストを正当化するものだった――そして地球上の人間の使命とは、おそらくそのホロコーストを成就することなのだった。

一九七〇年四月、「ピフ」にはその後語り草となるおまけがついた。〈生命の粉〉というものである。学名を〈アルテミア・サリーナ〉というごく小さな海の甲殻類の卵が、毎号袋に入っておまけについてきたのだ。これは何千年も昔から仮死状態のままでいる種類だった。生き返らせる方法はかなり複雑で、三日間水を澄ませ、ぬるくしておき、そこに袋の中身を投入してそっとかきまわす。それから数日間は容器に光を当て、暖かく保つ。適正温度の水をまめに注ぎ足して蒸発分を補う。そして水をそっとかきまぜ、酸素を供給してやる。数週間後、容器は半透明の甲殻類でいっぱいになる。本当を言えばいささか気持ちの悪い眺めだが、しかし生きていることにはまちがいない。結局ミシェルはもてあまして、全部をグラン・モラン川に捨ててしまった。

同じ号の二十ページにわたる読み切り冒険談では、ラーアンの青春時代、そしてラーアンが先史時代のただなか、孤独な英雄となったいきさつが明らかにされていた。まだ子供のころ、ラーアンの部族は火山の噴火によって絶滅の憂き目にあった。父親の賢者クラオが死に際に遺してくれたのは、爪三枚のついた首輪だけだった。三枚のそれぞれが、「立って歩く者」すなわち人間の長所を表していた。正直さの爪があり、勇気の爪があった。そして一番大事なのが優しさの爪だった。それ以来ラーアンはこの首輪をかけ、首輪の意味するところを裏切るまいと努力したのである。

クレシーの家には、ヨンヌの家の庭よりは少し狭いが、桜桃の木が一本植えられた縦長の庭があった。ミシェルは相変わらず「全世界」と「百の質問」を愛読していた。十二歳の誕生日に、祖母は「少年化学者」セットを買ってくれた。機械工学や電子工学に比べて、化学にははるかに心を惹きつけるものがあった。より神秘的で多様性を感じさせた。種類別にケースに収められた化学製品は、色も形も組成も異なり、あたかも永遠に分け隔てられたエッセンスのようだった。しかしながらそれらを一緒にしさえすれば、激しい反応が起こり、一瞬にして根本的に新しい化合物が生まれるのである。

七月のある午後、庭で読書しているときにミシェルは、生命の化学的基盤はまったく別のものでもありえたのだと気づいた。生命体の細胞において炭素や水素、窒素が演じる役割は、同じ原子価で、原子数のより大きな元素によって演じられてもよかったのである。別の惑星上で、異なる気温と気圧のもとに置かれていたなら、生命細胞は珪素、硫黄、燐から成るものだったかもしれない。それともゲルマニウム、セレニウム、砒素か、あるいは錫、テルル、アンチモンか。そうした事柄について一緒に語り合える仲間は誰もいなかった。孫にせがまれて、祖母は生化学の書物を何冊も買ってやった。

7

ブリュノの最初の記憶は四歳のときのものだ。屈辱の記憶である。当時ブリュノは、アルジェのラペルリエ公園の保育園に通っていた。秋の午後、女の先生が男の子たちに、木の葉で首飾りを作るやり方を説明したところだった。坂の途中に腰を下ろして待っている女の子たちは、すでにして女ならではの愚かしい忍従のしるしを示していた。たいがいは白い服を着ている。地面には黄金色に紅葉した木の葉が散らばっていた。栗やプラタナスの木が多かった。ブリュノの仲間たちは一人また一人と首飾りを完成させ、それぞれお気に入りの女の子の首にかけにいった。ブリュノは手間取っていた。葉っぱが破れてしまい、手の中で何もかもばらばらになってしまうのだ。ぼくだって好かれたいんだってこと、どうやったらわかってもらえるだろう？　首飾りもなしで、いったいどう説明すればいい？　ブリュノはかんしゃくを起こして泣き出した。先生は助けにきてくれなかった。もう保育時間はおしまいで、子供たちは立ち上がって公園を去り始めていた。やがて保育園の門は閉められた。

ブリュノの祖父母はエドガール・キネ大通りの立派なアパルトマンに住んでいた。アルジェ中心市街の建物は、オスマンによる都市改造以降のパリをモデルとして造られていた。アパルトマン内は二十メートルにおよぶ廊下の先が居間になっていて、バルコニーからは白人街を見渡せた。はるか後年、夢破れ心のすさんだ四十男になってから、ブリュノはたびたび思い出した。四歳の自分が、全力で三輪車を漕いで暗い廊下を進み、光り輝くバルコニーまでたどりつく。おそらくあのときに、彼は地上で味わえる最大の幸福を経験してしまったのだろう。

一九六一年、祖父が死んだ。われわれの風土では、哺乳類や鳥類の死体はまずある種の蝿を引きつける（〈ムスカ〉〈クルトネヴラ〉）。少しでも腐敗が始まると、さらに別の種類、なかんずく〈カリフォラ〉〈ルチリア〉が加わる。死体は、バクテリアの力に蝿の出す消化液が加わって多少とも溶解していき、ブチル・アンモニア性発酵が活発化する。三カ月後、蝿はその仕事を終え、〈デルメステス〉のような甲虫類の集団や、〈アグロッサ・ピングイナリス〉といった鞘翅目が登場する。これらは特に脂肪を養分とする昆虫である。発酵しつつあるタンパク質は〈ピオフィラ・ペタシオニス〉や、〈コリネテス〉種の甲虫の養分となる。腐敗しながらいくらかの水分を保つ死骸は、今度はダニの領分となり、血膿に到るまで吸い尽くされる。干からび、ミイラ化した死骸に、なおも巣くう者たちもいる。ヒメカツオブシムシやマルカツオブシムシの幼虫、〈アグロッサ・クプレアリス〉や〈チネオラ・ビセレリア〉の幼虫である。これらの昆虫によってサイクルが閉じられるのだ。

ブリュノには祖父の柩が目に浮かぶ。つややかな漆黒の色をして、銀の十字架が打ちつけられていた。それは気持ちの安らぐ、幸せすら感じさせるイメージだった。こんな立派な柩に収まって、祖父は満足に違いないと思われた。後になってブリュノは、ダニだの、イタリアの若手女優のような名前のついた幼虫だのの存在を知ることとなった。それでもなお、祖父の柩のイメージは彼にとって幸福なものであり続けた。

マルセイユに到着した日、台所のタイル張りの床の真ん中で、箱の上に腰を下ろした祖母の姿が今でも目に浮かぶ。床をゴキブリが這いまわっていた。祖母の理性が揺らいだのは、おそらくこの日だったのだろう。数週間のあいだに夫の臨終と、アルジェリアからのあわただしい出発、そしてマルセイユでアパルトマンを見つける苦労を次々に体験したのである。それは北東地区の汚らしい団地だった。これまで祖母はフランスに足を踏み入れたことは一度もなかった。しかも娘は親を見捨てて顧みず、父の葬式にも戻らなかった。間違いがあったに違いない。どこかで、何か間違いが生じたに違いない。

だが祖母は立ち直り、さらに五年間生きた。家具を買い、食堂にブリュノのためのベッドを据えつけ、ブリュノを近所の小学校に入れた。毎日夕方になるとブリュノを迎えにきた。干からびて腰の曲がった小柄な老婆に手を引かれて帰るのが、ブリュノは恥ずかしかった。他の生徒たちには両親がいた。まだ親の離婚は珍しかったのである。

夜のあいだ、祖母はかくも悲惨な終わりを迎えた自分の人生の諸段階を際限なく反芻した。アパルトマンの天井は低く、夏の暑さは息が詰まるほどだった。祖母は明け方になってようやく眠りにつくのが普通だった。昼間は木靴を履いてアパルトマンの中をうろつき、大きな声でひとりごとを言うのだが、ときには同じ言葉を五十回もくりかえした。娘の件が頭から離れなかった。「あの娘は父親の葬式に来なかった……。」手にはわけもわからずに雑巾やら鍋やらを持って、部屋から部屋へと歩きまわった。「父親の葬式に……父親の葬式に……。」木靴がタイルをこする音がスー、スーと響いた。ブリュノはおびえきってベッドで丸くなっていた。いずれろくなことにはなるまいとわかっていたのだ。祖母は寝巻姿で髪にクリップをつけたまま、朝っぱらから始めることもあった。「アルジェリアはフランスなのさ……。」そして木靴の音が聞こえ出す。目に見えない一点を凝視しつつ、二つの部屋を行ったり来たりするのだ。「フランス……フランス……」と消え入るような声でくりかえしながら。

料理の腕は相変わらず達者で、それが祖母にとって最後に残った喜びだった。ブリュノのために、まるで十人の客にご馳走をふるまうかのように贅沢な食事を調えた。ピーマンのサラダ、アンチョビ、ポテトサラダ——前菜だけで五皿もあることもあった。そして主菜は——クルジェットの肉詰め、兎肉のオリーヴ風味、時々はクスクス。得意でないのはお菓子だけだった。それでも年金が支払われる日には箱入りのヌガーやマロンクリームやエクサン＝プロヴァンス名産のカリソン〔アーモンド菓子〕を買って帰った。ブリュノは徐々に臆病な肥満児になっていった。祖母は自分ではほとんど何も食べなかった。日曜の朝、祖母は少し遅く起きる。ブリュノは祖母のベッドに行き、祖母の痩せた体に自分の体を寄せて縮こまる。あるいは自分がナイフを隠し持っていて、夜中に起き出し、祖母の心臓をぐさりと一突きにするところを想像したりもした。それから死体の前にくずおれ、涙を流す。そしてほどなく自分も死ぬのだ。

一九六六年末、祖母は娘からの手紙を受け取った。毎年クリスマスカードを交換しているブリュノの父親を通して、住所を知ったのである。ジャニーヌには過去を悔いるふうは別になく、単にこう記していた。「パパが死んで、ママが引っ越したと聞きました。」そして自分はカリフォルニアを去り、南フランスに戻ってくるつもりだと書いていた。住所は記されていなかった。

一九六七年三月のある午前中、ズッキーニの揚げ物を作っている最中に、祖母は油の煮えたぎった鍋を引っくり返した。祖母は廊下まで何とか這い出し、隣人たちが悲鳴を聞きつけた。夕方、ブリュノが学校を出ると、上の階に住んでいるアウジ夫人が迎えにきていた。夫人はブリュノを直接病院に連れていった。ブリュノは何分間か祖母に面会を許された。傷はシーツで覆われていた。祖母は大量のモルヒネを打たれていた。それでもブリュノのことがわかって、両手でブリュノの手を握った。ブリュノは病室から出された。祖母の心臓はその夜に停止した。

ブリュノが死に直面したのはこれで二度目だった。出来事の意味がほとんどわからなくなってしまったのもこれで二度目だった。何年か後になっても、フランス語の宿題や歴史の作文で優等賞をもらうと、ブリュノはさっそくおばあちゃんに教えてやろうと考えてしまうのだった。もちろんすぐさま、おばあちゃんはもう死んだんだと思い直す。だが絶えず祖母の記憶は蘇り、対話は完全には断たれなかった。近代文学の教授資格試験に合格したときには、祖母相手に長々と自分の成績を話して聞かせた。だがそのころになると、それはもうごく稀なことでしかなかった。教授資格試験合格祝いに、ブリュノはマロンクリームを二箱買って帰った。それが二人が長話をした最後となった。大学を卒業して、初めての教職に就くと、彼は自分が変わってしまい、もはや本当には祖母と交流できなくなってしまったことに気づいた。祖母の姿はゆっくりと壁の後ろに消えていったのである。

葬式の翌日、奇妙な光景が繰り広げられた。ブリュノの父と母、これまで一度だって一緒にいるところを見たことのなかった父と母が、ブリュノをこれからどうするかについて話し合っていたのである。二人はマルセイユのアパルトマンの居間で相談していた。ブリュノは自分のベッドに腰を下ろして二人の話し声に耳を澄ませた。彼は他人が自分の話をしているのを聞くのが好きだった。特に、自分がいることに気づかずに話しているのを聞くのが好きだった。そうすると自分自身、自分がいないような気分を味わうことができる。それは不快ではない。結局のところ、ブリュノにはそれが直接自分に関わる話だとは感じられなかった。しかし両親の話し合いは彼の人生にとって決定的な意味を持つはずだったし、以後ブリュノは、このときの会話を幾度も記憶の中で反芻したが、しかしそれでも現実感は少しも湧いてこないのだった。二人の大人と自分とのあいだに直接のつながり、肉体上のつながりを感じることがブリュノにはできなかった。その日食堂で見た彼らの背の高さと若々しさが、ブリュノにとってはとりわけ印象的だった。ブリュノは第六学級〔中学一年に相当〕に進級するところだったが、どこかの学校の寄宿生となり、週末は父がパリに連れて帰ることに決められた。母はヴァカンスのあいだ預かるよう努める。ブリュノに異議はなかった。彼にとって二人は別段敵意ある人たちとも思えなかった。いずれにせよ、本当の人生、それは祖母との暮らしだったのだ。

8　アニマル・オメガ

ブリュノは洗面台にもたれかかっている。パジャマの上着は脱いでしまっていた。白い腹が陶器の洗面台にせり出している。ブリュノは十一歳。毎晩そうしているように、歯を磨こうとしているところだ。何事もなく歯磨きを終えられたらいいのだが。しかしヴィルマールが近づいてくる。最初は彼一人がやってきて、ブリュノの肩を押す。ブリュノは怖くて震えながら後ずさりする。これからどうなるのかはほぼわかっている。「やめてくれよ……」とブリュノは弱々しく言う。

プレも近づいてくる。背は低いががっしりした体つきで、おそろしく強い。プレはブリュノに強烈なビンタを食らわせ、ブリュノは泣き出す。プレとヴィルマールはブリュノを床に押し倒し、足をつかんで引きずっていく。便器のそばまできて、ブリュノのパジャマのズボンを脱がせる。ブリュノのペニスは小さくまだ子供のままで、毛も生えていない。二人がかりでブリュノの髪をわしづかみにし、無理やり口を開けさせる。プレがブリュノの顔に便所掃除のほうきを押し当てる。糞の匂いがする。ブリュノは大声を上げる。

ブラスールがそこに加わる。ブラスールは十四歳、第六学年で一番の年長だ。ブラスールが自分のペニスを取り出す。ブリュノの目には太く、巨大に見える。ブラスールは仁王立ちになってブリュノの顔に小便をかける。前の晩はブリュノにペニスをしゃぶらせ、それから尻をなめさせた。だが今晩はそういう気分ではないらしい。「ブリュノ、お前のちんぼこは丸裸じゃないか。」ブラスールは馬鹿にした口調で言う。「毛が生えてくるようにしてやらなきゃな……。」彼が合図すると、他の二人がブリュノのペニスに髭剃りクリームをぬりつける。ブラスールはかみそりを取り出し、刃をブリュノのペニスに近づける。ブリュノは恐怖のあまり糞をたれてしまう。

一九六八年三月のある夜、中庭の奥の便所で、素っ裸のブリュノが、糞まみれになって縮こまっているのを舎監が発見した。舎監はブリュノにパジャマを着せ、学監のコーエンのところに連れていった。ブリュノは何があったのか話さなければならないのを恐れた。ブラスールの名前を口にするのが怖かったのである。だがコーエンは、眠っているところを真夜中に叩き起こされたにもかかわらず、ブリュノに優しく接した。部下の舎監たちが生徒をお前呼ばわりしているのに対し、コーエンは生徒に丁寧な口をきいた。寄宿舎の学監を務めるのはこれが三校目で、今までにはもっとひどいところもあった。たいていの場合、いじめられている者は誰にいじめられているのかを言おうとしないものであることをコーエンは知っていた。彼にできるのは、第六学級の共同寝室づきの舎監を罰することでしかなかった。生徒の大半は親に見捨てられた子供たちであり、彼らにとって舎監は唯一権威のある存在だった。舎監は子供たちをもっと密に監視し、悪事がなされる前に介入するべきだった——だがそれは無理なこと、生徒二百人に対し舎監は五人しかいないのだ。ブリュノが立ち去った後、コーエンはコーヒーを入れ、第六学級の書類をめくった。プレとブラスールが怪しそうだったが、証拠は何もない。二人の尻尾をつかんだなら、放校処分も辞さないかまえだった。何か乱暴で残酷な分子が加わるだけで、他の連中まで残忍な行為に走ってしまう。男子生徒というのは、とりわけひとたび徒党を組むと、一番弱い者たちを辱しめ、虐待しようとばかりするものだ。ことに思春期前期において、彼らの残酷さは恐るべきレベルに達する。法の支配の下に置かれないとき、人間がいかなる振る舞いをするものかについて、コーエンは少しも幻想を抱いていなかった。このモー寄宿学校に赴任してきて以来、彼は自分を恐れさせることに成功していた。自分の体現する法的権威という最後の砦がなかったなら、ブリュノのような子供に対するいじめはエスカレートする一方だったろうということを、コーエンは承知していた。

落第して第六学級をやり直すことになったブリュノは、ほっとした。プレ、ブラスール、ヴィルマールは第五学級に進級し、別の共同寝室に移るからだ。ところが不幸にも、六八年の出来事〔いわゆる五月革命〕ののち政府の取った方針に従い、自己管理システムを導入するため寄宿学校教師のポストが削減されることになった。そうするのが時代の流れにかなっていたし、人件費削減というメリットもあったのである。これで一つの共同寝室から別の共同寝室に行くのが今までより簡単になった。少なくとも週に一度は、第五学年の連中が下級生のところを襲撃しにくるのが慣例になった。そして一人、ないしは二人の犠牲者を自分たちのところに連れ帰って、お楽しみが始まるのだ。十二月末ごろ、秋の新学期からやってきていたジャン＝ミシェル・ケンプという痩せて臆病な生徒が、拷問者たちの手を逃れようとして窓から飛び下りた。あやうく命を落とすところだったが、複雑骨折だけですんだ。くるぶしがひどく損傷しており、骨の破片をすっかり集めることができなかった。ケンプは一生治らない障害を抱えてしまったのである。コーエンは事件を取り調べ、かねての疑惑を裏づける結果を得た。本人は罪を認めようとしなかったものの、彼はプレを三日間の自宅謹慎処分にした。動物社会はほとんどすべての場合、それを構成するメンバー相互の力の差にもとづく支配関係の上に成り立っている。この関係を特徴づけるのは厳格なヒエラルキーである。グループで最強のオスは〈アニマル・アルファ〉と呼ばれ、二番手が〈アニマル・ベータ〉、以下同様に続き、最下層に位置するのが〈アニマル・オメガ〉である。ヒエラルキーにおける地位は通常、戦いの儀式によって決定される。下層の動物は上の者に戦いを挑んで自らの地位を向上させようとする。戦いに勝ちさえすれば地位が上がることを知っているからだ。上位を占めることには、先に餌にありつけるとか、グループ内の複数のメスと交尾するといった特権が付随する。しかしながら最も弱い動物は、大概の場合、〈服従〉の姿勢を取る（しゃがみこむ、肛門を見せる）ことにより戦いを回避することができる。ブリュノの置かれた状況はそれ以下のものだった。動物社会において暴行と支配は一般的だが、チンパンジー（〈パントログロディテス〉）の段階で、すでにして一番弱い相手に対する理由なき残酷行為が見出される。そうした傾向は原始的人間社会、そして子供や少年少女の社会において頂点に達する。それ以降になると〈哀れみ〉、あるいは他者の苦しみに対する同情が生まれる。この哀れみが、〈道徳律〉の形でたちまちのうちに体系化されるのである。モー寄宿学校ではジャン・コーエンが道徳律を体現しており、彼にはその座を降りるつもりは毛頭なかった。ナチがニーチェ思想を利用したやり方を、彼はいささかも不当なものと考えてはいなかった。憐憫を否定し、道徳律の彼方に自らを位置づけ、欲望および欲望による支配を確立することによって、ニーチェの思想はコーエンによれば自ずからナチズムへと至るのである。これまでの勤続年数および学歴に照らしてみれば、コーエンはリセの校長に任命されてもおかしくなかった。だが彼はまったく自分の意志から、学監のポストに留まっていた。そして学区の視学官あてに何通も意見書を送り、寄宿学校教師のポスト削減に対する不満を訴えた。しかし何の返答も得られなかった。動物園にいるオスのカンガルー（〈マクロポディデス〉）はしばしば、自分のすぐ上に位置している飼育係に対し戦いを挑もうとするような素振りを見せることがある。その攻撃欲を抑えるためには、飼育係が体をかがめて、おとなしいカンガルーのポーズを取ってやればいい。ジャン・コーエンはおとなしいカンガルーになるつもりはいささかもなかった。ミシェル・ブラスールの邪悪さは、進化の段階が低い動物においてもすでに存在しているエゴイズムが当然の進化を遂げたものであったが、しかしそのおかげで学友の一人は不具にされてしまったのである。ブリュノのような生徒の場合には、取り返しのつかない心理的ダメージを負うことになるだろう。事件について尋ねるためブラスールを自室に呼んだとき、コーエンには相手に対する自分の軽蔑や、きっと放校にしてやるという意図を隠すつもりは少しもなかった。

毎週日曜夜、父親のメルセデス・ベンツで送られるとき、ナントゥイユ＝レ＝モーのそばまでくるとブリュノは震え出すのだった。学校の面会室には有名卒業生であるクルトリーヌとモワサンの浮き彫りが飾られていた。フランスの作家ジョルジュ・クルトリーヌは、作品の中で、ブルジョワや役人の暮らしの馬鹿馬鹿しさを皮肉に描いている。アンリ・モワサンは一九〇六年にノーベル賞を受賞したフランスの化学者で、電気炉を開発し、珪素とフッ素の分離に成功した。ブリュノと父親はいつも七時の夕食時間ちょうどに学校に着いた。普通ブリュノが食事にありつけるのは、半寄宿生たちと一緒に食べる昼だけだった。夜は寄宿生だけになる。八人ずつのテーブルで、上級生たちが上座を占める。彼らは自分たちの皿に大盛りに盛りつけ、それから残りの分につばを吐いて下級生たちが取れないようにしてしまう。

毎週日曜、ブリュノは学校のことを父に話すべきかどうか迷ったが、結局は話すわけにはいかないと思うのだった。父は男の子が敵に立ち向かう術を身につけるのは結構なことだと考えていた。実際、ブリュノより年下の生徒であっても、上級生たちに立ち向かい、必死で戦って、ついには一目置かれるようになる者もいた。四十二歳のセルジュ・クレマンは〈成功した〉男だった。両親はプチ＝クラマール〔パリ南郊の町〕で食料品店を営んでいるのに、彼は今では美容整形クリニックを三軒切り盛りしていた。ヌイイに一軒、ヴェジネ〔パリ北西郊の高級住宅地〕に一軒、スイスのローザンヌ近郊に一軒。元妻がカリフォルニアで暮らしに行ってしまってからは、利益は折半という条件でカンヌにあるクリニックの経営も引き受けていた。ずいぶん前から、自分ではメスを執らないようになっていた。彼はいわゆる〈経営者の才覚〉に恵まれていたのである。息子相手には、いったいどういう態度を取ったものかわからなかった。どちらかといえば息子に好意を抱いていたのだが、あまり時間を取られたくはなかった。しかしいくらか後ろめたい気持ちもあった。ブリュノがやってくる週末は、愛人たちを家にこさせないようにしていた。出来合いの惣菜を買ってきて、息子と二人で夕食を取り、それから二人でテレビを見た。ブリュノはゲームの類はいっさいできなかった。ときおりブリュノは真夜中に起き出して、冷蔵庫のところまで行った。コーンフレークをボウルに入れ、牛乳と生クリームをかける。全体に砂糖をたっぷりふりかける。それから食べるのだ。吐き気を催すまで、何杯もおかわりした。腹がくちくなった。彼は喜びを覚えた。

9

風俗の変化という点から言えば、一九七〇年は、いまだ検閲が睨みをきかせていたにもかかわらず、性風俗が急速な進展を遂げた年として記憶される。六〇年代の「セックス解放」を大衆向けに示したミュージカル映画『ヘアー』〔ミロシュ・フォアマン監督、一九七九年〕は大成功を収めた。南仏のビーチでは女性のトップレス姿があたりまえになっていった。パリのセックスショップの数はそれまで三軒だったのが四十五軒に増えた。

九月、ミシェルは第四学年〔中学三年〕に進級し、第二外国語としてドイツ語を学び始めた。ドイツ語の授業が一緒だったせいで、彼はアナベルと知り合ったのである。

当時、ミシェルは幸福について漠とした考えしか持っていなかった。結局のところ、幸福とは何かなどと考えてみたこともなかった。彼の頭の中にある考えは、祖母から吹き込まれたものばかりであり、祖母は自分の信念を孫たちに直接伝えたのである。祖母はカトリック信者で、ドゴール派だった。二人の娘はいずれも共産党員と結婚したが、それで何かが変わったわけではない。子供時代に戦争ゆえひもじい思いを味わい、二十歳でパリ解放を経験した世代の考え方、彼らが孫子の代に伝えたいと願った世界観とは次のようなものである。女は家を守り家事に精を出す（今では家電製品の助けがあるのだから、家族の面倒を見る時間は山ほどあるはずだ）。男は外に出て働く（ただしオートメーション化によって男の労働時間は短縮されたし、労働も昔より楽になった）。夫婦は仲むつまじく幸せに暮らす。都心を離れた場所〈郊外〉の住み心地のいい家に住む。余暇は手仕事や庭いじりをしたり、絵を描いたりしてすごす。旅をして、他の地方や他の国の暮らしぶり、文化に触れるのもいい。

ヤコブ・ヴィルケニンクはオランダ領フリージア諸島のレーユヴァルデンで生まれた。四歳のときフランスに来たので、オランダ領での暮らしについてはおぼろな記憶しかない。一九四六年、彼は親友の妹と結婚した。相手は十七歳で、処女だった。顕微鏡工場にしばらく勤務してから、彼は精密レンズ製作会社を設立した。アンジェニユーとパテが主たる取引先だった。日本という強敵はまだ出現していない時代である。当時フランスでは高品質レンズが作られていて、シュナイダーやツァイスに匹敵する製品もあった。ヤコブの会社経営は順調だった。夫婦には四八年、ついで五一年に子供が生まれた。そしてしばらくあいだを置いて、一九五八年にアナベルが生まれたのである。

幸福な家庭で育ったアナベルには（二十五年間の結婚生活のあいだ、両親が喧嘩をしたことは一度もなかった）、自分の未来にもまた同じ運命が待っているのだとわかっていた。ミシェルと出会う前の夏、アナベルはそのことを考え始めた。十三歳になるところだった。世界のどこかに、誰か知らない男の子がいて、向こうも自分のことをまだ知らないけれども、自分はその男の子と一緒に生きていくのだ。その男の子を幸せにするためにがんばるし、向こうも自分を幸せにするためにがんばってくれるはず。でもその男の子がどんな顔をしているのかがわからない。それが何とも困った点だった。「ジュルナル・ド・ミケ」の、読者からのお便りコーナーで、アナベルと同じ年の女の子が、同じ悩みを訴えていた。安心させるような答えがのっていて、その最後には、「コラリーちゃん、心配しないで。一目見ただけできっとわかるから」と書かれていた。

二人は一緒にドイツ語の宿題をやりながら、だんだん仲良くなっていった。ミシェルの家はアナベルの家の向かい側で、五十メートルと離れていない。木曜日〔当時フランスの学校は木曜が休み〕と日曜日は一緒に過ごすことが多くなっていった。ミシェルは昼ご飯が終わった頃合を見計らってやってきた。「アナベル、フィアンセがきたよ……」二番目の兄が庭に目をやってから言った。アナベルは赤くなった。しかし彼女の両親は冷やかしたりはしなかった。アナベルにはわかっていた。ミシェルは両親の気に入っていたのだ。

ミシェルは不思議な男の子だった。サッカーのことも、流行歌の歌手のことも何も知らない。クラスの嫌われ者だったわけではない。口をきく相手は何人かいた。しかしそれはごく限られたつきあいだった。アナベルの前に、ミシェルの家に誰かクラスメートが来たことは一度もなかった。ミシェルは一人で考え事をしたり夢想にふけったりするのに慣れていた。ガールフレンドがそばにいることにも、徐々に慣れていった。よく一緒に自転車で出かけ、ヴーランジスの丘を登った。それから平原や森を歩き、グラン・モラン峡谷を見渡せる高台まで出る。草むらを歩きながら、少しずつ相手のことを学んでいった。

10 すべてはカロリーヌ・イェサヤンのせいだ

同じく一九七〇年を境にして、寄宿舎でのブリュノの状況は少しばかり改善された。第四学年に進学した彼は、上級生の仲間入りをしたのである。第四学年から最終学年〔高校三年〕までの生徒には別棟の共同寝室があてられていて、ベッド四つずつに仕切られていた。一番乱暴な生徒たちにとっては、ブリュノはもう十分いじめ、辱め尽くした存在だった。彼らは徐々に、他のターゲットに移っていった。この年、ブリュノは初めて女の子が気になりだした。ときおり、ごくたまにではあったが、二つの寄宿舎が合同でどこかに出かけることがあった。木曜日の午後、天気がいい日には、モー郊外、マルヌ川の、岸辺に下りられるようになっているところまで遠出した。サッカーゲームやフリッパーを所狭しと並べたカフェがあった——だが何といっても客の目を惹いたのは、ガラスケースに入れられたニシキヘビだった。男子生徒たちはヘビをからかおうと指でガラスを叩いた。ガラスが反響してヘビは怒り狂った。全力で飛びかかるものの、ガラスにぶつかってばったりと落ちてしまう。十月のある午後、ブリュノはパトリシア・オヴェイエールと口をきいた。パトリシアは両親がいなくて、寄宿舎を離れるのは夏休み、アルザスの叔父の家に行くときだけだった。金髪の痩せた少女で、ひどく早口で話し、奇妙な微笑を浮かべたまま表情を凍りつかせることがときどきあった。次の週、ブリュノはパトリシアが両足を開いた姿勢でブラスールの膝に乗っているのを見て、胸を突かれる思いを味わった。ブラスールは彼女の腰を抱いて猛烈にキスしていた。とはいえ、ブリュノはそこから早まって結論を引き出したりはしなかった。何年間にもわたって自分をいじめ抜いたけだものたちが女の子にもてるとしても、それは女の子をものにしようなどという気を起こすのがあいつらだけだからだ。しかも、プレにしろヴィルマールにしろ、さらにはブラスールでさえもが、そばに誰か女の子がいるときには絶対に下級生を殴ったりいじめたりしないことにブリュノは気がついた。

第四学年になると、シネクラブに登録することができた。映画は木曜の夜、男子寄宿舎の催し物ホールで上映された。そこには女の子たちもやってきた。十二月のある晩、『吸血鬼ノスフェラトゥ』〔F・W・ムルナウ監督、一九二二年〕が上映されたとき、ブリュノはカロリーヌ・イェサヤンの隣に座った。映画の終わり近くなって、それまで一時間のあいだ思い悩んでいたブリュノは、カロリーヌの腿の上に左手をそっと置いた。至福の数秒（五秒？　七秒？　いずれにせよ十秒以上ではなかったはずだ）が過ぎたが、何も起こらなかった。彼女は身動きしない。ブリュノは体がかっと熱くなり、今にも気を失いそうだった。それから、何も言わず、彼女は優しく手を押しのけた。ずっと後になって、どこかの娼婦に一物をしゃぶらせながら、ブリュノはこの恐るべき幸福に浸された数秒間のことを、何度も繰り返し思い出すだろう。カロリーヌ・イェサヤンがそっと手を押しのけた瞬間のことも思い返すだろう。この少年のうちには、まだ性行為や性の享受とは無縁の、とても純粋で愛情ぶかい何かがあったのだ。彼を動かしたのは、誰かの優しい体に触れ、優しい腕に抱きしめられたいという単純な欲望だった。優しさは誘惑より前にある。だからこそ希望を捨てることはかくも難しいのである。

この晩ブリュノは、なぜカロリーヌ・イェサヤンの腕ではなく（それならば彼女も受け入れ、二人の恋物語の始まりとなったかもしれないのに――というのも、映画が始まる前、列を作っているときに話しかけてきたのはカロリーヌの方からで、彼女はブリュノが隣に座るように仕向け、二人の席を隔てる肘掛けに自分の腕を置いたのだから。実際彼女は、ずいぶん前からブリュノのことが気になっていて、好みのタイプだと思い、この晩はぜひとも彼に手を握ってもらいたいと願っていたのだ）、腿に触ってしまったのだろう？　それはきっと、カロリーヌ・イェサヤンの腿がむき出しになっていて、ブリュノの単純な考えでは、それが意味もなくむき出しになっているとは思えなかったからだった。その後年を取って、嫌々ながら自分の子供時代を振り返るようになるに従い、ブリュノには自分の運命の核心が明らかになり、すべてが取り返しのつかない冷酷な明瞭さのもとに照らし出された。一九七〇年十二月のあの晩、ひょっとしたらカロリーヌ・イェサヤンには、ブリュノが子供時代に味わった屈辱と悲しみを消し去ることができたかもしれなかったのだ。ところがこの最初の失敗の後では（というのも彼女にそっと手を押しのけられて、ブリュノにはふたたび試みる勇気がなかったので）、一切ははるかに困難になってしまった。けれども、一個の人間として考えてみた場合、カロリーヌ・イェサヤンには何ら問題はなかった。それどころか、子羊のような優しい眼差しをし、長い黒髪がカールしたカロリーヌ・イェサヤン、複雑な家庭の事情からモー寄宿学校女子寮のぞっとしない建物にたどり着いたカロリーヌ・イェサヤンは、彼女一人だけで優に人類に希望を抱かせてくれるような存在だった。すべてが奈落の底に転がり落ちてしまったとすれば、それはごく些細な、ほとんど滑稽な事柄ゆえにだった。三十年後、ブリュノにはよくわかっていた。一見くだらない要素が、実は重大な役割を果たしていたのであり、それを考慮に入れて状況を要約すればこうなる。すべてはカロリーヌ・イェサヤンのミニスカートのせいだったのだ。

カロリーヌ・イェサヤンの腿に手を置いたとき、ブリュノの気持ちとしては彼女に結婚を申し込んだのと同じだった。彼が思春期の始めを過ごした時代は、一つの移行期だった。いくらかの先駆者は別として——そもそもブリュノの両親が、その不愉快な例だった——、前の世代は結婚、セックス、愛のあいだにきわめて強固な絆を打ち立てていた。実際、五〇年代におけるサラリーマン階層の拡張と急激な経済成長によって——世襲財産という概念がなお実際上の重要性を保っている、少数派となりつつある階層においては別だが——、〈理性による結婚〉は好まれなくなっていった。婚姻外の性行為に対して常に批判的な眼差しを向けてきたカトリック教会も、〈愛による結婚〉へと向かう傾向を、より自分たちの教義にかなうものとして歓迎した（「男と女を神は作りたもうた」）。それが教会のそもそもの目的である、平和と忠誠と愛にもとづく文明への第一歩につながると考えたのだ。この時代、カトリック教会に対抗しうる唯一の精神的権威であった共産党もまた、ほぼ同じ目的のために戦っていた。こうして、五〇年代の若者たちは誰もが、〈恋に落ちる〉その瞬間を、今か今かと待ち望んでいたのである。地方の過疎化と、それにともなう村落共同体の消滅によって、将来の伴侶の選択範囲は無限に広まると同時に、伴侶の選択は極度に重要な事柄となっていたのだからなおさらだ（一九五五年九月にはサルセルでいわゆる「団地」政策が初めて試みられたが、これは社会の枠組みが核家族にまで収縮したことを如実に示す事例であった）。かくしてわれわれは、五〇年代および六〇年代の始めを、誇張なしで、真の〈恋愛感情黄金時代〉と定義することができる――今日なお、ジャン・フェラや、初期のフランソワーズ・アルディの歌を通してそのイメージをつかむことができる。

しかしながら同時に、アメリカに起源を持つセックス享受型大衆文化（エルヴィス・プレスリーの歌、マリリン・モンローの映画）がヨーロッパにも広まり出す。冷蔵庫や洗濯機といった、カップルの幸福を応援する道具と並行して、トランジスター・ラジオやレコード・プレイヤーも広まり、〈思春期の火遊び〉という定型が流布されるようになる。六〇年代全般を通じて潜在していたイデオロギー的葛藤は、七〇年代初頭、「マドモワゼルはお年頃」や「二十歳」といった雑誌を舞台に噴出した。当時の最重要問題、「結婚前にどこまで許される？」という問いに、その葛藤が凝縮されたのである。同じ時代、アメリカ起源の快楽主義的・セックス至上主義的立場は、アナーキーを信条とする諸雑誌によって強力に支持された（「アクチュエル」の創刊が一九七〇年十月、「シャルリ＝エブド」の創刊が同年十一月）。これらの雑誌は原則として反資本主義的な政治姿勢を持つものだったが、娯楽産業とは肝要な点において一致していた。つまり、ユダヤ＝キリスト教的道徳の破壊、青春と個人の自由の擁護である。相矛盾する力に引き裂かれながら、少女向け雑誌は緊急の妥協案をこしらえたが、その内容は次のような少女の一生の物語に要約できる。まず始めのうち（十二歳から十八歳までのころとしよう）、少女は複数の男の子と〈出かける〉（〈出かける〉という単語の曖昧さ自体が、実際の行動の曖昧さを反映してもいた——男の子と〈出かける〉とは、いったいどういう意味なのだろう？　それは口にキスすることなのか、それとも〈ペッティング〉や〈ディープ・ペッティング〉のより深い快楽、さらには性的関係そのものを指すのか？　男の子に自分の胸を触らせてもいいの？　パンティーは脱がなければならないの？そして彼の体は、いったいどう扱えばいいのだろう？）。パトリシア・オヴェイエールにとっても、カロリーヌ・イェサヤンにとっても、頭の痛い問題だった。彼女たちの読んでいる雑誌に載っているのは、はっきりしない答えや矛盾した答えばかりだった。次の時期になると（大学受験が終わったころ）、娘は〈真剣な話〉がなくてはならないことを感じるようになり（のちにドイツの雑誌は、それに〈ビッグ・ラヴ〉という名称を与えた）、そうなると「わたしはジェレミーと一緒になるべきなのかしら？」というのが正しい問いになる。これが第二の時期であり、原則としてここで運命は決定される。処女向け雑誌の提示するこうした妥協案がまったく役に立たないものであることは――実際、これは正反対の行動モデルを、人生の二つの時期にいいかげんに当てはめただけのものだった――、数年後、離婚が一般化した時点で初めて明らかになった。とはいえ何年かのあいだ、この現実味のない図式は、周囲に生じている変化の早さについていけないうぶな娘たちにとって、信頼できる人生のモデルとなり、彼女たちはそのモデルに合わせようと一応の努力をしたのである。

アナベルにとって、事態はまったく異なっていた。彼女は夜寝る前にミシェルのことを考え、朝起きて彼にまた会えるのを喜んだ。授業中何か面白いことや変わったことがあると、それをミシェルに話してあげようとすぐに思った。昼間、何かわけがあってミシェルに会えないと不安になり、悲しくなった。夏休みのあいだ（両親はジロンド県に別荘を持っていた）、彼女はミシェルに毎日手紙を書いた。自分ではっきりそうだと認めていなかったにせよ、手紙に情熱的なところは少しもなく、同い年の兄弟に書いているような文面だったにせよ、そして暮らし全体を包み込んでいたその感情が、身を焦がす熱情というより優しさの輝きを放っていたにせよ、アナベルの心の中では次のような事実が次第に明らかになっていった——それを求めることもなく、本当には望みさえしないうちに、自分はいきなり〈大恋愛〉に直面しているのだ。最初に出会った男の子がその相手だったのであり、もう他に誰も現れないだろうし、そんなことは問題にもならないだろう。「マドモワゼルはお年頃」には、そういう場合もあると出ていた——でも勘違いしちゃだめ、そんなのめったにあることじゃないんですからね。でも、時として、本当に珍しい、奇跡的な場合には——とはいえ現実にあったことは証明済み——、そういう場合もあるのです。それはこの地上であなたの身に起こるかもしれない、いちばん幸せなことなのですよ。

11

この時期に関して、ミシェルは一九七一年の復活祭休暇に、アナベルの家の庭で撮った写真を一枚持っている。アナベルの父親は、チョコレートでできた卵を木の茂みや花壇に隠しておいた。写真では、アナベルはレンギョウの植え込みの真ん中に立っている。枝を押し分けて、子供ならではの真剣さで一生懸命に卵を探している。顔の輪郭がほっそりとなり始めていて、将来さぞや美人になるだろうと思わせた。セーターの下の胸がかすかにふくらみ始めていた。復活祭休暇、庭にチョコレートの卵が用意されたのはそれが最後となった。翌年にはもう、二人はその種の遊びに興味を持てない年齢になっていた。

十三歳になると、卵巣から分泌されるプロゲステロンとエストラジオールの影響で、少女の乳房および臀部には皮下脂肪がつき始める。うまく行った場合、それらの器官はふっくらと丸く優美な曲線を描き出す。それを見た男は激しい欲望をかき立てられる。同じ年のころ母親がそうであったように、アナベルもまたとても美しい体つきをしていた。だが母親の顔は感じがよくにこやかというだけのことで、それ以上ではなかった。それだけにアナベルの痛ましいほどの美しさはまったく予想外であり、母親は何だか怖くなり始めた。アナベルがその大きな青い目と豊かな明るい金髪を受け継いだのは、オランダ系の父方からに違いなかった。だが彼女の顔の悲痛なくらいの端整さは、形態発生上の途方もない偶然のみが生み出し得たものだった。美しさに恵まれない娘は不幸だ、というのもそんな娘には愛される可能性がまったくないのだから。本当のところ誰も馬鹿にしたり、残酷に扱ったりするわけではない。ただまるでその娘は透明であるかのようで、誰も目にとめはしないのだ。反対に、極度の美しさ、若い娘ならではのみずみずしい魅力をはるかに超えた美しさは、超自然的な効果を発揮し、必ずや悲劇的運命を予告するものであるかに見える。十五歳で、アナベルはそうした、年齢も身分も関係なしにあらゆる男たちが立ち止まる種類の稀な娘たちの一人となった。そうした娘というのは、中規模の都市の繁華街をただ歩いているだけで、若者や中年男たちの鼓動を早めさせ、老人にはもっと若かったならと無念のため息をつかせるのである。自分がカフェに入ったり、授業の教室に入ったりするたびごとにあたりに沈黙が生ずることに、彼女はじきに気がついた。しかしその意味を充分理解するまでには、なお何年もかかった。クレシー＝アン＝ブリのCEG〔普通教育コレージュ〕では、彼女はミシェルと「できている」とみんなが知っていた。しかしそうでなかったとしても、実際のところ、彼女に対して野心を抱くような男の子は誰も現れなかったことだろう。それが美人すぎる娘の抱える問題の一つだ。寄ってくるのは、シニカルで恥知らずな、経験豊富な女たらしだけなのである。したがって、そうした娘たちの処女を奪うのはおよそ下劣きわまりない男と相場が決まっていて、それが取り返しのつかない零落への第一歩となる。

一九七二年九月、ミシェルはモー高校《リセ》の一年生になった。アナベルは第三学年に進級〔中学三年〕、つまりあと一年コレージュに残った。ミシェルはリセから列車で帰り、エスブリーでディーゼルカーに乗換える。普通、クレシーには十八時三十三分に到着。アナベルは彼を駅で待った。二人は小さな町の運河沿いに歩いた。ときどき──実際のところごく稀にだったが──、カフェに入ることもあった。今やアナベルは、いつかミシェルが自分にキスをしようとするだろうし、変身しつつあると自分にも感じられるその体を愛撫しようとするだろうとわかっていた。その瞬間を、彼女はあわてずに、またあまり恐れることもなく待っていた。ミシェルを信頼していたのだ。

性行動の基本的諸相が生得のものであるとしても、人生の最も初期の数年間における体験は、とりわけ鳥類および哺乳類の場合、性行動発現のメカニズムにとって重要な役割を演じる。同類動物との尚早な接触は、犬、猫、ネズミ、モルモット、そしてアカゲザル〈マッカ・ムラッタ〉において決定的な影響を及ぼすように思われる。雄のネズミの場合、幼児期に母親との接触を奪われると、性行動に重大な欠陥が生ずる。とりわけ、雌への言い寄り行為が抑制されてしまうのである。たとえそれが自分の生命を左右することであったとしても（事実、かなりの程度そうだったのだが）、ミシェルにはアナベルにキスすることはできなかっただろう。夕方、かばんを持ってディーゼルカーから下りてくるミシェルの姿を見るとあまりに嬉しくて、文字どおり彼の腕の中に飛び込んでいくことがアナベルにはよくあった。そんなとき二人は数秒間、幸福で体が麻痺したようになって抱き合ったままでいた。それからやっと、口をきくのだった。

ブリュノもまた、クラスは違うが、モー高校の一年生になっていた。母親が別の男と二人目の息子を作ったことは知っていたが、それ以上のことは知らなかった。母親に会う機会はめったになかった。夏休み、カシスの母親の別荘に出かけたことが二度あった。旅の若者たち、ヒッチハイクをしている若者たちを母親は大勢迎え入れていた。それは大衆マスコミが〈ヒッピー〉と呼ぶ若者たちだった。実際のところ、彼らは何の仕事もしていなかった。別荘に厄介になっているあいだはジャニーヌに養ってもらっていた。ジャニーヌは自分をジェーンと呼ばせていた。つまり若者たちは、彼女の前夫が開業した美容整形クリニックの収入で食べさせてもらっていたのだ――ということは結局、老いとともに訪れる容色の衰えと戦おうとする、あるいは生まれつきの欠点を直そうとする金持ちのご婦人方の欲望によって養われていたわけである。彼らは岩に囲まれた入り江で、素っ裸で泳いだ。ブリュノは決して水泳パンツを脱ごうとしなかった。自分が白っちくて、ちびで、不格好なデブだと思っていた。母親はときおり、若者たちの一人をベッドに迎えた。もう四十五歳、外陰部は痩せて少しばかりたるんでいたが、しかし顔立ちは美しさを保っていた。ブリュノは日に三回自分の物をしごいていた。若い娘たちの陰部はすぐそば、ときには一メートルと離れていないところにあった。だがブリュノには、それが自分に対しては閉ざされていることがわかっていた。他の若者たちは自分よりも背が高く、赤銅色に焼けた肌をし、力強かった。何年も後になってブリュノは理解することになる——プチブルの世界、サラリーマンや中間管理職の世界の方が、当時の〈ヒッピー〉に代表されるマイナーな若者の世界に比べればまだ寛大で、開かれていて、愛想がいいということを。「その気になれば、立派な管理職に変身して、管理職仲間に受け入れてもらうことだってできる」とブリュノは好んで言うのだった。「そのためにはスーツとネクタイとシャツを買いさえすればいい——C&Aのバーゲンで買えば全部で八百フランですむ。確かに、車は問題だ——何しろそれは、中間管理職の抱える唯一の難問なんだから。でも何とかなる。クレジットを組んで何年か働けば大丈夫だろ。ところが、マイナー連中の格好をまねしたところでどうにもならないんだ。だってこちらは若くもなければ、ハンサムでもなし、〈クール〉でもない。頭だって薄くなってきたし、肥満の気もある。しかも年を取れば取るほど不安にさいなまれて、傷つきやすくなるみたいなんだ。のけ者にされたり、軽蔑されたりする気配を感じるだけで、ひどくこたえるのさ。一言で言えば、充分にナチュラルじゃない。つまり〈野獣〉じゃないんだ——で、それがどうしようもない欠陥なんだ。こっちが何を言い、何をし、何を買おうとも、このハンディキャップを乗り越えることはできっこない。だって、これは生まれつきのハンディキャップと同じくらい厳しいものなんだから。」最初に母親のところに行ったとき、ブリュノは早くも、自分は決して〈ヒッピー〉の仲間に入れてはもらえないと悟った。自分は美しい野獣ではないし、今後も決してそうはならないだろう。夜、彼は女の陰部が口を開けたところを夢に見た。同じころ、カフカの小説を読み始めた。最初は寒々しさ、冷気が忍び寄るような感じを覚えた。『審判』を読み終えたときは、痺れたような、ぐったりした感覚が数時間も続いた。たちまちのうちに彼は、このスローモーションの世界、恥辱にまみれ、人と人が途轍もない空虚の中ですれ違い、互いのあいだにいかなる関係も結び得るとは思えない世界が、まさしく自分の精神世界そのものであることに気がついた。それは緩慢で、冷え冷えとした世界だった。ただし一つだけ熱いものが、女たちの脚のあいだにあった。だがそれは彼には手の届かないものだった。

ブリュノにはどこかまずいところがあって、友だちもいず、女の子たちを相手にするとからきし意気地がない、要するに青春をむざむざ無駄に過ごしているということがいよいよはっきりしてきた。それに気づいた父親は、いやます罪悪感にさいなまれた。一九七二年のクリスマス、そのことを話し合うため、彼は別れた妻を呼び出した。話をするうち、ブリュノの半分血のつながった弟が同じ高校の（クラスは別だが）やはり一年に在学しており、それなのに二人はまだ一度も会ったことがないということがわかった。父親はこれを、まさしくなげかわしい一家離散状態の象徴として深刻に受け止め、その責任は別れた妻と自分の二人にあると考えた。そこで彼は初めて父親の権威を発揮し、手遅れにならないうちに、二番目の息子とよりを戻すようジャニーヌに求めた。

ジャニーヌは、ミシェルの祖母が自分に対してどんな感情を持つかについて、ほとんど幻想は抱いていなかった。だがそうは言っても、現実は想像よりさらに少しばかり悪かった。彼女がクレシー゠アン゠ブリの家の前にポルシェを駐車したとき、買い物用バッグを手に、年老いた女が家から出てきた。「あの子に会うのを邪魔はできません。あなたの息子なんですから」と老女はぶっきらぼうに言った。「買い物をしてきます。二時間で戻りますから、それまでには帰ってください。」老女はぷいと行ってしまった。

ミシェルは自分の部屋にいた。ジャニーヌはドアを開けて中に入った。息子にキスするつもりだったが、そのしぐさを見て、ミシェルは優に一メートルほどあとずさった。大きくなるに従い、息子は驚くほど父親に似始めていた。同じ金髪の繊細な髪、鋭い顔つき、突き出た頬骨。ジャニーヌはおみやげにレコード・プレイヤーとローリング・ストーンズのレコードを何枚か持ってきていた。ミシェルは一言も言わずにそれらを受け取った（プレイヤーはもらっておいたが、レコードは数日後に捨ててしまった）。地味な部屋で、壁にポスター一枚なかった。勉強机の上には数学の本が開いてあった。「それは何の本？」ジャニーヌが尋ねた。「微分方程式。」ミシェルがおずおずと答えた。ジャニーヌは息子の暮らしぶりを聞き出し、夏休みに招待しようと思っていた。それどころではなかった。そこで彼女は、近々あなたのお兄さんが訪ねてくるわよと言うだけにとどめた。ミシェルは頷いた。ジャニーヌがやってきてほぼ一時間になるが、さっきから沈黙が続いていた。そのとき庭にアナベルの声が響いた。ミシェルは窓辺に駆け寄り、おいでよと叫んだ。ジャニーヌは庭の戸から入ってくる若い娘に目をやった。「きれいな子じゃないの、あんたの彼女……。」ジャニーヌはかすかに唇をゆがめて感想を述べた。ミシェルはその言葉を侮辱として受け止め、血相を変えた。ポルシェに乗り込もうとするとき、ジャニーヌはアナベルとすれ違い、相手をまじまじと見つめた。その目には憎しみがこもっていた。

ブリュノに対し、ミシェルの祖母はいかなる反感も抱いていなかった。彼もまたあの異常な母親の犠牲者なのだ――それが祖母の見方だった。簡単だが、的を射た見方だった。こうしてブリュノは毎週木曜日の午後、ミシェルに会いにくるようになった。彼はクレシー＝ラ＝シャペルからディーゼルカーに乗ってやってくる。そのたびに、可能なら（実際それはいつも可能だったのだが）一人でいる若い娘の正面に座った。たいていの場合娘は脚を組んでいたり、透け透けのブラウスを着ていたりした。ブリュノは真正面というより、斜め向かいに座った。同じ側の、二メートルと離れていない場所に腰を下ろすことも多かった。ブロンドにしろ栗色の髪にしろ、長い髪を目にするだけで勃起した。席を吟味して通路をうろつきながら、パンツの中にうずくものを覚えた。腰掛けるときには、もうポケットからハンカチを取り出していた。あとは紙挟みを開いて膝の上に置きさえすればいい。何度かしごけば果ててしまう。一物を引っ張り出したときに娘が脚を組み替えたりしようものなら、わざわざしごく必要さえない。パンティーが目に入ると同時に射精していた。ハンカチはもしもの時のためであって、普通は紙挟みのページの上に精を放っていた。二次方程式や、昆虫の図解や、ソ連の石炭生産量の上にである。娘は雑誌に読みふけっている。

はるか後年になっても、ブリュノは疑念を抱えたままだった。こうしたことはみな、確かに起こったことだった。それは彼が持っている写真の、怖がりで太っちょの子供と直接関係があることだった。彼は欲望に身をさいなまれる大人となったわけだが、その大人と子供とは関係がある。子供時代は辛く、少年時代はむごたらしかった。今や彼は四十二歳、客観的に見れば死ぬのはまだずいぶん先のことだ。だが、これから先き生きたとして、いったい何が残されているだろう？　何回かのフェラチオぐらいか。しかもそのために金を払うことに抵抗感をほとんど覚えなくなってきていることに、彼は気がついていた。目標に向かって張り詰めた人生を送っているとき、思い出に浸っている余地はない。なかなか勃起しなくなり、勃起しても長持ちしなくなるにつれて、ブリュノはぼんやりと感傷に耽るようになった。彼にとって人生の主たる目標はセックスだった。もはやそれを変えることはできないと、今の彼にはわかっていた。その点でブリュノは、彼の時代の典型であった。少年時代、フランス社会における過去二世紀にわたる激烈な経済競争はやや緩和されていた。経済的条件は当然、ある程度の平等に向かうはずだという認識が社会に広がっていった。政治家たちも会社の重役たちも、スウェーデン型社会民主主義をしばしば手本として引いた。したがってブリュノも、まわりの人間に経済的成功によって差をつけてやろうという気にはならなかった。職業のレベルでは、のちにジスカールデスタン大統領が「輪郭の定かならぬ巨大な中流階級」と呼んだものの中に溶け込むことが彼の唯一の目標だった。だが人間というのはヒエラルキーをつけたがり、何としても同類に対し優越感を持ちたいと願うものだ。経済的平等への道において ヨーロッパ民主主義の手本となったデンマークとスウェーデンは、〈フリーセックス〉の面でも手本を提供した。この中流階級が労働者も管理職も一緒くたに吸収していくうち、思いがけなくもそのただなかに——より正確には中流階級の子供たちのあいだに——、新たなナルシシズム的競争の領域が開かれた。一九七二年七月、オーストリア国境に近いバイエルンの小さな町トラウンシュタインで語学合宿に参加したとき、くだんの階層に属するもう一人のフランス人少年、パトリック・カステリは、三週間で三十七人の娘をものにすることができた。同じころ、ブリュノは成果ゼロのままだった。とうとう彼は、スーパーマーケットの女店員に向かって一物を露出してしまった——幸いにも相手は笑い出して、被害届を出さずにおいてくれたのだったが。ブリュノ同様、パトリック・カステリはブルジョワ家庭の息子で学校の成績は良好だった。つまり二人は経済面においては、将来肩を並べ得る可能性があった。だがブリュノの場合、青春の思い出はどれも似たようなものばかりだった。のちに経済のグローバリゼーションが進むと、競争ははるかに激化し、国民の大半が中流に属して購買能力は増す一方などという夢は一掃されてしまう。社会の階層差が開き、生活の不安定感と失業が広まった。そうはいっても、性的競争の厳しさが和らいだわけではない。まさにその逆だった。

ブリュノがミシェルと知り合って、今では二十五年たった。この恐ろしいほどの長い時間のあいだ、ブリュノには自分が少しでも変わったとは思えなかった。個人のアイデンティティには核となる部分があり、性格の主要な特徴は不変であるとする説は、彼にとっては自明のものと思えた。しかしながら、彼の人生の大きな部分は忘却のうちにすっかり埋もれてしまった。人生の何カ月、何年もを、そのあいだ生きずに過ごしてしまったかのように思えた。だが青春時代最後の二年については事情はまったく別で、思い出と、その後を決定するような体験に満ちていた。はるかのちになって、半分血の通った弟から教わったところでは、人間の記憶とはグリフィスの一貫した物語に似たものだという。二人はミシェルのアパルトマンでカンパリを飲んでいた。五月の晩だった。二人が昔の思い出話をすることはめったになく、大概は政治や社会の出来事について語り合っていた。だがこの晩は思い出を語り合ったのである。「兄さんは人生のいろいろな時期について思い出があるわけだ」とミシェルが要約した。「その思い出は、さまざまな具合に蘇ってくる。昔の考えが蘇ってくることもあれば、心の動きや、人の顔が蘇ってくることもある。さっき話に出たパトリシア・オヴェイエールみたいに、名前だけが思い出される場合には、その人に今会ってもわからないだろうね。顔だけが蘇ってきて、何の思い出もわかないときもあるだろう。カロリーヌ・イェサヤンの場合なら、その娘について兄さんの知ってることは、兄さんの手が腿の上に置かれていた数秒間に凝縮されていて、それだけが完全にありありと残っている。グリフィスの一貫した物語というのは、一九八四年に導入されたんだけど、それは蓋然性のある物語に含まれる複数の量子論的尺度を結び合わせるためなんだ。グリフィスの物語は一連の、異なる時点における任意の尺度から構成される。それぞれの尺度は、尺度ごとに異なるある物理学的量が、ある瞬間においては、一定の価値領域に含まれているということを表している。たとえば、t_1時において、一個の電子がこれこれのスピードを有している場合、それはある一つの測定方法にもとづいての、おおよその話だ。t_2時において、その電子は空間のこれこれの領域に位置している。t_3時にはこれこれのスピン〔素粒子あるいは原子核内部に固有の角運動量〕を有している。さまざまな尺度の部分集合から出発して、論理的に一貫性のある〈物語〉を決定することができるんだ。とはいえそれは〈本当の〉物語だとは言えない。ただ、矛盾なく支えられているというだけのことさ。一定の実験的枠組み内における可能世界の物語のうち、あるものについては、グリフィスによって定式化された形で書き直すことができる。そういう物語を〈グリフィスの一貫した物語〉と呼ぶ。その場合、あたかも世界は内在的で安定した特性を持つ、個々の諸要素から組み立てられているかに思われるんだ。でも、あるひとつながりの尺度をもとに書き直されうるグリフィスの一貫した物語がいくつあるかというと、これは一般に一つよりもずっと多い。兄さんは自我というものを意識しているだろう。その意識から出発して、兄さんは一つの仮説を立てることができる。つまり、兄さんが自分の思い出を集めて再構築する物語とは、一貫した物語であり、一義的語りの原理において正当化できる物語なんだという仮説。単独の個人、物体と属性の存在論に従いながら、ある一定の時間懸命に生きようとする個人であるからには、その点について兄さんには疑問の余地がない——グリフィスの一貫した物語を、誰もが兄さんに対し必ず一つ当てはめることができるはずなんだよ。この先験的な仮説が有効なのは、現実生活の領域に関してであって、夢の領域には通用しない。」

「自我なんて幻想だと思いたいな。とはいえそれが痛ましい幻想であることに、変わりはないんだが……。」ブリュノがそっと言った。ミシェルには何と答えていいかわからなかった。仏教のことは何も知らなかった。会話はスムーズに運ばない。お互い、年にせいぜい二度しか会わないのだ。若いころは議論に夢中になりもした。だがもはやそんな時代は過ぎ去った。一九七三年九月、彼らは一緒に第一学級Cクラスに進級し、二年間、同じ数学や物理の授業を取った。ミシェルはクラスのレベルをはるかに超えていた。人間の世界は——彼はそのことを理解し始めていた——期待はずれなものであり、苦悶とにがさに満ちている。数学の方程式は、晴れやかで、強烈な喜びを与えてくれた。暗がりの中を進んでいくと、突然道が開ける。式を何本か立て、何度か因数分解を行うことで、輝かしく晴朗な高みへと登っていく。証明の際、最初に立てる式は一番感動的だ。なぜなら離れたところで点滅している真理は、まだ不確かなままだから。最後の式は一番輝かしく、喜ばしい。この年、アナベルはモー高校の第二学年に進んだ。三人は放課後、しょっちゅう会った。それからブリュノは寄宿舎に戻る。アナベルとミシェルは駅に向かった。事態は奇妙な、悲しいなりゆきを示した。一九七四年初め、ミシェルはヒルベルト空間の理論に没頭し、さらに測度論に入門、リーマンやルベーグやスティルチェスの積分を知った。同じころ、ブリュノはカフカを読み、ディーゼルカー車内でマスターベーションしていた。五月のある午後、ラ・シャペル＝シュル＝クレシーに開いたばかりのプールで、ブリュノはバスタオルの前を開いて、十二歳の娘二人に一物を開陳するという喜びを得た。とりわけ、娘二人が肘でつつき合い、その光景に興味を引かれた様子を示したことが嬉しかった。彼は二人のうちの一人、メガネを掛けた小柄な栗色の髪の少女と意味深長な視線を交わした。他人の心理に本気で関心を寄せるにはあまりに不幸で欲求不満に悩んでいたとはいえ、ブリュノは異父弟が自分よりももっとひどい状況にあることに気づいていた。ときおり三人は一緒にカフェに行った。ミシェルはアノラックを着て不格好な縁なし帽をかぶり、サッカーゲームのやり方も知らなかった。もっぱらブリュノがしゃべっていた。ミシェルは身動きもせず、無口になる一方だった。そしてアナベルの方に思いやりのこもった、しかし力のない眼差しを向ける。アナベルはまだ諦めてはいなかった。彼女にとって、ミシェルの顔は別世界の注釈のようだった。そのころ、彼女は『クロイツェル・ソナタ』を読み、一瞬ミシェルのことがわかった気がした。二十五年後になってみて、ブリュノには、あのころの自分たちがバランスを失った、異常な、未来のない状況にあったことがありありとわかる。過去を振り返るとき、人はいつでも、すべては決定されていたのだという――おそらくは誤った――印象を抱くのだ。

12　標準的体制

「革命的な時期において、まったくもって奇妙な自負とともに、同時代人たちのあいだに無政府主義的情熱を鼓舞したのは自分だと思い込む類の連中は、その嘆かわしい見かけ上の勝利なるものが可能になったのは、それに対応する社会状況の総体によって決定された、自ずからなる傾向があればこそだったということに気づいていないのである。」

オーギュスト・コント『実証主義哲学講義』第四十八講

七〇年代半ばのフランスを特徴づけたのは、『オペラ座の怪人』〔ブライアン・デ・パルマ監督、一九七四年〕、『時計仕掛けのオレンジ』〔スタンリー・キューブリック監督、一九七一年〕、『ヴァルスーズ』〔ベルトラン・ブリエ監督、一九七三年〕のスキャンダラスな成功であった。まったく異なる内容を持つ三本の映画だが、それらがそろって成功を収めたことは、主としてセックスと暴力に基盤を置く「ヤングカルチャー」が興行的に当たる証拠となり、以降数十年にわたってその類の作品がマーケットに占める割合は増す一方となった。六〇年代に財を築いた三十歳代の連中は、一九七四年に公開された『エマニエル夫人』を十二分に楽しんだ。余暇を過ごすのにぴったりのエキゾチックな土地と性的夢想を提供することで、ジュスト・ジャカンの映画はそれ一本だけで、なお深くユダヤ＝キリスト教的であり続けていた文化のただなかにおいてレジャー文化幕開けへの宣言となった。

より一般的には、風俗解放を是とする運動は一九七四年、重大な成功を勝ち得た。三月二十日、パリに最初のヴィタトップ・クラブ〔アスレチック・クラブ〕が開店したが、この店は以後、肉体美およびその崇拝という領域でパイオニア的役割を果たすことになる。七月五日には成年を十八歳に引き下げる法律が、七月十一日には双方の合意に基づいて離婚を許可する法律が採択された――刑法から姦通罪が消えたのである。そして十一月二十八日、騒然たる――「歴史的な」とマスコミは書き立てた――議論の末、左翼の支持を背に、妊娠中絶を認めるヴェイユ法が採択された。実際、西洋諸国でながらく有力であったキリスト教的人類学は、あらゆる人間の生命、そして死の概念に無際限の重要性を与えていた。それはキリスト教徒たちが人間の体内に〈魂〉が存在すると信じていたことに結びつけて考えるべきである――本質において不滅であり、死後は神に委ねられるべき魂。十九世紀および二十世紀には、生物学の進歩の影響を受け、その前提において根本的に異なり、その倫理的要請においてははるかに慎ましい、唯物論的人類学が徐々に進展していった。一方で胎児、すなわち漸進的分化の状態にある細胞の小さな集積に、自立した個体としての存在を認めうるのは、ある種の社会的コンセンサスが成り立つ場合のみだと考えられるようになる。他方、老人、すなわち進行性分解の状態にある器官の集積は、それら諸器官のあいだに充分な連携が成り立っている場合にのみ生き延びる権利を主張できる——〈人間的尊厳〉という概念の導入である。人生の両極において生ずるこうした倫理的問題（妊娠中絶、そしてその数十年後には、安楽死の問題）は、以後、二つの世界観、結局のところ根底的に対立する二つの人類学のあいだの、乗り越えがたい対立要素を成すにいたる。

フランス共和国が抱懐する原則的な不可知論は、唯物論的人類学が徐々に、偽善的な、さらに言えば少々陰険な形で勝利を収めるのを助けた。決して公に議論されることはなかったものの、人命の〈価値〉という問題は人々の胸のうちにくすぶり続けた。それが西洋文明最後の数十年において、陰鬱で、さらには自虐的な精神風土が広がる一つの理由にもなったと断言することができるだろう。

ブリュノは十八歳になったところだったが、彼にとって一九七四年の夏は重大な、決定的な意味さえ持つものとなった。はるか後年、精神科医にかかるようになったとき、彼はあれこれと細部に変更を加えながら、幾度もこの夏の話を蒸し返した——精神科医もまた、この物語をきわめて重視しているらしかった。ブリュノが好んで話した公式バージョンは以下のとおりである。

「七月末のことでした。コート・ダジュールの母のところに一週間ほど出かけました。母の家は人の出入りが頻繁で、大勢人間がいました。この夏母のお相手を務めていたのはカナダ人でした――がっしりした体格の若い男で、まさに木こりのような逞しさです。母のところを去る日、ぼくはとても朝早く目を覚ましました。太陽はもう熱く照りつけていました。母の寝室に入っていくと、二人はぐっすり眠っていました。しばらくためらってから、ぼくはシーツを引っ張ってみたのです。母が身動きしたので、一瞬目を覚ますのかと思いました。両腿が少し開きました。ぼくは母の陰部の前にひざまずきました。あと数センチのところまで手を伸ばしたのですが、触る勇気は出ませんでした。ぼくはマスをかくため外に出ました。母は猫を何匹も餌付けしていました。どれもあまり人になれていない野良猫です。ぼくは石の上でひなたぼっこしている雄の若い黒猫に近づいていきました。家のまわりの地面は石ころだらけで、一面真っ白、容赦ないほどの白さでした。ぼくがマスをかいているあいだ、猫は何度かこちらを見つめましたが、射精する前に目を閉じてしまいました。ぼくは体をかがめて、大きな石ころを拾いました。猫の頭蓋骨が割れ、あたりに脳みそが少しばかり飛び散りました。ぼくは死体を石で覆ってから家に戻りました。まだだれも起きていませんでした。その日の午前中、母はぼくを父のところに送っていきました。五十キロほどの距離です。車の中で、母ははじめてぼくにディ・メオラの話をしました。彼も四年前にカリフォルニアを離れ、アヴィニョン近郊、ヴァントゥーの斜面に広い地所を買ったのです。夏、彼はヨーロッパ中の国々、そしてアメリカから来る若者たちをそこに泊めてやっていました。母はぼくも今度そこに行ってみるといい、世界が広がるからと言うのです。ディ・メオラの教えはとりわけブラフマンの伝統に基づくもので、ただし母によれば狂信も排他性もないとのことでした。彼はまたサイバネティクスやPNL、そしてエスリンで開発された心理的抑制解放テクニックの成果を取り入れていました。何よりもまず個人を解放し、奥深く隠された創造的ポテンシャルを解き放つことがねらいだったのです。「私たちはニューロンの一〇パーセントしか使っていない」というわけです。「それに」とジェーンは付け加えました（松林を横切りながら）。「あそこに行けば、同じ年頃の若い人たちに会えるわよ。あんたがうちにいるあいだじゅう、わたしたちみんな感じてたのよ。あんたはセックスの面で問題を抱えてるって。」セクシュアリティに対する西洋流の生き方は、母によれば完全に逸脱し倒錯したものだというのです。原始社会の多くでは、イニシエーションは青春時代の初めに、一族の大人たちの指導下、自然に施されている。「何と言ってもわたしはあんたの母親なんですからね」と母はさらに付け加えました。ただし母は、一九六三年にディ・メオラの息子ダヴィッドに自分がイニシエーションを施したという事実には触れずにいました。そのときダヴィッドは十三歳。最初の午後、母はダヴィッドの目の前で裸になり、マスターベーションをするよう促しました。二日目の午後には、母自らダヴィッドの一物をしごいてやり、吸ってやったのです。そしてついに三日目、ダヴィッドは彼女を刺し貫くことに成功しました。それはジェーンにとってとても心地よい思い出だったのです。若い男の子のペニスは固く、何度射精を繰り返してもなお、無限に固さを取り戻すかのようでした。おそらくこのとき以降、母は若い男たちの方へと決定的に走ったのでしょう。「ただし、イニシエーションは必ず直系親族の枠外で行われなければならないのよ」と母は言いました。「世の中に向けて開かれるためにそれは不可欠なことなの。」」ブリュノは思わずはっとし、その朝彼が母の陰部をまじまじと覗き込んだとき、母は実は目を覚ましていたのではないかと思った。とはいえ、母の意見にとりわけ驚くべき点はなかった。インセスト・タブーの存在はグレイ・グースやマンドリルにおいてすでに証明されている。車はサント＝マクシムに近づいていた。

「父のところに着いたとき、父の調子が悪そうであることに気がつきました。この夏父は二週間しか休みを取れませんでした。当時はわかりませんでしたが、父は金銭上の問題を抱えていたのです。事業が初めて不調に陥ったのでした。あとになってから父は一切合財を聞かせてくれました。父は当時流行の兆しを見せていたシリコン豊胸の分野をまったく見あやまってしまったのです。一時的流行に過ぎない、アメリカ・マーケットに限られたものと父は判断していました。それはむろん完全な誤りだったわけです。アメリカから来た流行が数年のうちに西ヨーロッパを席巻せずに終わったためしなど、ただの一つとしてないのですから。

父の若い共同経営者の一人はこれを好機と見て独立し、シリコン豊胸を呼び物とすることで父の顧客の大半を奪い取ってしまったのでした。」

ブリュノの父がそうした事情を打ち明けたのは、もう齢七十になってからで、肝硬変の発作により倒れる直前のことだった。「歴史は繰り返す、さ。」父はグラスの氷を鳴らしながら暗い口調で言った。「ポンセの馬鹿（二十年前父の破産の原因を作った若いやり手整形外科医のこと）、ポンセの馬鹿は最近、ペニス伸長手術に投資するのを拒んだらしいぞ。そんなつぎはぎ細工はいやだ、ヨーロッパの男たちにははやるまいというんだ。あのころのわたしと同じくらい馬鹿なやつ。もしわたしが今三十歳だったなら、きっとペニス伸長手術に乗り出してやるのに！」父はそう言い放つと、ほとんど夢遊病者のごとく、混濁した夢想に浸りこむのが常だった。この年になると、会話の流れはどうしたって滞りがちになる。

一九七四年のこの月、ブリュノの父はまだ零落のとば口にあったにすぎない。午後はサン＝アントニオの推理小説を山と積み、バーボンの瓶ともども寝室に閉じこもるのが常だった。七時ごろになると寝室から出てきて、震える手でインスタント食品を準備するのだった。息子相手に話をすることを完全に諦めてしまったわけではないが、かといって話の糸口はどうしてもつかめなかった。二日もすると雰囲気はいたたまれないものになった。ブリュノは午後中家を留守にするようになった。ただ単に、浜辺に出かけていたのである。

話の以下の部分に対して、精神科医の評価は低くなったが、しかしブリュノは固執し、省略してしまおうとは決して思わなかった。だって、この阿呆の仕事は人の話を聞くことじゃないか、それで金もらってるんだろう？

「その娘はたった一人でいました」——というわけでブリュノは続けた——「毎日午後ずっと、一人きりで浜辺で過ごしていたのです。ぼくと同じ、金持ちの哀れなガキ。年は十七歳。ずんぐりむっくりの立派なおデブさんで、おどおどとした顔つき、白すぎる肌に吹き出物。四日目の午後、それはぼくが出発する前日のことでしたが、タオルを持ってこの娘の横に座りました。娘は水着のブラジャーのホックをはずしたまま、腹ばいになっていました。何と言おうかと迷ったあげく、口をついて出たのは、たしか「夏休みなの？」というせりふだけでした。彼女は目をこちらに上げました。もちろん、別にかっこいいせりふを期待してはいなかったでしょうが、しかしこれほど馬鹿な言葉も予想していなかったのではないでしょうか。それからぼくらは互いのファーストネームを教え合い、彼女の名前がアニックだとわかりました。やがて彼女は体を起こさないわけにはいかなくなり、ぼくはこう思いました。この娘、ブラジャーのホックをはめようとするだろうか。それとも反対に、胸元をあらわに見せながら起き上がるだろうか。彼女が選んだのはいわばその中間でした。ブラジャーの前の方を半ば押さえながらこちらに向き直ったのです。その結果、ブラジャーのカップは少々ずれたままになってしまい、胸は完全には隠されずじまいでした。本当に大きな胸をしていて、それがすでにして少しばかり垂れていましたから、その後はさぞやひどいことになっているでしょう。ずいぶん勇気のある娘だなとぼくは思いました。ぼくは手を伸ばしてカップの中にもぐらせ、少しずつおっぱいを露出させていきました。彼女はじっとしたまま少し体を強張らせ、目をつぶりました。ぼくは手でおっぱいを撫で続け、彼女の乳首は固くなりました。これはぼくにとって、わが人生最良の瞬間の一つであり続けています。

そこからはそれほど簡単にはいきませんでした。彼女を家に連れて帰り、そのまま二人でぼくの寝室に上がりました。ぼくは父に彼女を見られたくないと思いました。何と言っても父は、極上の美女たち相手に人生を送ってきた男なのですから。でも父はそのとき眠っていたのです。この日、父は完全に泥酔し、目を覚ましたのは夜の十時になってからでした。奇妙にも、ぼくがスリップを脱がそうとすると彼女は拒みました。一度も経験がないから、と言うのです。なるほど、これまで男の子相手に何をしたこともない娘でした。でもそう言いながら彼女は、躊躇なくぼくの一物を握って、一心不乱にしごき始めたのです。微笑を浮かべたその顔を思い出します。それからぼくはペニスを彼女の口に近づけました。彼女は一口、二口しゃぶりましたが、嫌そうな顔をしました。そこで作戦を変更し、馬乗りになって彼女にのしかかりました。彼女のバストのあいだにぼくが自分のペニスをはさんだとき、彼女は心底喜びを味わったんじゃないかと思います。思わずあえぎ声が洩れました。それでぼくは猛烈に興奮し、立ち上がると彼女のスリップをひきずり下ろしました。彼女は今度は抵抗せず、脚を持ち上げて協力さえしました。およそ美人とは程遠い娘だったけれども、でも彼女のおまんこは魅力的でした。他のどんな女のおまんこにも負けないくらい魅力的でした。彼女は目をつぶりました。ぼくが両手を彼女の尻の下に差し入れると、彼女は尻を左右にぱっくりと開いたのです。ぼくはあまりに感激してしまって、まだ挿入さえしないうちにいきなり射精してしまったのです。彼女の恥毛にスペルマが少々飛び散りました。ぼくはひどく恥じ入りましたが、しかし彼女は大丈夫、これでいいのと言いました。

話をする時間はもうあまりなく、すでに八時、彼女はすぐ両親の家に帰らねばなりませんでした。なぜかは知りませんが、彼女はぼくに、わたし一人娘なの、と言いました。夕食の時間に遅れてしまう理由ができて、彼女はあまりに満足であり、誇らしげな様子だったので、ぼくはあやうく泣き出してしまうところでした。ぼくらは家の前の庭で長々と抱き合いました。翌朝、ぼくはパリに戻ったのです。」

この短い物語を終えると、ブリュノは一呼吸置く。すると精神科医は体をぶるぶるっと震わせてから、たいていこう言うのだった。「なるほど。」要した時間によって、精神科医は続きを促す言葉を口にするか、あるいはただ「今日はここまでにしますか？」と、文末をかすかに上げて問いかけのニュアンスを加えつつ言った。そう言いながら精神科医が浮かべる微笑には、洗練された軽やかさが漂っていた。

13

同じ一九七四年の夏、アナベルはサン＝パレのディスコで男の子にキスされた。「ステファニー」誌で男の子と女の子のあいだの友情についての記事を読んだばかりだった。「幼なじみ」の問題に触れて、同誌はとんでもなくいやな主張を展開していた。幼なじみが「恋人」に変身する例はきわめて稀だというのだ。それよりもむしろ仲間、「忠実な仲間」になるというのが自然な流れである。「恋の戯れ」を初めて経験し、いろいろと傷ついたり悩んだりしたとき、幼なじみが相談役になってくれたり、支えてくれたりするのもよくあることなのだ。

この最初のキスに続く数秒間、雑誌に書いてあったのとは違って、アナベルはたまらない悲しさに襲われた。これまでに覚えのない痛切な何かが彼女の胸を一気に満たした。彼女は〈カトマンズ〉を出、ついてこようとする男の子を振り払った。原付《モビレット》の鍵を外しながら体がかすかに震えていた。この晩彼女はいちばんきれいなドレスを着ていた。兄の家まではほんの一キロの距離、彼女が戻ったのは十一時ちょっと過ぎで、居間にはまだ明かりがついていた。明かりを見ると、彼女は泣き始めた。一九七四年七月の一夜、こうした状況のもと、アナベルは自分の〈個的存在〉について苦悶に満ちた決定的意識に到達したのだった。動物においては身体的苦痛という形で啓示される個的存在が、人間社会においてその完全なる意識に到達するのはひとえに〈嘘〉を通してであり、嘘と個的存在とは実際上かさなり合う。十六になるまで、アナベルは両親に隠し事をしたことがなかった。そしてまた――これは稀有な、貴重なことだったと今にしてわかったのだが――、ミシェルに対しても同じだった。この夜、数時間のあいだにアナベルは、人生とは絶え間ない嘘の連続であると知ったのだ。同時に彼女は、自分が美人であるという意識にも目覚めた。

個的存在、そこから生まれる自由の感情、それが〈民主主義〉の自然な基盤を形成する。民主制においては、個人間の関係は〈契約〉を通して調停されるのが本来のあり方である。共に契約を結んだ相手の自然な権利を侵すような契約、あるいは契約取消しに関する明確な条文を備えていない契約はすべて、それだけで無効と判断される。

一九七四年夏については喜んで微に入り細に入り思い出話を聞かせるブリュノだが、その秋からの学園生活については言葉少なになった。実のところ思い出としては、いや増す不快さの記憶しかないのだった。漠とした時の断片、しかしその色調はいささか海緑色。アナベルとミシェルとは相変わらずしょっちゅう会っていて、親しい仲を保っていた。とはいえ大学入学資格試験《バカロレア》が近づいており、その学年が終わればどうしたってばらばらになる運命だった。ミシェルは変わった。ジミ・ヘンドリックスを聞いてカーペットの上を転げまわる、猛烈な勢いで。他の連中からずいぶん遅れて、ミシェルもまた〈青春〉の明らかな徴候を示し始めたのだ。アナベルと彼のあいだには気まずさが漂い、前のように自然に手をつなげなくなった。要するに、ブリュノが精神科医のために要約して言ったとおり、「何もかもがドツボにはまりつつあった」のである。

アニックとのできごと、それをブリュノは記憶の中で美化する傾向があったのだが（そもそもアニックに電話するようなことは注意深く避けていた）、あれ以来ブリュノは少しばかり自信を得ていた。とはいえこの最初の成果に続く成果は一向に上がらず、アナベルと同じクラスにいたとても〈イカシた〉栗毛の美人、シルヴィにキスしようとしたときにはこっぴどく肘鉄を食わされた。だが、彼でもいいという娘が一人はいたのだから、他にもまだいるはずだ。そしてブリュノは、ミシェルを守ってやらなければならないという気持ちを漠然と抱き始めていた。何と言っても自分はミシェルの兄弟、二歳年上の兄なのだから。「アナベルにしてやらなきゃならないことがあるだろう」と繰り返しブリュノは言った。「アナベルはそれだけを待ってるんだ。おまえのことが好きなんだし、リセでいちばんの美人じゃないか。」ミシェルは椅子の上で身をよじり、「ああ」と答える。何週間かが過ぎる。明らかにミシェルは、大人になる瀬戸際でためらっていた。アナベルにキスすること、それは彼ら二人にとって、この移行期を乗り切る唯一の方法だったろうが、ミシェルはそれを自覚していなかった。何もかも永遠に続くという偽りの希望を抱いていたのである。四月、彼は準備学級〔バカロレア取得後二年間、難関グランドゼコール進学をめざすためのリセ特別課程〕進級のための書類を提出しなかったことで、教師たちをかんかんに怒らせた。彼こそは他の誰よりもグランドゼコール合格の可能性大であることは明らかだったのだ。バカロレア試験まであと一月半、それなのに彼はいよいよ勉強が手につかないらしかった。鉄柵のはまった教室の窓越しに雲を眺め、前庭の木々や、他の生徒たちを眺めていた。もはや人間界のいかなるできごとも彼の心を本当には動かさなくなってしまったかのように見えた。

一方ブリュノは、文学部を志望することに決めた。テイラー＝マクローリンの定理〔級数展開に関する定理〕にはもううんざりし始めていたし、それに何と言っても文学部に行けば女の子がいる——しかもたくさん。父は一切反対しなかった。老いた放蕩者が決まってそうであるように、ブリュノの父親もまた年を取ってセンチメンタルになり、自分のエゴイズムゆえに息子の人生を台無しにしてしまったことを痛切に悔いていた。それは完全に間違いというわけでもなかった。五月の始め、彼はジュリーという最新の愛人と別れた。光り輝くような美女だったにもかかわらず。本名ジュリー・ラムール、芸名をジュリア・ラヴと言った。初期のフランス製ポルノ映画、バード・トランバリー〔一九八一年『黒い絹靴下』がヒット〕やフランシス・ルロワ〔七〇・八〇年代ポルノ作品を濫作〕監督による今日では忘れ去られた作品に出演した女優である。彼女は少しジャニーヌに似ていたが、ジャニーヌよりはるかに馬鹿だった。「おれは呪われてるんだ……おれは呪われてるんだ……。」別れた妻の若いころの写真をふと目にして二人がそっくりであることに気がついたとき、ブリュノの父は繰り返しそうつぶやいた。ベナゼラフ邸でのディナーのとき、ジュリーはドゥルーズと出会い、それ以来口を開けばポルノの知的正当性を唱えるようになっていて、もはや我慢の限界だった。しかも金のかかる女で、撮影に行くにはレンタルのロールスロイス、毛皮のコートその他ありとあらゆるエロチックな金ぴか品が必須で、それがブリュノの父を年とともに圧迫するようになった。七四年末、彼はサント＝マクシムの屋敷を売り払わねばならなかった。数カ月後、息子のためにジャルダン・ド・ロプセルヴァトワール近くにワンルーム・マンションを購入してやった。とても立派なマンションで、明るく、静かで、窓の向こうをふさぐ建物も建っていない。その部屋をブリュノに見せてやりながら、父には特別なプレゼントをしてやったという意識はさらさらなく、できる限り過去を〈償いたい〉という思いがあるばかりだった。それにどちらにせよいい買い物だった。あたりの景色を一望して、父は少々興奮した。そしてうっかり、「女の子だって連れてこれるぞ！」と言ってしまった。息子の表情を見て、彼はすぐにしまったと思った。

ミシェルは結局、オルセーにあるパリ大学理学部の数学・物理学科に進学した。大学寮がそばにある点に特に惹かれたのである。それがミシェルの考え方だった。二人はなんなくバカロレアに合格した。合格発表の日、アナベルは二人に付き添って一緒に発表を見にいった。

その顔は重々しく、一年でずいぶん大人っぽくなっていた。少し痩せて、ほほえみにも影があったが、しかしながら気の毒なことに彼女はひときわ美しくなっていた。ブリュノは自分が旗振り役を演じることにした。サント＝マクシムの別荘はもうなかったが、母親が勧めたとおり、ディ・メオラの家に行ってみることはできた。そこでブリュノは一緒に来ないかと二人を誘った。彼らは一カ月後、七月末に出発した。

14　七五年夏

「彼らは悪行のゆえに、神に帰ることができない。
淫行の霊が彼らの中にあり、主を知りえないからだ。」
ホセア書、5・4

カルパントラでバスを降りた彼らを出迎えたのは、一人の病み衰えた男だった。二〇年代アメリカに亡命したイタリア人アナーキストの息子であるフランチェスコ・ディ・メオラが、経済面において〈人生の勝者〉であったことは疑いがない。ブリュノの父セルジュ・クレマンと同様に、フランチェスコもまた若いころ、第二次大戦が終わると同時に、今やまったく新しい時代が始まろうとしていて、これまでは一部のエリートや少数派だけのものと思われてきた種類の活動が、今後は重大な経済的意味を持つことになるだろうと見抜いたのだった。ブリュノの父親が美容整形の分野に投資したのに対し、ディ・メオラはレコードのプロデュースに乗り出した。彼よりももっともうけた人間がいたのも事実だが、ともあれ彼はまんまとうまい汁を吸うことができた。四十代になると、当時カリフォルニアにいた多くの人々と同じく彼もまた、新しい波の訪れを感じ、それが単なる流行現象などではなく、西洋文明の全体を揺るがす力を秘めていることを直観した。そこで彼はビッグ・サーの別荘に、アラン・ワッツ、ポール・ティリック、カルロス・カスタネダ、アブラハム・マスロウ、カール・ロジャーズといった面々を招いたのである。少しのち、彼はその運動のまさしく精神的父親と言うべきオルダス・ハックスレーにまみえる幸運にも恵まれた。年老いて目のほとんど見えなくなったハックスレーは、それほど丁寧な応対を示したわけではない。とはいえこの出会いは、ディ・メオラに決定的な印象を残したのだった。

一九七〇年にオート・プロヴァンスに地所を買ってカリフォルニアを離れた理由は、彼自身にも必ずしも明確ではなかった。のちに彼は、ほとんど晩年に到って、自分は何か定かではない摂理から〈ヨーロッパで死ぬ〉ことを望んでいたのだと考えるようになった。だが当時抱いていたのはより表面的な動機だった。六八年の五月革命に心揺さぶられ、またカリフォルニアでヒッピー運動が退潮の兆しを見せていたこともあって、彼はヨーロッパの青年層を相手にすればまだ一仕事できるのではないかと考えたのだ。ジェーンがそれを後押しした。とりわけフランスの青年たちは、父権をかざすド・ゴール主義の桎梏のもと追い詰められ、息ができなくなっている。けれども彼女によれば、一瞬の火花さえ散らせば何もかも燃え上がらせることができるというのだ。数年前から、フランチェスコは精神的運動のオーラに惹かれてやってきた若い娘たちと一緒にマリファナ・タバコを吸うことを大きな楽しみとしていた。それからマンダラに囲まれ、香の匂いに包まれて娘たちとセックスする。ビッグ・サーにやってくる娘たちはたいてい、プロテスタントの馬鹿な小娘たちで、少なくとも半数はバージンだった。六〇年代終わりになるとその勢いが衰え始めた。そこでディ・メオラは、そろそろヨーロッパに戻る潮時だと考えた。そんな風に考えること自体、われながら奇妙に思えたのだが、というのも彼がイタリアを出たのはまだ五歳になったばかりのころだったのである。父は戦闘的革命家だったばかりでなく、教養があり、美しい言葉を愛する審美家でもあった。おそらくそれが彼にも影響を与えたに違いない。心の底で、彼はいつだってアメリカ人のことを少しばかり馬鹿にしていたのである。

彼は依然として大変な美男で、彫りの深い顔立ちにすべすべの肌、白髪が豊かに波打っている。しかしその体内では癌細胞が所かまわず増殖を始め、まわりの細胞の遺伝子コードを破壊し、毒素を分泌し始めていた。専門医たちの診断はまちまちだったが、ただし重要な一点では合致していた。彼はもうすぐ死ぬだろうというのである。もはや手術は手遅れ、転移を防ぐ手段はどこにもない。ただし穏やかに死んでいけるだろうというのが大方の意見で、薬の力により、最後まで肉体的苦痛を免れうるのではないかと考えられていた。事実、これまでのところ彼が感じているのは体全体の非常な疲労感だけだった。しかしながら彼は諦めていなかった。諦めることなど想像さえできなかった。同時代の西洋人にとって、死の観念はたとえ健康なときでさえ、将来の計画や欲望が揺らぐやいなや脳を満たしにくる、一種の〈バックグラウンド・ノイズ〉のようなものであった。年老いるとともに、このノイズの音量はいよいよ増してくる。それはときおり歯ぎしりの混じる、目立たないいびきのようなものだ。過去の時代なら、そうしたバックグラウンド・ノイズは神の王国への期待によって形作られていた。今日ではそれは死を待つことにすぎない。それが実情なのである。

ハックスレーは、とディ・メオラはのちのちまで思い出すことになるが、自分の死が近づいても一向に気にとめない様子だった。だが恐らく彼は単に思考力が鈍っていたのか、あるいはドラッグ中毒になっていたのかもしれない。ディ・メオラはプラトンやバガバッド・ギーター、老子を読んだ。だがそれらの本はいささかの慰めも与えてくれなかった。まだ六十そこそこなのに自分は死につつある、あらゆる徴候が揃っていて間違いの余地などなかった。彼はセックスにすら興味を失い始めていて、アナベルの美貌に目をとめたといってもどこか上の空だった。男の子たちなどいることにさえ気づかなかった。久しい以前から彼は若者たちに囲まれて暮らしており、ジェーンの息子たちに会ってみませんかと言われて漠然とした好奇心を起こしたのも、おそらくはそうした習慣ゆえであった。結局のところ、明らかに、彼にとってはどうだっていいことだった。三人を地所のまんなかまで案内して、どこでも好きなところにテントを張るがいいと言い渡した。今はもう誰にも会わずに寝てしまいたかった。外見的には、彼は経験豊かな好色漢の典型をなお見事に具現し、瞳は皮肉、さらには叡智をたたえて輝いていた。とりわけ愚かな娘たちのうちには彼の顔が思いやりにあふれ光り輝いているなどと言う者すらいた。彼自身は思いやりなど感じたこともなく、自分がへたくそな役者でもあるかのような気持ちさえしていた。いったいどうして誰もかれもがだまされてしまったのだろう？　まったくもって、と彼はときに幾分悲しさを覚えながらひとりごちるのだった。新しい精神的価値を追い求めるこういう若者たちというのは、本当に馬鹿ばかりなんだな。

ジープから下りてほとんどすぐに、ブリュノは自分が過ちを犯したことを悟った。地所はゆるやかな下り坂になって、かすかに起伏を示しながら南に下っていき、低い木や花々が植えられていた。滝の水が落ちていって、緑の穏やかな池をなしている。そのすぐ横、平べったい石の上に寝そべって、全裸の女性が甲羅干しをし、別の女性が池に飛びこむ前に体を石鹼で洗っている。ブリュノたちのそばでは、ござの上にひざまずいて、髭面の大男が瞑想に耽るか、それとも眠り込んでいた。彼もまた裸で、こんがりと日に焼けていた。薄いブロンドの長髪が、褐色の肌と見事な対照をなしていた。少しばかりクリス・クリストファーソンに似ていた。ブリュノはげんなりした。そもそも自分はいったい何を期待していたんだ？今ならまだ引き返せる、ただし一瞬の猶予も許されない。彼は他の二人に目をやった。驚くべき平静さで、アナベルはテントを広げ始めていた。木の切り株に腰を下ろして、ミシェルはリュックサックの口紐をもてあそんでいた。心ここにあらざる様子だった。

少しでも傾斜があれば水は流れていく。その行動原理、および実際の行動において人間の行動というのは一定の枠にはまったもので、脇道に逸れる可能性はごく限られており、またその脇道に入っていく者もきわめて少数である。一九五〇年、フランチェスコ・ディ・メオラはイタリア人女優とのあいだに息子をもうけていた——二流女優で、エジプトの女奴隷役を超えることは決してなかったが、それでも『クオ・ヴァディス』ではせりふを二つつけてもらうことができた——これが彼女のキャリアの頂点であった。二人は息子にダヴィッドという名前をつけた。十五歳になると、ダヴィッドは将来〈ロック・スター〉になろうと夢見た。ダヴィッドだけではなかった。会社社長や銀行重役よりもはるかに金持ちでありながら、〈ロック・スター〉は反逆者のイメージを保っていた。若く、美しく、有名で、あらゆる女たちの欲望をかきたて、あらゆる男たちにうらやまれて、〈ロック・スター〉は社会階層の絶対的頂点をなしていた。人類の歴史上、古代エジプトにおけるファラオの神格化以来、ヨーロッパおよびアメリカの若者たちが〈ロック・スター〉に捧げた信仰に比べられるものなど何も存在しなかった。容姿の点からは、ダヴィッドには夢を実現するためのすべてが備わっていた。非の打ち所のない、動物的でもあり悪魔的でもある美しさ。男らしく、それでいて完璧に整った顔立ち。長く伸ばし、少しカールのかかった豊かな黒髪。深いブルーの瞳。
父親のつてで、ダヴィッドは十七歳にして最初のシングル盤を録音することができたが、完全な失敗に終わった。それが『サージェント・ペパーズ』〔ザ・ビートルズ、一九六七年〕や『デイズ・オブ・フューチャー・パスト』〔ムーディー・ブルース、一九六七年〕その他の名盤が出たのと同じ年に出たことは言っておく必要があるだろう。ジミ・ヘンドリックス、ザ・ローリング・ストーンズ、ザ・ドアーズは創作活動の絶頂にあった。ニール・ヤングがレコードを出し始め、ブライアン・ウィルソンになお多くの期待が寄せられていた。そんな時期に、腕はまずまずだが目新しいアイディアのないベーシストなどに出る幕はなかった。ダヴィッドはなおも頑張り、四度グループを移り、さまざまなスタイルを試みた。父がカリフォルニアを去ってからは、彼もまたヨーロッパで運を開こうとした。すぐにコート・ダジュールのクラブと契約を結ぶことができたが、そんなことは問題ではない。楽屋には毎晩グルーピーが押しかけたが、それもまた問題ではなかった。彼のデモテープには誰一人として、いかなるレコード会社も関心を示そうとはしなかったのである。

アナベルに出会ったとき、ダヴィッドはすでに五百人以上の女と交渉があった。しかし、これほど完璧な美を目にした記憶はなかった。アナベルもまた、他のあらゆる娘たちと同じように、彼に惹かれた。数日間抵抗したあげく、到着後一週間でとうとう屈服してしまった。

屋敷の裏で三十人ほどの男女が踊っていた。星の輝く気持ちのいい夜だった。アナベルは白いスカートをはき、太陽のイラストがプリントされた短めのTシャツを着ていた。ダヴィッドは彼女のすぐそばで踊り、ロックっぽい動きに乗ってときおり彼女をターンさせた。二人はもう一時間以上、タンバリンの早いリズム、あるいはスローなリズムに合わせ、疲れを知らずに踊り続けていた。ブリュノはじっと木にもたれたまま、胸騒ぎを覚えながら、警戒の目を光らせていた。ときおり、光の輪のへりにミシェルが現れたかと思うと、また闇の中に消えてしまうのだった。突然彼が、五メートルほどの距離のところに現れた。ブリュノは、アナベルが踊りの輪を離れてミシェルの前に立つのを見、「一緒に踊らないの？」と尋ねるのをはっきりと耳にした。このとき、アナベルの顔はいかにも悲しげだった。ミシェルはアナベルの誘いを信じられないほどスローモーに手を振って断った——あたかも先史時代の動物が息を吹き返したかのような動きを見せて。アナベルは五、六秒のあいだじっとそこに立ちつくし、それから背を向けて踊りの輪に戻った。ダヴィッドは彼女の腰を抱いてぐっと引き寄せた。彼女は手を彼の肩に置いた。ブリュノは再度ミシェルを見た。ミシェルの顔には微笑が浮かんでいるような気がした。ブリュノは目を伏せた。ふたたび目を上げたとき、ミシェルの姿はなかった。アナベルはダヴィッドの腕に抱かれていた。二人の唇が近づいていた。

テントの中に寝そべって、ミシェルは夜明けを待っていた。夜の終わりごろ猛烈な雷雨が訪れ、ミシェルは自分が少し恐怖を感じているのに気づいて驚いた。やがて空には穏やかさが戻った。しとしとと雨が降り始めた。彼の顔数十センチのところで、雨粒がテントの布地を叩き、鈍い音を立てていたが、雨に濡れる心配はなかった。突然彼は、自分の全生涯は今のこの瞬間に似たものとなるだろうという予感に襲われた。人間たちのさまざまなエモーションの中を自分は渡っていき、ときにはそれに巻きこまれかけるだろう。他の人間たちは幸福か、あるいは絶望を知るだろう。だがそうした事柄が、自分にとって真に問題となったり、自分を動じさせたりすることは決してありえない。その晩のあいだじゅう、アナベルは踊りながら幾度もミシェルのほうに眼差しを投げかけた。ミシェルは彼女のほうに歩き出したかったが、それができなかった。自分が凍てつくような水の中に身を沈めつつあるという感覚をありありと感じていた。しかしながら何もかもは極度に静かだった。彼は自分が世界から数センチ分の虚無で隔てられ、甲羅かよろいかぶとにくるまれたかのような気がした。

15

翌朝、ミシェルのテントは空っぽだった。荷物は全部なくなっていたが、ただ一言、「心配するな」という置手紙が残されていた。

ブリュノは一週間後ディ・メオラの地所を去った。列車に乗り込みながら、この滞在中、女の子を引っ掛けようともしなければ、最後のころは誰かに話しかけようとさえしなかったなと考えた。

八月の末ごろ、アナベルは月経が遅れているのに気がついた。いっそのことこれでよかったんだとアナベルは思った。何も問題はなかった。ダヴィッドの父親は、マルセイユで開業している、「家族計画運動」推進派の医師と知り合いだった。年のころ三十の熱血漢で、赤毛のちょび髭をたくわえた、ロランという名前の医師だった。ファーストネームで呼んでくれとアナベルに注文した。さまざまな器具を示し、吸引と搔爬のメカニズムを説明した。相手を患者というよりも友だちとして扱い、民主的な話し合いを持つというのが彼の流儀だった。ウーマンリブの闘いを最初から支持しており、まだまだ道は遠いと力説した。翌日に手術と決まった。費用は「家族計画」が持ってくれるという。

ホテルの部屋に戻ったアナベルは、神経がすり切れそうな状態だった。明日中絶手術を受け、ホテルにもう一泊し、それから家に帰る。それが彼女の決めたプランだった。三週間前から毎晩、彼女はダヴィッドのテントを訪れていた。最初のときは少し痛みを感じたが、それから気持ちがよくなり、非常な快感を覚えるようになった。セックスの快楽がこれほどのものだとは想像だにしていなかった。しかしながら相手の男に対して彼女は愛情のかけらも抱いてはいなかった。いずれ他の女に興味を移すだろうとわかっていたし、ひょっとしたら現に今そうしつつあるのかもしれなかった。

その晩、友人たちとの夕食の席で、ロランはアナベルの一件を熱っぽく語った。自分が闘っているのはアナベルみたいな娘のためなんだ。まだ十七歳になったばかりの娘（「しかも美人」と付け加えないわけにはいかなかった）が、夏休みのアヴァンチュールで人生を台無しにするなど許されないことだからね。

アナベルはクレシー＝アン＝ブリに戻るのをひどく恐れていたが、しかし実際には何も起こらなかった。九月四日、両親は日焼けしたアナベルを喜んで迎えた。ミシェルはもう出発して、ビュール＝シュル＝イヴェットの大学寮に入っている、そう娘に教える両親は明らかに何も疑っていなかった。彼女はミシェルの祖母の家に行った。祖母は疲れた様子ながらもアナベルを歓迎し、すぐに孫の住所を教えてくれた。ミシェルが他の二人より先に戻ったのは、確かに奇妙だと祖母は考えていた。大学の授業開始より一月も前に家を出たのも、やはり奇妙なことだった。だがミシェルというのはそもそも奇妙な子だったのだ。

自然の大いなる野蛮状態のさなかで、人間はときに（稀にだが）愛に照らし出された小さな暖かい場所を作り出すことができた。互いへの思いやりと愛情の支配する、特別の、閉ざされた小空間。

続く二週間、アナベルはミシェルに手紙を書いて過ごした。彼女は書き淀み、幾度も文章を削ってはやり直さなければならなかった。書き上がった手紙は四十枚もあった。初めての、本物の〈ラブレター〉だった。彼女はそれを九月十七日、リセの授業が始まる日に投函した。そして返事を待った。

オルセー＝パリ第十二大学は、パリ地区にある大学のうちアメリカ式〈キャンパス〉を手本に作られた唯一の大学である。公園内に散らばった何棟もの学生寮に学部生から博士課程の院生までが暮らしている。オルセーは教育の場であるだけでなく、素粒子物理学のきわめてハイレベルな研究センターでもある。

ミシェルは第二三三号館の最上階である五階、角部屋をあてがわれた。たちまちその部屋が気に入った。小さなベッド、勉強机、本棚が備えつけてあった。窓の外には芝生が広がり、川まで下っていく。少し身を乗り出してすぐ右を見ると、粒子加速器のコンクリートの塊が目に入った。授業開始までまだ一月あるこの時期、寮はほとんど無人だった。アフリカ人の学生が数名いるばかり——彼らにとってはとりわけ、寮が完全に閉められてしまう八月をどう乗りきるかが問題だった。ミシェルは管理人の女性と言葉を交わした。昼間は川べりを散歩した。これから先八年間をここで暮らすことになろうとは予想していなかった。

　ある朝、十一時ごろ、彼はぱっとしない木々に囲まれて草むらに寝ころんでいた。自分がこれほどにも苦しんでいることにわれながら驚いていた。キリスト教的な罪の贖いと恩寵の概念から遠く隔たり、自由および赦しの観念とさえ無縁の彼の世界観は、それゆえ何か機械的で容赦ない性格を帯びていた。初期条件が与えられ、と彼は考えた、最初の相互作用のネットワークがパラメータ化されたなら、出来事は情熱なき空虚な空間の中で展開されていく。決定論は免れようがない。起こったことは起こるべくして起こったのであり、それ以外の可能性はなかったのだ。責任を負わなければならない者は誰もいない。夜、ミシェルは抽象的な、一面の雪に覆われた空間を夢に見た。彼は体を包帯でぐるぐる巻きにして、低い空の下、製鉄工場のあいだをさまよい歩く。昼はアフリカ人学生のうち、特に灰色の肌をした小柄なマリ人の学生とよくすれ違った。彼らは互いに会釈した。学生食堂はまだ開いていなかった。彼はクルセル゠シュル゠イヴェットのコンチナン〔スーパー・チェーン店〕でツナ缶を買い、寮に戻った。夜になっていた。誰もいない廊下を歩いた。

十月半ば、アナベルは彼に二通目の、最初のよりは短い手紙を送った。そのあいだにブリュノに電話してみたが、彼もミシェルの近況を知らなかった。知っていたのはミシェルが祖母に定期的に電話を入れていることだけで、クリスマスまではおそらく戻ってこないだろうとのことだった。

十一月のある晩、解析学の演習を終えたミシェルは、寮の郵便受けにメッセージが入っているのに気がついた。そこには「マリ゠テレーズ叔母に電話せよ。至急」と記されていた。マリ゠テレーズ叔母にも、従妹のブリジットにもあまり会わなくなってから二年がたっていた。ミシェルは直ちに電話した。祖母がまた発作を起こし、モーの病院に入院させなければならなかった。症状は重く、ひょっとしたらきわめて危険な状態かもしれない。大動脈が弱まっており、心臓がもたない恐れがあった。

ミシェルはモーの町を徒歩で横切り、リセに沿って歩いた。午前十時近くだった。同じころリセの教室で、アナベルはエピクロスの文章を勉強していた——明晰、穏健なギリシア人思想家、だが本音を言えば少々退屈。空はどんよりと曇り、マルヌ川の汚れた水が音を立てて流れていた。サン゠タントワーヌ総合病院はすぐに見つかった——全体がガラスと鉄でできた超近代的建築で、前年に完成されたものだった。八階の踊り場で伯母のマリ゠テレーズと従妹のブリジットが待っていた。二人の顔には泣いた跡があった。「あんたが行ってあげたほうがいいのかどうかわからないわ……」とマリ＝テレーズが言った。ミシェルは答えなかった。経験しなければならないことは、経験するまでだった。

そこは集中治療室で、収容されているのは祖母だけだった。真っ白なシーツのあいだから、祖母の腕と肩が出ていた。このむき出しにされた、しわだらけで白っちゃけた、恐ろしく年老いた肉体から視線を逸らすことは難しかった。両腕には点滴のチューブが通され、ベルトでベッドの端に固定されていた。縦溝の入ったパイプが喉に通してあった。シーツのあいだを何本もコードが這い、記録装置に接続されている。寝巻は脱がせてあった。だがシニョンは、祖母が何年間も毎朝そうしてきたように結い直されてはいなかった。長い灰色の髪がほどけていて、祖母らしい感じがしなかった。若々しくもありひどく年取ってもいる哀れな肉の身が、今や医療の手に委ねられているのだ。ミシェルは祖母の手を取った。はっきりと見覚えがあるのはもはやこの手だけだった。よく祖母の手を取ったものだったし、ごく最近も、十七歳を越えてさえまだそうしていた。祖母は目を開かなかった。しかしおそらく、彼が手を握っていることは何とか理解しているのかもしれない。あまり強く握りしめず、前にそうしていたとおり、ただ自分の手で祖母の手を包んだ。何とかわかってくれないかと願った。

それは悲惨な子供時代を送った女性であり、アルコール中毒のけだもののような連中のあいだで七歳のときにはもう農地で働かされていた。青春時代はあまりに短く、思い出らしい思い出も作れなかった。夫の死後は工場で働きながら四人の子供を育てた。一家の使う水を真冬でも中庭まで汲みにいった。六十歳を過ぎて、ようやく隠居したのも束の間、またもや年端のいかない子供の面倒を見ることを引き受けた——自分の息子の息子である。その子もまた、何一つ足りないものがないように育てられた——清潔な服、日曜昼のご馳走、そして愛情。こうしたいっさいを、この女性は一生を通じてなしとげたのだ。人類についていくらかなりと網羅的に検証しようというのであれば、必ずやこの種の現象にも注意を向けなければならない。歴史上、こうした人間もまた確かに存在した。一生のあいだ、自分の身を捨てて愛情だけのために働きづめに働いた人たち。献身と愛の精神から、文字どおり他人にわが命を捧げ、それにもかかわらず自分を犠牲にしたなどとは思わず、実際のところ献身と愛の精神ゆえに他人にわが命を捧げる以外の生き方を考えたこともない人たち。現実には、そうした人たちは女性であるのが普通だった。

ミシェルは十五分ほどのあいだ病室で、祖母の手を握っていた。やがてインターンがやってきて、まもなく治療が始まりますのでと告げた。まだ何か打つべき手が残されているはずだった。手術はもはや不可能。だが何か他に手があるはず。まだ絶望というわけではないのだ。

帰り道、誰も口を開かなかった。マリ゠テレーズはルノー16を機械的に運転した。食事のときも、ぽつりぽつりと思い出を話し合うくらいで、あまり口をきかずに食べた。マリ゠テレーズが給仕をしたが、何かしないではいられなかったからだった。ときおり立ち止まって少しばかり涙をこぼし、それから台所に戻っていった。

アナベルは救急車が出ていったときにも、ルノー16が戻ってきたときにも居合わせた。深夜一時ごろ、寝床を出て服を着た。両親はもう眠っていた。ミシェルの家の柵のところまで歩いた。明かりが全部ついていて、みんなまだ居間にいるらしかった。しかしカーテンが下りていて中の様子は何もうかがえない。そのとき細かい雨が落ちてきた。十分ほどが経過した。ドアのベルを鳴らせばミシェルに会うことができるとわかっていた。それとも、結局のところ、何もしなくたっていい。今自分が〈自由〉とは何かを具体的に経験しつつあるのだと、彼女にはっきりわかっていたわけではない。いずれにせよそれは耐えがたいほど苦しいことで、この十分間を境として、彼女はもはや二度とふたたび以前の自分に戻れなかった。はるか後年、ミシェルは超流動体化したヘリウムの動きとの類比に基づいて、人間の自由をめぐる簡潔な理論を提唱することになる。原子レベルでのひそかな現象である、脳内部におけるニューロンとシナプスのあいだのエレクトロン交換は、原則として量子的予測不可能性に従っている。とはいえ、原子的差異を統計上捨象できるがゆえに、大多数のニューロンは、人間が——大筋においても細部においても——他のあらゆる自然体系同様、厳密に決定された行動を取るようにはたらく。ただしある種の、きわめて稀な場合には——キリスト教徒のいわゆる〈恩寵の御業〉——、新たな一貫性を持った脳波が現れ、脳内に広がっていく。すると調和的な振動子とはまったく異なるシステムによって支配された新たな行動が、一時的に、あるいは継続的に出現する。そのとき、〈自由行動〉と呼ばれるにふさわしい行動が観察されるのである。

この夜、そうした事態はまったく起こることなく終わり、アナベルは父の家に戻った。自分がすっかり年を取ったように感じた。彼女がふたたびミシェルに会うまでには、それから二十五年の歳月が流れることになる。

三時ごろ電話が鳴った。看護婦の口調には本物の無念さがにじみ出ていた。実際、可能なかぎりあらゆる手段が試みられた。しかし結局のところ、可能な手段などほとんど残されてはいなかった。少なくとも患者が苦しまずにすんだということだけは言える。だが、すべてはもう終わりだということも言わなければならない。

ミシェルは自室に戻った。せいぜいほんの二十センチずつの、小刻みな歩幅で。ブリジットがベッドから起き上がろうとしたが、マリ＝テレーズがそれを制した。二分くらいたつと、ミシェルの部屋から猫の鳴き声のような、叫び声のような音が聞えてきた。今度はブリジットはベッドから飛び出した。ミシェルはベッドの下で丸くなっていた。両目は見開かれていた。表情には悲しみもなければ、人間的感情に似た何物もなかった。その顔にはただ、動物的な、見るもおぞましい恐怖の念のみが浮かんでいた。

第二部　奇妙な瞬間

1

ブリュノはポワチエを過ぎた地点で車のコントロールを失った。プジョー305は車線からスリップしてガードレールに軽く当たり、反転して止まった。「くそったれ！」ブリュノはひそかに悪態をついた。「こんちくしょう！」時速二百二十キロで通りかかったジャガーが急ブレーキを踏んで、反対側のガードレールに衝突しかけ、クラクションを盛大に鳴らしながら走り去った。ブリュノは車から出てジャガーに向かいこぶしを振り上げた。「オカマ野郎！」と彼は吠えた。「オカマ野郎めが！」そして車を半回転させ、ふたたび走り出した。

「変革の場」は一九七五年、五月革命世代の連中により（本当を言えばそのグループのうち五月革命で実際に何かやった者は一人もいなかった。つまり五月革命の〈精神〉を持つ連中と言うべきか）、彼らの一人の両親がショレ〔フランス西部、ロワール川流域の都市〕の少し南に所有する、松の植わった広大な敷地に建設された。それは七〇年代初めの絶対自由主義思想を色濃く反映するプロジェクトで、その趣旨はユートピアを具体的に実現しよう、すなわち自己管理と個人の自由の尊重、そして直接民主制の原理に基づき〈今ここで〉生きていくための場所を作ろうというものだった。しかしながらそれは新たな共同体の試みではなかった。より慎ましく、ヴァカンスのための場を作り、趣旨に賛同する人々が夏のあいだ、その原理の実地への適用を体験できるようにしようというのだった。同時にまた共同作業や、創造的な出会いを、ヒューマニズムと共和主義の精神で促進する。そしてさらには、創立者の一人の言葉に従うなら、「思いきりセックスする」のだ。

ブリュノはショレ＝シュッドの出口で高速道路から降り、沿岸道路を十キロほど走った。地図はわかりにくく、たまらない暑さだった。看板を見つけたのはほとんどまぐれあたりのようなものだった。白地にカラフルな文字で「変革の場」とあり、その下に小さなベニヤ板が付されていて、この施設のモットーらしい言葉が赤い飾り文字で記されていた――「他人の自由は私の自由を無限に拡大してくれる」（ミハイル・バクーニン）。右手には、海に出る道が伸びていた。若い娘が二人、プラスチック製のアヒルを引きずって歩いていた。あばずれどもめ、Tシャツの下には何もつけていないじゃないか。ブリュノは二人を目で追った。たまらんなあ。やがて二人の一物に痛みを覚えた。濡れたTシャツか、と彼は陰気に思った。たまらんなあ。やがて二人は脇道に逸れた。どうやら横にあるキャンプ地に入っていくらしかった。

ブリュノはプジョー305を駐車し、「歓迎」という看板のついた板張りの小屋に向かった。

小屋の中では、六十がらみの女性があぐらをかいて座っていた。綿のチュニックから痩せてしなびた乳房が弱々しくはみ出ていた。ブリュノは胸が痛んだ。女性はいささか型どおりの歓迎の念をこめて微笑んだ。それから「変革の場へようこそ」と声に出して言った。ふたたびにっこりと笑みを浮かべる。頭がどうかしているのか？「予約の明細書は持ってる？」ブリュノは合成皮革の小型旅行かばんから書類を取り出した。「カンペキ。」相変わらず脳足りんのような微笑みを浮かべたまま、売女は言った。

キャンプ場内は車は進入禁止だった。ブリュノは二段階方式をとることにした。まずテントを張る場所を決め、それから荷物を取りに戻る。出発直前に、サマリテーヌ・デパートでエスキモー型テントを買ってあった（中国製、二、三人用、四四九フラン）。

キャンプ場に向かったブリュノがまず目にしたのはピラミッドだった。底面が幅二十メートル、高さも二十メートル。完全な角錐形をなしている。側面はガラス張りで、ガラス一枚一枚を暗色の木枠で囲ってある。そのうちの何枚かが夕日の光を強烈に反射していた。他のガラス越しに内部の構造がのぞけた。床と仕切り壁も、やはり暗色の木材製。全体として一本の樹木をイメージしたもので、かなりうまく仕上がっていた――ピラミッドを貫く巨大な円筒が幹を表し、それが同時に中央エレベーターにもなっている。一人、ないしは何人かかたまって、ピラミッドから人々が出てきた。服を着ている者もいれば、裸の者もいる。夕日に草むらがきらきらと輝き、すべては何かSF映画の一場面のようだった。ブリュノは二、三分のあいだその情景を見守った。それからテント一式を小脇に抱えて最初の丘を登り始めた。

敷地内には木の植わった丘がいくつかあり、松葉で覆われた土地のところどころが空き地になっていた。共同シャワーも随所に設えてあった。キャンプとキャンプのあいだに垣根はなかった。ブリュノはうっすらと汗をかいていた。腹にガスがたまっている。ドライブインでの食事は明らかに量が多すぎた。考えがうまくまとまらなかった。とはいえ、テントをどこに張るかがこの滞在の成功を握る鍵であることはよくわかっていた。

思案に暮れていたそのとき、彼は二本の木のあいだに紐が渡してあるのに気がついた。小さなパンティーが二枚、ほぼ乾いているらしく、夕べのそよ風にやさしく揺れている。ここにしてもいいかな、と彼は思った。キャンプ場ではお隣同士、言葉を交わすものだ。必ずしもセックスのためではなしに、知り合いになれば、何かが始まるかもしれない。彼はテントを置いて取り扱い解説書を読み始めた。フランス語訳は意味が通じず、英語訳も同様だった。他のヨーロッパ語訳も並べてあるが、知れたものだろう。チャイナ野郎の馬鹿野郎。「ドームを具体化するため半剛板を裏返してください」とはいったい何が言いたいんだ?

イラストを眺めながら絶望の度を深めていたとき、彼の右手に、レザーのミニスカートをはいて薄暮の中で巨乳を揺らしている、インディアン女のような人物が現れた。「着いたばっかりなの？」その女は言った。「テントを張るのを助けてほしい？」「大丈夫です……。」彼は締めつけられたような声で言った。「何とかなるでしょう、どうもすみません。ご親切に……。」かろうじてそう付け加えた。ブリュノは罠をかぎつけたのだ。事実、数秒後には、隣の本格派インディアン式テントから（いったいどこでこんなものを買ってきたんだ？ それとも自分で作ったのか？）わめき声が聞えてきた。インディアン女はあわててテントに駆け込み、ほんのちっぽけな幼児を二人連れて出てくると、腰の両側に二人をつかまらせ、そっと揺すり始めた。子供たちはいっそう大声でわめき出した。インディアンの旦那が一物を風になびかせながら小走りにやってきた。がっちりした体つきの髭面男で、年のころ五十、灰色の髪を長く伸ばしていた。ちび猿の一方を腕に抱えていい子いい子と撫で始めた。見るもおぞましかった。ブリュノは数メートルあとずさった。体が火照っていた。こんな化け物どもの隣にいたら、夜も眠れないことは確実だ。ホルスタイン女は子供に乳をやっていた。とはいえ確かに、いいおっぱいの持ち主ではあった。

ブリュノは数メートル、斜めに進み、本格派インディアン式テントからこっそりと遠ざかった。だが小さなパンティーからはあまり離れたくなかった。それはレースでできた、透き通るような繊細な品だった。インディアン女のものだとはとても考えられない。彼はカナダ娘二人（従妹同士？ 姉妹？ リセの友だち？）のあいだに場所を見つけると、テントの組み立て作業にかかった。

完成したときにはもうすっかり夜になろうとしていた。夕方の光が消えかかる中、荷物を取りに丘を下りていった。途中で何人かの人々とすれ違った。カップルもいれば、一人できている人もいる。一人できている四十代の女性が結構目についた。「互いに敬意を払って」という看板が、そこここの木に打ちつけてあった。その一つに近づいてみる。すると看板の下に小皿が置いてあり、フランス規格適合品のコンドームが山盛りになっていた。その下には白いプラスチックのごみ箱が置いてある。ペダルを踏んでごみ箱の中を懐中電灯で照らしてみた。ビールの空き缶が多かったが、使用済みコンドームもいくつか入っていた。期待できるなあ、とブリュノは思った。なかなかいいところみたいじゃないか。

帰り道、坂を登るのは辛かった。両手に持ったかばんが手に食い込み、息が切れて途中で立ち止まらなければならなかった。キャンプ場内を歩く人たちがいるらしく、懐中電灯の光が闇の中で交差した。その向こうは沿岸道路で、交通量はなお多かった。サン゠クレマンに向かう道に面した〈ダイナスティー〉では、今夜トップレス・ナイトが催されるのだが、出かけていく気力は残っていなかったし、そもそももはやどこに行く気力もうせていた。ブリュノはそうやって三十分もじっとしたままでいた。おれは木のあいだから、行き交う車のヘッドライトを見ている、と彼はひとりごちた。これがおれの人生なんだ。

テントに戻ってウィスキーを注ぐと、「快楽への権利」と題された「スウィング・マガジン」をめくりながらゆっくりと一物をしごき始めた。これぞ「快楽への権利」。アンジェ近くのパーキングエリアで最新号を買っておいたのだ。そこに載っているさまざまな広告に返事を書いてみるつもりが本当にあったわけではない。〈ギャング・バング〉〔女一人対男複数の乱交〕やら精液のシャワーやらに自分が加われるものとも思えなかった。男との密会に応じる女たちは、一般に黒人を好んでいたし、いずれにせよ彼には、求められている最低の長さを到底クリアできなかったのである。毎号、彼は諦念をかみしめなければならなかった。ポルノ界にもぐりこむには、彼の一物はあまりに短かった。

しかしながら全般的に言って、彼は自分のルックスに不満はなかった。有能な技術者に出会ったおかげで植毛は成功だった。アスレチック・クラブに定期的に通い、率直に言って四十二歳の男としてはいい線いっていた。二杯目のウィスキーを注ぎ、雑誌のページに射精すると、ほとんど平和な気分で眠りに落ちていった。

2 十三時間の飛行

「変革の場」はたちまちのうちに、時代遅れになるという危機に直面した。創立精神として掲げられた理想は八〇年代の若者たちの目には古臭く映った。自然発生的に生まれた演劇およびカリフォルニア式マッサージの活動を除けば、「変革の場」とは結局のところキャンプ場であった。住環境の快適さおよび食事の質という点からすれば、より制度的なヴァカンス施設の比ではなかった。そのうえ、この場と切りはなせない自由主義的精神ゆえ、入場や支払いを厳格にコントロールすることは困難だった。当初から危うかった財政は、いよいよ苦しいものになってきた。

創立メンバーが全員一致で採択した最初のテコ入れ策は、若者向けサービス料金を設定することだった。だが満足のいく結果は出なかった。一九八四年度の初め、年次総会の折にフレデリック・ル・ダンテックは、これなら成功間違いなしという方向転換を提案した。彼の分析によれば、企業こそは八〇年代の新たなアヴァンチュールである。われらはみな、人間主義的心理学に由来する療法について、貴重な経験を積んできた（ゲシュタルト、再生《リバース》、ドゥー・イン、燠火の上を歩くこと、交流分析、禅の瞑想、PNL……)。そうした能力を活かして、企業向け研修合宿プログラムを打ち出してみてはどうだろう？　侃々諤々の議論の末、提案は採択された。ピラミッド、および研修参加者受け入れ用の、居心地満点というわけではないがまずまず我慢できるバンガロー約五十棟が建造されたのはこのときである。同時に、大企業各社の人事関係者にターゲットを絞っていっせいにダイレクトメールが送付された。創立メンバーのうち政治的にはっきりと左翼の立場に立つ人々の中には、この方向転換を受け入れがたく感じる者もいた。しかし内部の権力闘争はたちまち終息し、一九〇一年の法律に基づく非営利社団であったのを解散して、フレデリック・ル・ダンテックを主たる株主とする有限責任会社が新たに立ち上げられた。そもそも地所の持ち主は彼の親だったのであり、また地元のメーヌ＝エ＝ロワール相互銀行も支援に積極的な姿勢を示した。

五年後、「変革の場」は堂々たる名前を後ろ盾として掲げるに到っていた（パリ国立銀行、IBM、大蔵省、パリ市交通公団、ブイグ〔大手ゼネコン、テレビ局も所有〕……）。企業内、あるいは企業間研修が一年を通じて催され、「ヴァカンスの場」としての活動は主に過去に対するノスタルジアから続けられていたものの、もはや年間収入額の五パーセントを占めるにすぎなかった。

ひどい頭痛で目を覚ましたブリュノは、これからの滞在にたいして幻想を抱いてはいなかった。「変革の場」のことは、「個性を伸ばす——ポジティヴ・シンキング」という一日五千フランの研修から戻ってきた秘書から聞いたのだった。夏休み用パンフレットを請求してみると、そこには「くつろいで、仲間同士、完全に自由な」云々といった文句が並んでおり、どんなものかは想像がついた。しかしながらブリュノの注意を引いたのは、ページ下に記された統計の数字だった。昨年夏、七月—八月の参加者は六三パーセントが女性。要するに、男一人につき女二人ということじゃないか。まったく例外的な比率である。ブリュノはさっそく、七月に一週間、試しに出かけてみることにした。しかもキャンプ・コースを選ぶなら、地中海クラブはもちろん、UCPA〔フランス屋外スポーツ連盟〕と比べてもまだお得である。むろん彼にも、どんな女が集まっているかは予想できた。ドラッグでめろめろになった元極左主義者たち、ひょっとしたらエイズ検査陽性かもしれない。まあいいさ、男一人に女二人ならチャンスもある。うまくやれば二人ものにできるかもしれない。

セックス面に関して、その年は出だし上々であった。東欧から女たちが入ってきたせいで価格が下がり、数カ月前は四百フランだったのが今では二百フランで「お一人様用リラクゼーション」をやってもらえる。だが不運にも四月、事故で車の大修理を余儀なくされ、しかも非は彼にあった。銀行の締めつけも強くなってきて、出費を切り詰める必要があった。

彼は上半身を起こして片肘をつき、起き抜けのウィスキーを一杯、グラスに注いだ。相変わらず「スウィング・マガジン」の同じページが開いてあった。靴下をはいたままの男がカメラに向かって一物を突き出していたが、懸命の努力を感じさせる写真だった。男の名はエルヴェといった。

こういうのはいやだな、とブリュノは心の中で繰り返した。こういうのはいやだ。ブリーフをはいて、共同シャワーに向かった。結局のところ、と期待を込めて考える、たとえば昨日のインディアン女だって、どちらかと言えばやってやれないことのない女だったじゃないか。少し垂れ気味の巨乳、これはパイずりにはもってこいだ。ブリュノは三年来、パイずりとはご無沙汰だった。しかもそれが大の好物だったのである。だが一般に売春婦はこれを嫌う。顔に精液がかかるのがいやなのだろうか？　フェラチオよりも時間がかかり、気合も入れなければならない？　いずれにせよ、それは通常のサービスに含まれてはいなかった。料金表にのっておらず、ということは予定にないものであり、やってもらうのは難しかった。売春婦にしてみれば、むしろプライベートでやるものなのだろう。プライベート・オンリーというわけだ。ブリュノはパイずりを求めた結果、ただのペニスしごき、ないしはフェラチオで我慢せざるをえなかったことが一度ならずあった。だが何度か、まんまと勝ち得たこともあったのである。ともあれパイずりに関しては、供給が構造的に不足しているんだなとブリュノは考えた。

ここまで考察を続けるうち、彼は第八棟と記された共同シャワーまでやってきた。年寄りの裸を見せられるものとひそかに覚悟していた彼は、若い娘たちの姿に出くわして強烈なショックを受けた。十五歳から十七歳のあいだの娘たちが四人、シャワーの近く、洗面台の前に揃っていた。まず二人がバスローブに体をくるんで順番を待った。ほかの二人ははしゃいで魚のように飛び跳ね、おしゃべりしながら互いに水を飛ばし合い、小さな嬌声を発した。二人は素っ裸だった。その光景は言いようのない優美さとエロチシズムを漂わせていた。ブリュノなどには目にする資格のない光景だった。ブリーフの中の一物は勃起していた。片手で一物を取り出し、体を洗面台に押しつけつつ、デンタルフロスで歯を磨こうとした。歯茎を刺してしまい、デンタルフロスを口から出すと血がついていた。一物の先は熱く膨らみ、ひどくうずいた。先端にしずくが一滴丸まり始めた。

娘たちの一人、ほっそりした体つきの栗色の髪の娘がシャワーから出てバスタオルを取った。若さあふれる胸を満足げにバスタオルでとんとんと叩いた。赤毛の小柄な娘がバスローブをすべらせて、シャワーに入った。おまんこの毛は黄金色に輝いていた。ブリュノは軽いうめき声を洩らし、頭がくらくらするのを感じた。心の内で、自分が娘たちの方へ向かっていくのを想像した。彼にだってブリーフを脱いでシャワーのそばで待つ権利があった。シャワーの順番待ちをする権利があった。娘たちの前で一物をおったてている姿を想像した。「お湯は熱い？」といった風な文句を口にするところを想像した。二つのシャワーを隔てる距離は五十センチほど。赤毛の娘の横でシャワーを浴びたなら、偶然娘の手が彼の一物に触るようなことがあるかもしれない。そう思うと、彼の頭はいよいよ痺れてきた。陶器製の洗面台にしがみついた。そのとき右手の方から、二人の青年がひどくにぎやかな笑い声を響かせながら駆け込んできた。二人は蛍光色の縞が入った黒のショートパンツをはいていた。またたくまに萎《しぼ》んだ一物を、ブリュノはブリーフの中にしまい、歯の手入れに専念した。

少しのち、先ほどのショックさめやらぬまま、ブリュノは朝食のテーブルの方に下りていった。一人離れた席に座り、誰とも口をきこうとしなかった。ビタミン強化シリアルを咀嚼しながら、彼はセックス追求の吸血鬼的性格、そのファウスト的側面に思いをめぐらした。たとえば一般にホモセクシュアルについて言われていることは、とブリュノは考えた、まったく間違っている。彼自身、これまでホモセクシュアルなるものにお目にかかったことや自分で試みたことは一度だってない。逆に、〈男色者《ペデラスト》〉ならばたくさん知っている。男色者の中には——さいわい大勢いるわけではないが——少年を好む者たちがいる。そういうやつらは最後は刑務所に送られ、一生出てこられなくなり、それきり忘れられる。とはいえたいがいの男色者は、十五歳から二十五歳までの若い男の子を好む。それを越えると、連中にとってはしなびた尻でしかないわけだ。年寄りの男色者が二人いるところを見てみろよ、とブリュノは好んで言うのだった。じっくり観察してみるといい。ときには共感だの、相互の愛情だのもありうるかもしれない。だが連中、お互いに対して欲望を感じるだろうか？　そんなことは絶対にない。十五歳から二十五歳までの男の子の可愛い尻が目に入ろうものなら、そいつらは二頭の老いぼれヒョウのように必死で取っ組み合うだろうさ、その可愛い丸々とした尻を自分のものにしようとしてな。それがブリュノの意見だった。

他の多くの場合と同じように、いわゆるホモセクシュアルたちは社会の残りの部分にとってのモデルケースとなっているわけだ、とブリュノはさらに考える。たとえば彼自身は今、四十二歳になっていた。いったい自分と同い年の女に、欲望を抱いたりするだろうか？ そんなことはありえない。だがミニスカートに包まれた可愛いおまんこのためとあらば、世界の果てまででも追いかけていくだろう。とにかく、少なくともバンコクまでくらいなら。それでも飛行機で十三時間はかかる。

3

性的欲望とは本質的に若い肉体を対象とするものであり、ごく若い女の子たちが誘惑の分野に進出してきたことは、結局のところ正常な状態への回帰、欲望の真実への回帰にほかならず、株式市場の異常な高騰ののち株価が正常に復するようなものだ。とはいえ、「六八年」のころ二十歳だった女たちが四十代に達したとき、そこには苦境が待ち受けていた。彼女たちは一般に離婚を経験ずみで、自分たちがその消滅のために力を尽くした——和やかなものであれおぞましいものであれ——あの結婚制度を当てにすることはもはやできなかった。壮年に対する若さの優越を——かつてなく徹底的に——主張した世代に属する彼女たちは、自分たちの後を襲う次世代から軽蔑を浴びせられるはめになっても驚くわけにはいかなかった。しかも自分たちがその確立のために大いに貢献した肉体崇拝ゆえに、彼女たちは肉体の衰えとともに、自分自身に対していやます嫌悪感を抱かずにはいられなかった——他人が彼女たちに向けるまなざしに読み取れるのと同じ嫌悪感を。

同年配の男たちもまたほぼ同じ状況のうちにあった。だが運命をともにしていることは、男たちと女たちのあいだにいかなる連帯も生み出しはしなかった。四十代を迎えると、一般的に言って男たちは若い女を追い求め始め——そして少なくとも、世の中を巧みに渡って知的、経済的な領域、あるいはメディアにおいて何がしかの地位に到達した者であれば、女関係でもそこそこの成功に恵まれた。ところが女たちにとっては、ほぼあらゆる場合、中年とは失敗とマスターベーションと屈辱の年代なのだった。

セックスおよび表現の自由のための特別な場所である「変革の場」が、同時にまた他のどこにも増して憂鬱と苦渋の場所ともなるのは自然なことだった。月光の下、林の中で体を絡ませ合う者たちよ、さらば！　正午の太陽の下、オイルを塗った体と体によるディオニソス的祝典よ、さらば！　四十代の男たちは、自らのぐったりとした一物と腹についた脂肪を眺めながらそうぼやくのだった。

「変革の場」に半宗教的な志向を持つワークショップがいくつか作られたのは一九八七年のこと。もちろんキリスト教は排除されたままだった。しかしエキゾチックな神秘思想であるなら、その内容が——これらの結局のところかなりおつむの弱い連中にとって——十分にあいまいなものでありさえすれば、頑として主張され続けていた肉体崇拝の精神と両立しうるのであった。センシティヴ・マッサージやオルゴン〔ライヒの仮説による宇宙に充満する生命力〕解放のワークショップは継続された。だが占星術やエジプトのタロットカード、チャクラの瞑想や謎のエネルギーなどをめぐる企画のほうがはるかに関心を集めるようになっていった。「天使との遭遇」

という企画が何度か催され、水晶のバイブレーションを感じ取るための講習が開かれた。一九九一年にはシベリアのシャーマニズムが鳴り物入りで紹介され、イニシエーション合宿に続き聖なる熾火を用いての修行《スウェット・ロッジ》が行われ、参加者の一人が心臓停止で死亡するという事態を招いた。タントラ——性感マッサージにとりとめない心霊論、そして徹底したエゴイズムをつき混ぜたもの——はとりわけ大成功を収めた。こうして「変革の場」は数年のうちに——フランスおよび西欧の他の場所と並んで——評判の〈ニューエイジ〉系中心地となり、しかも「七〇年代」的な快楽と自由の追求という特色を残すことで市場における独自性を保ったのだった。

朝食ののち、ブリュノはテントに戻り、マスターベーションをするかどうかで迷い（若い娘たちの残像が脳裏にありありと刻まれていた）、結局我慢することにした。ああいう娘たちにはまったくどぎまぎさせられてしまうが、あれはキャンプ場周辺をぞろぞろ歩いている六八年世代が生んだ子供たちに違いない。ということは年寄り売女どもの中にも、子孫を残すのに成功した者がいるらしい。そう考えてブリュノは漠とした、しかし不快な物思いに沈んだ。エスキモー型テントのファスナーを乱暴に開いた。青い空が広がっていた。小さな雲がいくつも、まるで飛び散った精液のように、松の梢のあいだに浮かんでいる。好天の一日になりそうだ。ブリュノは一週間のスケジュールを取り出してみた。彼が申し込んだのは第一コース、〈創造性とリラクゼーション〉である。午前中は三つのワークショップのうちから選択が可能――マイム&心理劇《サイコドラマ》、水彩画、癒しのライティング。心理劇はもう結構、以前シャンティイ近くの城で週末、参加したことがある。社会学の助手をしている五十歳代の女たちがジムのカーペットの上をごろごろ転がりながら、パパ、熊ちゃんのぬいぐるみをちょうだいと叫ぶのである。そんなのはまっぴらだった。水彩画には惹かれるが、しかしきっと外で描くのだろう。へたくそな絵をものすために、松葉の中にしゃがみ込んで、虫だのなんだの不快を我慢するだなんて馬鹿げていやしないか？

ライティング・ワークショップを指導するのは長い黒髪の、大きな唇を真っ赤に塗った女性だった（「フェラチオのうまい口」と言われるタイプ）。黒のチュニック、先細の黒いパンツという格好。美人、それも上玉。とはいえ年寄り売女には違いない、と考えながら、ブリュノは参加者たちが丸くなって集まっている中に混じり、適当な場所にしゃがみ込んだ。右側には灰色の髪、分厚いメガネの太った女がいて、土気色の見るもおぞましい顔色をし、ぜいぜいと喘いでいた。ワインの匂いをぷんぷんさせている。しかしまだ午前十時半なのだが。「私たちみんなの存在を称えるために」と指導者が口火を切った。「そして地球と五つの方角を称えるために、このワークショップを始めるにあたってまずハタ＝ヨガの動きをやってみることにしましょう。〈太陽への挨拶〉と呼ばれるものです。」そう言って取るべきポーズの説明をしたが、ちんぷんかんぷんだった。隣の酔っ払い女はげっぷの第一弾を洩らした。

「ジャクリーヌ、お疲れのようね……」女ヨガ行者が言った。「気が乗らないなら、練習はやめておけば。横になりなさいよ。またあとで合流することにして。」

どちらにせよみんな横にならなければならなかった。カルマの女導師はいかにも聞く者の気持ちを和らげるような、そのくせ内容は空っぽの、コントレックス〔ミネラルウォーター〕の広告風文句をぶった。「皆さんは今、素晴らしく澄んだ水の中に入っていくのですよ。その水に手足を浸し、おなかを浸しましょう。母なる地球に感謝してください。安心して、母なる地球に体を委ねるのです。自分の欲望を感じてください。そして欲望を与えてくれた自分自身に、感謝の念を捧げてください」、云々。汚らしい畳の上に横たわって、ブリュノは苛立たしさのあまり歯がみした。隣の酔っ払い女はたえずしゃっくりしている。しゃっくりの合間に「ああ！……」と大声を出しながら息を吐くのだが、それはリラックスしていることの証拠というわけだった。カルマの女導師はスケッチ風口上を続け、おなかや性器にパワーを及ぼす大地のエネルギーを称えた。四大〔土・水・火・空気〕にひとわたり触れてしまうと、自分の演説のできに満足した様子で、しめくくりにこう述べた。「さあ、これでみなさんは理性的精神性のバリアを越えたのです。みなさん自身のうちの深い部分との絆を取り戻したのですよ。それではみなさん、創造の無限の宇宙に向かってご自分を開いてください。」——「尻毛女め！」ブリュノはかんかんになりながらよっこらしょと起き上がった。〈ライティング・タイム〉に移り、そのあと作品の紹介、朗読が続いた。ワークショップ参加者のうち、まあまあかなと思える女は一人だけだった。ジーンズとTシャツの小柄な赤毛の女で、スタイルがよく、名前はエンマ。彼女の書いた詩は月世界の羊をうたった愚劣きわまるものだった。全般的に言って誰の詩も、失われた絆を回復した感謝と喜びを表し、母なる大地と父なる太陽に捧げられたものばかり。ブリュノの番になった。彼は陰気な声で短い作品を読み上げた。

　タクシー運転手どもときたら、オカマ野郎ばっか。
　止まろうとしやがらない、おれはもうへたっちまう。

「それが今感じてることなの……」女ヨガ行者は言った。「そんなこと感じてるの。それは悪いエネルギーをまだ乗り越えていないからよ。私にはわかるの、あなたにも深い部分があるってことが。力になるわ、今すぐ、この場で。みんな、立ち上がりましょう。そして輪になるのよ。」

一同は立ち上がって集合し、手をつないで輪を作った。ブリュノはいやいやながら右隣の酔っ払い女と、左隣のカヴァンナ〔現代フランスの作家、ジャーナリスト。長い口髭で知られる〕に似たおぞましい髭面じじいの手を取った。女ヨガ教師は精神を集中し、しかし同時にもの静かな様子のまま、「ウウム！」と長々と唸った。それを合図として、全員が、あたかも一生それだけをやってきたとでもいうかのように「ウウム！」と唸った。ブリュノも精一杯がんばって、その声音のリズムに合わせようとしたのだが、そのとき突然右側のバランスが崩れた。酔っ払い女は麻痺したようになって体ごと崩れ落ちようとしていた。ブリュノは手を離したが、女が倒れるのをふせいでやることもできず、仰向けにひっくり返って畳の上で痙攣する女の前にひざまずいた。女ヨガ教師はしばし指導を中断し落ちついた声で言った。「そうよ、ジャクリーヌ、そうした方がいいってあなたが感じるんなら、床に寝そべればいいのよ。」どうやらお互い、よくわかり合っているらしい。

ライティング第二部は少しはましだった。朝の一瞬の光景に想を得て、ブリュノは次のような詩を作り上げた。

一物を日に焼こう
（一物の毛！）
プールサイドで。
（ペニスの毛！）

神をふたたび見出した、
サンルームで。

きれいな目の神は
リンゴを食べている。
どこに住んでるんだろう？
（一物の毛！）
天国にだ。
（ちんぽこの毛！）

「ユーモアたっぷりの詩ね……」女ヨガ教師の講評には軽い非難の調子が感じられた。「神秘思想じゃないの？……」酔っ払い女が思い切って発言した。「裏返しの神秘思想なんだと思うけど……」いったいこの俺はどうなるのだろう？　こんなことにいつまで我慢していられるものか？　そもそも我慢するに値するのだろうか？　ブリュノは本気で自問した。ワークショップが終わると、小柄な赤毛女と会話してみようともせずに走ってテントに戻った。昼食前にウィスキーの一杯が必要だった。自分のテントのそばまできたとき、ブリュノは朝シャワーでのぞいた娘たちの一人に出くわした。優美なしぐさで手を伸ばし、それにつられてバストも上にひっぱられ、そうやって娘は前日干しておいたレースの可愛いパンティーを取り込んでいるところだった。彼は自分が大気中で爆発し、キャンプ場一帯に脂じみた繊維を飛び散らすのではないかという気がした。自分にだって青春時代があったのに、そのころと比べていったい何が変わったのだろう？　同じ欲望を抱えながら、しかしそれを叶えることはできないかもしれないという自覚が今はあった。若者しか尊重しない世界では、人は少しずつ責めさいなまれていく。昼食のとき、カトリック信者の女が一人いるのに気がついた。別段難しい話ではなく、その女は首から大きな鉄の十字架を下げていたのである。それに加えて彼女は、下まぶたの方が膨れていて、そのせいでまなざしに深みが加わって見えたが、これはカトリック信者や、さらには神秘主義者の女によく見られる特徴である（アルコール中毒患者という場合もあったが）。長い黒髪、真っ白な肌、少し痩せ気味だが悪くない。その前には赤茶けた金髪の、スイスかカリフォルニアから来た感じの娘が座っている。身長は少なくとも一メートル八十センチ、完璧な体、恐ろしいくらい健康な印象。それがタントラ教室の主宰者だった。実際にはクレテイユ〔パリ南東部の住宅都市〕生まれでブリジット・マルタンといった。カリフォルニアでバストを整形し、東洋の神秘思想に入門したのである。そしてファーストネームも取り替えた。クレテイユに戻って一年間、シャンティ・マルタンの名前でフラナド派タントラの教室を主宰した。カトリック女は彼女をひどく崇拝しているようだった。ブリュノも最初のうちは会話に加わることができた。自然食による療法が話題になっていたからで、彼自身、胚芽に凝ったことがあるのだ。しかし会話はたちまち宗教方面に流れていき、もはやブリュノには口が出せなくなった。イエスをクリシュナと同一視することはできるのだろうか、そうでなければ誰と？　ラスティ〔名犬リンチンチンの飼い主の少年〕よりもリンチンチンを好むべきなのか？　カトリック信者とはいえ、カトリック女は教皇が好きではなかった。中世的精神の持ち主であるヨハネ＝パウロ二世は西洋の霊的進化を妨げている。それが彼女の持論だった。「確かにそうだな」とブリュノは同意した。「ありゃ恍惚《ゴゴール》の人だ。」この珍しい表現を使ったことで、ブリュノは二人の女たちの関心を引くことができた。「それにダライ・ラマには自分の耳を動かして見せることができるし……。」ブリュノはわびしげにそう言って、豆腐ステーキをたいらげた。

カトリック女は食後のコーヒーを飲まず、元気よく立ち上がった。個性伸長のワークショップ、〈ウイ・ウイの規則〉に遅れたくなかったのだ。「本当よね、ウイ・ウイは最高よ！」スイス女も熱っぽい口調で賛成しながら立ち上がった。「お話しできてよかった……」カトリック女はブリュノの方を振り返ってそう言い、にっこりと微笑んだ。とすると、俺、けっこううまく切り抜けたんだ。「ああいう淫売どもと話をするのは」とブリュノは自分のキャンプに戻りながら思った。「吸殻だらけのアサガオに向かって小便するか、生理ナプキンのつまった便器に糞を垂れるようなもんだな。全然流れない。じきに臭くなってきやがる。」空間は人の肌と肌を隔てる。言葉は空間を、肌と肌とを隔てる空間をしなやかに横断していく。だが聞き届けられず、反響もなく、ただむなしく宙吊りにされた彼の言葉は、腐敗し、臭い匂いを放ち出した。これは議論の余地なく明白なことだった。関係が成り立ってさえ、言葉は分離の力ともなりうる。

プールで彼はデッキチェアに腰を下ろした。若い娘たちは男の子たちの手で水に放りこんでほしくて、馬鹿みたいにはしゃぎまわっている。太陽は天頂にあった。輝かしい裸体が青い水面のまわりを行き交う。それに気を取られることもなく、ブリュノは『六人の仲間と手袋の男』に読みふけっていた。ポール＝ジャック・ボンゾンの傑作と呼んでいいこの作品は、最近緑色叢書《ビブリオテーク・ヴェルト》で復刊されたのだ。太陽が我慢ならないほどぎらぎらと照りつける下、リヨンの霧に包まれ、頼りになる忠犬カピと一緒に過ごすのは心地よかった〔ボンゾンの「六人の仲間」シリーズはリヨンの子供たちが犬のカピとともに冒険を繰り広げる漫画シリーズ〕。

午後のプログラムは、〈センシティヴ・ゲシュタルトマッサージ〉、〈声の解放〉、そしてお湯の中での〈再生《リバース》〉のうちから選ぶことができた。いちばん〈ホット〉な感じがするのは何と言ってもマッサージだった。マッサージのワークショップへと向かう道すがら、〈声の解放〉ものぞいてみた。十二人ほどの人々がとても興奮した様子で、女タントラ教師の指導のもと、そこらじゅうを飛び跳ねながらパニックを起こした七面鳥のような金切り声を上げていた。

　丘のてっぺんに、バスタオルを敷いたテーブルを並べて大きな輪が作られていた。参加者たちは裸だった。輪の中央に立つ指導者は、褐色の髪の小柄な、少しばかりやぶにらみの男で、まず最初に〈センシティヴ・ゲシュタルトマッサージ〉の沿革を簡単に述べた。起源となったのはフリッツ・パールズの〈ゲシュタルトマッサージ〉あるいは〈カリフォルニア式マッサージ〉に関する仕事で、その後センシティヴ・マッサージの成果をも次第に取り入れていった結果、これこそは――少なくとも彼の意見によれば――もっとも完全なるマッサージ法となったのである。その意見にくみしない者が「変革の場」にいることは承知しているが、しかしここで議論をするつもりはない。いずれにせよ――と彼は話を締めくくった――マッサージと一言で言っても中身は千差万別。まったく同じマッサージなど二つとないとさえ言えるのだ。以上を前置きとして、次にデモンストレーションに移り、女性参加者を一人横にならせた。「パートナーの緊張を感じ取ること……」そう言って彼は娘の肩を揉んだ。彼の一物が娘の長い金髪から数センチのところで揺れていた。「体のシェーマ全体を尊重すること……」両手が娘の腹の方へ下りていき、娘は目を閉じ、明らかに快感を感じて腿を開いた。

「以上のとおりです」と彼は言った。「今から二人一組になってやっていただきましょう。さあ、輪の回りを歩いて、お互いに出会ってください。出会いのためにはじっくり、あわてないで。」今見たばかりの光景に体が麻痺したようになったブリュノはつい出遅れてしまった――これこそがすべての鍵だというのに。狙いをつけた相手の方に落ち着いて歩み寄り、その前で立ち止まって、微笑を浮かべつつ「一緒にやってもらえますか？」と頼むのだ。他の人々はやり方を知っていたらしく、三十秒のうちに決着はついていた。ブリュノはおびえた目であたりを見まわしたが、残っているのはがっしりとした小柄な褐色の髪の男、体毛をもじゃもじゃと生やし、太い一物をぶら下げた男だけだった。今になって気がついたのだが、男七人に対し女は五人しかいなかったのである。

ありがたいことに、相手は男色の気はなさそうだった。男は憤然とした表情で、何も言わず腹ばいになり、腕を組んでその上に顔を乗せ、待った。「緊張を感じること……体のシェーマ全体を尊重すること……」ブリュノは手にオイルを足したが、それでもまだ膝までの分にしかならなかった。男は切り株のように動かなかった。尻まで毛むくじゃらだった。男のふくらはぎは、今や完全にオイル漬けの状態のはず。ブリュノは顔を上げた。左隣の男は若い娘に胸の筋肉を揉んでもらっており、娘のバストが優しく揺れていた。ブリュノは娘のおまんこと鼻つき合わせる位置にいた。指導者のラジカセからはシンセサイザーの音楽が延々と流れていた。空は一面の青。ブリュノのまわりでは、マッサージオイルでてらてらと輝くペニスが何本も、ゆっくりと光の中に頭をもたげつつあった。これら一切は恐ろしいくらい〈リアル〉だった。彼はもはや続ける力を失った。輪の向こう側では指導者が、とあるコンビにたっぷりとアドバイスを与えていた。ブリュノはすばやくリュックサックを拾い上げてプールの方に下りていった。ちょうど混み合っている時刻だった。芝生の上に寝そべって、裸の女たちがおしゃべりしたり読書したり、あるいは単に日光浴をしたりしている。どこに腰を下ろそう？　彼はタオル片手に芝生の上をうろうろとさまよい出した。いわばヴァギナのあいだをふらつき歩いていたわけである。そろそろ決めなけりゃとあせり始めたそのとき、カトリック女が小柄な男と話しているのが目に入った。褐色の髪をしたずんぐり型の、快活そうな男で、黒に近い髪は縮れていて、目はにこやかに笑っている。ブリュノは女に向かってそれとなく手を振ってみせ——女は見ていなかった——、それから彼女のそばにやれやれと腰を下ろした。途中、小柄な男に向かって誰かが呼びかけた。「よう、カリム!」カリムは手を振って応じながらも話をやめない。女は仰向けに寝そべったまま、黙って耳を傾けている。痩せた腿のあいだに見える恥丘がとても美しく、見事な曲線を描いて張り出し、縮れた黒い恥毛が胸をときめかせた。女に向かって話しながら、カリムはそっと自分のきんたまを揉んでいた。ブリュノは地面に寝そべって顔を横に向け、一メートルほど手前のカトリック女の恥毛に見入った。甘美な世界が開けた。彼は深い眠りに落ちていった。

一九六七年十二月十四日、国会は避妊の合法化を定めるヌヴィルト法案を第一読会で採択した。社会保険の対象にはまだならなかったとはいえ、これより先ピルは薬局で自由に販売されるようになった。まさにこのときから、それまでは管理職や自由業、芸術家——あるいはまた中小企業の一部の経営者——のみに限られていた〈性的解放〉の恩恵に、国民の幅広い層が浴するようになった。面白いのは、この〈性的解放〉はしばしば共同体の夢として語られてきたものの、実際は歴史における個人主義の増大の一段階にすぎなかったという点である。「世帯」なる立派な言葉が示すように、夫婦、そして家族は自由社会における原始的共産主義の最後の砦を形成していた。性的解放により、市場原理から個人を守るこうした中間的共同体の最後のものが破壊されることとなった。この破壊過程は今日なお継続中なのである。

夕食後には、「変革の場」実行委員会の主催により〈ダンスの夕べ〉が催されるのが通例だった。新しい精神主義に対してこれほど開かれた場にはそぐわない企画とも思えるのだが、この選択は、非共産社会における性的な出会いの手段としてダンスの夕べを越えるものがない事実を明らかに示していた。フレデリック・ル・ダンテックの指摘によれば、原始社会においても祝祭の中心にはダンス、さらにはトランス状態があった。こうして、中央の芝生に音響装置とバーが設置された。人々は月光の下、夜遅くまで踊りまくるのである。ブリュノにとってこれは二番目のチャンスだった。本当のところ、キャンプ場の若者たちはそれほど参加していなかった。彼らは地元のディスコ〈ビルボケ〉、〈ダイナスティー〉、〈2001〉、ときには〈ピラート〉に出かける方を好んだ。そちらでは男のストリップやポルノ映画女優の夕べなど、ソフトな企画が組まれていた。出かけずにいるのは内向的な短小青年二、三名にすぎなかった。そもそも彼らは自分のテントでチューニングもろくに合っていないギターをだらだらと爪弾いていればそれで満足だったのだが、まわりは軽蔑の目で見るのだ。ブリュノはそういう若者たちに親近感を覚えた。とはいえ、若い娘の姿はなく、しかも若い娘をつかまえるなど初めからほとんど不可能とあっては、アンジェ＝ノールのカフェテリアで会った「ニュー・ルック」〔男性向け娯楽誌〕読者の言葉を借りるなら「ぱっとしない肉にだって突っ込んだ方がまし」なのだった。そんな期待を抱いてブリュノは夜十一時、白のズボンとマリーン風ポロシャツという姿で、物音の中心の方へと下りていった。

　踊っている連中を見渡すと、カリムの姿がまず目に入った。カトリック女を放り出して、カリムは魅力的な薔薇十字団の女に努力を集中していた。その女は夫とともに午後到着したのである。背が高く、まじめで痩せ型の二人は、アルザス地方出身らしかった。庇や窓のいろいろとついた巨大で複雑な仕組みのテントに宿っていたが、それは夫が四時間もかけて建てたものである。夕方になって夫はブリュノに、薔薇十字団の知られざる美点についてとくとくと語って聞かせた。小ぶりの丸メガネの後ろで目が輝いていた。まぎれもない狂信家のしるしだった。ブリュノは聞くともなく聞いていた。相手の言うところでは、薔薇十字団の運動はドイツで誕生した。その発想源が錬金術の一流派にあったことは言うまでもないが、ライン川流域の神秘思想との関係も見逃してはならない。いやはや、こりゃまったく男色家やナチの喜びそうな話だ。「その十字架とやら、あんたのケツの穴に突っ込んじまえ……」ブリュノはそんなことを漠然と考えながら、メタンガスのボンベにかがみこんでいる美人妻の尻を横目で観察した。「バラの花もおまけにな……」と彼が心の中で吐き捨てたとき、美人妻はむきだしの胸をさらして立ち上がり、子供のオムツを取り替えるよう夫に命じた。

しかしながら今、その妻はカリムと踊っていた。二人は見るからに奇妙な取り合わせで、カリムの方が身長が十五センチほど低く、恰幅よく抜け目ない表情でのっぽのゲルマン的レズビアンに立ち向かっていた。踊りながら微笑を絶やさずに話し続け、最初に引っかけた方の女がどこかへ行ってしまってもかまわないという覚悟でいるらしかった。ともかく首尾は上々と見えた。女もまた微笑み、ほとんど魅了されたような表情で興味深げに男を見つめ、大声で笑い興じたりしている。芝生の反対側では夫がまたぞろ知らない男相手に勧誘を始め、運動の起源は一五三〇年低地ザクセン地方の荒地で云々と聞かせている。その三歳になる息子、金髪の手におえないガキは、眠いから帰らせろと間隔を置いてわめき続けた。要するにここでもまた、人は〈リアルな人生〉の真正なる一こまに立ち会っていたのだ。ブリュノのそばでは痩せぎすの、聖職者風の男二人がカリムの奮闘ぶりを論評していた。「あいつ、なかなかやるなあ……」と一人が言った。「理屈の上ではとても手の出ない相手のはずだ。女に比べて見劣りするし、腹も出てる。背だって女より低いじゃないか……。それなのにやる気満々、がんばってる。だからあいつだけ差をつけてるわけだ。」もう一人は退屈そうにうなずき、想像上の数珠を指でまさぐった。オレンジ・ウォッカを飲み干しながら、ブリュノはカリムが薔薇十字団女を草むらの坂の方へまんまと連れ出したことに気がついた。片手を女の首にまわし、たえず話し続けながら、カリムはそっと片手をスカートの中に忍び込ませていた。「しっかり股開いてるじゃないか、ナチの売女め……」そう考えながらブリュノは踊る人々の群れを離れた。明かりの輪から出ようとしたそのとき、カトリック女がスキー教師風の男に尻を撫でられている光景が目に飛び込んできた。彼に残されているのはテントの下でのラヴィオリの缶詰だけだった。

テントに戻る前に、純然たる絶望に駆られて、彼は留守宅の留守電を聞いてみた。メッセージが一件入っていた。「もうヴァカンスに行っちゃったんだろうね……」ミシェルの静かな声が聞えてきた。「折り返し電話してくれ。こっちもヴァカンスに入った。それもこれからずっと。」

4

歩き続けて国境までたどりつく。猛禽類が何か見えないもののまわりを旋回している――おそらくは腐肉だろうか。道の起伏に、腿の筋肉がしなやかに対応する。丘は一面が黄ばんだ草原に覆われていた。東の方向にどこまでも見晴らしがきく。前日から何も食べていない。もはや恐怖を感じない。

彼は自分が服を着たまま、ベッドに横ざまに倒れていつの間にか眠っていたのに気がついた。モノプリの業務用出入口では、トラックから商品を降ろしている。朝の七時すぎだった。

何年ものあいだ、ミシェルは学問一筋に生きてきた。人間の一生を構成するもろもろの感情は彼の観察対象ではなかった。それは彼のよく知らない事柄だった。今日では人生を完璧なまでに正確に組み立てることができる。モノプリのレジ係たちはミシェルが軽く会釈したのに応えた。この建物に住んで十年になるが、その間にはおびただしい出入りがあった。カップルが誕生する。そうすると引越しが行われる。ダンボールやら電気スタンドやらを運んで友人たちが階段を上っていく。そんな若者たちは笑みを浮かべていた。離婚ということになった場合には、しばしば（必ずしも常にではないが）、男女は同時に引っ越していった。そうすると空き部屋が一つできる。そこからどんな結論を下すべきか？　こうした行動すべてにいかなる解釈を与えるべきか？　難しい問題だった。

彼自身としては人を愛すること以外何も求めていなかった。あるいは少なくとも、彼は何も求めていなかったのである。はっきりしたことは何も。人生は、とミシェルは考えた、何か単純なものであるべきだ。ちょっとした儀式の寄せ集めとして生きられるような何か。たとえ少々愚かしくはあっても、しかし信じることのできるような儀式。賭けるものなどない、ドラマなき人生。だが人々の人生とはそんな風に組織されるものではなかった。彼はときおり外出して、若者たちや建物を観察した。確かに言えること、それはもはや誰にもどうやって生きるべきかわかってはいないということだった。いや、それは誇張かもしれない。中には大義に動かされ、身を捧げている者もおり、そういう人間の人生は重い意味を担った。たとえば〈アクト・アップ〉〔エイズ撲滅活動を展開するグループ〕の戦闘的活動家たちが重要だと考えるのは、さまざまな同性愛の行為をクローズアップで撮った、他の者たちにとってはポルノ的と思えるような映像を意見広告としてテレビに流すことだった。より一般的には、彼らの暮らしは楽しく、活気にあふれ、多様な出来事に満ちているようだった。複数のパートナーを持ち、〈バックルーム〉でおかまを掘り合っていた。コンドームがずれたり、破れたりすることもある。そうすると彼らはエイズで死ぬのだった。だがその死自体が戦闘的な気高い意味を持った。より一般的には、テレビ、とりわけTF1が人間の威厳とは何かをたえず説いていた。若いころミシェルは苦しみによって人間はさらなる威厳を得るのだと信じていた。だが今となっては間違いだったと認めざるをえない。人間にさらなる威厳を与えるもの、それはテレビなのだった。

テレビは絶えず、純粋な喜びを与えてくれたとはいえ、やはり外出もしたほうがいいだろうとミシェルは判断した。それに買い物もしなくてはならなかった。明確な目標なしでは人間は気を散らすばかりで、何の役にも立たなくなってしまう。

七月九日の朝（聖アマンディーヌの日）、ミシェルは近所のモノプリの陳列台に、学童用のノートやバインダー、文房具入れがもう並べられているのに気がついた。「新学期になって頭を痛めないように」というセールのキャッチフレーズは、本当に説得力のあるものとは思えなかった。教育、知識とは、終わることなき「頭の痛さ」以外の何だというのか？

翌日、郵便受けにトロワシュイス〔通販会社〕の秋冬カタログが入っていた。表紙つきの分厚い一冊には宛先が記されていない。誰かが配達してきたのだろうか。通販を利用するようになって久しいので、こうしたサービスには慣れていた。お互いの忠実さのしるしである。それにしても季節を先取りして、商戦は早くも秋に向かっているのだった。だが空はなお輝くような晴天、何しろまだ七月初旬なのだから。

若かったころ、ミシェルは不条理や実存的絶望や日々の不動の空虚といった主題をめぐる小説をいろいろと読んだことがあった。だがその種の極端な文学に心から共感したわけではなかった。当時はブリュノにしょっちゅう会っていた。ブリュノは作家になることを夢見ていた。ページを文字で埋め、盛んにマスターベーションをしていた。ブリュノはミシェルにベケットを読ませた。ベケットはおそらく、いわゆる〈偉大な作家〉であるに違いない。だがミシェルにはベケットの本を一冊も最後まで読み通せなかった。七〇年代終わりごろのことである。彼とブリュノは、二十歳ですでに老いたと感じていた。以降もそれが続いたのである——どんどん老いていくと感じるばかりで、そのことを彼らは恥じた。彼らの時代は、やがてかつてない変化を成し遂げることとなった。つまり、死の悲劇的感情を、より一般的でだらしのない老化の感覚のうちにぼかしてしまうようになったのである。二十年後になっても、ブリュノは相変わらず真に死を考えたことがなかった。そしていつかそのときが訪れるとも思えなくなってきていた。自分は最後まで生きることを望むだろうし、最後まで生のただなかにいるだろう。具体的な生活上のトラブルや不幸、衰えていく体の抱える問題と最後まで闘い続けるだろう。最後の瞬間まで、なお人生のわずかな延長、追加を望むだろう。とりわけ、最後の悦楽の一瞬、ちょっとしたおまけのサービスを最後まで求めるだろう。長い目で見ればそれがいかにくだらないことであるにせよ、上手にしてもらうフェラチオは確かに快楽をもたらす。そしてそのことを、と今日ミシェルはカタログのランジェリーのページを繰りながら思うのだった（〈ゲピエール〔コルセット型のランジェリー〕でセクシーに！〉）、否定するのは馬鹿げていたかもしれない。

　個人的には、ミシェルはあまりマスターベーションをしない方だった。研究者としての駆け出し時代にはミニテル〔ミニテルは一九八〇年代にフランス郵政通信省が開発した情報通信用端末。その通信網を利用してポルノ情報等を流す商売も栄えた〕画面を通して、あるいは本物の若い娘たち（主として大手製薬会社の営業担当）との触れ合いを通して妄想が湧くようなことがあったかもしれないが、それも次第になくなっていった。男性的能力の衰えを心静かに受け入れつつ、一時しのぎの手淫でよしとしていた。そのネタとしてはトロワシュイスのカタログと、七九フランのお楽しみCD－ROMで十分すぎるくらいだった。ところがブリュノときたら、ミシェルにもよくわかっているのだが、不惑の歳を過ぎながら大きなおっぱい、丸々とした尻、愛想のいい唇などという実在しそうもないロリータを求めて身をすり減らしている。彼が公務員の職にあるのはまだしもだった。だが彼が生きているのは抽象的な世界ではなかった。彼は美女とブス、二枚目と醜男とからなるメロドラマ的世界に生きていた。それがブリュノの世界なのだった。一方ミシェルの生きる世界は正確で、出来事には欠けたが、とはいえいくつかの商業的セレモニーによってめりはりをつけられていた――ロラン＝ギャロスの大会〔テニスの全仏オープン〕、クリスマス、大晦日、トロワシュイスの年二回のカタログ。ホモセクシュアルだったなら、ミシェルはエイズエイドや、〈ゲイ・プライド〉に参加することもできただろう。放縦な質であったなら、〈エロティスム見本市〉に入れ揚げたかもしれない。スポーツ向きの人間だったなら、まさしくこの瞬間、トゥール・ド・フランスのピレネー山脈地点で奮闘していたかもしれない。消費者としては何の特色もなかったが、とはいえ近所のモノプリでイタリア・フェアがまた行われるのを知って嬉しくなった。こうして一切は何から何まできちんと、人間的なやり方で組織されていた。そこには幸福があってしかるべきだった。これ以上をめざそうにも、どうしたらいいのか彼にはわからなかっただろう。

七月十五日の朝、玄関のごみ箱に突っ込んであったキリスト教布教ビラを拾った。いろいろな人生の物語が、すべて同じハッピーエンドで締めくくられていた——復活したキリストとの出会い。ある若い女性の話にしばし注意を引かれたが（「イザベルはショックを受けました、というのも大学での勉強が危うくされていたのです」）、パヴェルの話の方がより自分に近いものだった（「チェコ軍士官パヴェルにとって、ミサイル追跡基地を指揮することは軍隊でのキャリアの頂点を意味していました」）。それに続く部分を、ミシェルはそのまま自分の場合に重ね合わせることができた——「有名大学に学んだ専門技術者として、パヴェルは人生に満足してもいいはずでした。それなのにパヴェルは不幸でした。いつになっても生きる理由が得られずにいたのです。」

他方、トロワシュイスのカタログはヨーロッパの危機に関してより歴史的な見地を取っているようだった。冒頭のページから暗示されてはいたが、来るべき文明の変化に対する意識は十七ページに決定的なかたちで定式化されていた。コレクションのテーマを示すその二行の文章に込められたメッセージに、ミシェルは何時間も思いをめぐらせた。「前向きに、心を開いて、仲間どうし、力を合わせ——そうやって世界は前進する。〈明日は女のもの〉」

夜八時、ニュースキャスターのブリュノ・マジュールは、アメリカの衛星による調査で火星上に生命体の化石が発見されたというニュースを紹介した。バクテリアの一種、どうやら原始メタン・バクテリアであるらしい。こうして、地球に近い惑星上で高分子生物が誕生し、原始的な核と何らかの膜を備えた生殖構造らしきものを形成するに到っていたことが明らかになったのである。だがすべては、おそらくは気候の変化によるものか、そこでストップしてしまった。生殖は困難になり、ついには不可能となったのである。火星上の生命の歴史は慎ましい歴史であったことが判明した。とはいえ（そしてこの点をブリュノ・マジュールはよくわかっていないらしかったが）、このいささかぱっとしない失敗のミニ・ストーリーは、これまで人類が深く愛してきた神話・宗教的構築物の一切を真っ向から否定するものであった。唯一の、崇高な創造行為があったわけではない。選ばれた民がいたわけではなく、選ばれた種、選ばれた惑星があったのですらない。宇宙のほとんどいたるところで、不確かな、そして全般的に見てほとんど説得力のない試みがなされてきただけのことだったのだ。しかものすべては過酷なほど単調なものだった。火星で発見されたバクテリアのDNAは地球上のバクテリアのDNAとまったく同一であるらしかった。とりわけこの点を知ってミシェルは物悲しい思いに誘われたのだが、それはすでにして抑鬱のしるしであった。正常な状態にある研究者、万事順調な研究者であれば、DNAが同一だったという事実に喜び、そこに統合的理論の可能性を見出すはずだった。DNAがどこでも同一であるなら、それには深い理由、ペプチドの分子構造か、それとも生殖のトポロジー的条件と結びついた理由があるはずだ。そうした深い理由を発見することが可能なはずなのだ。若いころなら、と彼は思った、きっとそんなことを考えただけで熱狂していただろうに。

一九八二年にデプレシャンと出会ったとき、ジェルジンスキはパリ大学オルセー校で第三課程博士論文を書き上げようとしていた。学生の身分のまま、彼はアラン・アスペの瞠目すべき実験に参加することとなる。これはカルシウムの同一の原子から相次いで放出された、二つの光子の運動に関する分離不能性を証明した実験である。彼は研究チームの最年少だった。

アスペの実験は厳密、正確、そして資料の裏づけも完璧であり、学会において非常な反響を引き起こすこととなった。量子力学の形式主義に対して一九三五年、アインシュタイン、ポドルスキー、ローゼンが提出していた反対意見を初めて、完全に反駁する実験が現れたというのが一般の評価だった。アインシュタインの仮説を出発点としてベルが提案していた不等式による証明はこれではっきりと否定され、量子理論の予言と完全に一致する結果が得られたのだった。以後、残された仮説は二つだけとなった。つまり、粒子の運動を決定する隠された特性とは局所的なものではなく、粒子間の距離がどれほどであろうとも二つの粒子は瞬時に影響を及ぼし合うのか。それとも、素粒子が、観測問題とは無関係に内在的な特性を持つという考え方を諦めなければならないのか――とすればわれわれは存在論的な深い空虚にはまり込むことになる。さもなければラディカルな実証主義を採用して、観察可能な対象に関する数学的形式主義による予測でよしとし、根底にある現実という理念にきっぱりと別れを告げるほかあるまい。大多数の研究者たちが従ったのは、もちろんこの最後の選択肢であった。

アスペの実験は、「フィジカル・レヴュー」誌第四十八号に「アインシュタイン、ポドルスキー、ローゼンの想像上の実験《ゲダンケクスペリメント》の実験による実現――ベルの不等式の新たな綻び」という表題で初めて発表された。ジェルジンスキは論文の執筆者の一人として名を連ねた。数日後、彼はデプレシャンの訪問を受けた。当時デプレシャンは四十三歳、ジフ゠シュル゠イヴェットにあるＣＮＲＳ分子生物学研究所の所長だった。遺伝子の突然変異のメカニズムについて、自分たちにはまだ何か根本的な部分が理解できないままでいるという思いをデプレシャンは募らせていた。おそらくその何かとは、より深い原子レベルで生じる現象と関係があるのではないか。

二人は大学寮のミシェルの部屋で初めて顔を合わせた。飾りけのない部屋の侘しさにデプレシャンは驚いた顔をしなかった。そんなものだろうと予想していたのである。対話は夜更けにまで及んだ。基本化学元素の数が限られているという事実こそは、とデプレシャンは切り出した、すでに一九一〇年代、ニールス・ボーアの最初の理論構築を促すきっかけとなったものです。原子に関する電磁場および重力場を前提とする古典的軌道理論からすれば、無限の帰結があり、無限の化学物質が存在するはずでした。それなのに全宇宙は百いくつかの要素から成り立っている。しかもその構成要素のリストは不動の、固定されたものです。こうした状況は、古典的電磁場理論やマクスウェルの方程式にとってみればまったく異常なわけですが、とデプレシャンは続けた、結局はそれが量子力学の発展につながっていった。思うに、今日生物学もまた同様の状況にあるのです。つまり、動植物界全体にわたって同一の高分子、不変の超分子構造が存在することは、古典的化学の枠内では説明がつかない。現在のところまだ解明不可能とはいえ、いずれにせよ何らかの形で、生物現象の制御に量子レベルの要素が直接関係しているに違いない。そこにはまったく新しい研究領域が広がっているはずです。

この最初の晩、デプレシャンは若い研究者の広い理解力と落ち着き払った様子に強い印象を受けた。そこで次の土曜日、理工科学校《エコール・ポリテクニック》通りの自宅に夕食を食べにくるよう誘った。同僚の一人で、転写酵素についての研究を発表した生化学者も来ることになっていた。

デプレシャンの家を訪れて、ミシェルは映画のセットに足を踏み入れたような気がした。明るい色の木製家具、六角形のタイル、アフガニスタンの織物、マティスの複製……。こうした豊かな、文化の香り漂う場所、確かな洗練された趣味を感じさせる空間にこれまで実際に触れたことはなかった。後は容易に想像がついた。ブルターニュには一族の地所、そしてリュベロンに農家風別荘でも持っているのではないか。「音楽はバルトークの四重奏曲がいいな……。」アントレに手をつけながら一瞬そんな考えが頭をよぎった。ずっとシャンパンを飲みながらの食事だった。デザートは赤いフルーツのシャルロットで、一緒に辛口ロゼワインが供された。そのときになってデプレシャンはミシェルに計画を打ち明けた。生物学研究所に非常勤のポストを設けることができそうなのですよ。きみには生化学の概念をいくらか勉強してもらう必要があるけれども、そんなのは簡単に済むでしょう。同時に、きみの国家博士論文の面倒をぼくが見させてもらいましょう。論文が完成した暁には、専任のポストに移ればいい。

ミシェルは暖炉の中央に置かれたクメールの小さな彫像に目をやった。仏陀が地面を指差すポーズを取っているところを、端正な輪郭で象ったものだった。彼は咳払いをして、申し出を受け入れた。

放射能実験の装置および検出技術の飛躍的進歩により、続く十年間で膨大な量の実験結果が得られた。しかしながら、と今日ジェルジンスキは思うのだった、最初に会ったときデプレシャンが唱えた理論上の問題に関しては、われわれはまだ一歩も前進していない。

真夜中、彼の思いはまた火星のバクテリアに舞い戻った。パソコンを開けると十五通ほどメールが入っていた。大半はアメリカの大学からきたものだった。アデニン、グアニン、チミン、シトシン〔いずれも核酸を構成する塩基〕が正常の割合で発見されたという。何とはなしにミシガン大学のホームページを開いてみた。すると老化に関する研究報告が載っていた。アリシア・マルシア＝コエーリョが明らかにしたところによれば、しなやかな筋肉から取り出した線維芽細胞は分裂を繰り返すうちに、DNAのコード化シーケンスを失っていくという。これまた、実のところ驚くに値する発見ではなかった。彼はこのアリシアという女性を知っていた。それどころか十年前、バルチモアで開かれた遺伝子学会の際、食事をしてしこたま酒を飲んだのち、ミシェルの童貞を奪ったのは彼女だったのである。彼女はあまりに酔っ払っていて、ブラジャーを外そうとするミシェルを手助けすることさえできなかった。それは手間のかかる、我慢ならない一瞬だった。夫と別れたばかりなの、と彼女は、ホック相手に戦っているミシェルに打ち明けた。それからすべては正常に進行した。ミシェルは自分が勃起したばかりでなく、彼女のヴァギナに射精することさえできたのに我ながら驚いた――ただしいささかも快感を覚えることなしに。

5

「変革の場」を訪れるヴァカンス客の多くは、ブリュノのように四十代だった。彼のように公共・教育部門の仕事に従事する者も多く、公務員の身分により貧困を免れていた。事実上全員が〈左寄り〉といってよく、またほぼ全員が、たいていの場合離婚を経て一人暮らしの身の上だった。要するにブリュノは「場」にとって典型的な存在であり、数日のうちに彼はここでの生活の方が普段よりはまだましだと感じ始めていた。朝食の時刻には耐えがたく思える神秘主義の売女どもも、アペリチフの時刻には普通の女に戻り、より若い女たちをライバルとする希望なき競争に加わるのだった。死は偉大な平等主義者である。こうしてブリュノは水曜日の午後、五十代の女性カトリーヌと知り合った。かつて「マリ・パ・クレール」〔「マリ・クレール」的女性像に反抗した七〇年代のフェミニズム運動〕に属していた元女性運動の闘士である。褐色の縮れた髪、すべすべの肌。二十歳のころはさぞや魅力的だったに違いない。バストは今なお立派に保たれていたが、それにしても尻がでかすぎる、と彼はプールで見極めた。彼女はエジプトの象徴主義や太陽のタロット等々に方向転換していた。彼女がアニュビス神のことを話し出したとき、ブリュノはパンツをずり下ろした。勃起したペニスを見ても目くじらを立てるまいと判断し、ひょっとしたら友情が生まれるかもしれないと思ったからだった。残念ながら、ペニスは勃起しなかった。彼女は両腿を合わせていたが、脂肪ではちきれそうだった。二人はかなり冷ややかに別れた。

その日の晩、夕食の直前、ピエール＝ルイという男が声をかけてきた。数学の教師だという。実際そんな感じの男だった。ブリュノは二日前、「クリエイティヴィティの夕べ」で男を見かけていた。数式の証明をネタに、堂々めぐりの不条理ギャクを披露して見せたのだが、面白くも何ともなかった。ホワイトボードに次々に数式を書き、ときおり唐突に手を止める。すると大きな禿げ頭には熟考のあまり皺がいっぱい寄る。目をかっと開いて見せるのは受けを狙ってのことだった。手にマーカーを握ったまましばらくじっと動かずにいる。それからまた数式を書き始め、いよいよ盛大にどもり出した。その一幕が終わると五、六人が、むしろ同情心から拍手した。彼は真っ赤になった。それで終わりだった。

その晩、ブリュノはとんまな大男が他の面々とアフリカン・ダンスを即興でやり出したのを幸い、またしてもそそくさと姿を消し、〈レストラン和気あいあい〉に向かう坂を登った。元女性運動の闘士の横に空席があった。彼女の向かいに座っているのはエジプト象徴主義のお仲間の女性。ブリュノが豆腐のシチューを食べ始めたそのとき、ピエール＝ルイがテーブルの端に姿を現した。ブリュノの正面に空席を見つけるや、喜びに顔を輝かせた。そしてブリュノの側に準備ができる前にもうしゃべり出していた。かなりひどくどもることは確かで、横の売女二人は実に耳障りな笑い声を立てた。オシリスの死後再生だの、エジプトのマリオネットだの……もはや女たちは男二人に何の注意も払っていなかった。ブリュノが我に返ったとき、もう一人の道化は話題を彼の仕事に向けていた。「いや、別に大したことはないんだけど……」と彼は口を濁した。何の話題でもいいが、学校の話だけはごめんだった。夕食のひとときは我慢ならないものになってきた。彼は立ち上がって煙草を吸いにいった。残念ながら象徴主義の女たち二人も同時に、尻を大きく振ってテーブルを離れた。男たちを一顧だにもせずに。おそらくそれが事件のきっかけとなったのだ。

テーブルから十メートルほど離れたところにいたブリュノは、そのときひゅうひゅういう荒々しい音、ないしは狭窄音のような、何かひどく鋭い、およそ人間ばなれした音を耳にした。振り返ってみた。ピエール＝ルイが顔を真っ赤にして、両のこぶしを握りしめていた。弾みもつけずにひとっ飛びでテーブルに足を揃えて飛び乗った。息を整え、胸から洩れていたひゅうひゅういう音がやんだ。すると彼は自分の頭をぼこぼこに殴りつけながらテーブルの上を縦に歩き出した。皿やグラスが盛大に落下していった。彼はやみくもに蹴りを入れながら大声で繰り返した。「許せん！　俺をこんな風に扱うなんて、許せん！……」このときばかりは、どもっていなかった。彼は五人がかりで取り押さえられた。そしてその晩のうちにアングレームの精神病院に収容された。

ブリュノは夜中の三時ごろに飛び起きてテントを出た。体は汗びっしょりだった。キャンプ場は静かで、空には満月が出ていた。アマガエルの単調な鳴き声が聞えてくる。池の端で朝食の時間になるのを待った。夜明け直前には少々冷えた。午前中のワークショップは十時に始まる。十時十五分ころ、彼はピラミッドの方に向かった。ライティング教室のドアの前で少しためらってから、下の階に降りていった。水彩画教室のプログラムに二十秒ほど目を走らせてから階段を数段登った。まっすぐな階段の途中、ところどころにカーブを描く部分が設えられていた。そこだけは段の幅が広がり、そしてまた元の幅に戻る。カーブの一番膨らんだところが、段の幅も最も広くなっていた。ブリュノはそこに腰を下ろし、壁に背をもたせかけた。落ちついた気分になってきた。

リセ時代に味わった数少ない幸せなひととき、それをブリュノは授業開始直後、このように階段の途中に腰を下ろして味わったのだった。階と階のちょうど中間地点で、ゆったりと壁にもたれかかり、目を半ば閉じあるいは大きく見開いて待っていた。もちろん誰かがやってくるかもしれなかった。そのときは立ち上がってカバンを抱え、もう授業が始まっている教室にそそくさと向かうしかなかっただろう。しかし誰もこないこともよくあった。何もかもが平穏無事。そんなとき、そっと人目を忍びつつ、徐々に離陸するようにして（歴史の授業はもう終わり、物理の授業はまだ始まっていない）、精神は喜びの方へと昇っていくのだった。

むろん今日、事情は異なっていた。ここにきて、集団生活に参加することを彼自身が選んだのだ。上の階ではライティング教室、下の階では水彩画教室、もっと下ではマッサージか、熱帯式呼吸法が開かれているし、さらに下ではアフリカン・ダンスの教室が再開されているに違いない。いたるところで人間たちは生き、呼吸し、快楽を感じようとし、自らの能力を高めようと努力していた。人間たちはピラミッドのすべての階で社会的、性的、職業的、あるいは宇宙的な適応力を増強し、あるいはそのための努力を重ねていた。広く用いられている言い方を使うならば、彼らは「自分を鍛えている」のだった。ブリュノは少し眠くなってきた。彼はもはや何もいらず、何も求めず、どこにもいなかった。ゆっくりと、段階を追って、精神は非在の王国へ、この世に存在しないことの純粋なエクスタシーへと昇っていった。十三歳のとき以来初めて、ブリュノはほとんど幸福に包まれた。

このあたりのどこにお菓子屋さんがあるか教えてもらえますか?

彼はテントに戻って三時間眠った。目覚めたときにはすっかり元気が回復し、勃起していた。性的欲求不満は男の場合不安感を生み出し、それが胃のあたりの激しいひきつりとなって現れる。精液が下腹部に逆流し、胸にまで触手を伸ばしてくるような気がする。性器そのものに痛みが走り、火照りがやまず、じっとりと湿りけを含んでいる。彼は日曜日以来マスターベーションをしていなかった。それがきっと悪かったのだ。西洋に残った最後の神話――セックスはやらなければならないことである。それは可能なこと、やらなければならない何かなのだった。彼は水泳パンツをはき、つい苦笑を洩らしながらバッグにコンドームを入れた。いつでもコンドームを持ち歩くようになって何年もたつが、それを使ったことはこれまでに一度だってなかった。どうせ売春婦はコンドームを持参しているものだ。

浜辺にはショートパンツ姿の兄ちゃん、Tバックの姉ちゃんたちがうようよしていた。これなら安心だった。彼はフライドポテトを一パック買ってから女たちのあいだをさまよい、とある二十歳くらいの娘に狙いをつけた。丸々として引きしまり、つんと上を向いた見事なバストには、キャラメル色の大きな乳輪がついていた。「こんにちは……」と彼は声をかけた。そこで言葉を切ると、娘は顔に皺をよせ、怪訝そうな表情をした。「こんにちは……。このあたりのどこにお菓子屋さんがあるか教えてもらえますか？」「え、なに？」娘は片方の肘を突いて体を起こしながら言った。そのとき彼は、娘がウォークマンを聞いていたことに気づいた。『刑事コロンボ』のピーター・フォークのように片腕を振ってみせながら引き返した。解らせようとしてもしかたがない。難しすぎる、〈凝りすぎ〉だった。

海の方に向かって斜めに進みながら、娘の乳房を懸命に記憶に焼き付けようとした。突然、正面の波間から三人の娘たちが現れ出た。せいぜい十四歳くらいだろう。彼女たちのバスタオルに気づき、自分のバスタオルをその数メートル横に広げた。彼女たちは彼にいささかも注意を払わなかった。彼は急いでTシャツを脱ぎ、それで腰のあたりを覆うと、横ばいに寝転んで一物を引っ張り出した。三人の娘たちはいっせいにワンピース水着をずり下ろし、胸を日に焼き始めた。一物に触れる間すらないうちにブリュノはTシャツに激しく射精した。うめき声を洩らし、砂地に倒れ伏した。一丁上がりだった。

アペリチフの時間の原始的儀式

「変革の場」における和気あいあいのひととき、アペリチフの時間は通常音楽の伴奏つきだった。その晩は三人の男たちがタムタムを叩き、そのリズムに合わせて広場に集まった五十人ほどが体を動かし、腕を好き勝手な方向に突き出していた。実際のところそれは、アフリカン・ダンスの教室で伝授ずみの収穫のダンスであった。古典的には、数時間もたてば〈トランス〉状態に陥るか、そのふりをする者が現れるはずだった。文学的な、もしくは古びた意味においては、トランスとは極度にまで高まった不安感、身近に迫った危険に対する恐怖のことである。「これほどのトランスの中で暮らさなければならないのなら、夜逃げでもした方がましだ」（エミール・ゾラ）。ブリュノはカトリック女にピノ・デ・シャラントを一杯おごった。「なんて名前？」と尋ねた。「ソフィー」と彼女。「踊らないの？」

「踊らない。アフリカン・ダンスってあんまり好きじゃない。ちょっと……」ちょっと何なのだ？　だが気持ちはわかった。ちょっと原始的すぎる？　いや、とんでもない。リズムが強烈すぎる？　それでもまだ人種差別すれすれだ。まったくもう、馬鹿げたアフリカ踊りについて今日意見など何も言えやしない。気の毒に、ソフィーは何とか最善の道を探ろうとしたのだ。黒髪、青い目、真っ白な肌、彼女はきれいな顔立ちをしていた。胸は小さいだろうが、きっとすごく感じやすいはずだ。ブルターニュ出身に違いない。「出身はブルターニュ？」「そう。サン＝ブリユー！」彼女は嬉しそうに答えた。「ブラジルのダンスなら大好きなんだけど……」そう付け加えた。アフリカのダンスを好まないことに対する言い訳としてだろう。それだけでブリュノを苛立たせるには充分だった。くだらないブラジル志向にはやくも嫌気がさしてきた。いったいなぜブラジルなんだ？　彼が知っている限りでは、ブラジルとは愚にもつかない国、サッカーと自動車レースに血道を上げる馬鹿どもの国だった。暴力、汚職、貧困の極まった国のはずだ。唾棄すべき国があるとすれば、それはまさしく、ブラジルを置いて他にないはずではないか。「ソフィー！」とブリュノは勢い込んで言った。「何なら今度、ヴァカンスをブラジルで過ごすことにするよ。スラム街を見物してやろう。小型バスは銃撃に備えて装甲化してあるから大丈夫。八歳にしてギャングのボスを夢見る、小さな殺し屋くんたち、十三歳でエイズで死んでしまう小さな娼婦たちを見にいくぞ。怖くなんてない、だって装甲車なんだから。それが午前中。午後は浜辺で超リッチな麻薬の取引業者やヒモたちと触れ合うんだ。奔放な人生を生き急ぐ連中と交われば、西洋人の憂鬱なんか忘れられるだろうね。ソフィー、きみの言うとおりだ。帰ったら、さっそく旅行代理店にあたってみることにするよ。」

　ソフィーは一瞬彼を見つめた。思案顔の額に心配そうな皺がよった。「あなた、ずいぶん苦しんだ人なのね……」とうとう彼女は悲しげにそう言った。

「ソフィー」とブリュノはまた大声を出した。「ニーチェがシェークスピアについてなんて書いてるか知ってるかい？「これほどにも道化を演じてみせたがるとは、この男はいったいどれほど苦しんだのであるか！……」シェークスピアってのは過大評価されてるってずっと思ってきたけど、でもまあ実際、大した道化には違いないさ。」そこで口をつぐんだ彼は、自分が本当に苦しい気持ちになってきたのに気づいてびっくりした。女たちというのはときとして、実に親切なものだ。攻撃性に対しては理解ある態度で、シニシズムに対しては優しさで応じる。いったいそんな風にふるまう男がいるだろうか？「ソフィー、あんたのおまんこを嘗めてみたいなあ……。」ブリュノはうっとりとしてそう言った。だが彼女はもう聞いていなかった。三日前彼女の尻を撫でていたスキーのコーチの方を向いて、おしゃべりをし始めていた。ブリュノは数秒間声もなく立ち尽し、それからパーキングに向かって芝生を渡っていった。ショレのルクレール〔大型ショッピングセンター〕は夜十時まで開いていた。彼は商品陳列台のあいだを進みながら、アリストテレスによれば小柄な女は他の人類とは別の種類に属しているんだと考えた。「小柄な男は私の目になお一人の男として映る」とアリストテレスは書いていた。「だが小柄な女は被造物の新たな種類に属すものと思えるのだ。」アリストテレスの普段の良識と激しいコントラストをなすこの奇妙な主張をどう説明すべきか？　ブリュノはウィスキーを買い、缶詰のラヴィオリとジンジャーのビスケットを買った。戻ったときにはあたりはもうすっかり暗くなっていた。ジャグジーバスの前を通りかかったとき、ひそひそ声や、押し殺したような笑い声が聞えた。ルクレールのビニール袋を下げたまま立ち止まり、枝のあいだからのぞいてみた。二、三組のカップルがいるようだった。ただし物音はやんで、ジャグジーバスのお湯が渦巻くかすかな音が聞えるばかり。月が雲間から顔を出した。そのときカップルがもう一組やってきて、服を脱ぎ始めた。ふたたびひそひそ声が聞え出した。ブリュノはビニール袋を置き、一物を取り出してまたマスターベーションをやり始めた。カップルの女がお湯に入ろうとするそのとき、あっという間に射精した。今はもう金曜の晩、滞在をあと一週間延長しなければならない。態勢を立て直し、女を見つけ、他の連中と話をすることにしよう。

6

金曜から土曜にかけての夜、彼はよく眠れず、夢見も悪かった。自分が丸々と肥え、つるつるの肌をした豚になっているのだ。仲間の豚たちともども、巨大な暗いトンネルに追い込まれていった。壁が赤さび、渦巻を描いたトンネルである。水流に流されていくのだが、その力はごく弱く、ときおり歩を止めて脚を休めることができた。やがてもっと強い波がやってきて、さらに数メートル下方に押し込まれた。ときどき仲間の白い体が底の方へ乱暴に吸い込まれていくのが見える。みんなは闇の中で黙々と抵抗し、あたりにはひづめが金属の床をこするきしみ音が響くばかり。しかしながら下方に押されていくにつれ、機械の鈍い音が地底から聞えてきた。渦巻の先には巨大で鋭利なスクリューのついたタービンが待ち構えているのだということが徐々にわかってきた。

しばらくして彼の頭はちょん切られ、渦巻の入口から数メートル下の野原に転がった。頭は縦に二つ割りにされていた。しかしながら草むらに転がりながらも無傷のまま保たれた半分はまだ意識があった。もうすぐむきだしの脳味噌に蟻が入り込み、ニューロンを食われてしまうだろうとわかっていた。そうなればまったくの無意識に沈み込むのみだ。さしあたり、独眼で地平線を眺めていた。草むらは無限に続くかのようだった。ぎざぎざの刃を備えた巨大な輪がプラチナ色の空の下で回転しているのが裏側から見えた。きっとこれは世界の終末なのだろう。少なくとも、彼の知る世界はここで終わりを迎えていた。

朝食のとき、彼は水彩画教室を主宰しているブルターニュ出身の六八年世代風の男と知り合いになった。名前をポール・ル・ダンテックといい、「場」の現理事長の兄で、創立メンバーの一人だった。インド風上着、長い灰色の髯、首からぶら下げた三本足のペンダント、すべてが柔和なババ〔ヒッピー運動の直後、自然との融和を唱えた若者運動〕前史を見事なまでに再現していた。五十五歳を越えて、過去の遺物は今や穏やかな暮らしを送っていた。夜明けとともに起き、丘のあいだを歩き、鳥を眺めた。それからカフェ＝カルヴァ〔コーヒーにカルヴァ酒を垂らしたもの〕のボウルを前にどっかと腰を下ろし、行き交う人々を尻目にタバコを巻く。水彩画教室は十時からなのだから、話に花を咲かせる時間はたっぷりあった。

「あんたも昔からの「場」の仲間なら……（ブリュノは一応は仲間らしさを取り繕うためにっこりしてみせた）、ここが始まった当初のこと、セックス解放やら、七〇年代のことを覚えてるだろう……。チンポコの解放だとさ！」長老は唸り声を上げた。「乱交パーティーに出たって誰にも見向きもされない女だっている。自分で自分のチンポをこするしかない男だっている。世の中、何も変わっちゃいないんだ。」

「でも、エイズのせいですっかり変わったんだって話ですけど……」

「男にとってはな」と水彩画家は咳払いしてから言った。「確かに昔の方が簡単だったさ。口でもヴァギナでも、開いてさえいればそのまま突っ込めた。段取りなしでな。だがそのためには本物の乱交パーティーに行かなくちゃならなかったし、その場合は入口でチェックされる。普通はカップルでなければ入れない。狂ったみたいにさかりのついた女たちが大股開いて、一晩中お互いに慰めあってるのを何度か目にしたことがあるぞ。男は誰も突っ込もうとしなかったんだよ。気の毒でも、しかたがない。ちょっとでもおっ立たないことにはな」

「要するに」とブリュノは考え込みながら口を挟んだ。「セックスの共産主義などあっためしはないんですね。単に誘惑のシステムが拡大しただけなんだ」

「そりゃ確かだな……。」爺さんが言った。「誘惑ってのは、いつの時代でもあったからな」

いずれにせよ少しも励みになる話ではなかった。だが今日は土曜日、新しい参加者たちがやってくるはずだった。ブリュノはリラックスしてなりゆきにまかせよう、〈ロックン・ロール〉だと心に決めた。その結果一日は無事に過ぎた。実際のところ、何一つ起こらずに過ぎてしまった。夜十一時ごろ、またジャグジーバスの前まで行ってみた。お湯が優しい音を立て、かすかな湯気に満月の光が射していた。そっと近づいていった。丸い浴槽は直径三メートルほど。向こう側で一組のカップルが絡まり合っていた。女が男の上に馬乗りになっているらしかった。「俺にだって風呂に漬かる権利がある……。」ブリュノは憤然と思った。そそくさと服を脱ぎ、ジャグジーバスに入っていった。夜気の爽やかさがお湯の心地よい温かさを引きたてた。空を見上げると、松の枝越しに星が光っていた。少しリラックスした気分になった。カップルは彼のことなど眼中になかった。女は相変わらず男の上で体を動かし、うめき声を上げ始めた。顔の表情まではわからなかった。男の息遣いも荒くなってきた。女の動きが加速した。一瞬身を後ろにそらし、月光が胸をちらりと照らし出した。黒い豊かな髪に覆われて表情はうかがえない。ふたたび男に体を寄せ、両腕で抱える。男はいっそう呼吸を荒げ、長いうめき声を放ってから静かになった。

二人は二分ほど絡まり合ったままでいたが、男が立ち上がり、浴槽から出ていった。服を着る前に男はペニスからコンドームを外した。驚いたことに女はそのまま風呂に残った。男の足音が遠ざかり、静けさが戻った。女は浴槽の中で脚を伸ばした。ブリュノもそれに倣った。片足が女の腿に触れ、性器に触れた。ひたひたとお湯の音をさせながら女は浴槽の端からブリュノの方へ近づいてきた。今では雲が月を隠していた。女は五十センチの距離まできたが、まだ顔立ちが見分けられない。片腕を彼の腿にすべらせ、もう片方の腕を肩に巻きつけてきた。ブリュノは女の方に体をかがめ、胸元に顔を近づけた。乳房は小ぶりで引き締っていた。風呂の縁から手を離し、女の抱擁に身を任せた。女は彼を引っ張って浴槽の中央まで後退していき、そこでゆっくりと回転し始めた。突然脱力して頭をがくんと垂れた。水面では穏やかなお湯は、水面下数センチのところでは強力なうなりを上げているらしかった。水面顔の真上で星が穏やかに回転していた。彼は女の腕に抱かれてリラックスし、勃起したペニスが水面に突き出た。女はそっと手の位置を変えた。愛撫はごくさりげなく、彼は完全な無重力状態のうちにあった。長い髪が腹に垂れかかり、やがて女の舌が亀頭に触れた。全身が喜びに震えた。女は口を閉じ、ゆっくりと、本当にゆっくりとペニスをくわえていった。彼は目をつぶり、恍惚としてわなないた。お湯の底の方から響いてくるうなりが無限の落ち着きを与えてくれた。女の唇がペニスの根元に達し、乳房の動きが伝わってきた。いよいよ激しい快感の波に襲われ、お湯のうなる音に揺すぶられながら、突然ひどく熱くなってきた。女はそっと喉に力を加え、ブリュノの全エネルギーは一気にペニスに集中した。快感のあまり彼はわめいた。これほどの快感を感じたことはなかった。

7　キャンピングカーでの会話

　クリスチャーヌのキャンピングカーはブリュノのテントから五十メートルほどのところにあった。彼女は中の明かりをつけ、ブッシュミルズの瓶を取り出し、グラス二個に注いだ。痩せ型で、ブリュノより背が低く、若いころはさぞや美人だったろう。だが繊細な顔立ちは張りを失い、まだらに赤味が差していた。髪だけがつやつやと黒く、美しさを保っていた。青い目は優しく、少しばかり悲しげだった。年は四十歳くらいか。

「ときどきそんな気になるの。誰とでもやってしまうんだ」と彼女が言った。「中に入れるなら、コンドームだけはしてもらうけど。」

　唇を嘗め、酒を啜った。ブリュノは彼女を見つめた。上半身だけ服をつけ、グレーのトレーナーを着ていた。恥丘が美しい曲線を描いていた。残念ながら大陰唇は少したるんでいた。

「きみもいかせてあげたいな」と彼は言った。

「あわてなくていいわ。一杯飲んで。ここで寝てもいいのよ。場所ならあるから……。」彼女はダブルベッドを指し示した。

二人はキャンピングカーのレンタル料について話し合った。クリスチヤーヌにはテント暮らしは無理だった。背中に問題を抱えているからだった。「かなり重いの」と彼女が言った。「男ってたいていフェラチオの方が好きよね」彼女は話を続けた。「挿入するのは苦手なのよ。だってなかなか立たないから。口に含んでやると、まるで子供に戻ったみたいになっちゃう。フェミニズムは男に深刻な打撃を与えたんだという気がする。男はなかなかそれを認めようとしないけれど。」

「フェミニズムよりもっとひどいものだってある……」とブリュノが暗い口調で言った。グラスの酒を半分ぐっと呷ってから先を続けた。「「変革の場」は昔から知ってたの？」

「ほとんど一番最初から。結婚して来るのをやめてたんだけど、今では毎年二、三週間来てるわ。最初はもっとオルタナティヴ運動系の、〈新左翼〉の場所だった。今では〈ニューエイジ〉になっちゃってるでしょ。まあ大した違いはないけれど。七〇年代だって、東洋の神秘思想への関心はあったから。今でもジャグジーバスとマッサージがあるし。居心地のいいところだけど、でも少し寂しいわね。外の世界よりは暴力をずっと感じないことはたしか。宗教的な雰囲気のせいで、ナンパの乱暴さが少し隠されている。でもここにも、苦しんでいる女の人たちがいるのよ。同じ孤独に年取っていくといっても、男より女の方がずっと哀れだわ。男は安酒飲んで眠りこけ、口臭がひどくなっていく。起きればまた同じことの繰り返し。さっさとくたばってしまう。女は精神安定剤を飲んだり、ヨガをやったり、心理学者のカウンセリングを受けたり。ひどい年寄りになってもまだ生き長らえて、さんざん苦しむのよ。ひ弱になり、醜くなった体をなおも売りに出して。自分の体がそうなってしまったことは充分承知しているし、それがまた苦しみにつながる。でもしがみつくしかない、なぜなら愛されたいという気持ちを捨てることはできないから。女は最後までその幻想の犠牲となるのよ。一定の年齢を越えれば、女にできるのは男のペニスにすり寄ることだけ。愛されることはもう二度とありえない。男ってそんなものだから。仕方ないわね。」

「クリスチャーヌ」とブリュノは穏やかに言った。「そりゃ大げさだよ……。たとえば今、ぼくはきみを喜ばせてあげたいって思っている。」

「そう。あなたはどっちかと言えば優しい人みたいね。エゴイストだけど優しい。」

彼女はトレーナーを脱ぎ、ベッドに斜めに横になって枕に尻を乗せ、股を開いた。ブリュノはまずおまんこのまわりを延々と嘗め、それから舌でつついてクリトリスを刺激した。クリスチャーヌは深く息を吐いた。そして言った。「指を入れて……。」ブリュノはその言葉に従い、体の向きを変えておまんこを嘗めながら同時に乳房を愛撫した。乳首が固くなるのを感じて、彼は顔を上げた。「そのまま続けて、お願い……。」ブリュノは頭を楽な位置に置き直し、クリトリスを人差し指で撫でさすった。小陰唇が脹らみ始めた。喜びの念に突き動かされて、彼は貪欲に嘗め続けた。クリスチャーヌはうめき声を発した。一瞬、ブリュノは母親の痩せてしわの寄った陰部を思い出した。だが思い出は消え、いよいよ懸命にクリトリスを愛撫しながら親愛の情を込めてぺろぺろと陰唇を嘗めまくった。クリスチャーヌの下腹部は紅潮し、あえぎ声は高まった。おまんこはたっぷりと湿り、塩味がきいて美味だった。ブリュノは一瞬動きを止め、一本の指を肛門に、もう一本をヴァギナに挿入してふたたびクリトリスを舌先ですばやく刺激し出した。彼女は安らかに快感に浸り、長々と身を震わせた。彼は湿ったおまんこに顔を埋めたままじっと動かず、両手を彼女の方に差し出した。クリスチャーヌの指が自分の指を摑むのを感じた。「ありがとう」と彼女が言った。それから体を起こしてトレーナーを着、またグラスに酒を満たした。

「さっきは本当によかったよ、あのジャグジーバスの中で……」とブリュノが言った。「お互い何も言わなかった。きみの口が触れるのを感じたとき、まだきみがどんな顔をしているのかもわかっていなかったんだ。誘惑の要素は何もなかった。あれは本当に純粋な何かだった。」

「すべてはクラウゼ小体の作用なのよ……。」クリスチャーヌは微笑んだ。「ごめんなさい、わたし理科の教師だから。」ブッシュミルズをごくりと一口。「クリトリスの核や亀頭の先、尿道口のあたりにはクラウゼ小体がひしめき合っていて、末梢神経だらけなわけ。そこを愛撫すれば、脳内ではエンドルフィンがどっとあふれ出す。男も女も、クリトリスや亀頭にはクラウゼ小体がいっぱいで——その数はほぼ同じだから、そこまではとっても平等なの。でもそれだけじゃすまない。わかってるでしょうけど。わたしは夫に夢中だった。ペニスを崇めたてまつって愛撫し、嘗めてたな。ペニスが中に入ってくるのを感じるのが好きだった。彼を勃起させるのが誇りで、勃起した彼のペニスの写真を財布に入れて持ち歩いていたわ。わたしにとって、それは宗教画のようなものだった。彼に快感を与えることがわたしの一番の喜びだった。でも結局彼は若い女のためにわたしを捨てた。さっきもよくわかったけど、あなただってわたしのあそこに本当に惹きつけられたわけじゃない。もうおばあさんのみたいな感じが漂っているもの。年を取るとコラーゲンが架橋結合を起こすし、エラスチンも有糸分裂の際に細分化されて、細胞組織の張り、しなやかさは失われる一方。二十歳のとき、わたしの陰唇はとても美しかった。でも今ではそれがたるんできているって、よくわかってるわ。」

ブリュノはグラスを干した。彼女に言うべき言葉が見つからなかった。少したって二人は横になった。彼はクリスチヤーヌの腰に腕を回した。二人は眠りに落ちた。

8

ブリュノが先に目を覚ました。林の高みで鳥が鳴いていた。クリスチヤーヌの体は眠っているあいだにむき出しになっていた。きれいなお尻をしていて、まだ丸さもちゃんと保たれており、とても気をそそった。「小さな人魚」のせりふを思い出した。家に昔のシングル盤を持っていたのだ。フレール・ジャック〔一九四四年に結成された四人組コーラス・グループ、四十年間にわたり活躍〕の「水夫の歌」が同時収録されていた。人魚は次から次へと試練にさらされ、自分の声も、故郷も、美しい尻尾も失ってしまう。それもすべては人間の女になりたいと望んでのこと、王子様への恋ゆえのことだった。嵐の夜、人魚は浜辺に打ち上げられる。そして魔女の霊薬を飲む。すると体が二つに折られるような痛みを覚える。あまりに苦しくて気を失ってしまう。そこで間奏が入り、がらりと調子が変わって新しい風景が開けるような印象を与える。やがて女性の語り手が、ブリュノを激しく感動させたそのせりふを言うのだ。「人魚が目を覚ましたとき、お日様が輝いていて、目の前には王子様が立っていました。」

それからブリュノは昨晩のクリスチヤーヌとの会話を思い出し、少したるみ気味とはいえ柔らかな彼女の陰唇を、自分はきっと好きになれるだろうと考えた。毎朝目覚めるとき、たいがいの男がそうであるように彼も勃起していた。夜明けの薄明かりの中、寝乱れた豊かな黒髪に包まれたクリスチヤーヌの顔はひどく青白かった。彼が一物を挿入したとき、彼女はゆっくりと目を開いた。少し驚いた様子だったが、それでも両足を開いた。彼は体を動かし始めたが、しかし一物はどんどん柔らかくなっていくらしかった。彼は不安と屈辱の混じった、大きな悲しみを覚えた。「コンドームをつけた方がいい?」と尋ねた。「お願い。横のバッグに入ってるから。」彼は包み紙を破いた。デュレックスの〈テクニカ〉だった。言うまでもなく、コンドームをかぶせるやいなや彼の一物は完全にしぼんでしまった。「ごめん」と彼は言った。「本当にごめん。」「かまわないわよ」と彼女は優しく言った。「もう少し寝ましょう。」まったくもってエイズは、この年代の男たちにとって真の福音であった。コンドームを取り出せば、一物はすぐさましぼんでしまう。「こいつにはどうしても慣れなくて……。」そんな一幕を演じさえすれば、男らしさの体面は保たれ、寝床に戻って妻の体に寄り添い、安らかに眠ることができるのだ。

朝食後二人は丘を下り、ピラミッド沿いに進んだ。池のまわりには誰もいなかった。二人は陽光の射す草むらに寝そべった。クリスチヤーヌはブリュノのバミューダを下ろして一物をしごき始めた。細心の注意を払って、優しさを込めてしごいた。のちに、彼女の導きで秘密クラブ〈淫らなカップル〉に入ってからブリュノはつくづく悟ったのだが、そうした心配りというのは実に稀なものなのである。そういうクラブに出入りする女たちは、たいてい乱暴に、何も気を遣わずにしごくのである。力を入れすぎ、馬鹿みたいに必死になってペニスを揺り動かすのだが、きっとポルノ映画の女優を真似しているつもりなのだろう。スクリーンで見る分には見ばえもするだろうが、やってもらう方としては大した快感はなく、それどころか痛みさえ覚えるものだった。ところがクリスチヤーヌは軽く触れるようにしてやり、たえず指を湿らせては感じやすい部分をそっと満遍なく撫でるのだった。サリーを着た女が二人のそばを通って池の縁に腰を下ろした。ブリュノは深く息を吸い、快感をこらえた。クリスチヤーヌは微笑を浮かべた。日差しが暑くなってきた。「変革の場」での第二週は心安らぐものになりそうだとブリュノは考えた。ひょっとしたら二人はこれからもまた会い、ともに年老いていくかもしれない。ときどき彼女に束の間の肉体的幸福を与えてもらいながら、二人とも徐々に欲望の衰退をたどっていくのだ。そうやって数年間がすぎるだろう。やがてそれも終わり、二人は老人になる。そうすれば二人は、肉体的色恋のコメディーから卒業である。

クリスチヤーヌがシャワーを浴びているあいだ、ブリュノは昨晩ルクレールで買ってきた「エイジングケア美容液　マイクロカプセル」の説明書を読んでいた。外箱にはもっぱら

「マイクロカプセル」とやらの新しさを書きたててあったが、より詳しい説明書には三つの効能が記されていた。有害な紫外線のカット、保湿効果の二十四時間持続、アンチ・フリーラジカル効果。それを読んでいる最中にカトリーヌがやってきた。元フェミニズム活動家、現在エジプトのタロット専門家である。彼女は、別段隠そうともしなかったが、〈踊ればわかるあなたの仕事〉というワークショップから戻ってきたところだった。シンボリズムに基づいた各種のゲームを通して、自分に向いている仕事を探すのだ。参加者の「内なるヒーロー」がゲームのおかげで少しずつ明らかになる。初日の結論としては、カトリーヌには幾分魔法使い的なところがあるが、同時にまた雌ライオンぽいところもある。普通そういう人は販売部門の責任者になるのだそうだ。

「ふうむ……」とブリュノがため息をついた。

そのときクリスチヤーヌが体にバスタオルを巻いた姿で戻ってきた。カトリーヌは話をやめ、顔をありありと引きつらせた。これから〈禅の瞑想とアルゼンチンタンゴ〉の教室があるからと言い訳してそそくさと姿を消した。

「〈タントラと簿記〉に出てるのかと思ってたわ……。」出ていく彼女に向かってクリスチヤーヌが声をかけた。

「カトリーヌのことを知ってるの?」

「知ってるわよ。あのお馬鹿さんとは二十年のつきあいになるもの。あの人も最初から来てたのよ。「変革の場」創立のほとんど当初から。」

彼女は髪を振り、タオルをターバンのように巻きつけた。二人は一緒に丘を上っていった。ブリュノは突然、彼女と手をつなぎたくなった。実際にそうした。

「フェミニズムの連中って、どうしても好きになれなかった……。」丘の途中でクリスチヤーヌが言った。「あの連中、皿洗いだの、仕事の分担だののことばっかり言ってるでしょう。皿洗いに文字通り取りつかれているのね。料理やら、掃除機やらの話もたまには出る。だけどあの連中にとって最大の話題は何と言っても皿洗い。数年間で、あいつらはまわりの男たちを気難しい、インポのノイローゼ患者に見事に変えてみせた。そのとき以来あいつらは――そりゃもう徹底的に――男らしさというものにノスタルジアを抱き始めたのよ。ついにはそれまで一緒に暮らした男を捨てて、馬鹿げたラテンのマッチョたちとくっつくようになった。インテリ女がならず者や乱暴者や馬鹿男に惹きつけられるのには、いつも本当に驚かされた。要するに二、三発やって、とってもセクシーな相手ならもっとやる、それから子供ができる。そうするとあいつらは「マリ・クレール」の料理カードを見て自家製ジャムを作るようになる。そんな例を何十回と見てきた。」

「――それも昔の話さ……。」ブリュノがなだめるように言った。

二人は午後をプールで過ごした。プールの向こう側正面では、若い娘たちがウォークマンを奪い合って飛び跳ねている。「可愛い子たち……ねえ？」とクリスチヤーヌが言った。「あの胸の小さい金髪の子なんか、本当にきれい……。」それから彼女はバスタオルの上に横たわった。「クリームを取ってちょうだい……。」

クリスチヤーヌはワークショップには一切属していなかった。ああいう精神分裂症じみた活動には嫌悪さえ覚えるというのだ。「きっと少し厳しすぎるかもしれないけど、でも六八年世代の、今では四十を越えた女たちのことならよく知っているの。実際問題として自分もその一人なんだから。孤独のまま年老いていって、ヴァギナは半ば死んだも同然。五分でいいから話を聞いてごらんなさい。ああいう女たちが、チャクラも水晶も光のバイブレーションも全然信じちゃいないことがわかるから。信じようとして、二時間くらいは成功することもある。つまりワークショップのあいだだけは。「天使」の存在を感じたり、内なる花がお腹の中で花開くような気になったりする。でもワークショップが終わってしまえば、また一人ぼっちの自分を見出すだけ。年を取って醜くなっていく自分を。突然涙にかきくれたりする。気づかなかった？ ここに来て涙の発作を起こす女って多いのよ。特に禅のワークショップの後なんか。実際のところそういう女たちに選択の自由なんてないの。だってお金の問題まで抱えているんだから。過去に精神分析を受けているのが普通なんだけど、それですっからかんになってしまったわけ。マントラやタロットは馬鹿馬鹿しいけど、でも精神分析よりは安上がりだから。」

「そう、しかも歯医者にだって金がかかるし……。」ブリュノは曖昧に答えた。彼女の両腿のあいだに頭を置いた。そのまま眠りそうな気がしてきた。

夜になって、二人はまたジャグジーバスに行った。ブリュノは自分を最後までいかせないよう頼んだ。キャンピングカーに戻って、二人はセックスをした。「いらないわ……。」ブリュノがコンドームに手を伸ばそうとしたときクリスチヤーヌが言った。彼女の体を貫いたとき、ブリュノには彼女が満足しているのがわかった。何と言ってもセックスの最も驚くべき特徴の一つとは、お互いの間に少しでも心が通ってさえいれば可能になる、この親密さの感覚である。たちまちのうちに二人は親しい口調で話し出し、前の晩に初めて会った相手でさえ、他の誰にも決してしないような打ち明け話を聞かされることになるらしい。こうしてブリュノはこの晩、これまで誰にも、ミシェルにさえ――いわんや精神科医などには決して――話したことのなかった事柄をクリスチヤーヌに語って聞かせた。子供時代のこと、祖母の死のこと、寄宿舎で受けた辱しめのこと。青春時代のことや、列車の中、娘たちから数メートルの距離でしたマスターベーションのこと。父親の屋敷で過ごした夏休みのことも話した。クリスチヤーヌは彼の髪を撫でながらそれを聞いていた。

彼らはその週を一緒に過ごし、ブリュノが帰る前日には、サン＝ジョルジュ＝ド＝ディドーヌの海鮮料理専門レストランで夕食をともにした。空気は穏やかで暖かく、テーブルを照らし出すろうそくの炎はほとんど揺れなかった。ジロンド川河口を見下ろせる席で、遠くにグラーヴの岬が見えた。「海の上に月が輝くのを見ていると」とブリュノが言った。「われわれとこの世界とのあいだには、まったく何の関係もないってことがいつになくはっきりとわかる気がするな。」

「どうしても帰らなきゃならないの？」

「そうなんだ。息子と一緒に二週間過ごしてやらなくちゃならないんでね。本当は先週戻るはずだったんだ。もうこれ以上は延ばせない。母親があさって飛行機で出発してしまう。旅行を予約済みなんだよ。」

「息子さんはいくつ？」

「十二歳。」

クリスチヤーヌは考え込み、ミュスカデを一口飲んだ。ロングドレスを身にまとい、化粧をした彼女はまるで若い娘のようだった。レースのブラウス越しに胸が透けて見えた。ろうそくの光のせいで両目に小さな炎がともっているように見える。「なんだかちょっと好きになっちゃったみたいなの……」と彼女が言った。ブリュノはぴくりとも体を動かさず、じっとしたまま待った。「わたし、ノワイヨン〔パリの北オワーズ県の町〕に住んでるの。息子とは、息子が十三になるまでは大体うまくいっていた。父親がいないのが寂しかったのかもしれないけど、わたしにはわからない……。子供って本当に父親が必要なものかしら？　確かなのは、あの子の父親には息子なんか必要じゃないってこと。最初のころは多少相手をしてやって、映画に行ったりマクドナルドに行ったりしてやってたけど、でもいつでも予定の時間より前に帰って来ていた。それもどんどん間遠になっていって。新しいガールフレンドと一緒に南仏に移ってからは、全然会いに来なくなった。あの子はわたしが一人で育てたようなものよ。だからしつけが行き届かなかったのかもしれない。二年前から外を出歩くようになって、悪い仲間と付き合い出したの。あの子がそんな風になってしまってびっくりした人もたくさんいたけど、でもノワイヨンというのはすさんだ町でね。黒人やアラブ人がたくさんいて、この前の選挙では国民戦線〔極右政党〕が四〇パーセントの票を獲得したのよ。うちは郊外の一戸建てなんだけど、郵便受けの扉が外されてしまったりするし、地下室には何も入れておけない。怖いこともしょっちゅうあって、ピストル沙汰だって結構あるし。勤務先のリセから戻ると、家の窓や扉を固く閉ざして、夜は一歩も外に出ないわ。ときどきピンク・ミニテルをやったりもするけれど、でもそれだけのこと。息子の帰りは遅いの。帰ってこないことだってある。でも何も言えないわ。ぶたれるのが怖くて。」

「パリからは遠いの？」

彼女は微笑んだ。「全然。オワーズ県よ、せいぜい九十キロ……。」言葉を切り、また微笑んだ。このとき彼女の表情には優しさと希望が満ちていた。「もともとわたしは生きていることが好きだったんだ。生きることが好きだった。感じやすく、愛情深いたちだったの。セックスするのはいつだって大好きだった。でも何かがうまくいかなかった。何が悪かったのかは全然わからないけれども、でもわたしの人生、何かがうまくいかなかったのよ。」

ブリュノはもうテントをたたみ、荷物を車に積み込んであった。最後の夜を彼はキャンピングカーで過ごした。朝、クリスチャヤーヌを貫こうとしたが、今度は失敗した。彼は動揺し、苛立った。「わたしの上でいって」と彼女が言った。彼女は自分の顔と胸に精液を塗りたくった。「会いに来てね。」出ていこうとするブリュノに向かって彼女は言った。ブリュノは会いにいくよと約束した。八月一日金曜日のことだった。

9

普段の習慣に反し、ブリュノは小さな脇道を選んだ。パルトネに着く少し手前で車を停めた。考え事をする必要があったのだ。だがいったい、何を？　車のまわりには退屈で平穏な景色が広がっていた。近くの運河の水はじっと淀んでいるらしかった。水草は繁殖しているのか、腐っているのか。決めるのは難しかった。ときおり何かの鳴き声が沈黙を破る――その辺に虫でもいるらしい。彼は草の生えた土手に寝そべり、水がかすかに動いているのを見て取った。運河は南仏方面にゆっくりと流れていた。カエルは一匹もいなかった。

一九七五年十月、大学が始まる直前に、ブリュノは父親が買ってくれたワンルーム・マンションに引っ越した。これから新たな人生が始まるんだという気持ちが湧いてきた。だが期待はたちまち裏切られた。サンシエ〔パリ第三大学所在地〕の文学部に女の子たちが、しかも大勢、登録しているのは確かだった。だがその誰もが先約済みか、少なくとも彼を相手にするつもりはなさそうに見えた。知り合いになるきっかけを摑もうと、彼はありとあらゆる演習や講義に出て、そのせいでじきに優等生になってしまった。大学のカフェテリアでは女の子たちを眺め、おしゃべりに耳を傾けた。彼女たちはいろいろなところに遊びにいき、男の子たちと出会い、互いにパーティーに招待し合っていた。ブリュノは食べることに情熱を燃やし始めた。やがて、サン＝ミシェル大通りを下っていくコースが彼の定番となった。まず最初にホットドッグを一個、ゲ＝リュサック通り角の屋台で。少し下ったところでピザか、それともギリシア風サンドイッチ。サン＝ジェルマン大通り角のマクドナルドでチーズバーガー数個をコカコーラとバナナ味のマックシェークで流し込む。それからよろよろとラ・アルプ通りを進み、チュニジアの菓子屋でしめくくる。家に戻る途中、〈ラタン〉の前で立ち止まった。ポルノの二本立てをやっている映画館だった。ブリュノはときには三十分もその前で佇み、バスの運行図を眺めるふりをしながら、女の一人客か、それともカップルが映画館に入っていかないかとむなしく待った。たいていは、結局諦めて映画館に入る。場内に入るとそれだけでもう気分がよくなる気がした。案内嬢はごく慎み深かった。男たちは互いに離れ離れになり、必ず座席数人分を隔てて腰を下ろしていた。『淫乱看護婦たち』、『ノーパン・ヒッチハイク娘』、『女教師は股を開いた』、『吸う女』等々といった映画を見ながら、静かに自分の一物をしごくのである。唯一厄介なのは外に出る瞬間だった。映画館はサン＝ミシェル大通りに直接面していたので、女子学生とばったり出会う恐れが充分にあったのだ。そこで彼は誰かが立ち上がるのを待ち、そのすぐ後について出るようにした。友だち同士でならば、ポルノを見るのもそれほど格好悪くないような気がしたのである。たいがい真夜中に帰宅し、シャトーブリアンかルソーを読むのが日課だった。

週に一、二度、ブリュノは暮らしを変えよう、根本的に異なる方向に向かおうと決心するのだった。そこでどうするか。まず服を脱いで全身裸になり、自分の姿を鏡で見る。自己批判を徹底的につきつめ、膨れた腹、たるんだ頬、はやくも垂れ下がった尻がどれほどおぞましいかをとことん眺める必要があった。それから部屋の明かりを全部消す。足を組み、両手を胸の高さで組み合わせ、より精神を集中するため頭を軽く傾げる。そしてゆっくり、深々と息を吸い込み、醜い腹を最大限に脹らませる。それからまたゆっくりと息を吐きながら、心の中で数を数える。どの数字も重要であり、精神の集中を途切れさせてはならない。だがとりわけ重要なのは四、八、そしてもちろん最後の数である十六だった。力を込めて息を吐き出しながら十六まで数え終えて頭を上げたそのとき、彼はまったく新しい男に生まれ変わり、生きる準備がようやく整い、人生の流れに身を投じることができるのだ。恐怖も、屈辱ももはや感じない。普通に食事し、女の子を相手にしても普通にふるまう。「今日こそはこれからの人生の新たな第一日なのだ。」

このささやかな儀式は、彼の臆病さには何の効き目もなかったが、過食症には多少有効性があった。過食に戻るまで二日持ちこたえることもあった。彼は失敗を精神集中が欠けていたせいにし、たちまちまた儀式への信頼を取り戻すのだった。まだ若かったのである。

ある晩、南チュニジアの菓子店から出たところで、アニックに出くわした。一九七四年の束の間の出会い以来会っていなかった。彼女はさらに醜くなり、今ではほとんど肥満体だった。四角い黒ぶちの、分厚い眼鏡をかけていたが、そのせいで茶色の目はいっそう小さく見え、肌の病的な白さが際立っていた。二人は一緒にコーヒーを飲んだが、気詰まりな感じは否めなかった。彼女もまた、ソルボンヌ〔パリ第四大学〕の文学部の学生だった。すぐ近く、サン＝ミシェル大通りに面する部屋に住んでいた。別れ際、彼女は電話番号を渡した。

それから数週間のあいだに、彼は何度か彼女に会いにいった。自分の外見に屈辱を感じるあまり、彼女は服を脱ごうとはしなかった。そのかわりに最初の晩、フェラチオをしてあげるとブリュノに申し出た。自分の外見云々は口に出さず、ピルを飲んでいないからと言い訳して。「本当よ、その方がいいの……。」彼女は決して外に出ず、毎晩部屋に閉じこもっていた。ハーブティーを淹れて飲み、ダイエットを心がけていた。だが何の意味もなかった。何度かブリュノは彼女のパンタロンを脱がせようとした。彼女は体をこわばらせ、何も言わず乱暴にその手を押しのけた。結局ブリュノは諦め、一物を取り出した。彼女はそれをすばやくくしゃぶったが、少々力が入りすぎだった。彼は彼女の口の中に射精した。ときおりお互いの勉強の話をすることもあったが、ごくたまにだった。たいてい彼はそそくさと帰った。はっきり言って彼女が美人でないのは確かで、自分が彼女と一緒に町を歩いているところや、レストランにいるところ、映画館の前で並んでいるところなど想像したくはなかった。彼はチュニジア菓子をたらふく詰め込んだ。吐き気を催すまで。彼女の部屋に上がっていき、フエラチオをしてもらい、家に戻る。どうやらそうやっている方がよかった。

アニックの死んだ晩は、ぽかぽかと気持ちのいい晩だった。まだ三月末なのに、もう春の宵だった。ブリュノはいつものチュニジア菓子屋でアーモンド入り棒菓子を買い、セーヌ河岸の方へ下っていった。あたりにはバトームッシュ〔セーヌ川観光船〕のスピーカーの音が満ち、ノートルダム寺院の壁に反響していた。ハチミツで覆われたねばつく棒菓子をむしゃむしゃと最後まで食べてしまうと、またもや自己嫌悪に襲われた。何なら今すぐ、ここ、パリのどまんなかでやってみたらどうだろう。彼は目をつむり、かかとを合わせ、胸元で両手を組み合わせた。意志の力を込めて、完全に神経を集中した状態でゆっくりと数を数え始めた。魔法の十六を数え終わると目を開き、すっくと背を正した。バトームッシュは過ぎ去り、河岸に人影はなかった。相変わらずのぽかぽか陽気だった。

アニックの住んでいるアパルトマンの前に人だかりがしており、それを二人の警官が制止していた。近寄ってみた。若い娘の体は地面に押し潰され、奇妙にねじれていた。折れた両腕が頭のまわりに何か付属物ででもあるかのように巻きつき、顔の残骸を血の池が浸していた。地面に激突する前、最後の瞬間になって反射的に両手で頭を守ろうとしたに違いない。「八階から飛び下りたんですよ。即死ですって……。」彼の横で一人の女が妙に満足そうな調子で言った。そこに救急車が到着し、二人の男が担架を持って下りてきた。遺体が担ぎ上げられるとき、砕けた頭が見えて、彼は顔を背けた。救急車はけたたましくサイレンを鳴らしながら去った。ブリュノの初恋はこうして終わったのである。

七六年の夏はおそらく彼の人生でもっとも悲惨な一時期だった。二十歳になったところだった。酷暑で、夜になっても暑さが収まらなかった。この点で、七六年の夏は歴史に残ることとなった。若い娘たちは短い、すけすけの服を着て、それが汗で肌に張りついた。彼は欲望に目をぎらつかせて、くる日もくる日も歩きまわった。夜中に起き上がり、徒歩でパリの街を横切り、カフェのテラスで立ち止まったり、ディスコの入口の前で様子をうかがったりした。踊りは踊れなかった。常に勃起しっぱなしだった。股のあいだにぬらぬらの腐敗した肉片をぶら下げていて、それが虫に貪り食われているような気がした。街中で何度も娘たちに話しかけようとしたが、あざけりの言葉が返ってくるだけだった。深夜、自分の姿を鏡で見てみる。汗で額に張りついた髪は、前が薄くなり始めていた。半袖シャツの下に段々腹がのぞけた。セックスショップやピープショーに通い始めたが、その結果苦しみが募るばかりだった。ついに初めて、娼婦の世話になった。

一九七四年から七五年にかけて、西欧社会は微妙でしかも決定的な転換期を迎えていたんだなとブリュノは思った。運河の土手の草むらに寝そべったままで、布地のブルゾンを丸めて枕がわりにしていた。草を引き抜き、ざらざらとして湿った感触を味わった。彼が本当の人生に到達しようとむなしく試みていたその時期、西欧社会はある暗澹たる方向に傾きつつあったのである。一切がろくな結末を迎えないだろうことは、一九七六年の夏の時点ですでに明白であった。個人主義化の完璧な表れである肉体的暴力が、欲望の帰結として西欧にふたたび登場しようとしていた。

10　ジュリアンとオルダス

「根本的原理を変更するか一新しなければならないとき、その犠牲となる諸世代は、変革の直中にいながらも畢竟、変革とはいっさい無縁のままであり、しばしば変革に対する断固とした敵対者となる。」

オーギュスト・コント『保守主義者への訴え』

正午近く、ブリュノはふたたび車に乗り込み、パルトネの中心街に入っていった。結局、高速道路で戻ることにした。電話ボックスから弟に電話すると、すぐに出た。これからパリに戻るところなんだが、今晩会えないか。明日からは息子の相手をしなければならないから無理だが、今晩はまだ大丈夫なので。ちょっと大事な話があるんだ。ミシェルは別段驚いた風もなかった。「いいよ……。」しばらく沈黙してからミシェルはようやくそう言った。大方の人々と同じく、彼は社会学者や評論家がしきりに論評する社会の細分化を嘆かわしいことだと考えていた。大方の人々と同じく、家族の絆というものは、たとえ少々厄介であってもいくらかは保つべきだと考えていた。だから数年にわたって、クリスマスにはマリ＝テレーズ叔母の家で過ごすことを自らに義務として課してきたのである。叔母は、優しくて耳のほとんど聞えない夫と二人、ランシー〔パリ北東郊外の町〕の一軒家で老いの日々を送っていた。いつでも共産党に投票する夫は、真夜中のミサに行くのを拒むので、クリスマスは毎年言い合いになった。ミシェルは老いた叔父がゲンチアナ〔リンドウの根から作る食前酒〕を飲みながら、労働者の解放について一席ぶつのを聞いていた。ときおり紋切り型の返事を大声で叫んだ。やがて従妹のブリジットを含め、他の家族が戻ってくる。ミシェルはブリジットが好きで、幸せになってもらいたいと願っていた。だが馬鹿亭主を持った以上、それは明らかに難しかった。亭主はバイエル製薬会社の営業担当で、機会を見つけては浮気をしていた。ハンサムだし、あちこちを廻る仕事だったので機会には事欠かなかった。毎年、ブリジットの顔はいっそう頬がこけていった。

ミシェルは一九九〇年、毎年の訪問を打ち切った。あと残っているのはブリュノだった。家族関係は数年、あるいは数十年も保たれるものであり、実際のところ他のどんな関係よりも長続きする。だが結局は、家族関係もまた消えてなくなるのである。

ブリュノは夜九時ごろに着いた。すでに少し酒が入っており、理屈っぽい話をしたがった。「つくづく感心してしまうのは」と彼はまだ腰も下ろさないうちから口火を切った。「『素晴らしい新世界』の中でオルダス・ハックスレーがしている予言が驚くほど的確だってことなんだ。一九三二年に書かれた本だとはとても信じられないよ。それ以来西欧社会は、このモデルに近づこうと頑張ってきたみたいだ。生殖がいよいよ精密にコントロールされるようになり、ついには生殖がセックスから完全に切り離され、人類は安全性と遺伝上の信頼性を完璧に保証された研究所内で生殖するようになる。従って家族の関係や父の概念、子の概念も消滅する。薬学上の進歩によって、年齢の違いは関係がなくなる。ハックスレーの描く世界では六十歳の男が、二十歳の男と同じ活動に従事し、同じ外見を保ち、同じ欲望を抱いているんだ。やがて老化に対抗し切れなくなると、まったくの自由意志によって安楽死する。ひっそりと、すみやかに、騒ぎたてることなく死んでいくのさ。『素晴らしい新世界』に描かれた社会は幸福な社会であり、悲劇や、激しい感情の排除された社会なんだ。完全な性的自由が実現されていて、個性の開花や快楽に対して障害となるものは何もない。ちょっとした気分の落ち込みや、悲しみ、苦痛は残っている。でもそれは薬を服用することで簡単に解決がつく。抗鬱剤や抗不安剤が驚くべき進歩を遂げているからね。「一センチの錠剤で、おセンチな気分とはお別れ」というわけさ。これこそはわれわれが今日熱望している世界、そんな世界で暮らしたいと思っているとおりの世界じゃないか。」

ブリュノは手でミシェルの反論を振り払うようなしぐさをしてから――とはいえミシェルは何も反論などしなかったのだが――、さらに続けた。「わかってるよ。一般にはハックスレーが描いたのは全体主義の悪夢だと考えられているし、この本は激しい告発の書なのだということになっている。そんなのはまったくの偽善だよ。遺伝子操作、性的自由、老化との戦い、レジャー文化などなど、ありとあらゆる点で『素晴らしい新世界』はわれわれにとって楽園さ。それこそはわれわれが到達したいと願いながら、これまでのところ不成功に終わっている世界そのものだよ。唯一、われわれが今日抱いている平等思想——というよりも実力主義——に少しばかり抵触するのは、社会をカーストに分け、それぞれの遺伝子的性質に従って異なる仕事に従事させるシステムだろう。しかしハックスレーの予言が誤まっているのはその点だけなんだ。ロボット化、機械化の発展に伴い、その点だけはほぼ不必要になったわけさ。オルダス・ハックスレーがきわめてへたくそな作家であることは間違いない。文章は重苦しくて優美さに欠け、登場人物たちは無味乾燥で機械みたいだ。だが彼には、人間社会の進化は数世紀来もっぱら科学・技術上の進化によって先導されており、今後もその傾向はいっそう強まるだろうと見抜くだけの——根本的な——直観があった。反面、繊細さや心理学、文体に欠ける点はあっただろう。だがそんなことは、出発点におけるその直観の確かさに比べれば取るに足りない。そしてSFの作家も含めあらゆる作家のうちで、彼が初めて、物理学の後これからは生物学が世の中を動かす力を握るだろうと見抜いたんだ。」

そこで一息おいたブリュノは、弟が少し痩せたのに気がついた。疲れて、物憂げで、少し投げやりな様子でさえあった。事実、このところ彼は買い物に行くのを怠っていた。過去数年に比べ、最近ではモノプリの前に乞食や新聞売りの数が多くなっていた。とはいえ今は夏の盛り、普通なら貧困があまり目立たなくなるはずの季節である。これで戦争でも勃発したらどうなるだろうと、ミシェルは浮浪者たちがゆっくりと歩いていく姿をガラス窓越しに観察しながら思った。今戦争が起こったとしたら、秋の新学期はいったいどうなるだろう？ブリュノはまたグラスに酒を注いだ。空腹を覚え始めていたが、そのとき弟がうんざりしたような口調で次のように答えたので少々びっくりしてしまった。

「ハックスレーの家はイギリスの偉大な生物学者一家だよ。祖父はダーウィンの友人で、進化論を擁護するために健筆を揮った。父親も、兄のジュリアンも有名な生物学者だ。それはイギリスの伝統、実際的で、自由主義と懐疑主義を奉じる知識人の伝統だよ。フランスの啓蒙思想とはまったく違って、はるかに観察を大切にし、実験に基づく方法を大切にする。青年時代を通して、ハックスレーは父親が家に招く経済学者、法律家、そしてとりわけ生物学者に会う機会に恵まれていた。同時代の作家の中では、確かに彼だけが生物学の将来の進歩を予感することができた。しかしそれはみな、ナチズムさえなければはるかに急スピードで進展していたはずなんだ。ナチのイデオロギーは、優生思想や人種改良といった考えの評判を悪くするのに大いに貢献したのさ。そこに立ち戻るまでに何十年もかかったというわけだ。」ミシェルは立ち上がり、本棚から『私が敢えて考えること』と題された本を取り出した。「これはオルダスの兄、ジュリアン・ハックスレーによって書かれ、一九三一年にすでに出版されている。つまり『素晴らしい新世界』の前年だ。この本には遺伝子操作や人類も含む生物の改良といったアイディアがすべて含まれている。それを弟が小説に活かしたわけさ。この本の中ではそうした一切が、人間が向かうべき望ましい目標として明確に提案されているんだよ。」

ミシェルは座り直し、額の汗をぬぐった。「戦後、一九四六年、ジュリアン・ハックスレーは創設されたばかりのユネスコの事務局長に任命された。同年弟のオルダスは『最良の世界への回帰』を出版し、その中で自分の処女作は実は告発の書、風刺の書だったと主張した。数年後、オルダス・ハックスレーはヒッピー運動の理論的支柱と目されるようになった。彼は常に完全な性的自由の信奉者であり、幻覚系ドラッグの使用においてもパイオニア的役割を果たしたんだ。エスリンの創立者たちはみな彼を知っていて、その思想に影響を受けていた。のちにニューエイジ運動が、エスリン創立時のテーマをそっくり引き継ぐことになる。つまり実際のところ、オルダス・ハックスレーは今世紀最大の影響力を及ぼした思想家の一人なんだよ。」

彼らは近所のレストランに食事に出かけた。中華風フォンデュ、お二人様二七〇フランというのがメニューにあった。ミシェルにとっては三日ぶりの外出だった。「今日はまだ何も食べていなかったよ」と彼は、われながら少々驚いたように言った。相変わらず本を手に持ったままだった。

「一九六二年、ハックスレーは『島』を出版した。それが彼の最後の本になった。」ミシェルはべとべとしたライスをかきまぜながら続けた。「舞台は熱帯の楽園のような島——植生や風景は、どうやらスリランカがモデルらしい。その島では、二十世紀の主流をなす商業主義とは遠く隔たった、独自の文明が発達している。技術面で非常に進歩していると同時に、自然を大切にもしているんだ。人々は平和で、家族神経症やユダヤ゠キリスト教的抑制からは完璧に解き放たれている。裸で暮らすのが当然で、人々は思うがまま官能や性愛にふけっている。駄作ではあるが読みやすいこの本は、ヒッピーたちに巨大な影響を与え、彼らを通してニューエイジの信者たちにも影響を与えた。ちゃんと読んでみれば、『島』に描かれた調和的共同体は『最良の世界への回帰』のそれにごく近いものなんだ。ちょうど、解放をめざすヒッピー社会がブルジョワ自由主義社会、あるいはむしろそのスウェーデン流社会民主主義版に近いのと同じようにね。」

ミシェルは口をつぐみ、エビをピリ辛ソースに浸し、箸を休めた。「兄のジュリアンと同じくオルダス・ハックスレーも楽天家だったんだよ……。」ようやく彼は、一種の嫌悪をにじませながらふたたび話し出した。「唯物主義と近代的科学を生み出した形而上学的変動は、二つの大きな結果をもたらした。合理主義と個人主義だ。ハックスレーの過ちは、それら二つの結果のあいだの力関係を測り損ねたことにある。とりわけ、死の意識が強まることによって個人主義が高まることを過小評価したのは彼の過ちだった。個人主義からは自由や自己意識、そして他人に差をつけ、他人に対し優位に立つ必要性が生じる。『最良の世界』に描かれたような合理的社会においては、闘いは緩和されるかもしれない。空間支配のメタファーである経済的競争は、経済の流れがコントロールされる豊かな社会ではもはや存在理由を持たない。生殖という面からの、時間支配のメタファーである性的競争は、セックスと生殖の分割が完全に実現された社会ではもはや存在理由を持たない。しかしハックスレーは個人主義のことを考えに入れるのを忘れている。セックスは、ひとたび生殖から切り離されたなら、快楽原則としてではなくナルシシズム的な差異化の原理として存続するということが彼には理解できなかった。富への欲望に関しても同じことさ。スウェーデン流社会民主主義モデルが、ついに自由主義モデルを凌駕できなかったのはなぜなのか？　それが性的満足の領域においては試みられることさえなかったのはなぜなのか？　近代科学によって引き起こされた形而上学的変動が、個人主義化、虚栄心、憎しみ、そして欲望をもたらしたからさ。欲望というのはそれ自体——快楽とは反対に——苦しみや憎しみ、不幸の源なんだ。これはあらゆる哲学者たちが——仏教徒やキリスト教徒だけではなく、その名に値する哲学者たちはみな——知っていたことであり、説いたところでもあった。ユートピア主義者たち——プラトンからフーリエ、ハックスレーに到る——の解決法は、欲望と、それにまつわる苦しみを消すために、欲望を直ちに満たす方法を組織することだった。その反対に、ぼくらが暮らすエロチック＝広告社会はいまだかつてない規模で欲望を組織し、肥大させながら、その満足に関しては個人的領域にとどめている。社会が機能し、競争が継続するためには、欲望が増大し広がって人々の暮らしを食い荒らす必要があるんだ。」彼はぐったりした様子で額をぬぐった。料理には手をつけていなかった。

「矯正策があるだろう、ちょっとした人道主義的な矯正策が……」とブリュノが穏やかに言った。「ともかく、死を忘れさせてくれるようなものがあるじゃないか。『最良の世界』には抗不安剤や抗鬱剤が出てきた。『島』の場合は瞑想や幻覚性ドラッグ、漠然としたヒンズー教的要素。実際今日、人々はその両方を多少なりと混ぜ合わせてみているじゃないか。」

「ジュリアン・ハックスレーもまた、『私が敢えて考えること』の中で宗教問題に触れているよ。第二部全体をそれに当てている。」ミシェルはいよいよげんなりとした表情で応じた。「科学と唯物主義の進歩によってあらゆる伝統的宗教が根元から覆されてしまったことを彼ははっきり意識している。そしてまた、いかなる社会も宗教なしには存続できないこともまた意識しているんだ。百ページ以上にわたって、彼は科学と共存しうるような宗教の基礎を築こうと試みている。その結果はそれほど説得的とは言い難い。それに、われわれの社会がそうした方向に進んでいるとも言い難い。実際には、肉体的な死から逃れられないという事実によってあらゆる融合の希望は消え去り、虚栄心、残酷さがはびこらずにはいない。その代償として」と彼は奇妙な具合に結論づけた。「愛に関してもまったく同じなのさ。」

11

ブリュノが訪ねてきた後、ミシェルはまるまる二週間寝たきりで過ごした。実際、宗教なしでいったいどうして社会が存続できるだろう？　個人のレベルにおいてさえそれは難しく思える。来る日も来る日も、彼はベッドの左にあるラジエーターを眺めて暮らした。冬になればそのパイプは熱いお湯で満たされる。便利でよくできた仕組みだった。だが西欧社会は何らかの宗教なしで、いったいいつまで存続できるのか？　子供のころ、彼は菜園の植物に水をやるのが好きだった。祖母に見守られて、じょうろを持っているところを写した白黒の小さな写真を今でも持っている。六歳ころの写真だろう。それからしばらくすると、買い物にいくのが好きになった。パンを買ったお釣りでカランバール〔ボンボン菓子、包み紙に印刷された笑い話やなぞなぞで人気を博した〕を買ってもいいことになっていた。それから牧場に牛乳を取りにいく。まだ生暖かい牛乳の入ったアルミの携帯用鍋をぶら下げて戻るのだが、日が暮れて、両脇にいばらの生えた窪地の道を歩くのが少し怖かった。今日では、スーパーマーケットまで行くのが彼にとってはその都度苦難の道なのだった。しかし製品は変わり、独身者用の新たな冷凍食品がたえず現れた。最近、近所のモノプリの肉売り場で、彼は——初めて——ダチョウのステーキなるものを目にした。

　複製を可能にするため、DNA分子を構成する二本の小枝は分離し、それから各々が補完的ヌクレオチドを引き寄せる。この分離の瞬間は困難な瞬間であり、統御不可能で、ほとんどの場合そこで有害な突然変異が容易に生じうる。断食は知力に確かに影響をもたらすもので、最初の一週間がすぎるとミシェルは、DNA分子が螺旋状の形態をしている限り、完璧な複製は不可能だろうと直観的に悟った。無限の細胞世代にわたり悪化することのない複製を得るには、遺伝情報を担う構造がコンパクトなトポロジーを持つことがおそらくは必要だろう——たとえばメビウスの輪やトーラス〔輪環面〕のような。

　子供のころ、彼は物が自然とぼろになっていくこと、壊れたり、磨り減ったりすることが耐えられなかった。だから彼は、二つに折れてしまった白いちっぽけなプラスチック製定規を何年ものあいだ、繰り返し修繕し、セロテープでぐるぐる巻きにして取っておいた。セロテープの厚みが加わったせいで、定規はもはやまっすぐではなく、直線を引く役にすら立たなかった。定規としての機能は果たせなくなっていた。それでも彼は捨てずにおいた。また折れてしまう。するともう一度修繕し、セロテープで巻き直す。そしてカバンの中に入れておくのだ。

ジェルジンスキの天才を示す事柄の一つは――と何年ものちにフレデリック・ハブゼジャックは記すことになるのだが――、有性生殖はそれ自体が悪しき突然変異の原因なのではないかという最初の直観を、彼が乗り越えてしまったことである。ハブゼジャックが強調するとおり、人類のあらゆる文化は何千年来、それをはっきりと言い表すかどうかはともかく、セックスと死のあいだには分かちがたい関係があるのではないかという直観の刻印を留めてきた。もし誰か生物学者が、分子生物学の知見から得た論駁の余地なき根拠をもとにこの関係を証明したなら、その生物学者は、自分の務めはそれで完了したものとみなして、そこでストップしていただろう。ところがジェルジンスキは、有性生殖の枠組みを超えて、細胞分裂のトポロジー的条件を、そのまったき一般性において検討すべきではないかと思いついたのである。

シャルニーの小学校時代からすでに、ミシェルは男の子たちの残酷さにショックを受けていた。確かにそれは農民の息子たちであり、つまりはいまだ野生に近い小動物たちであった。だがその子たちがいかにも楽しげに、本能の赴くがままコンパスの針や万年筆のペン先でカエルを刺したりするのには実際驚かざるを得なかった。紫色のインクが気の毒なカエルの皮膚の下に広がっていき、カエルは呼吸困難に陥ってゆっくりと絶命する。子供たちは輪になって目を輝かせながらその様子を見つめる。彼らのお気に入りの遊びには、ハサミでカタツムリの触角を切るというのもあった。カタツムリの全感覚は触角に集中しており、その先端には小さな目がついている。触角を切られてしまっては、カタツムリは途方に暮れた苦しげな、ぶよぶよの固まりにすぎない。じきにミシェルは、そうした幼いけだものたちとのあいだに距離を保った方が身のためだと気がついた。一方女の子たちはもっと優しい存在であり、恐れる必要はほとんどなかった。世界に対するこうした最初の判断は、毎週水曜の晩にテレビで放映されていた「野生の王国」によってより強固なものとなった。動物界というおぞましい破廉恥、たえざる殺戮のただなかにあって、献身と愛他精神の唯一のしるしは母親の愛、あるいは保護の本能か、いずれにせよ徐々に段階を経て母性愛へと向かう何物かに表われていた。ヤリイカの雌は体長二十センチほどの小さな体で、卵に近づくダイバーを果敢に攻撃するのである。

三十年たっても、彼は結局同じ結論に到るのみだった。何と言っても、女の方が男より善良なのだ。女の方が優しく、愛情に満ち、思いやりがあって温和。暴力やエゴイズム、自己主張、残酷さに走る度合いが男よりは低い。そのうえより分別があり、頭がよく、働き者である。

結局のところ、とミシェルはカーテンに射す陽光のゆらめきを眺めながら考えた。男は何の役に立っているんだろう。大昔、まだ熊がうじゃうじゃいたころならば、男らしさは特別な、他に代えがたい役割を演じていたのかもしれない。だが数世紀来、男はもはや明らかにほとんど何の役にも立っていないように思える。男たちはその倦怠をテニスの試合で埋めたりしているが、それだけならば害はない。しかし彼らはまた時として、〈歴史を先に進めてやる〉必要ありと判断する。要するに革命や戦争を起こしてやろうというわけだ。革命や戦争は、不条理なまでの苦しみを引き起こすのに加え、過去の最良の部分を破壊し、その都度白紙からのやり直しを余儀なくする。漸進的上昇の整然とした進行に従わない人類の進化は、こうして混沌とした、構造なき不規則で乱暴な展開を示したのである。こうした一切について、男たちは（その危険や賭けへの好み、グロテスクな虚栄心、無責任さ、根本的暴力性ともども）、もっぱら直接の責任を負っている。女たちの世界はあらゆる点から見てはるかにすぐれているだろう。それはよりゆっくりと、しかし規則的に発展し、全員の幸福へと向かって後戻りせず、不毛な問い直しなしに進んでいくだろう。

八月十五日の朝、彼は起き上がり、町に人影がないことを望みつつ外に出た。ほぼそのとおりだった。そのとき取ったメモは、十数年後、彼が最も重要な著作『完全な複製のためのプロレゴメナ』を執筆する際に参照されることとなる。

同じころ、ブリュノは息子を別れた妻のもとに連れていった。疲れ果て、やけくそな気分になっていた。アンヌはヌーヴェル・フロンチエールのツアーから戻ってくるはずだった。行き先がパック島だったかベナンだったか、よく覚えていなかった。きっと女性参加者と何人か知り合い、住所を交換し――旅から戻って二、三度会ったのち飽きてしまうことだろう。

だが男との出会いはなかったに違いない――男に関して、彼女は完全に諦めてしまったのではないかという印象がブリュノにはあった。ブリュノを横に引っ張って、何分かのあいだ、「どうだったのか」を聞き出そうとするだろう。彼は「上々さ」と答え、女たちの好む落ちついた、自信ありげな態度を保つ。そしてユーモアまじりに付け加える。「それにしてもヴィクトールのやつ、テレビばっかり見ていたな。」たちまち彼は居心地が悪くなる。アンヌは禁煙してこのかた、自分の家でタバコを吸われるのが我慢できなくなったのである。アパルトマンには趣味のよい飾り付けがしてあった。立ち去るときになってブリュノは後悔を覚え、こんな状態を変えるにはいったいどうすればいいのかとまたしても自問することだろう。そそくさとヴィクトールに接吻し、立ち去る。こうして、息子とのヴァカンスは終わる。

実際には、この二週間は苦痛以外の何物でもなかった。ベッドに寝そべり、バーボンの瓶を手近に置いて、ブリュノは隣の部屋で息子が立てる音に耳を澄ませていた。小便をしたあと水を流す音、リモコンが切り替わる音。同じころ弟がしていたのとまったく同じように――もちろんそうとは知らなかったが――、ブリュノもまたラジエーターのパイプを何時間も呆然と眺めていた。ヴィクトールは居間のソファーベッドで寝た。日に十五時間テレビを見ていた。朝ブリュノが目を覚ますと、もうテレビがついていてM6チャンネルのアニメを映していた。ヴィクトールはヘッドホンをして音を聞いていた。乱暴な子供ではなかったし、反抗的な態度を取ったりもしなかった。しかし彼と父親とのあいだには何一つ話題がなかった。一日に二度、ブリュノは調理済加工食品を温める。二人は向かい合って、ほとんど一言も口をきかずにそれを食べる。

どうしてこんなことになってしまったのだろう？　ヴィクトールは十三歳と数カ月。何年か前まではまだ、絵を描いては父親に見せにきていた。ファタリス、ファンタスティック、未来のファラオといったマーヴェル・コミックスのキャラクターを真似て、突飛な場面設定で描くのである。旅行ゲームを一緒にやることもあったし、日曜の朝はルーヴル美術館に出かけたりした。ブリュノの誕生日には、ヴィクトールが十歳のときのことだが、画用紙に色とりどりの大きな文字で「パパ大好き」と書いてくれたこともあった。今ではそれもおしまいだった。本当に終わってしまったのだ。そしてブリュノには、事態は今後いっそう悪化していくだろうとわかっていた。互いに対する無関心が、次第に憎悪に変わっていくだろう。あと二年もすれば、息子は同じ年頃の女の子とデートしたがるようになる。十五歳の娘ならば、ブリュノだって欲望をそそられる。二人は男として自然な状態であるライバル関係に近づきつつあった。時間という同じ檻の中で戦う動物同士のようなものだった。

自宅に戻って、ブリュノはアラブ人食料品店でアニス酒を二瓶買った。それから徹底的に飲み出す前にミシェルに電話をし、翌日会う約束をした。ミシェルのところに行ってみると、断食期間を経て猛烈な食欲に取りつかれたらしく、イタリアのソーセージを貪り食らいつつワインを鯨飲しているところだった。「まあ飲んで、飲んで……」と不明瞭な声で勧めた。ブリュノは相手が自分の言うことをちゃんと聞いていないような気がした。精神科医か、それとも壁に向かってしゃべっているような感じだった。それでも彼は話した。

「何年間か息子はぼくを頼りにして、愛情を求めてきた。ぼくは精神的に参っていて、自分の人生に不満で、息子を省みなかった——もうちょっとまともな状態になってからというつもりだった。そのころは、そういう時期がこんなに短いものだとは知らなかったんだ。七歳から十二歳までのあいだ、子供というのは素晴らしい存在だよ。優しくて聞き分けがよくて、隠し事がない。完璧に分別を備えて、喜びのうちに生きているんだ。愛情に満ち、まわりから注がれる愛情に満足している。やがてすべては損なわれてしまう。何もかも、どうしようもなく損なわれてしまうんだ。」

ミシェルはソーセージの最後の二切れを飲み込み、ワインをもう一杯注いだ。両手がひどく震えていた。ブリュノは続けた。

「思春期の少年ほど馬鹿で攻撃的で、耐えがたく、憎しみに満ちたものは想像もつかない。とりわけそれが同じ年の他の少年と一緒になっているときには最悪だ。思春期の若者というのは怪物でありかつ馬鹿者なんだよ。その画一主義たるや信じがたい。それは人間の最悪の部分が突然、不吉な結晶化を遂げたようなものさ（しかも子供時代を考えてみれば、予想もつかないことだ）。とすれば、セクシュアリティが絶対悪を及ぼす力だということに疑いの余地などあるだろうか。みんなはいったいなぜ、思春期の少年と同じ屋根の下で暮らすなどということに耐えられるんだろう。それは単に、彼らの人生がまったくの空虚にすぎないからというのがぼくの仮説だ。ぼくの人生だって空虚なんだが、ぼくには耐えられない。いずれにしろ誰もが嘘をついている。それもグロテスクな嘘をついている。離婚はしても、いい友だちのまま。二週間に一度は週末に息子を迎え入れる、だとさ。下劣な話だ。まったく最低に下劣な話だよ。本当のところ男ってやつは自分の子供に興味など少しも覚えないし、愛情も感じない。もっと一般的に言えば、男には愛情を感じることなどできやしない、それは男には絶対にわからない感情なんだ。男が知っているのは欲望、むきだしの性欲、そして雄同士の競争さ。昔ならばずっと後になって、結婚という枠の中で、妻に対しようやくある種の感謝を抱けるようになっていたんだ――妻が自分の子供を産んでくれたとき、家の中を立派に切り盛りしてくれるとき、料理上手でしかも愛情深いとき。そんなとき彼らは一緒のベッドで寝ることに喜びを覚える。それは女性の望むところではなかったかもしれないし、誤解があったのかもしれないが、しかしそうした感情はとても強いものでもありえたのだし、たまの性交が次第に興奮をかき立てないものになっていくとしても、それでもなお夫はもはや文字通り妻なしでは生きていけなくなり、不幸にも妻に先立たれた場合、夫は酒浸りになり、時を経ずして、数カ月のちにその後を追うというのがざらだった。一方子供たちはある状態、規則、そして財産の相続を意味していた。封建的階層においてそうであっただけでなく、商人、農民、職人、そして事実上は社会のあらゆる階級においてそうであった。今日、そうしたすべてはもはや存在しない。サラリーマンで、持ち家もないならば、息子に遺すものなど何もないんだから。息子に伝えるべき職業などないし、そもそも息子が将来どうなるのかさえわからない。いずれにせよ自分の時代の規則は息子にとっては有効でなくなり、息子は別の世界で生きるだろう。絶えざる変化というイデオロギーを受け入れることは、一人の人間の人生が厳密に一代限りのものとなること、過去や未来の世代が自分にとっていかなる重要性も持たなくなることを受け入れることだ。そうやってわれわれは生きているんだし、今日、子供を持つことは男にとって何の意味もない。女の場合はまた別だ。というのも女は誰かに愛情を注ぐ必要を相変わらず感じているのだから――男の場合はそんなことは決してないし、過去においてもそんな必要は決してなかった。男にも赤ん坊をあやしたり、子供と一緒に遊んだり可愛がったりする必要があるなどと主張するのは間違っている。何年ものあいだずっとそう繰り返されてはきたけれど、間違いであることに変わりはない。離婚して、家族の枠が壊れてしまえば、子供との関係は完全に意味を失う。子供とは男のはまり込んだ罠であり、今後も養い続けなければならない敵、こちらよりも長く生き延びる敵でしかないんだ。」

ミシェルは立ち上がり、台所まで行ってコップに水を注いだ。空中にカラフルな輪が回り始め、吐き気を催し始めたのである。まず両手の震えを止めなければならなかった。ブリュノは正しかった。父性愛とはフィクションであり、嘘であった。それが現実を変える力を持つ限りにおいて、嘘は便利なものだと彼は思った。だが変化に失敗したとき、後にはもはや嘘と、苦々しさと、虚偽の意識しか残らない。

ミシェルは居間に戻ってきた。ブリュノは椅子の上で体をすくめ、死んだようになって動かなかった。高層ビルのあいだから闇が降りてきた。今日も一日、息苦しい暑さが続いたのち、ようやくしのげる気温に戻った。ミシェルは突然、カナリアが何年も暮らした鳥かごが今ではからっぽなのに気がついた。他の動物を飼うつもりはないのだから、鳥かごを捨てなければならなかった。向いに住んでいる「二十歳《ヴァンタン》」誌の女性編集者のことが頭をよぎった。この数カ月姿を見ていない。きっと引っ越してしまったのだろう。ミシェルは両手に注意を集中しようと努め、震えが少し収まったのに気づいた。ブリュノは依然として身動きしない。二人のあいだにはなお数分間沈黙が続いた。

12

「アンヌに会ったのは一九八一年のことだった」とブリュノは話を続けた。「それほど美人じゃなかったが、こっちはマスをかくのにもう飽き飽きしていたんだ。それでも嬉しいことに、彼女は大きな胸をしていた。大きな胸が昔から大好きだったからな……。」彼はそこでまた長々と溜息をついた。「わが巨乳の、お上品なプロテスタント女……。」ミシェルがびっくりしたことに、ブリュノの目には涙が光った。「やがてその胸は垂れ、われらの結婚もまた終わってしまったというわけさ。ぼくはあの女の人生を台無しにしてしまった。それだけは忘れられない。ぼくはあの女の人生を台無しにしてしまったんだ。まだワイン残ってるか？」

ミシェルは台所にワインを一本取りにいった。こうしたことはみな、いささか例外的だった。ミシェルはブリュノが精神科医に通っていたが、結局やめてしまったことを知っていた。現実には、人は常に苦しみを小さく見積もろうとするものだ。打ち明け話があまり苦しく思えないかぎり、人は話し続ける。それから黙り込み、諦め、孤独に甘んじる。ブリュノが人生に失敗した話を蒸し返したくなったのは、おそらく彼が何か、新たな出発とでもいったものを期待しているからだろう。それはおそらくよいしるしなのだった。

「特に醜い女だったわけじゃない」とブリュノは先を続けた。「だがあいつの顔は平凡で、気品がなかった。若い娘たちの顔を輝かせているような優美さや光に欠けていた。脚はいささか太めだったから、ミニスカートを穿かせるなど問題外だった。そのかわり丈のうんと短いタンクトップをノーブラで着るように教え込んでやったんだ。興奮するもんなんだよ、巨乳を下から見上げるってのは。彼女は少しためらっていたが、結局は従った。エロチシズムの何たるかを知らない、下着の知識も皆無の、経験ゼロの女だった。でもそんなこと言わなくても、知ってるよな、あいつのことは？」

「結婚式には出たよ……。」

「そうだった。」ブリュノは驚きのあまり呆然とした様子でうなずいた。「来てくれたんでびっくりしたんだった。ぼくとはもう関係を持ちたくないんだとばかり思っていたからな。」

「兄さんとはもう関係を持ちたくないと思っていたよ。」

ミシェルは当時のことを思い出し、実際自分はどうしてあの陰気な式に出かけていったのかといぶかしんだ。ヌイイのプロテスタント教会堂、飾り気のない気の滅入るような部屋。地味ながらいかにも豊かそうな人々が部屋を半ば満たしていた。花嫁の父は財界人だったのだ。「連中は左翼だった」とブリュノが言った。「そもそもあのころは誰もが左翼だった。ぼくが結婚する前から娘と同棲しているのもまったく当然のことという顔をしていた。結婚したのは彼女が妊娠したから。よくあるパターンさ。」ミシェルは寒々とした式場内に牧師の明瞭な言葉が響いたのを覚えていた。牧師は真の人にして真の神たるキリストのこと、永遠なる者がその民と交わした新しい契約のことを話していた。ところがミシェルにはそれがいったい何のことなのかよく理解できなかった。その試練が四十五分続いたのちには半ば眠り込んだような状態になっていた。そのときこんな言葉が聞えてきて突然目が覚めたのである。「イスラエルの神の祝福がありますよう。神は二人の子のみを憐れみたもうたのです。」意識がしゃんとするまでに少し時間がかかった。自分はユダヤ人の集まりに出席しているのか？それが同じ神のことであると気づくまでに、一分間かかった。牧師は滑らかに言葉をついだ。「妻を愛すること、それは自分自身を愛することです。いかなる人間であれ自らの肉体を憎んだためしはありません。それどころか自らの肉体はこれを養い、守るものです。ちょうどキリストが教会に対してそうなさったように。なぜならわれわれは同じ体の部分であり、キリストの肉体と骨とに結ばれているからです〔「ローマの信徒への手紙」十二−9より〕。だからこそ人は父母のもとを去って妻と結ばれ、二人は一心同体となるのであります。はっきり申し上げておきますが、この神秘はキリストおよび教会との関係において重大な神秘なのです。」実際、この「二人は一心同体となる」というのは受けのいい言葉なのだった。ミシェルはその意味するところに思いをめぐらせ、アンヌに目をやった。物静かで、神経を集中した様子の彼女は、牧師の話を息を詰めて聞いているようだった。そのせいでほとんど美しくさえ見えた。おそらく聖パウロの引用に触発されてのことだろう、牧師はいよいよ語調を強めながら続けた。「主よ、あなたに仕える女を寛大な目で見守ってください。結婚の絆によって夫と結ばれようとするそのとき、女はあなたの庇護を必要とします。女がキリストのうちに忠実なる、貞潔なる妻としてとどまりますよう。そして女が聖女たちの手本に常にならいますよう。夫に対してはラシェルのごとく愛らしく、レベッカのごとく賢く、サラのごとく忠実でありますよう。信仰と戒律を守り続けますよう。夫と結ばれ、いかなる悪しき関係も避けますよう。慎みが称えられ、恥じらい深さが敬われますよう。神について教えを授けられますよう。子宝に恵まれ、夫婦そろってひ孫、やしゃ孫まで見届けられますよう。幸せな老後を過ごしたのち、神の王国で、選ばれた者のみに許される安息に恵まれますよう。われらが主イエズス・キリストの名において、アーメン。」ミシェルは列席者のあいだを割って祭壇に近づこうとし、周囲の人々からむっとした顔で見られた。前から三列目のところまで近づき、指輪の交換を見届けた。牧師は頭を垂れて夫婦の手を自分の手に重ね合わせたが、じっと精神統一した様子が印象的だった。教会堂は完全な静寂に包まれた。やがて牧師は頭を上げ、力強くもあればやけくそな感じでもある大声で、びっくりするほど激しい調子で述べた。「神が結びしものを人が切り離すことなかれ！」

その後でミシェルは道具を片づけている牧師のところまで近づいていった。「非常に興味深いお話でした……。」神に仕える者は慇懃にほほえんだ。そこでミシェルはアスペの実験とEPRの逆説について話した。つまり二つの粒子はひとたび結合すると、分離不可能な統一体を形成するのであり、「ぼくにはこれがさきほどの「一心同体」とまさに関係しているように思えるのです」。牧師のほほえみはかすかに引きつった。ミシェルは勢い込んで続けた。「つまり存在論的に言えば、ヒルベルト空間において両者に唯一状態のベクトルを与えることができるわけです。おわかりですか？」「ええ、もちろん……。」牧師は口ごもりながらあたりを見まわした。「失礼しますよ。」唐突にそう言うと、花嫁の父の方を向いてしまった。二人は長々と握手を交わし、抱擁し合った。「立派な、素晴らしい式でした……。」財界人の父は感動を表して言った。

「そのあとのパーティーには残らなかったんだよな……」とブリュノは思い出して言った。「少しばかり気まずかったよ。何しろ知った人間は誰もいない、とはいえとにかくこのぼくの結婚式なんだからな。父はずいぶん遅れてやってきたが、それでも来たことは来たんだ。不精髭を生やし、ネクタイは曲がっていて、見るからに老いぼれた放蕩者のなれの果てさ。アンヌの親からすればもっと別の結婚相手を見つけてほしかったところだろうが、でも左翼のブルジョワ・プロテスタント信者として、あちらさんは何と言っても教育にはしかるべき敬意を払っていた。で、ぼくは教授資格所有者なのに、娘は中等教育教員免状しか持っていない。悲惨だったのは、あいつの妹がとんでもなく別嬪だったことだ。かなり似ていたし、胸もやっぱり大きかった。しかし平凡どころか、まぶしいほどの美しさなんだ。大したことじゃない、目鼻立ちのほんのちょっとした違いのせいでね。辛かったよ……。」彼はまた溜息をつき、酒を注ぎなおした。

「八四年の新学期、ディジョンにあるカルノ高校に最初のポストを得たんだ。そのときアンヌは妊娠六カ月だった。どちらも教師、共働きの教師さ。あとは普通の人生を歩んでいくのみ。

ヴァヌリ通りにアパルトマンを借りた。高校のすぐそばだ。不動産屋の娘が言うとおりさ。「パリの家賃とは違いますよ。パリの暮らしとも違いますけど、でも夏はとてもにぎやかなんですよ。観光客も来るし、バロック音楽のフェスティヴァルには若者が大勢来るんです。」バロック音楽だと?……。

すぐにわかったのは自分が呪われてるってことだった。確かに「パリの暮らし」じゃなかったが、そんなのはどうだっていい。だってパリではいつだって悲惨だったんだから。問題はただ、自分の女房だけは別として、どの女を見ても欲望がうずくということだった。どこの田舎町もそうだが、ディジョンにも可愛い女の子が山ほどいて、パリよりもっといたたまれなかった。そのころ、流行はどんどんセクシー路線になっていった。耐えがたかったよ、女の子たちのちっちゃな顔、ミニスカート、可愛いほほえみ。授業で一日中そういう連中を眺め、昼休みはリセの隣にある〈ペナルティ〉というバーで、女の子たちが若い男たちと話し込んでいる様子を眺めた。昼飯は家に帰って女房と食う。土曜の午後も町の繁華街で、服やレコードを買っている女の子たちを眺める。こっちはアンヌを連れていて、アンヌは赤ん坊の服をみつくろっていた。妊娠は順調で、あいつは信じられないくらい幸せそうだった。しじゅう眠りをむさぼり、何でもかんでも食べていた。夫婦のあいだにセックスはなくなっていたが、そんなこと気づいてもいなかったろう。出産準備の教習に通って、他の妊婦たちと友だちになっていた。あいつは人付き合いがよくて、気立てもいい、のびのびと暮らしていける女だったんだ。生まれてくるのが男の子だと聞かされたときは、激しいショックを受けたよ。いきなり最悪のニュースさ。これであとは最悪の人生と決まったようなものだ。喜ぶべきところだったんだろう。でも二十八歳にして、もう死んだような気分だった。

ヴィクトールは十二月に生まれた。サン＝ミシェル教会で洗礼式をやったのを覚えている。感動的だったよ。「洗礼を受けた者は精神の伽藍建立のため、神聖なる教会のための生きた石となるのです」と司祭が言った。ヴィクトールは真っ赤でくしゃくしゃの顔をして、白いレースの服に包まれていた。それは原始教会で行われていたような合同洗礼式で、十何組かの家族が集まっていた。司祭が続けた。「洗礼によってわれわれは教会と合体し、キリストの体の一部分となるのです。」アンヌは息子を抱きかかえていたが、体重は四キロあった。

とても大人しくて、全然泣いたりしなかった。「そうなったからには、われわれは互いに互いの一部分ではないでしょうか。」一同は少しとまどった様子で顔を見合わせた。それから司祭は息子の頭に、洗礼の水を三度注いだ。そして聖油を塗った。この香りのいい、司教によって聖別された油は、司祭の話では聖霊の恵みを象徴しているという。そこで司教は息子に向って直接呼びかけた。「ヴィクトール、あなたはこれでキリスト教徒となりました。聖油の塗油により、あなたはキリストと合体したのです。今後あなたも預言者、聖職者、王としてのキリストの使命に加わるのです。」あまりに感動したので、ぼくは毎週水曜に催されるという「信仰と人生」の集いに加わった。そこには若い、大変な美人の韓国人が来ていて、さっそくものにしたくなったよ。難しいところだった。相手はぼくが結婚していることを知っているのだから。ある土曜日、アンヌはみんなを我が家に招待した。韓国人の娘がソファに腰を下ろした。短いスカートを穿いていた。午後のあいだずっと彼女の脚から目が離せなかったよ。誰も何にも気がついてはいなかったがね。

二月の休み、アンヌはヴィクトールを連れて里帰りした。ぼくはディジョンに一人で残った。カトリックになるため、さらに新たなことを試みた。エペダのマットレスに寝そべってアニス酒を飲みながら『聖なる嬰児の神秘劇』〔シャルル・ペギー作、一九一二年〕を読んだんだ。ペギーはとても美しい、本当に素晴らしいよ。でもおかげですっかり落ち込んでしまった。罪と、罪に対する赦し、そして千人の義人の救済よりも一人の罪人の回心を喜ぶ神、そんな話ばかりなんでね……。なれるものなら罪人になりたかったが、なれなかった。ぼくは自分の青春が誰かに奪われてしまったような気がしていた。望むのはただ、若い娘のふくよかな唇で一物を吸ってもらうことばかり。アンヌが留守のあいだ、何度か〈スロー・ロック〉や〈ランフェール〉なんていう店に行った。だが女の子たちのデート相手はぼく以外の男だし、女の子たちが吸うのはぼくの一物以外の一物だ。そしてそのことが、ぼくにはもう我慢できなくなってきた。ピンク・ミニテルが爆発的に広がり出したころで、大変なブームになっていた。幾晩もつなぎっぱなしだったよ。ヴィクトールはわれわれの寝室に寝かしてあったが、夜ぐずりもしないし、全然手がかからなかった。電話代の請求書が届いたときにはあせったな。郵便受けに入っているのをぼくが取って、リセに向かう途中で開けてみた。請求額一万四千フランときたもんだ。さいわい学生時代からの貯金通帳があったので、全額を夫婦の口座に振り込んでおいた。アンヌは気づきもしなかった。

生きることは、他人の眼差しがあって初めて可能になる。リセ・カルノの同僚の教師たちがこちらに向ける視線には憎しみも、とげとげしさもないことがだんだんわかってきた。同僚たちはぼくを競争相手だと考えてはいなかったんだ。みんな同じ仕事のために雇われている、ぼくも「身内の一人」というわけさ。同僚たちはぼくに常識を教えてくれた。ぼくは運転免許を取り、CAMIF〔通販会社〕のカタログを眺めるようになった。春になり、ぼくらはギルマール家の芝生の上で何度か午後を過ごした。彼らはフォンテーヌ゠レ゠ディジョンのかなりみっともない一軒家に住んでいたんだが、芝生が広々としてとても気持ちがよく、木も植わっていた。ギルマールは数学の教師で、ぼくらはほぼ同じクラスを受け持っていた。背が高くて猫背、赤味がかった金髪をした男で、口髭を垂らしていた。どことなくドイツの会計士風だった。奥さんと一緒にバーベキューの準備をしてくれたっけな。午後の時間がゆっくりとすぎていき、夏休みに何をするかという話をして、みんなほろ酔い気分。いつも教師の夫婦四、五組が招かれていた。ギルマールの奥さんは看護婦なんだが、とんでもなく淫乱という噂だった。実際、彼女が芝生の上に腰を下ろしたとき、スカートの下に何もはいていないのがわかったよ。ギルマール夫婦は夏休みをアグド岬〔南仏地中海沿岸〕のヌーディスト村で過ごすならわしだった。それにボシュエ広場のカップル用サウナにも通っていたと思う——とにかくそんなうわさだった。そんなことをアンヌに話す気にはならなかったが、ぼくには結構いい連中だと思えたんだ。社会民主主義者という感じのところがあって——七〇年代、ぼくらの母親のまわりにたむろしていたヒッピー連中とは全然違ったな。ギルマールは教師としても立派で、放課後も喜んで残って落ちこぼれの生徒の面倒を見てやっていた。身障者のためにも一肌脱いでいたと思う。」

ブリュノは突然黙り込んだ。数分してミシェルは立ち上がり、ガラス窓を開け、バルコニーに出て夜の空気を吸った。彼の知っているたいていの人々はブリュノと似たり寄ったりの人生を歩んでいた。広告やモードの業界といったハイレベルの分野を別にすれば、同業者たちから身体的に受け入れられるのは比較的容易なことである。〈ドレス・コード〉はゆるく、暗黙裡のものだからだ。数年間働くうちに性的欲望は消え失せ、もっぱら美食とワインに関心を注ぐようになる。ミシェルの同僚のうちには、彼よりはるかに若くしてワイン貯蔵庫を持とうとする者もいた。ブリュノの場合はそうではなく、ワインの種類など意に介しなかった――十一フラン九十五のヴィユー・パープで充分。兄がいることを半ば忘れ、ミシェルはバルコニーの手すりにもたれかかって向いの建物を眺めていた。もうあたりは夜の闇に包まれていた。ほぼすべての明かりは消えていた。八月十五日、ウィークエンド最後の夜。ミシェルはブリュノの方に戻り、膝と膝を突き合わせて座った。ブリュノを一人の個人と考えることができるだろうか？　内臓の腐敗は彼のものであり、肉体的衰えと死を、彼は一人の個人として知ることになるだろう。だがその快楽主義的人生観、そして意識と欲望を構造化する力の場は、彼のジェネレーションに固有のものだった。実験設備の設置および一つないし二つの観察可能量の選択によって、原子システムに一定の運動――粒子、あるいは波動の運動――を与えることができるのと同じように、ブリュノは一人の個人とみなされうるとしても、別の視点に立つならば、ある歴史的展開の受動的要素にすぎないとも言えるのだった。彼の抱く動機、価値、欲望。そのいずれもが、同時代人に対し彼をいささかも差異化するものではなかった。一般に、満たされない動物が示す最初の反応は、目的に到達しようといっそう力を振り絞ることである。たとえば、金網に邪魔されて餌をついばめない飢えたメンドリ（〈ガルス・ドメスティクス〉）は、金網を越えようといよいよ必死になる。しかしながら徐々にこの行動は別の、一見目的を欠いた行動によって取って代わられる。鳩（〈コルムバ・リヴィア〉）は望みどおりの食物を得られないとき、地面に何も食物がないにもかかわらず盛んに地面をついばむ。そうやって無分別についばむばかりでなく、しきりに羽を整えたりもする。フラストレーションや葛藤を含む状況に面した場合よく見られるこうした意味のない行動は、〈代償行為〉と呼ばれる。一九八六年初め、三十歳になったばかりのブリュノは、物を書き始めた。

13

「いかなる形而上学的変異も」とはるか後年、ジェルジンスキは記すことになる。「より軽微な変化の総体によって準備され、道を開かれることなしには成し遂げられない。それらは生じた当時、しばしば見過ごされてしまう。私は個人的に自分を、そうした軽微な変化の一つであると考えている。」

ヨーロッパの人間たちのあいだをさまよえるジェルジンスキは、生前はきちんと理解されなかった。対話相手なしに練り上げられた思考が、とハブゼジャックは『クリフデン・ノート』への序文で強調している。自らの特異体質や錯乱の罠を免れえた例はしばしばある。だがそれが自らを表現するのに、反駁可能な科学論文という形をとったのは前例のないことだ。それに加えて、ジェルジンスキが最後に到るまで自分を何よりもまず科学者であると考えていた事実を補足してもいいだろう。人類の進化に対して自らがなした貢献の最重要部分は、生物物理学の分野で発表した論文であると彼は考えていた――それらは一貫性と反駁可能性という通常の基準にかなう、型通りの論文であった。後期の著作に含まれるより哲学的な要素は彼自身の目にはあぶなっかしい、それどころかいくぶん狂気じみた仮説であり、論理的思考というよりも単に個人的動機によってのみ正当化されるものにすぎなかったのである。

彼は少し眠くなっていた。月は眠り込んだ街の上を滑りつつあった。自分が一言言えば、ブリュノは立ち上がり、ブルゾンを引っかけてエレベーターの中に消えていくだろうとわかっていた。ラ・モット＝ピケに出ればタクシーはいつだって拾える。人生上に起こる現在の出来事を考察するとき、われわれはたえず偶然への信仰と、決定論の明証性とのあいだで揺れる。しかしながら過去が対象となるときには、もはや疑いの余地はない。すべてが実際に、そう展開されるべき具合に展開されたことは明らかなのだ。こうしたパースペクティヴ上の、対象と属性の存在論に結びついた幻想は、強力な客観性を前提とする思考と同根のものだが、ジェルジンスキはそれをすでに大幅に乗り越えていた。おそらく、だからこそ彼は、ブリュノの告白をストップさせるための簡単な、通常の言葉を発しなかったのである。彼と遺伝子によって半分つながったこのお涙ちょうだいの、破壊された男は、この晩ソファに転がったまま、人と人との会話において暗黙のうちに求められる節度を延々と踏みにじり続けていた。ミシェルは同情を感じていたわけでもないし、敬意を払ったわけでもない。ただ、かすかな、しかし議論の余地ない直観が彼のうちにはあった。ブリュノがくだくだしく語る悲壮な話をとおして、このたびはあるメッセージが浮かび上がってくるのではないか。言葉が発せられ、その言葉が——今度ばかりは——決定的な意味を持つのではないか。彼は立ち上がり、トイレに入った。そっと、少しも音を立てずに嘔吐した。それから顔を少し水で濡らし、居間に戻った。

「おまえには人間味がない。」ブリュノは彼のほうに目を上げて静かに言った。「最初からそう思っていた。アナベルに対する扱い方を見ていてそう思ったよ。でもぼくの人生に話し相手はおまえだけなんだ。あのころ、ぼくがヨハネ＝パウロ二世について書いた文章を受けとったとき、別にびっくりはしなかったろう。」

「いかなる文明であれ……」とミシェルは悲しげに答えた。「いかなる文明であれ、親の犠牲を正当化する必要に直面せざるをえなかったのさ。歴史的状況を考慮に入れれば、兄さんに選択の余地はなかった。」

「いや、ぼくは本当にヨハネ＝パウロ二世を尊敬していたんだ！」ブリュノは反論した。「今でも覚えているが、あれは一九八六年のことだった。カナル・プリュスとM6が創立され、「グローブ」誌が創刊され、「心のレストラン」〔俳優コリューシュの呼びかけで創始された社会的弱者救済の運動〕が始まったころだ。ヨーロッパでいったい何が起こりつつあるのかを理解していたのはほかでもない、ヨハネ＝パウロ二世ただ一人だった。ぼくは自分の文章がディジョンの「信仰と人生」の連中に悪評だったのでびっくりしてしまった。連中は中絶やらコンドームやらといったくだらないことに対する教皇の発言を批判していた。そりゃまあそうだ。そういう点についてはぼくだって、それほど教皇を理解しようとしていたわけじゃない。あのころ、それぞれの夫婦のところで順番に集まりが開かれていた。ミックスサラダやタブレ〔レバノン風サラダ〕やケーキを持ちよって。ぼくはただ馬鹿みたいに微笑んで、しきりにうなずき、ワインのボトルを空にして晩の時間を過ごしていただけだ。話の中身などこれっぽっちも聞いてはいなかった。アンヌはすごく熱心で、移民向けフランス語教育のグループにも加わっていた。そんな晩、ぼくはヴィクトールの哺乳瓶に睡眠薬を混ぜておいて、ピンク・ミニテルをやりながらマスをかいた。だが誰かとの出会いなど一切なかった。

　四月、アンヌの誕生日にぼくは銀ラメのゲピエールを買ってやった。あいつは最初少し嫌がったが、結局は着てみることを承知した。あいつがホックを留めているあいだ、こっちはシャンパンの残りを干していた。やがてあいつの声がした。弱々しい、少し震える声で言ったんだ。「いいわよ……」寝室に入ってみて、大失敗だったことがすぐにわかった。垂れ下がった尻がガーターで締めつけられていた。胸は赤ん坊に乳を飲ませたせいで変わってしまっていた。脂肪吸引をしたり、シリコンを入れたりしなけりゃならなかったろう。大工事さ……。あいつが承知するはずもなかった。僕は目をつむって指を一本パンティーの中に入れてみたが、一物はぐんにゃりとしたままだった。そのとき隣の部屋でヴィクトールが怒り狂ってわめき出した――延々と、耐えられないような金切り声を上げたんだ。アンヌはバスローブをはおって飛び出した。戻ってきたとき、僕はただフェラチオだけしてくれるよう頼んだ。あいつの吸い方はへたくそで、歯が当たった。僕は目を閉じて、第二学級〔高校一年に相当〕にいるガーナ人娘の口を思い描いた。その子のピンク色の、少しざらざらした舌を想像して、なんとかアンヌの口内に射精することができた。他に子供を作るつもりはなかった。この翌日、僕は家庭についての詩を書いて、それが活字になったんだ。」

「まだ持ってるよ……。」ミシェルが口をはさんだ。立ち上がり、本棚にその雑誌を探しにいった。ブリュノは雑誌を驚きの色を浮かべてめくり、詩の載っているページを見つけた。

今でもなお、ある程度まで、家庭は生き残っている
(無神論者たちのただなかに輝く信仰のきらめき、
吐き気の奥底に輝く愛のきらめき)、
わからないのはただそれが
どうやって輝いているのかということ。

不可解にしくまれた仕事の奴隷であるわれわれ、
自己実現と人生にとって唯一の可能性、それはセックス
(ただしそれもセックスが許された者だけの話、
セックスが可能な者だけの話だが。)

結婚と貞節は今日われらの存在の可能性を断ち切り、
オフィスや教室では
遊び、光、ダンスを求める内なる力を取り戻せなどしない。
ゆえにわれらは
いよいよ困難な愛を通し自らの運命にたどりつこうとする
いよいよ疲弊し、抵抗し、言うことを聞かなくなった体を
売りに出そうとする
そしてわれらは消えていく
悲しみの闇のうちに
真の絶望に到達するまで、

孤独な道を降りていった果てはすべてが真っ暗な場所、
子供もなく妻もなく、
われらは湖に入っていく
真夜中に
(そして水はわれらの老いた体に、かくも冷たい)。

このテクストを書き終わるやいなや、ブリュノはアルコール中毒の場合によく似た昏睡状態に陥った。二時間後、息子のわめき声で目を覚まされた。二歳から四歳までのあいだ、人間の幼児は自我の意識を強め、それが自己中心的誇大妄想の発作を引き起こす。そのとき幼児は、自らを取り巻く社会的環境（一般には両親によって形成される）を自分の気まぐれな欲望の動きに従う奴隷に作り変えようとする。もはやそのエゴイズムに限りはない。これが個人的存在の帰結なのである。ブリュノは居間のカーペットから立ち上がった。わめき声は高まり、狂ったような怒りを表していた。彼はジャム少々に睡眠薬錠を割り入れ、ヴィクトールの部屋に向かった。赤ん坊は糞を垂れていた。アンヌはいったい何をしているのか。ニグロたちに字を教えるボランティアは遅くなる一方だった。ブリュノは汚れたおむつをつまみ、床に放り出した。堪えがたい臭さだった。赤ん坊は素直に睡眠薬入りジャムをなめ、一撃を食らったかのように体をこわばらせた。ブリュノはブルゾンをはおり、ショドロヌリ通りにあるナイトクラブ〈マディソン〉に向った。ドン・ペリニョン一本三千フランをカードで払い、美人のブロンド娘と一緒に飲んだ。二階にある個室で、娘は長々と彼の一物をしごき、ときおり手を止めて一息に行ってしまわないようにした。娘はエレーヌといい、地元の出身でツーリズムの勉強をしていた。年は十九歳。彼が一物で貫いたとき、娘はヴァギナを引き締めた——彼は少なくとも三分間の完璧な幸福を味わった。去り際、ブリュノは娘の唇にキスをし、チップをやるといってきかなかった——持ち金は現金三百フランぽっきりになってしまった。

翌週、彼は自分の作品を同僚に読ませてみることにした。相手は五十代の国語教師、マルクス主義者で鋭い観察眼の持ち主であり、同性愛者だといううわさだった。ファジャルディというその教師は嬉しい驚きを覚えた様子だった。「クローデルの影響か……それともむしろペギー、自由詩時代のペギーだな……。それにしてもこれは独創的なものですな。今じゃめったにお目にかかれない代物ですよ。」どうすべきかについて、疑問の余地はなかった。「ランフィニ」〔フィリップ・ソレルスが一九八三年に創刊した文学雑誌〕ですね。今日の文学はあそこで生まれているんですから。作品をソレルス宛に送ってご覧なさい。」いささかびっくりしたブリュノは、その名前を繰り返してもらい、自分がマットレス・メーカーの名前と勘違いしたことに気づいた。そこで作品を送ってみた。三週間後、彼は「ランフィニ」誌の版元であるドノエル社に電話してみた。驚いたことにソレルス自らが電話口に出て、面会の段取りをつけてくれた。水曜日ならばブリュノは授業がなく、日帰りでパリに出るのは容易だった。列車の中で彼は『奇妙な孤独』〔ソレルスの処女小説〕を読み始めたが早々に止めてしまった。『女たち』はそれでも何ページか読むことができた——特にエロチックなくだりは。リュニヴェルシテ通りのカフェで会うことになっていた。ソレルスはのちに彼のトレードマークとなったシガレット・ホルダーを振りかざしながら十分遅れて現れた。「田舎にいるんですか？　いかんなあ、そりゃ。すぐパリにいらっしゃい。才能がおありなんだから。」「ランフィニ」の次号に彼の書いたヨハネ＝パウロ二世についての作品を掲載することにするという。ブリュノは呆然としたままだった。ソレルスが当時「カトリック反動」期のまっただなかにあり、教皇に味方する熱狂的な文章を次々に発表していたことを知らなかったのである。「ペギーにはまったくぶっ飛ばされるね。それからサド！　サド！　ぜひサドをお読みなさい！……」

「家族について書いた方のはどうでしょう……」

「あれもとってもいいですよ。あなたは反動家だ。結構なことです。偉大な文学者は全部反動家なんです。バルザック、フロベール、ボードレール、ドストエフスキー。どれも反動家ばっかり。とはいえ、女と寝るのも大事ですよ。乱交すべし。大事なことです。」ソレルスは五分後に立ち去り、残されたブリュノは軽いナルシシス的陶酔状態に浸った。帰り道、その興奮は徐々に収まっていった。フィリップ・ソレルスは有名な作家らしかった。しかしながら『女たち』を一読すれば明らかなとおり、彼がものにしているのはもっぱら文化的環境に属する年寄り売女ばかりだった。ギャルは明らかに、歌手の方が好みなのだ。そうであるのなら、クソ雑誌に馬鹿げた詩なんぞ発表して何になる？

「それでも雑誌が出たときには」とブリュノは話を続けた。「『ランフィニ』のその号を五冊買ったよ。さいわい、ヨハネ＝パウロ二世についての作品の方は載せないでおいてくれていた。」ブリュノは溜息をついた。「本当にひどい代物だったからな……。まだワインは残ってるか？」

「あと一本だけ。」ミシェルは台所までいき、「老教皇《ヴィユー・パープ》」六本パックの最後の一本を取ってきた。本格的に疲れを感じ始めた。「明日は仕事あるんだろう？」そう言ってみたが、ブリュノは答えなかった。彼は床の一点を凝視していた。しかしそこには、ほこりが浮いているのを別にすれば、別段何があるわけでもなかった。だがブリュノはワインの栓が開く音を聞くとはっと顔を上げ、グラスを差し出した。ゆっくり、ちびちびとワインを飲んだ。眼差しはさまよい始め、ラジエーターのあたりを漂った。話を続けるつもりは少しもないらしかった。ミシェルはためらってから、テレビの電源を入れた。ウサギについての動物番組をやっていた。音を消した。あるいは野ウサギだったかもしれない——彼には区別がつかない。驚いたことにブリュノの声がふたたび聞えてきた。

「ディジョンにどれくらいのあいだいたのか、思い出そうとしてたんだ。四年か、五年か？就職してしまうとどの年もみんな同じになってしまう。あと経験すべき出来事は、病気関係しかない——それから子供の成長か。ヴィクトールは大きくなっていった。僕を『パパ』と呼ぶようになった。」

　突然、彼は泣き始めた。ソファの上で丸くなり、鼻を鳴らしながらさめざめと泣いていた。ミシェルは時計を見た。四時少しすぎ。テレビ画面では、ヤマネコが口にウサギの死体をくわえている。

ブリュノはティッシュを取り出し、目の縁をぬぐった。涙は流れ続けていた。息子のことを考えていたのだ。哀れなヴィクトール、「ストレンジ」〔人気コミック誌〕のキャラクターたちの絵を描いていたっけ。そしてぼくのことを愛してくれていたんだ。その息子に自分は幸福のひととき、愛情深いひとときをほんの少ししか与えてやらなかった——そして息子はもうすぐ十五歳、幸福な時期はもうおしまいだった。

「アンヌはもっと子供が欲しかっただろう。結局のところ一家の母親役はあいつにぴったりだったんだから。あいつの尻を叩いて、パリに戻れるよう希望を出させたのはぼくだったんだ。もちろんあいつは逆らわなかった——女は仕事によってこそ自己実現できる。あのころ、誰もがそう信じていた。あるいはそう信じているふりをしていた。そしてあいつはみんなの考えに合わせることを何よりも大事にしていたんだからな。結局のところパリに戻るのは、波風立てずに離婚するためなのだと、ぼくにはよくわかっていた。田舎では何と言っても人々は互いに観察し合い、うわさし合う。ぼくは離婚してまわりからあれこれ言われたくなかったんだ。たとえ理解を示され、賛成してもらえるのであっても。八九年夏、ぼくらは地中海クラブ〔リゾート会社〕でヴァカンスを過ごした。一緒に過ごした最後の夏休みだった。夕食前の馬鹿馬鹿しいゲームのことや、浜辺でギャルを盗み見て過ごした時間のことを思い出すよ。アンヌはほかの主婦たちとおしゃべりしていた。あいつが腹ばいになると、皮下脂肪のたるみが見えた。うつぶせになると、妊娠線が縞模様を描いていた。出かけた先はモロッコだった。アラブ人は態度が荒々しくて不快で、太陽はあまりに暑すぎた。小屋で一晩中自分のものをしごいたあげく、皮膚ガンにかかるなんてまっぴらご免だった。ヴィクトールにとっては結構いい旅だったようで、「お子様クラブ」で楽しそうにやっていたっけ……」ブリュノの声はそこでまた途切れた。

「ろくでなしだったんだな。自分がろくでなしだってことはわかってたさ。普通、親は子供のために自分を犠牲にする。それがまっとうな道ってものだろう。ぼくには自分の青春が終わることが我慢ならなかったんだ。これから息子が大きくなっていき、ぼくのかわりに若者になり、ひょっとしたら人生に成功を収めようとしているのに、こっちは人生の落伍者。そんなのは我慢できなかった。一個の個人に戻りたかったんだ。」

「単子《モナド》か……。」ミシェルがそっと言った。

ブリュノは立ち上がらず、グラスを干した。「瓶はもう空になっちまったな……。」いささか当惑した口調で言った。立ち上がり、ブルゾンをはおった。ミシェルはドアまで送っていった。「息子のことは愛しているんだ」とブリュノは言い足した。「あいつが何か事故にあったり、不幸な目にあったりしたら、到底耐えられないと思うよ。あの子を他の何よりも愛しているんだ。それなのにあいつの存在をどうしても受け入れられずじまいなのさ。」ミシェルはうなずいた。ブリュノはエレベーターの方に向かった。

ミシェルは仕事部屋に戻り、一枚の紙にこう書いた。「血について何かメモすること」。それから横になり、いろいろと考えてみなければと思いながらも直ちに眠りに落ちた。数日後紙を見つけて、こう書き加えた。「血の定め」。そして十数分ほど途方に暮れたままでいた。

14

九月一日の朝、ブリュノは北駅でクリスチヤーヌを待った。彼女はノワイヨンからアミアンまで長距離バスに乗り、そこでパリまでの直通列車に乗り換えた。よく晴れた日だった。列車は十一時三十七分に到着。彼女は小花模様の、袖口にレースをあしらった長いドレスを着ていた。ブリュノは彼女を抱きしめた。二人の心臓は激しく打った。

インド料理のレストランで食事し、それからブリュノの家に行ってセックスをした。ブリュノは床にワックスをかけ、花瓶に花を活けておいた。シーツは清潔でいい匂いがした。彼は長々とクリスチヤーヌを貫き、彼女が絶頂に達するのを待つことができた。太陽の光がカーテンの隙間から射し込み、彼女の黒髪を輝かせた――そこには灰色もまじっていた。彼女は最初のオルガスムを得、すぐに二番目のオルガスムを得て、ヴァギナが激しく収縮した。そのときブリュノは彼女の中に放出した。やがて彼は彼女の腕の中で丸くなり、二人は眠りに落ちた。

目を覚ますと、太陽はビルのあいだに沈んでいくところだった。時間はだいたい七時。ブリュノは白ワインの瓶を開けた。ディジョンを去って以後数年間のことは、これまで誰にも話したことがなかった。それを今初めて、人に話そうとしていた。

「一九八九年の新学期、アンヌはコンドルセ高校にポストを見つけた。ぼくらはロディエ通りにアパルトマンを借りた。陰気な3LDK。ヴィクトールは幼稚園に通うようになり、昼間の時間を自由に使えるようになった。そのころからぼくは娼婦のところに通うようになったんだ。近所にはタイ・マッサージの店が何軒かあった。〈ニュー・バンコック〉だの、〈黄金のロータス〉だの、〈マイ・リン〉だの。娼婦は礼儀正しく、いつも笑顔で、悪くなかった。同じころに精神科医の診察を受け始めた。もうよく覚えていないが、たしか髭面の男だったと思う——だが何かの映画と勘違いしているのかもしれない。青春時代について話し、マッサージ・サロンについてもたっぷり話した。医者の軽蔑を買っているのはわかっていたが、それでこっちは元気になるんだ。でも結局、一月には別の医者に換えた。新しい医者はよかった、何しろストラスブール＝サン＝ドニ〔風俗店が多く並ぶ〕の近くだったから、診察の後は覗き部屋をひやかしにいくことができた。アズレーという名前の医者で、待合室にはいつでも「パリ・マッチ」が置いてあった。全体としてなかなかいい医者だという印象を持った。ぼくのケースに大して興味は引かれていないらしかったが、それも当然だと思う。だっておそろしくありきたりのケースだったから。自分の妻に欲情しなくなった、中年に近い欲求不満の馬鹿男というだけのことだもの。同じころこの医者は、知恵遅れの女性を輪切りにして食った悪魔主義グループの若者たちの裁判に、精神鑑定医として呼ばれていた——そっちの方が派手だったことは確かだろうな。診察の終わりにはいつも、何かスポーツをしろと勧められたよ。まるで固定観念みたいに。確かに彼の腹も少し出っ張り始めていた。まあ診察自体は快適だったけれども、少々陰気でもあった。医者が少しでも興味を示すのは、僕と両親との関係というテーマだけだった。一月初め、彼に話すには絶好の出来事が起こった。〈マイ・リン〉の待合室で起こったことなんだ。待合室に入って腰を下ろしたんだが、隣の男の顔にどうも見覚えがある——とはいえごくぼんやりした、とりとめのない印象というだけのことだったけれども。それからその客の番になり、ぼくもすぐに続いた。マッサージ用の個室は、プラスチック製のカーテンで仕切られた二つの部屋だけだったから、どうしたってぼくは男の隣に入ることになった。女がせっけんを塗りたくった胸でぼくの下腹部を愛撫し始めたとき、突然ひらめいた。隣の個室で〈ボディ・ボディ〉のサービスを受けている最中の男、あれはぼくの父親だってね。歳を取って、今ではいかにも定年退職者然としていたが、しかし父親であることに疑いの余地はなかった。そのとき父親のよがる声が聞え、精嚢が空になる音が聞えたような気がした。こっちも気をやってから、服を着る前に何分か時間を置いた。出口で鉢合わせしたくなかったからね。でもこの話を医者にした日、家に帰ってからぼくは父親に電話をかけた。突然電話をしたんで、父親は驚いた様子で、嬉しそうだった。

実際のところ父親は事業を引退して、カンヌのクリニックの持ち分をすっかり売り払っていた。この数年でかなりの損が出ていたとはいえ、他のところに比べれば経営状態はまだましな方だった。そのうち会おうということになった。でもすぐにというわけにはいかなかった。

三月初め、ぼくは視学から電話をもらった。女性教師が一人、出産のために予定より早く休みを取ることになった。そのポストが年度末まで空いている。モー高校だという。ぼくは少しためらった。何しろモーにはひどい思い出がたくさんある。それでも三時間考えた末、別にかまわないという感じになった。歳をとるっていうのはきっとこういうことなんだろう。感情的反応が鈍り、恨みも喜びも長続きしなくなるんだ。そのかわり体のあちこちの調子、バランスが崩れていないかどうかばかりが気になりだす。列車から降りて、町を横切ったとき、とりわけびっくりしたのは町がちっぽけで醜いことだった——これっぽっちも興味をそそらない。子供のころは日曜の晩モーに着くたびに、巨大な地獄に足を踏み入れるような気がしたものだった。だがそうじゃなかった。ほんのちっぽけな地獄だったんだ、個性などみじんもない。家も、通りも……何の感慨も湧いてこなかった。高校さえモダンな校舎に建て替えられていた。寄宿舎の建物を見にいってみたけれども、今では地元の歴史博物館に使われていた。ここでぼくは他の男子生徒たちに殴られ、いじめられ、連中は喜んでぼくの顔に唾を吐き、小便を引っかけ、ぼくの頭を便器に突っ込んでくれたんだ。それなのに心は少しも動かなかった。ただ漠然とした悲しさ——それもまったく一般的な悲しさを感じただけだった。「神おん自らですらかつてあったことをなかったことにはできない」と、誰かカトリック作家がどこかで言っていた。でもモーで過ごしたわが少年時代のうち何が残っているかを考えてみれば、それもそんなに難しいことではないような気がした。

ぼくは町を何時間も歩きまわり、バール・ド・ラ・プラージュまで行ってみさえした。カロリーヌ・イエサヤンや、パトリシア・オヴェイエールのことを思い出した。でも本当を言えば彼女たちのことを忘れたことなんかなかった。町の様子のせいで特に思い出したわけじゃない。若者たちや移民と大勢すれちがった——特に黒人が昔よりずっと増えていた。これは確かに変わった点だった。それから高校に出向いた。視学官はぼくが卒業生だというので面白がって、昔の書類を捜してみようなどと言い出したが、他の話題を持ち出して何とかやめてもらうことができた。ぼくの受持ちは三クラス。一年生、それから二年生の文系と理系一クラスずつ。すぐに気づいたことだが、最悪なのは文系クラスだった。男子三名に対し女子三十数名だ。十七歳の娘が三十人。金髪、栗色の毛、赤毛。フランス人、アラブ系、アジア系……。どちらを向いても魅力たっぷり、欲望をそそる娘ばかり。しかも娘たちが男と寝ていることは明らかだった。寝ているのさ、男の子をとっかえひっかえして、若さを満喫していた。毎日ぼくはコンドーム自販機の前を通りかかったが、彼女たちはぼくの前でも平気でコンドームを買っていた。

すべての引き金となったのは、ひょっとしたら自分にもチャンスがあるんじゃないかと思い始めたことだったんだ。離婚家庭の娘がたくさんいるはずだから、父親代わりを求めている子を一人ぐらいは見つけられるだろう。うまくいくかもしれない。可能性はあるとぼくは思った。しかし父親代わりというからには男らしく、頼りがいがあり、肩幅だって広くなければ。そこで髭を伸ばし始め、アスレチック・クラブに通い出した。髭は成功とは言えなかった。まばらにしか生えず、サルマン・ラシュディ風の、ちょっといかがわしい感じになってしまった。反対に筋肉の方は順調で、数週間のうちに立派な三角筋と胸筋をつけることができた。問題は、これは新たに生じた問題だけれども、ぼくのペニスだった。今から思えば信じられない話だが、七〇年代にはペニスの長さなど誰も問題にしなかった。青春時代、ぼくはありとあらゆる肉体的コンプレックスを抱えていたけれど、その問題だけは免れていた。誰が問題にしだしたのかは知らない。ホモの連中だろうか。まあ、アメリカの推理小説を読んでいてもその問題は出てくる。ところがサルトルの小説には全然出てこないのさ。いずれにせよ、アスレチック・クラブのシャワー室で、ぼくは自分のチンポがいかに短いかを悟ったんだ。家で測ってみた。十二センチ、折りたたみ式定規を精一杯根元に押し当てても、せいぜい十三か十四センチだった。これでまた新たな苦悩の源が見つかったわけだ。どうしようもない、これは根本的、決定的なハンディキャップだった。このときからぼくは黒人を憎み始めた。モー高校に大勢来ていたわけではなくて、たいていはピエール・ド・クーベルタン高校に通っていた。かの有名なドゥフランスが哲学的ストリップをやってみせ、若いやつらにおもねっていた高校だ。ぼくの受持ちには文系二年のクラスに一人だけいて、ベンと呼ばれていた。いつもひさしつき帽子をかぶってナイキのシューズを履いていた。巨根の持ち主だったに違いない。もちろん、女の子たちはみんなこのマントヒヒの前にひざまずいていたさ。そういう連中に対してこちらはマラルメを勉強させようというわけなんだから、何の意味もなかった。西欧文明はこういう風にして終わるんだと、苦い思いをかみしめた。〈ハマドリヤス〉種のマントヒヒみたいに、巨根の前に額ずく状態に戻るわけだ。ぼくは授業に行くときにはパンツをはかないようにした。黒ん坊がいつもデートしていた相手は、ぼくもきっと選んだだろうと思う相手だった。愛くるしくて、素晴らしい金髪、童顔に丸々とした立派な胸。二人は手をつないで授業にやってきた。教室で問題をやらせるときには、いつでも窓を締め切っておいた。女の子たちは暑がってセーターを脱ぎ、おっぱいがTシャツに張りついた。教卓の陰で一物をしごいたもんさ。今でも覚えているのは、『ゲルマントの方へ』の一節を解釈させたときのことだ。

「数世代も前からフランス史のなかでの最も偉大な人しか見当たらないその血統のよさのために、彼女の立居振舞いには庶民のいわゆる「わざとらしさ」がいっさいなく、ごく気どらない態度が身についていたからだった。」

ぼくはベンをじっと見ていた。やつは頭をかき、きんたまをかき、チューインガムをかんでいた。この大型ザルにいったい何が理解できただろう？　そもそも他の連中にしたところで何か理解できただろうか？　ぼく自身、プルーストが結局のところ何を言わんとしているのか理解し難くなり始めていたんだ。純粋な血について書かれた十数ページ、種族の高貴さと比較される天才の高貴さ、偉大な医学教授たちの特別な階層……。そういうのは全部、おそろしく下らなく思えてきた。今日僕らは、明らかに単純化された世界に住んでいる。ゲルマント公爵夫人はスヌープ・ドギー・ドッグ〔ラップ音楽のミュージシャン〕ほどカネを持っちゃいない。スヌープ・ドギー・ドッグはビル・ゲイツほどカネを持っちゃいないが、女の子たちを濡らすことにかけちゃゲイツより上だ。基準は二つだけ、他にはなし。もちろんジェット族《ジェットセット》についてプルーストばりの小説を書く余地は残されていたかもしれない。有名人と金持ちを対決させ、一般大衆レベルの有名人とより選ばれた〈ハッピー・フュー〉のための有名人とを対決させてみるんだ。でもそんなの面白くも何ともない。有名文化人というのは本物の栄光、メディアの栄光の凡庸な代替物でしかない。そちらの方は娯楽文化と結びついて、他のどんな人間的活動よりも巨額の金を吸い上げている。銀行家、大臣、会社社長など、映画俳優や〈ロック・スター〉に比べれば何だろう？　金の面でも、セックスの面でも、あらゆる点から見てゼロでしかない。プルーストがあれほど緻密に描き出した人に抜きん出るための戦術の数々は、今日ではもはや何の意味もない。人間を階級制度に頼る動物、階級制度を作り上げる動物として見るならば、現代の社会と十八世紀社会の関係は、ＧＡＮの高層ビルとプチ・トリアノンの関係と同じだ。プルーストは根本的にヨーロッパの人間だった。トーマス・マンとともに、その最後の一人だった。彼の書いたものはもはやどんな現実とも関係がない。ゲルマント公爵夫人についての文章は、もちろん今読んでも素晴らしいさ。とはいえいささかうっとうしくなってしまったので、それならばとボードレールをとりあげることにした。苦悩、死、屈辱、陶酔、ノスタルジア、失われた子供時代……。文句のつけようがない主題、内容のあるテーマばかりだ。とはいえ、何だか奇妙だった。季節は春、暑い教室内には、欲望をそそる可愛い女の子たちばかり。その前でこんな詩を朗読していたわけだ。

お行儀よくしたまえ、おおわが〈苦痛〉よ、もっと落ちついて。
きみの求めていた〈夕暮〉が、降りてくる。ほらそこにいる。
薄暗い大気が、街市《まち》を包みこむ。
ある者には安らぎを、ある者には憂いをもたらしつつ。

死すべき者たちの卑しい大群が、
あの無慈悲な刑吏、〈快楽〉の鞭の下《もと》、
奴隷の宴《うたげ》のうちに悔恨を摘みにゆくその間、
わが〈苦痛〉よ、手を私にあずけよ。こちらへおいで、……

そこで一息置く。女の子たちはこの詩に心を動かされていた。それがよく伝わってきた。教室は静まり返っていた。その日最後の授業で、三十分後には列車に乗って、女房の待つ家に帰るんだ。突然、教室の奥からベンの声が聞えてきた。「ったく、頭んなかにゃ死の原則とやらが詰まってんじゃないのかよ、おっさん……。」大声でしゃべっていたが、必ずしも傲慢な感じじゃなかった。その口調にはむしろいくぶん感心したようなところさえあった。ボードレールについて言った言葉なのか、それともぼくに向かって言った言葉なのかははっきりしなかった。〈テクストの解釈〉としては、結局のところ悪くなかった。とはいえ教師としては見過ごすわけにいかなかった。ぼくは一言、「出て行きなさい」とだけ命じた。ベンは動こうとしない。三十秒待った。冷や汗が湧いてきた。すっかりびびって、言葉が出なくなってしまうような気がした。それでも何とか力を振り絞って、もう一度言った。「出て行きなさい。」ベンは立ち上がり、ゆっくりと時間をかけて持ち物をまとめ、こちらに向かって進んできた。どんな暴力的対決の場合にも、力と力が平衡状態を保つような、猶予の一瞬、不思議な瞬間がある。ベンはそばまで来て立ち止まった。優に頭一つ分はぼくより大きかった。てっきりびんたを食わせられるものと思ったら、そういうわけじゃなくて、ただ出口のドアに向かおうとしただけだった。ぼくは勝利を収めたんだ。大した勝利じゃない。ベンは翌日には教室に戻ってきた。やつは何かを理解した、ぼくの目つきの意味をつかんだらしかった。というのもやつは講義のあいだじゅう、ガールフレンドの子を愛撫するようになったから。スカートをまくり上げ、もものずっと上、ぎりぎりの高さのところに片手を置いた。そして笑いを浮かべて、とても〈クール〉な様子でこちらを見ているんだ。ぼくもその子が死ぬほど欲しかった。週末はほとんど勃起しっぱなしの状態のまま、人種差別文書を書いて過ごした。月曜には「ランフィニ」編集部に電話した。今度は、ソレルスは自分のオフィスに招き入れてくれた。快活で、いたずらっぽくて、テレビに出ているときと同じだった——テレビよりももっとよかったくらいだ。「正真正銘の人種差別主義者なんだな、わかるよ、あなたの場合それが効いてる。それでいいんだ。バン、バーン！」ソレルスは片手を軽く、とても優雅に動かしてみせてから原稿を一枚取り出した。彼の字でアンダーラインがしてあった。〈われわれは黒ん坊をねたみ崇める、なぜならやつらを手本としてふたたび獣なることを望むから。巨大な一物を備え、脳味噌などは一物のおまけにすぎず、爬虫類なみの小ささ。〉彼は陽気に原稿を振ってみせた。「強烈で、勢いがあって、ぐっと洗練されてるぞ。才能がおありだ。ところどころ安易な表現も見られるが。この〈人は人種差別主義者として生まれるのではない、人種差別主義者になるのだ〉という副題はあまりいただけないな。パロディとか、ほのめかしとかってやつは、どうしても……ふうむ……。」そう言って表情を曇らせたが、シガレット・ホルダーをくるりと回して、またにっこりと微笑んだ。本物の道化——何ともあたりが柔らかい。「しかもあまり人からの影響が見当たらない。見え見えなところがない。たとえばあなたは反ユダヤ主義者ってわけじゃないんだ！」そこでまた別の一節を取り出す。〈ユダヤ人だけは黒ん坊でないことを悔しがらずにすむ、というのも彼らはとうの昔に知性と罪責と屈辱を選んでしまったのだから。西欧文化において、ユダヤ人が罪責と屈辱から出発してなしとげたことに匹敵するものは何もない。だからこそ黒ん坊たちはユダヤ人をことのほか憎むのだ。〉悦に入った様子で彼は椅子に深々と座り直し、頭の後ろで両手を組んだ。一瞬、両足を机の上に投げ出すのかと思ったけれど、そうはしなかった。また身を乗り出した。じっとしていない人なんだ。

「で？　どうしましょう？」

「さあ、作品を雑誌に載せていただけるかと思って。」

「何とまあ！」彼はまるで面白い冗談でも聞かされたかのようにふきだした。「『ランフィニ』に載せろですと？　いやはや、おぼっちゃん、わかってらっしゃらないんだなあ。もうセリーヌの時代じゃないんですよ。今日では、好きなことを何でも書くわけにはいきません。ある種の事柄についてはね……。こんな作品を載せたら本当に厄介なことになりかねない。僕はこれでも、もう十分厄介を抱えているんですよ。ガリマールの作家だから、好き勝手ができるんだろうなどと思ってらっしゃるのでは？　いいですか、僕は見張られてるんです。へまをしでかすのを待ってるんですよ。だめだめ、これは無理ですね。他には何をお持ちで？」

ぼくが他に何も持たずにきたのに、彼は心底驚いたらしい。がっかりさせてこちらも心苦しかった。「おぼっちゃん」扱いしてもらいたかったし、踊りにつれていってもらったり、ポン＝ロワイヤルでウィスキーをおごってもらったりしたかった。外に出たとき、舗道の上でぼくは激しい絶望の発作に襲われた。サン＝ジェルマン大通りを女たちが行き交っていた。午後の終わり、暑さがつのる中、自分は決して作家になれないだろうということがわかったんだ。そんなことどうだっていいということもわかっていた。でも、それならあと何がある？　セックスにはすでに給料の半額を注ぎ込んでいて、アンヌがいまだに何も気づいていないのは理解しがたい話だった。国民戦線の党員になってもよかったが、馬鹿どもと一緒にシュークルートを食べてどうなる？　どちらにしろ右翼の女なんてものは存在しないし、いたとしても落下傘兵〔アルジェリア独立戦争時、独立派を鎮圧〕と寝るものだ。この作品はまったくの無意味だった。さっそくごみ箱に捨ててやった。やはりぼくは〈人道派左翼〉のポジションを守るべきなんだ、一発やれるチャンスはそこにしかないと自分でもよくわかっていた。レスキュリアルのテラス席に腰を下ろした。ペニスは熱く膨らんで、痛みを持っていた。ビールを二杯飲み、歩いて家まで戻った。セーヌ川を渡りながら、アジーラのことを思い出した。一年生のクラスにいるアラブ系移民の女の子で、とても美しく繊細な子だった。まじめな優等生で、一年飛び級していた。賢そうな、そして優しそうな顔立ちをし、人を馬鹿にしたところは少しもなかった。いい成績を収めたいと強く望んでいることがまざまざと見て取れた。こういう女の子というのはしばしば、けだものや人殺しのあいだで暮らしているもので、少し優しく接してやるだけでいいんだ。またしてもぼくは本気でそう信じ始めた。それからの二週間、彼女に当てて、黒板に来させるようにした。彼女はこちらの眼差しに応え、奇妙に思っている様子はなかった。急がなくちゃならなかった、もう六月初めだったから。彼女が自分の席に戻っていくときには、ジーパンにぴっちりと包まれたその可愛いお尻を眺めた。ぞっこんになってしまって、娼婦通いもぱたりとやめた。彼女の柔らかく長い黒髪に自分のペニスを差し込むところを想像した。彼女の作文を読みながらマスをかいたことさえあった。

六月十一日金曜日、彼女は黒いミニスカートを穿いて登校してきた。授業は六時に終わった。彼女は最前列に座っていた。彼女が机の下の脚を組みかえたりすると、ぼくはもう気が遠くなりそうだった。隣には太った金髪娘が座っていたけれど、ベルが鳴るとすぐに出ていった。ぼくは立ち上がり、片手を彼女のバインダーの上に置いた。彼女は座ったままで、急いでいる様子は少しもなかった。生徒はみんな出ていってしまい、教室には静けさが戻った。ぼくは彼女のバインダーを持って、ノートを拾い読みしてみたりした。「リ、メ、ン、バー……地獄……」彼女の隣に腰を下ろし、バインダーを机に戻した。でもどうしても口をきくことができなかった。そうやってぼくらは黙り込んだまま、少なくとも一分間はそのままでいた。彼女の大きな黒い目を幾度ものぞき込んだ。それと同時にどんなかすかな体の動きにも注意を払い、かすかな胸のおののきも見逃さなかった。彼女は半ばこちらを向いて、足を半開きにしていた。続いてやった動作について、自分がやったという記憶がないんだ。半分無意識の動作という感じだった。気がつくと自分の左手の下に彼女のももを感じ、視野が曇り、カロリーヌ・イエサヤンの姿がふたたび現れ、ぼくは突然恥ずかしさでいたたまれなくなった。同じあやまち、まったく同じあやまちを二十年たってまた繰り返したんだ。カロリーヌ・イエサヤンが二十年前そうしたと同じように、彼女もしばらく何もせずにいて、顔を少し赤らめた。それからそっとぼくの手を退けた。でも席を立たず、出て行こうとはしなかった。柵のはまった窓越しに女の子が一人校庭を渡って、駅に急ぐのが見えた。ぼくは右手でズボンのジッパーを下ろした。彼女は目を見開き、ぼくの一物をじっと見つめた。彼女の両目からは熱い波動が出ていて、その目の力だけでぼくは快感を得られただろうと思う。同時に、彼女が何か行動を起こしさえすれば、合意の行為ということになるなとも感じていた。ぼくは右手を彼女の手の方に近づけたが、最後までいく勇気が出なかった。哀願するようなしぐさで自分の一物をつかみ、彼女の方へ傾けた。彼女は笑い出した。マスターベーションを始めながら、ぼくもまた笑い声を上げたと思う。こちらが笑いながらマスをかき続けるのを尻目に、彼女は道具を片づけ、席を立って出ていった。戸口でこちらを振り返り、最後にもう一度ぼくを見た。ぼくは射精し、もう何も目に入らなかった。戸の閉まる音と、彼女が去っていく足音が聞えただけだった。巨大なドラの一撃を食わされたみたいに頭がぼうっとした。だが何とか駅からアズレーに電話した。帰りの列車や地下鉄でどうしていたかについてはまったく記憶がない。アズレーは八時に診察してくれた。ぼくはがたがたと震えが止まらなくなっていた。アズレーはすぐに鎮静剤を注射した。

サン＝タンヌ病院で三泊し、それからヴェリエール＝ル＝ビュイソン〔パリの南エソンヌ県の町〕にある文部省の精神科クリニックに移された。アズレーは明らかに不安そうな様子だった。この年、マスコミは子供を追いかける変態についてさんざん書き立てていて、「変態を痛めつけろ」というのが合言葉になっているみたいだった。すべては年寄りに対する憎悪、年をとることに対する憎悪と嫌悪によるもので、それが国家あげての大義になりつつあったんだ。彼女は十五歳、ぼくは教師、彼女に対する権限を乱用したわけだ。しかも相手はアラブ系移民の子ときている。つまり免職、さらにはリンチの格好の材料だ。二週間後、アズレーは少し安心したようだった。学期末になり、アジーラは明らかに誰にも話していなかった。一件はよりお決まりのパターンに落ちついた。鬱の教師、自殺願望も示す、精神状態を立て直す必要あり……。不可解なのは、モー高校がとりわけきつい学校として通っていたわけではない点だった。しかしアズレーは子供時代のトラウマが高校に戻ることによって刺激されたのだと主張した。実にうまく切り抜けてくれたわけだ。

そのクリニックには六カ月ちょっと入院していた。父が何度か見舞いにきたが、どんどん優しくなり、疲労の色が濃くなっている気がした。神経弛緩薬をたらふく詰めこまれているせいで、性的欲望を少しも感じなくなっていた。でもときどき看護婦たちが抱きしめてくれた。看護婦にしがみついたまま、ぼくは一、二分じっと動かず、それからまた横になった。これがぼくにはたいそういい効果を与えたので、主任精神科医は看護婦たちに、特に異議がなければ続けてやってもらえないかと頼んだ。主任はアズレーがすべてを話してはいないのではないかと感じていた。しかし精神分裂病患者や危険な譫妄性患者など、もっと重大な患者が他にたくさんいたので、ぼくのことにそうかまっている暇はなかった。ぼくに主治医がついているということ、それが彼にとっては一番大事だったのだ。

もちろん教壇に復帰するなど問題外だった。しかし一九九一年の始め、文部省はフランス語カリキュラム委員会にぼくを再配属してくれた。労働時間や休暇に関しては教員なみに楽とはいかなかったが、給料は減らなかった。それからまもなくアンヌと離婚した。生活費を払うこと、そして子供を交互に預かることといったよくある取り決めで合意が成り立った。どっちにしろ弁護士たちは選択の余地を与えてくれない。実際のところそれが典型的契約なんだ。待っている人たちの列から、最初にわれわれが呼び出され、裁判官が早口に書状を読み上げて、離婚手続きは結局全部で十五分もかからなかった。裁判所の階段を一緒に下りていったとき、正午少し過ぎだった。三月初めのことだった。ぼくは三十五歳になったばかり。人生の第一部が終わったんだと、自分でもわかっていた。」

ブリュノは言葉を切った。今では完全に夜になっていた。彼もクリスチヤーヌも服は着ていなかった。彼は彼女の方に目を上げた。すると彼女はある驚くべきことをした。彼に近寄り、彼の首に腕を回し、両頰にくちづけをしたのである。

「それから数年は、何事もなく過ぎた」とブリュノは静かに続けた。「頭髪の移植手術をしたが、うまくいった。父の知り合いにやってもらったんだ。アスレチック・クラブにも通い続けた。夏休みにはヌーヴェル・フロンチエールやもう一度地中海クラブを試したり、UCPA〔フランス屋外スポーツ連盟〕に参加したりした。女性との出会いもあることはあったが、ごくまれだった。一般にぼくと同年輩の女性には、もうあまりセックスへの欲求がないんだ。彼女たちはそうじゃないと言い張っているし、確かに感動や情熱、欲望を取り戻したいと思うこともたまにはあるんだろう。でもぼくには相手にそういう気持ちをかき立てることができなかった。今までに、きみみたいな女性に出会ったことはないんだよ。きみみたいな女性がいてくれるなんて、期待すらしなかった。」

「きっと……」と彼女が少しかすれた声で言った。「他人に対してもう少しだけ寛容になるべきなのよ。誰かが率先して始めなければ。もしわたしがその移民の娘だったら、どういう態度を取っていたかはわからない。でもそのころだってあなたにはどこか、同情しちゃうようなところがあったはずだと思うな。だからきっと、あなたの好きなことをさせてあげただろうって思う。」彼女はまた横になり、頭をブリュノのもののあいだに差し込み、睾丸を舌先で幾度かつついた。「何か食べたくなっちゃった……」と彼女は突然言った。「もう夜中の二時だけど、ここはパリなんだから何とかなるでしょう？」

「もちろん。」

「今ここでいかせてあげようか、それともタクシーの中でしごくほうがいい？」

「いや、今頼むよ。」

15 マクミランの仮説

彼らはタクシーを拾ってレ・アルに出、一晩中開いているブラスリーに入った。アントレにブリュノはロールモップス〔白ワイン漬にした巻きニシン〕を取った。今や何だって実現できるぞとブリュノは考えた。しかしすぐ、それは誇張であると思い直した。確かに彼の頭の中には、豊かな可能性がなお渦巻いていた。自分がドブネズミや、食卓の上の塩入れや、あるいはエネルギー場であると想像することだってできた。だが実際には、彼の体は緩慢な破壊の過程を歩みつつあった。クリスチヤーヌの体についても同様だった。夜は規則正しくめぐってくるにしても、二人のばらばらな肉体のうちに個人の意識は最後まで残るだろう。いずれにせよロールモップスは何の解決ももたらさない。そしてウイキョウ添えのスズキもまた力を貸してはくれない。クリスチヤーヌは途方に暮れたような、どこか謎めいた様子で黙りこくっていた。二人は一緒にモンベリアール産手作りソーセージ入りの特製シュークルートを食べた。快感を味わわせてもらった直後の心楽しく満ち足りた状態で、愛情と官能に浸りながら、ブリュノは束の間、自分の職業上の問題について、次のように要約しうる事柄を思いめぐらせた。

「理系学生のフランス語教育において、ポール・ヴァレリーはどんな役割を演じるべきなのか？」シュークルートを食べ終わり、ミュンスター〔白ワイン〕を注文してから、彼はどちらかと言えばこう答えたい気分になった――「いかなる役割も演じられない。」

「ぼくは何の役にも立っていないんだ。」ブリュノは諦めたような口調で言った。「ブタを飼育することもできない。ソーセージの作り方も、フォークの作り方も、携帯電話の作り方もからきしわからない。身のまわりにあって、自分でも使ったり、食べたりしているものを自分で作り出すことができないんだ。製造過程を理解することすらできない。もし製造業がストップして、専門のエンジニアや技術者がいなくなってしまうようなことがあれば、ぼくには何一つ再スタートさせられない。経済、産業部門の外にいるぼくには、自分自身の命を永らえさせることさえできないだろう。食べる物、着る物をどうやって手に入れるか、雨風をどうやってしのげばいいかもわからないんだから。ぼくの個人的な技術レベルは、ネアンデルタール人にはるかに劣るものなんだ。周囲の社会に完全に依存しきっているのに、社会にとってはほぼ無用の存在。ぼくにできることは、時代遅れの文化的事柄について怪しげな解説をつけることのみ。それでもちゃんと給料をもらっているんだ、しかも平均よりはるかにいい高額の給料をね。まわりにいる連中はみんなそうさ。結局、知り合いで役に立っている人間は、ぼくの弟だけだ。」

「弟さんがいったいどんな素晴らしいことをしてるって言うの。」

ブリュノは少し考え、皿の上のチーズをもてあそびながら、できるだけ印象的な答えを探そうとした。

「新種の雌牛を作り出したんだ。まあこれは一例だけど、あいつの仕事によって遺伝子操作による雌牛が誕生したんだよ。乳がよく出て栄養的にも優れた雌牛がね。あいつは世界を変えた。僕は何もせず、何も作り出していない。世界に何一つもたらしてはいない。」

「悪いことをしたわけじゃないんだから……。」クリスチヤーヌは表情を曇らせ、アイスクリームをさっさと片づけた。一九七六年七月、彼女はディ・メオラの土地で二週間すごしたことがあった。ヴァントゥーの斜面にある、前年ブリュノがアナベル、ミシェルと一緒に出かけたのと同じ場所だった。この夏彼女がその話をしたとき、二人は偶然の一致に驚いた。彼女はただちに、胸をえぐるような無念さに襲われた。もし二人が一九七六年に出会っていたなら、そのころ彼は二十歳、彼女は十六歳、彼らの人生はまったく違っていただろうにと考えたのである。それは彼女にとって、自分が恋に落ちつつあることの最初のしるしだった。

「結局」とクリスチヤーヌが口を開いた。「偶然の一致ではあったけど、でも十分な一致じゃなかったんだわ。うちの馬鹿な両親は五〇年代ビートニックと呼ばれたような、解放を唱える連中の仲間だったの。あなたのお母さんと同じように。親同士、知り合いだった可能性だってある。そんなこと聞いてみる気にもならないけど。ああいう連中をわたしは軽蔑しているの。憎んでいるとさえ言える。あいつらは悪の権化、悪を生み出した連中よ。わたしにはよくわかっているんだから。七六年の夏のことはよく覚えている。ディ・メオラはわたしが着いた二週間後に死んだわ。ガンが全身に転移していて、もう何事にも本当には関心がない様子だった。それでもわたしを引っかけようとした。そのころわたし、けっこうきれいだったから。でもしつこくはなかった。もう体の痛みが始まっていたんだと思う。二十年来あいつは、若い女の子をものにするために老賢者の喜劇を演じ続けてきたのよ、霊的なイニシエーションだのなんだのって。その役割を最後まで演じ切ったことは認めなければならないわね。わたしが着いて二週間後に、あいつは毒薬を飲んだの。数時間後に効き目の表われるような、ゆっくりときく薬を。それからそこにきていた訪問者みんなを招いて、各自に何分かずつ割いたのよ。「ソクラテスの死」ってわけよね。まず最初の話題はプラトンやウパニシャッド、老子といった、要するにお決まりの御託を並べたてた。それからオルダス・ハックスレーについてもたっぷりと話して、ご存知のとおり彼とは知り合いだったんだがというわけで、お互いどんな話をしたかを披露してみせた。きっと少しばかり尾ひれをつけた話だったと思うけど、まあ何しろ死んでいく人だから。自分の番がきたとき、わたしはかなり感激してたんだけど、あいつ、ブラウスの前を開いて見せろと言ったの。わたしの胸を見て、何か言おうとしたけれどわたしにはよくわからなかった、ろれつが回らなくなっていたから。突然椅子から立ち上がると、両手をわたしの胸めがけて伸ばした。わたしは逆らわずにいた。一瞬顔をわたしの胸に埋めてから、またどしんと腰を下ろした。両手はぶるぶる震えていたわ。もう出て行けと頭で合図した。その眼差しにはどんな霊的イニシエーションも、どんな知恵も読み取れなかった。そこに読み取れたのは、ただ恐怖心だけ。

夜がとっぷり暮れたころあいつは死んだ。火葬用の薪を丘の頂上に積み上げるようにというのが彼の命令だった。みんなで枝を集めてきて、それから儀式が始まったわ。火葬用の薪に火をともしたのは息子のダヴィッドだったんだけど、目が何だか妙な具合に光ってた。ダヴィッドのことは何も知らなかった。ロックをやってるということだけ。あの人の取り巻きは刺青に革ジャン姿のアメリカ人ライダーたちとか、何だかおっかなそうな連中だった。わたしは友だちの女の子と二人で来てたんだけど、暗くなるにつれてだんだん怖くなってきちゃった。

タムタムを叩く人たちが火の前に集まり、ゆっくりと、重々しいリズムを叩き始めた。参加者たちは踊り始め、火がとても熱かったから、みんないつものように服を脱ぎ始めてね。ちゃんとした火葬をやるには、お香と白檀がいるのよ。あのときはただ枯れ枝を拾ってきただけで、そこにきっとその辺の草も混じっていたと思う――タイム、ローズマリー、トウバナ〔いずれも香辛料として用いる〕。だから三十分もたつとバーベキューそのものの匂いがし始めた。そう言い出したのはダヴィッドの仲間だった――革のベストを着て、油っぽい長髪、前歯が何本か欠けていた。もう一人のヒッピー風の男が、原始的種族の多くでは死んだ長老の肉を食うのがきわめて大事な絆の儀式になっているんだと説明した。歯の抜けた男は首を振ってにやにや笑い始めた。ダヴィッドが二人に近寄っていって議論が始まったの。彼は素っ裸になっていて、炎の光を浴びて本当にきれいだった——筋肉を鍛えていたんだと思う。何だかとんでもないことになりそうだという気がしたから、急いで寝にいったわ。

少し後で大雨になったの。どうしてかはわからないけど、もう一度起き出して焚き火のところに戻ったわ。まだ三十人くらいが残っていて、雨の中で素っ裸で踊っていた。一人の男がわたしの肩を乱暴につかんで焚き火のところまで連れていき、死体の残骸を無理やり見せたの。頭蓋骨の目のところがうつろだった。体は完全に燃え尽きてはいなくて、土と混ざり合って泥の塊みたいになっていた。わたしが叫び出すと、男は手を離し、何とか逃げ出すことができた。友だちと一緒に翌日そこを出たわ。あいつらのことはその後二度と聞いたことがない。」

「『パリ・マッチ』の記事は読まなかったの?」

「ええ……。」クリスチヤーヌはぎょっとして体を震わせた。ブリュノは口をつぐみ、コーヒーを二つ注文してから話を続けた。何年ものあいだ彼は人生についてシニカルで乱暴な、典型的に男性的な観念を育んできた。世界は鎖された戦場であり、けだものたちが蠢いている。すべては固く閉じた地平によって囲い込まれている——目にははっきりと見えるものの近寄りがたい、精神的掟という地平によって。しかしながら愛が掟を和らげ、それによって掟を実現することもまた確かなのである。クリスチヤーヌは彼に思いやり深い優しい眼差しを投げかけた。その目には少し疲れが表われていた。

「あまりにもおぞましい話だから」とブリュノはうんざりした口調でふたたび話し出した。「マスコミがそれほど話題にしないのが意外だったよ。今から五年前、ロサンジェルスで裁判が行われたんだけれど、まだそのころは悪魔主義のセクトというのがヨーロッパでは目新しい話題だったんだな。ダヴィッド・ディ・メオラは十二人の容疑者の一人だった——僕は彼の名前にすぐ気がついた。記事によれば、ダヴィッドはブラジルに逃亡したのではないかと推測されていた。彼に対する容疑は抜き差しならないものだった。彼の自宅で、殺人や拷問を写したビデオが何百本と見つかったのさ、丹念に整理され、ラベルを貼られて。そのうちの何本かには、彼の顔がはっきりと映っていた。公判の際に上映されたビデオは、メアリー・マック・ナラハンという老女とその孫娘の乳児を拷問しているところを撮影したものだった。ディ・メオラはニッパーを使って祖母の前で乳児の手足を切断していき、それから祖母の片目を指で抉り出してから血まみれのその眼窩を用いてマスターベーションをした。同時に彼はキャメラをリモコンで操作し、自分の顔にズームアップした。祖母は鉄製の首輪をはめられて身動きできないよう壁際に縛りつけられていた。ガレージのような場所らしかった。ビデオは四十五分間続いたが、全部を見たのは警察だけであり、十分たったところで陪審員たちは映写をストップするよう求めた。

「パリ・マッチ」に載った記事は大部分が、「ニューズウィーク」に掲載されたカリフォルニア州検事ダニエル・マクミランのインタビューの翻訳だった。検事によれば、裁かれるべきは一つのグループのみならず社会の全体だった。つまりこれは、五〇年代末以来アメリカ社会がはまりこんだ社会的退廃を示す徴候的事件だというんだ。判事は彼に幾度も、起訴状にある事実の枠をはみ出さないようにと命じた。検事がマンソン事件との類似を持ち出すのはお門違いだと判事は考えたんだ。とりわけ被告たちのうちで、ビートニックだのヒッピーだのと関係がありそうなのはディ・メオラだけだったのだから。

翌年、マクミランは『欲望から殺人へ――あるジェネレーション』と題する本を出版した。フランスでは『殺人ジェネレーション』なんていう馬鹿な題で翻訳された。この本には驚いたよ。ファンダメンタリストの宗教家が、反キリストの再来だの学校でのお祈りの再義務化だのについてお決まりの説を垂れ流しているものとばかり思っていたんだ。実際にはこれは十分な調査資料に基づく明快な書物で、数多くの事件について詳細な分析を加えている。マクミランはとりわけダヴィッドの事件に興味を寄せ、ダヴィッドの生涯をそっくりたどり直し、膨大な調査を行ったんだ。

父親が死んだ直後、一九七六年九月に、ダヴィッドは屋敷と三十ヘクタールの土地を売り払い、パリの古い建物に何百平米もの権利を買った。ヴィスコンティ通りの広々としたワンルームを自分用に取り、残りは改装して賃貸にした。広い部屋は仕切って部屋数を増やし、女中部屋をまとめて一部屋にした。そして流しとシャワーをつけた。改修工事を終えて彼はワンルーム・マンション二十部屋のオーナーとなった。それだけで十分な収入が保証されたわけだ。ロック界での成功をまだ諦めきれず、パリでチャンスをつかめるかもしれないと野心を燃やしていた。とはいえ彼はもう二十六になっていた。スタジオまわりをするにあたって、二歳さばを読むことにした。簡単なことさ、歳を聞かれたら「二十四歳」と答えればいいんだから。もちろん、調べたりする者は誰もいない。彼よりずっと前に、ブライアン・ジョーンズ〔ローリング・ストーンズの創立メンバー、ギタリスト〕も同じアイディアを実行していた。マクミランの得た証言によれば、ある晩カンヌでの〈パーティー〉の際、ダヴィッドはミック・ジャガーとすれ違った。そのときダヴィッドは、まるでマムシと顔をつき合わせたかのように、二メートルも後ろに飛びすさったという。ミック・ジャガーは当時世界最大のスターそのものだった。金持ちで、誰からもちやほやされて、シニカルで……要するにダヴィッドが夢見るすべてを備えていた。ミック・ジャガーがそんなにも魅力的だったのは、彼が悪そのものだったから、悪を完璧に象徴していたからだった。そして大衆が何よりももてはやすもの、それは罰せられずにいる悪のイメージなんだ。ある日ミック・ジャガーは権力争いの問題を抱え込んだ。グループ内部でのエゴの衝突、つまりブライアン・ジョーンズとの覇権争いだ。だがいっさいはプールで片がついた。確かにそれは公式見解ではないけれども、ミック・ジャガーがブライアン・ジョーンズをプールに突き落としたんだということをダヴィッドは知っていた。彼は自分がそうするところをありありと思い浮かべることができた。そうやって、ミック・ジャガーはこの最初の殺人のおかげで、世界最大のロック・グループのリーダーになったんだ。この世で打ち建てられる偉大なものはすべて殺人とともに始まる、ダヴィッドはそう信じ込んだ。七六年の末には、彼は必要とあれば何人でも手当たり次第にプールに投げ込んでやる覚悟ができていた。しかし続く数年間、彼はサポートのベーシストとして何枚かのアルバムに参加しただけ——それらのアルバムは何の成功も収めずに終わった。だが相変わらず女にはもてまくっていた。セックス方面では生半可なことでは満足できなくなり、同時に二人の女の子と寝るのが習慣になった——とりわけ金髪と栗毛の二人と。たいていの女の子たちは承知した——何しろ彼は本当に美しかったから——力強く、男らしく、ほとんどけだもの的な美しさなんだ。長くてぶっといペニス、毛むくじゃらのでっかい睾丸を誇っていた。挿入することには次第に関心を失っていったが、女の子たちがひざまずいて自分のペニスを吸うのを眺めるのは依然大好きだった。

一九八一年の初め、ダヴィッドはカリフォルニアからパリにやってきた男から、チャールズ・マンソンへのヘヴィ・メタル・トリビュートCDを作るためにグループを募集中という話を聞かされた。もう一度チャンスに賭けてみようと彼は決心した。購入時の約四倍にまで価格の膨れ上がったマンションをすべて売り払い、ロサンジェルスに移り住んだ。今では実際のところ三十一歳、表向きは二十九歳。アメリカのプロデューサーたちに会う前に、またも三歳さばを読むことに決めた。外見的には二十六歳で十分に通った。

CD製作は一向にはかどらなかった。刑務所の奥から、マンソンが莫大な権利金を要求していたためだ。ダヴィッドはジョギングを始め、同時に悪魔主義サークルに加わり始めた。カリフォルニアは昔から悪魔崇拝のメッカだった。最も初期のものには、一九六六年にロサンジェルスでアントン・ラヴェイによって創立された〈ファースト・チャーチ・オヴ・サタン〉や、一九六七年にサンフランシスコのヘイト・アシュベリー地区で起こった〈プロセス・チャーチ・オヴ・ザ・ファイナル・ジャッジメント〉がある。これらの集団は今なお存在するが、ダヴィッドはその連中と連絡を取ったんだ。こういう連中は普通、乱交の儀式にふけったり、せいぜい動物を生贄に捧げたりするくらいだ。だが彼らの紹介で、ダヴィッドははるかに排他的で猛烈なサークルに接近した。とりわけジョン・ディ・ジョルノという、〈堕胎パーティー〉なるものを主催する外科医と知り合ったんだ。手術後、胎児を砕き、こねまわし、パン生地と混ぜ合わせて参加者たちに供する。ダヴィッドがすぐに理解したのは、最も過激な悪魔主義者たちといえども、悪魔のことなどこれっぽちも信じてはいないということだった。彼らは彼とまったく同じ骨の髄からの物質主義者たちであり、五角星形《ペンタクル》やらロウソクやら丈の長い黒衣やらといったいささかキッチュなしきたりはさっさと捨て去っていた。そういう儀式的要素は実際のところ、もっぱら初心者に道徳的ためらいを乗り越えさせることを目的とするものだったんだ。一九八三年、ダヴィッドは初めて許され、プエルトリコの乳児に対して儀式殺人を執り行った。彼がのこぎり刃のナイフで赤ん坊を去勢するあいだに、ジョン・ディ・ジョルノは両目を抉り出し、口に入れてくちゃくちゃと嚙んだ。

そのころダヴィッドは、MTVでミック・ジャガーを見るたびに強烈な胸のうずきを覚えるとはいえ、自分が〈ロック・スター〉になる夢をほぼ捨てていた。どちらにしろ〈トリビュート・トゥ・チャールズ・マンソン〉の企画は流れてしまっていたし、自称二十八歳の彼は実際にはそれより五歳年上、自分が歳を食いすぎたと感じ始めていた。支配欲と全能幻想の果てに、彼は今や自らをナポレオンになぞらえていた。ヨーロッパに火を放ち流血を巻き起こしたこの男、イデオロギーや信仰、何らかの信念を口実にすることさえなしに何十万人もの人間の死を引き起こしたこの男をダヴィッドは崇拝していた。ヒトラーやスターリンとは異なり、ナポレオンは自分自身しか信じず、自己と他の人類とのあいだに根本的な区別を設け、他人を自らの支配欲を満足させるための単なる道具としか考えなかった。自分の血筋をさかのぼればジェノヴァ出身であることを思い出して、ダヴィッドは独裁者と自分のあいだに縁戚関係があるのではないかと想像した——夜明けに戦場を歩きまわり、何千人もの兵士が手足を斬られ腹を割かれた様を眺めながら、「これしきの人数、パリは一晩で元通りにしてくれるぞ」とこともなげにつぶやいたあの独裁者と。

何カ月かたつと、ダヴィッドと他のメンバー数名は残虐とおぞましさのうちにいよいよ浸り込んだ。ときには仮面を脱いだ上で、殺戮の現場を撮影した。メンバーの一人にビデオ業界のプロデューサーがいて、ビデオカセットの大量複製が可能だった。できのいい〈スナッフ・ムービー〉はきわめて高価に取引されるものであり、一本あたり二万ドル近い値がついた。ある晩弁護士の友人宅での乱交パーティーに招待されたダヴィッドは、屋敷の寝室にあるテレビの画面に流れているのが自分の関わったビデオであることに気がついた。一カ月前に撮影されたそのビデオの中で、彼はチェーンソーを用いて男のペニスを切断していた。すっかり興奮した彼は十二歳くらいの少女をそばに引き寄せ、椅子の前に押しつけた。少女は多少抵抗してから、彼の一物を吸い始めた。画面では、彼は四十がらみの男のももをそっと撫でながらチェーンソーを近づけていく。男は腕を十字に組んだ状態で、身動きできないように縛り上げられ、恐怖の叫びを上げていた。男のペニスをチェーンソーが切り落とそうとするそのとき、ダヴィッドは少女の口に精を放った。少女の髪をつかんで、乱暴に振り向かせ、切り落とされた血まみれのペニスが延々と映し出される画面を無理やり見せた。

ダヴィッドに関して集められた証言はそれで全部だった。警察は偶然によって、拷問ビデオのオリジナル版を差し押さえたのだけれども、ダヴィッドは事前に察知していたらしく、まんまと姿をくらましてしまった。そこからダニエル・マクミランは自説を展開する。彼が本の中で明確に述べているのは、自称悪魔主義者たちは神も悪魔も、いかなる超自然の力も信じてはいない、儀式で呪詛の言葉が用いられるのもちょっとしたエロチックな刺激を添えるためにすぎず、たちまち飽きてしまうということなんだ。実際彼らは、その師匠であるサド侯爵と同じく、根っからの物質主義者であり、神経へのより強烈な感覚を追い求めてやまない享楽者なのさ。ダニエル・マクミランによれば、六、七、八〇年代、さらには九〇年代において道徳的価値が破壊される一方になったのは、論理的かつ避けがたい帰結だったというんだ。性的快楽をきわめてしまえば、普通の道徳的制約から解放された個人が残虐趣味のより幅広い快楽に向かうのは当然だった。二世紀前、サド侯爵はそれと同じ道筋をたどった。その意味では、九〇年代の〈連続殺人犯《シリアル・キラー》〉は六〇年代〈ヒッピー〉の私生児なんだ。その両者の祖先は五〇年代ウィーンのアクショニストに見出される。芸術的パフォーマンスの美名の陰に、ニッチ、ミュール、シュヴァルツコグラーといったウィーンのアクショニストたちは動物の虐殺を公開で行ったりした。脳足りんの観客の前で動物の内臓、はらわたを抉り出し、切り裂き、手を肉や血の中に突っ込んで、罪のない動物たちの苦しみを限界にまで高めたんだ――一方、下っ端がその様子を写真に撮ったり撮影したりして、そうやって得られた成果を美術ギャラリーに展示するわけだ。ウィーンのアクショニストたちが先鞭をつけたこういうディオニソス的な獣性と悪の解放を求める意志、それを以後数十年間にわたって見出すことができる。ダニエル・マクミランによれば、一九四五年以降西欧文明に生じたそうした大変化は、力に対する野蛮な信仰への回帰にほかならず、道徳と権利の名のもとに何世紀もかかってゆっくりと築かれてきた規則の拒否にほかならないというんだ。ウィーン・アクショニスト、ビートニック、ヒッピー、シリアル・キラーはいずれも自由と解放を絶対視し、あらゆる社会的軌範、そして彼らに言わせれば道徳、感情、正義、憐れみがその典型であるあらゆる偽善に対する個人の権利を絶対的に肯定する姿勢において共通する。そうした意味においては、チャールズ・マンソンはヒッピーから逸脱した化物ではいささかもなく、むしろその論理的達成なんだ。そしてダヴィッド・ディ・メオラもまた、父親の説いた個人解放主義を受け継ぎ実践したにすぎない。マクミランは保守党員で、個人の自由に対する非難には党内からもこれを問題視する声が出た。しかし彼の本にはかなりのインパクトがあった。印税で富を築いたマクミランは、本格的に政治に乗り出した。翌年、彼は下院議員に選ばれたんだ。」

ブリュノは口をつぐんだ。コーヒーはとうに飲み終えており、時刻は朝四時、店内にウィーン・アクショニストの姿は見当たらなかった。実際のところヘルマン・ニッチは現在、未成年者に対する強姦の罪でオーストリアの監獄につながれていた。この男はすでに六十歳を越えており、遠からず死ぬであろうことが期待された。こうして、この世から悪の源が一つ消えるのである。そのことに苛立つ理由はいささかもなかった。店内はすっかり静かになっていた。ボーイが一人だけ、テーブルのあいだを動いていた。客は彼らだけだったが、このブラスリーは二十四時間営業で、看板にもメニューにもそう記されていた。それがいわば契約上の義務なのである。「ホモのやつら、おとなしくしてるらしいな」とブリュノは機械的に口にした。現代社会において一人の人間の暮らしは、危機の時期、自分自身に対する徹底した問い直しの時期を一度、あるいは幾度か必ずくぐるものである。従ってヨーロッパの大都市の中心部であれば、夜通し開いている店が少なくとも一軒あるのは当然だった。彼はフランボワーズ入りのバヴァロワと、キルシュ酒二杯を注文した。クリスチヤーヌは彼の話に注意深く耳を傾けていた。彼女の沈黙には何か痛ましいところがあった。今や単純な快楽に戻るべきときだった。

16　よき意志の美学のために

「暁が現れるとすぐ、少女たちは薔薇を摘みに行く。無垢の流れが小さな谷や首都の数々を駆けめぐり、この上なく熱狂的な詩人の知性を救い、ゆりかごには保護を、青春には王冠を、老人たちには不死への確信を降りかからせる。」

ロートレアモン『ポエジーII』

ブリュノがその一生においてつきあう機会を得た人物たちは、その大半がもっぱら快楽追求の意志によって突き動かされていた――もちろん、快楽という概念のうちに、他者からの評価や賞賛と緊密に結びついたナルシシズム的満足を含めての話だが。人生と呼ばれる多種多様な戦略はこうして打ち建てられるのだ。

この規則に例外をなすものとして、彼の異父弟のケースを考えるべきだろう。快楽という言葉自体、彼には結びつけにくいものだった。実際のところ、ミシェルは何かに突き動かされてなどいただろうか？　等速度直線運動は摩擦あるいは外部からの力の介入がないかぎり際限なく継続される。秩序正しく、合理的で、社会的には上層部中央に位置するミシェルの生活は、これまでのところ摩擦なしに経過しているようだった。分子生物物理学者の閉ざされた領域内に、外からはうかがい知れない恐るべき権力闘争が展開されているという可能性がないわけではない。しかしブリュノにはそうは思えなかった。

「あなたの人生観はとても暗いのね……」とクリスチヤーヌは、沈黙が重苦しく感じられ始めたときに口を開いた。「ニーチェ的なんだよ」とブリュノは注釈した。「低俗ニーチェ主義というべきかな。」そう付け加えた方がいいとブリュノは考え直した。「詩を一つ読んであげよう。」ポケットから手帳を取り出すと、次の詩を朗読し始めた。

　　永劫回帰だの何だの、
　相変わらずのくだらないたわごとばかり。
　そして僕はフルーツ・パフェを食す
　ツァラトゥストラのテラスにて。

「どうしたらいいかはわかってる」と彼女はまたしばらく間を置いてから言った。「アグド岬のヌーディスト地区に出かけて、乱交パーティーに加わるのよ。オランダの看護婦とか、ドイツの公務員とか、ちゃんとしたブルジョワの人たち、北方の国やベネルクスからきた人たちが多いの。ルクセンブルクのおまわりさんたちと乱交するっていうのはどう？」

「僕の夏休みはもう終わったんだよ。」

「わたしだって、火曜日から新学期。でもまだ休み足りない。授業なんてもううんざり。生徒は馬鹿ばっかりで。あなただってまだ休みが必要よ、そしていっぱいいろんな女を相手に楽しむ必要があるわ。やろうと思えばできる。信じられないかもしれないけど、その気になればやれることは保証する。医者の友だちがいるの。その人に頼んで、病気診断書を作ってもらいましょう。」


彼らは月曜の朝、アグド駅に到着し、タクシーでヌーディスト地区に向かった。クリスチャーヌはほとんど手ぶら同然だった。ノワイヨンに戻る時間がなかったのである。「息子にお金を送ってやらなきゃならないわ」と彼女は言った。「向こうはこっちを馬鹿にしてるけど、でもまだ数年はあの子に耐えていかなきゃならない。ただ、暴力を振るうようになるんじゃないかと思って、それだけが怖いの。本当にいやな連中と付き合ってるから。イスラム教徒とか、ネオナチとか……。あの子がもしオートバイ事故で死んだら、つらいことはつらいけど、でも自由になったという気がすると思う。」

すでに九月に入っており、彼らは簡単に宿を見つけられた。アグド岬のヌーディスト施設は、七〇年代から八〇年代初頭にかけて建てられた五棟の建物からなっており、全部を合わせて一万人の宿泊客を収容することができた。これは世界記録である。二人の泊まった部屋は二十二平米の広さで、ソファベッドのある寝室兼居間に、小さなキッチン、二段式簡易ベッド、シャワー室、トイレがついていた。最大限四人まで泊まれて、夫婦に子供二人というのが標準的な宿泊客だった。彼らはすぐさま居心地のよさを実感した。西向きのバルコニーはヨットハーバーに面していて、夕陽を眺めながらアペリチフを楽しむことができた。

三つのショッピング街、ミニゴルフ場と貸し自転車も備えてはいたが、アグド岬のヌーディスト地区が夏休み客を惹きつける第一の要素は、海水浴場とセックスというより基本的な楽しみであった。つまりこのヌーディスト地区は社会学的に見て独特な提言の場なのであるが、前もっていかなる憲章を定めることもなく、個々人の意志がたまたま一致したことを出発点として発足した場所であるだけに、それはひときわ驚くべきことと思えるのだった。少なくともブリュノは、二週間に及ぶ自らの滞在を総括した「マルセイヤン＝プラージュの砂丘——善意の美学のために」と題する文章の冒頭にそう記したのである。その文章は『エスプリ』誌にあと一歩のところで掲載を拒まれた。

「アグド岬にやってきてまず驚かされるのは」とブリュノは記している。「ヨーロッパの海水浴場ならばどこでも出会うありきたりな飲食店と、放蕩およびセックスを明らかに目的とする別種の店とが共存していることである。たとえばパン屋やスーパーと並んで、すけすけの超ミニやラテックスの下着、胸や尻がむき出しになるデザインのドレスなどを取り揃えた衣料品店が店を開いているのには一驚を禁じえない。同様に、子供連れ、あるいは子供のいない女性やカップルが、そうした店を普通の顔をして冷やかして歩いているのも驚くべき光景である。さらには、浜辺に店を出している新聞スタンドが普通の新聞、雑誌類に加えて、スワッピングやポルノ関係の雑誌を大量に取り揃え、大人のおもちゃ各種と合わせて並べながら、客はそれを見て少しも動揺を示さないというのもまた驚きである。

古典的なヴァカンス施設は、〈家族〉型（ミニ・クラブ、キッズ・クラブ、哺乳瓶温め器、おしめ取替え用テーブル）から〈若者〉型（サーフィン、夜更かし族のためのパーティー、十二歳以下お断り）にいたる軸に沿って分類されうる。大半が家族ぐるみの参加者であること、通常の〈ナンパ〉とは異なる種類の性的遊戯が重要な要素であることによって、アグド岬のヌーディスト地区はそうした二極構造から大きく外れている。それはまた、訪れる者にとっては驚きなのだが、伝統的なヌーディスト村とも一線を画す。伝統的なヌーディスト村の場合、重点は健全な裸体というコンセプトにおかれ、直接に性的な解釈はいっさい除外される。自然食がもてはやされ、タバコは事実上排除されてしまう。エコロジー的感覚がしばしば重きをなし、参加者たちはヨガ、水彩画、オリエント風体操といった活動に加わる。ところがアグド岬を訪れた者を迎えるのは、一般的な避暑地のレベルを優に満たす快適な宿泊施設である。自然はもっぱら、芝生や咲き乱れる花々というかたちをとって表われる。そしてレストランも普通どおりのもので、ピザ専門店と魚介類専門店、フライドポテト屋とアイスクリーム屋が並んでいる。裸自体、そこではいわば別の性格を帯びている。伝統的なヌーディスト村では、天候さえ許すならつねに裸でいることが要求される。それは厳重な監視下に置かれた義務であり、同時にまたのぞき行為に類するふるまいはすべて厳しく非難される。アグド岬では反対に、スーパーであれバーであれ、全裸からきちんとした服装にいたるまで、あからさまにエロチックな狙いをもった装い（網状のミニスカート、下着、ものの付け根まででくるレザーブーツ）も含めてありとあらゆる格好が平和に共存している。しかものぞき趣味は暗黙のうちに認められている。浜辺で男たちが、むき出しの女性性器の前でたたずむ姿がよく見られる。より秘密の部分まで視線に提供しようと、陰毛を剃ってクリトリスや大陰唇が見えやすいようにする女たちも多い。こうした一切のおかげで、誰も施設の催しに参加しているわけではないのに、あるきわめて特異な雰囲気がかもし出されるのだ。それはイタリア風ディスコのエロチックかつナルシシズム的な雰囲気からも、大都市の風俗地区に固有のいかがわしいムードからも遠いものである。要するに、古典的スタイルの、どちらかといえばむしろのんびりとした海水浴場でありながら、セックスの快楽がここでは重要な地位を与えられているのだ。それはいわば〈社会民主主義〉的なセックス環境であるとも言えようが、事実、外国から大挙して訪れる客の多くはドイツ人であり、またオランダおよびスカンジナビア諸国から訪れる客の比率も高い。」

二日目にはもう、ブリュノとクリスチヤーヌは浜辺でルディとハネローレというカップルと知り合いになり、この場所が社会学的にいかに機能しているのかをよりよく理解できるようになった。ルディは衛星誘導センターに勤める技術者で、とりわけ静止軌道上の通信衛星アストラの位置操作を担当していた。ハネローレはハンブルクの大型書店に勤めていた。十数年来アグド岬に通っている二人には、まだ幼い子供が二人いたが、今年は子供たちをハネローレの両親に預け、二人だけで一週間過ごしにきたのだった。知り合ったその晩、彼らは四人で、ブイヤベースが売り物の魚料理専門レストランで一緒に食事した。それからドイツ人カップルのアパルトマンに行き、ブリュノとルディはハネローレを順番に貫通し、一方ハネローレはクリスチヤーヌの性器を舐めた。次いで女二人の位置を交代させた。それからハネローレはブリュノにフェラチオを施した。彼女は豊満でしかも引き締った非常に美しい肉体の持ち主で、トレーニングで鍛えているらしかった。しかも吸い方がとても繊細だった。状況に興奮したブリュノは、残念ながら早く行きすぎてしまった。より経験に長けたルディは二十分間射精をこらえ、その間ハネローレとクリスチヤーヌは一緒になって彼の一物を吸い、亀頭の上で親しげに舌を絡み合わせた。ハネローレはその晩の仕上げにキルシュ酒を一杯ふるまった。

　中心部にあるカップル向けディスコ二軒は、ドイツ人カップルの快楽的生活にとっては実際のところさしたる役割を演じてはいなかった。〈クレオパトラ〉と〈アブソリュ〉の二軒は、マルセイヤン村内、ヌーディスト地区の外にある〈エクスタジア〉に客を奪われていた。〈エクスタジア〉は堂々たる設備を誇っており（ブラック・ルーム、ピープ・ルーム、温水プール、ジャグジーバス、そしてラングドック＝ルション地方でもっとも見事なミラー・ルームも最近設えられた）、七〇年代初頭に勝ち得た栄光に甘んずることなく、土地の魅力も手伝って、「伝説的クラブ」の地位を保っていた。しかしながらハネローレとルディは、明日は〈クレオパトラ〉に行こうと提案したのだった。こぢんまりとして、温かみのある居心地のよさが特徴の〈クレオパトラ〉の方が初心者カップルが第一歩を踏み出すにはふさわしいだろうというのである。しかも店はこの地区のど真ん中にあるときている。食後、友だち同士気取らずに一杯やるにはもってこいだった。女性たちにとっては、感じのいい雰囲気の中で買ったばかりのセクシーな服を試す機会でもあった。

　ルディがキルシュ酒のびんをまわしてお代りを勧めた。四人の誰一人として服を着ようとする者はいなかった。ブリュノは、ハネローレの唇で舐められて昇天してから一時間とたたないうちに自分がまた勃起しているのに気づいて恍惚となった。彼はそのことをいかにも素朴な感動を込めて口にした。クリスチヤーヌはいたく心動かされて、友だちになったばかりのカップルが優しく見守る中、彼の一物をしごきにかかった。しまいにはハネローレも彼の股間にうずくまり、性器をぺろぺろと舐めた。クリスチャーヌはしごき続けた。ほろ酔い気分のルディは「グート……グート……」と機械的に繰り返していた。別れたときみんなは半ば酔っ払っていたが、すこぶる上機嫌だった。ブリュノはクリスチャーヌに「五人のクラブ」の話をし、きみは昔から抱いてきたクロード〔人気読み物『五人のクラブ』に登場するリーダー役の活発な少女〕のイメージにぴったりなんだと打ち明けた。あとは忠犬ダゴさえいれば完璧だ。

翌日の午後、彼らは一緒に浜辺に出かけた。快晴で、九月としてはとても暑い日だった。四人揃って水際を素っ裸で歩くのは何て気持ちいいんだとブリュノは思った。もはや何の対立もなく、セックス問題はすでに解決済みなんだとわかっているのは何て気持ちがいいんだ。めいめいが可能な限り、他人の快楽のために力を尽くしてくれるというのは何て気持ちがいいんだ。

のべ三キロに及ぶアグド岬のヌーディスト海岸は遠浅で、年端の行かない子供にとっても危険のない海水浴場だった。その大部分は家族用、そしてスポーツ用（ウィンド・サーフィン、バドミントン、凧あげ）とされている。ルディによれば、快楽を求めるカップルは浜辺の東側、マルセイヤンの軽食堂の少し向こうに集まることになっていた。柵で補強した砂丘はそのあたりで少し隆起している。その高みに立つと、一方には海に向かってなだらかに下りていく浜辺、他方には砂丘や平原からなる、そこここにヒイラギカシが植わったでこぼこの地帯が見渡せる。四人は浜辺側、隆起した砂丘のふもとに落ち着いた。限られたスペースに二百人ほどのカップルがひしめいていた。男だけできた人々もカップルたちに混じってたむろしていた。砂丘をよじのぼり、双方向を交互に見渡している人々もいた。

「滞在した二週間、われわれは毎日午後になると浜辺に出かけていった」とブリュノは文章の続きで記している。「もちろん人は死ぬものであり、死を見越してこの世の快楽に厳しい目を向けることもできよう。そうした極端な立場を退ける限りにおいて、マルセイヤン＝プラージュの砂丘は——私が示したいのはまさにこの点なのだが——、耐えがたい精神的苦痛を誰にも引き起こすことなく各自の快楽を最大限に伸ばすことをめざす、ヒューマニズム的提言の場として申し分のないものである。性的快楽（人間が知りうるもっとも強烈な快楽）は本質的に触覚に基づくもので、とりわけクラウゼ小体に覆われた表皮の特定ゾーンに適度の興奮が与えられることによって生ずる。クラウゼ小体はニューロンとつながっており、ニューロンが視床下部に働きかけて大量のエンドルフィンを放出させる。この単純なシステムに重なるようにして、新皮質内では幾世代にもわたる文化的蓄積を背景として、〈幻想〉や（主として女性の場合だが）〈愛情〉に訴えかけるより豊かな精神的構築がなされる。マルセイヤン＝プラージュの砂丘は——少なくとも私見によれば——幻想をむやみに激化させる場としてではなく、反対に性的問題のバランスを取り戻させる装置、正常な状態の回復をうながす——もっぱら〈善意〉の原理に則った——試みの媒介地帯とみなされるべきである。具体的に述べれば、砂丘と水辺のあいだの空間に集まったカップルは、おおっぴらに性戯を繰り広げることができる。女性が男性の一物をしごき、舐め、あるいはまた男性が女性に同様のことをしてみせる。近くにいるカップルはそうした戯れを熱心に眺め、もっとよく見ようと近づき、少しずつその手本に倣い始める。そうやって浜辺には、最初のカップルを起点として、性戯と淫蕩の信じがたいほど興奮をかき立てる波動がたちまちのうちに広がり出す。性的熱狂が高まる中、多くのカップルは寄り集まって集団で触り合い始める。しかしながらぜひ断っておかなければならないが、そうした接近はほとんどの場合、はっきりとした同意を与えられることが条件となっている。他人の手で触れられたくないと女性が思ったとしたら、その女性は端的に、首を横に振ることで意思表示する。そうすると男側は直ちに大げさな、ほとんどユーモラスな身振りで謝ってみせるのである。

男性参加者たちの非常な礼儀正しさがいかに驚くべきものであるかは、砂丘の向こう側、内陸部の方に踏み込んでみたときにひときわはっきりする。何しろその地帯は〈ギャング・バング〉すなわち女一人対男複数の愛好者たちの集まる場所と昔から定められているのだ。そこでもまた口火を切るのは、睦まじく愛撫し合う一組のカップルである——普通はまずフェラチオで始まる。するとたちまちカップルは、十人、あるいは二十人ほどの男たちに取り囲まれる。地面に腰を下ろし、立ち、それとも中腰になった男たちは、カップルを眺めながらマスターベーションをする。そこまでで終わりになり、カップルは最初の抱擁に戻り、観客は三々五々散っていくということもしばしばある。あるいはまた、女性が手で合図をし、他の男たちによってマスターベーションしてもらいたい、舐めてもらいたい、貫通してもらいたいという希望を明らかにすることもある。すると男たちは、われがちに先を争うこともなく、順番に向かっていく。女性がやめてほしくなったときには、これまた単に身振りで示せばいい。言葉は一切交わされない。砂丘のあいだを吹いて草をなびかせる風の音がはっきりと聞える。ときおり風がやむ。すると完全な静けさが訪れ、ただ快楽のあえぎのみがそれを乱す。

ここでは別に、アグド岬のヌーディスト地区を、フーリエのファランステールでも思わせるような牧歌的色調のもとに描き出すことが目的ではない。他の場所同様アグド岬でも、若く均整の取れた体を持つ女性や、男らしく魅力的な男性は周囲の人間を惹きつける。他の場所同様、ここでも肥満した者や、老いつつある、あるいは不器量な者はマスターベーションを余儀なくされる——ただし通常おおやけの場所からは追放されているその行為が、ここでは理解ある目で迎えられるという違いがある。何と言っても驚かされるのは、どんなポルノ映画で見られるよりもバリエーション豊かで、はるかに興奮を誘うさまざまなセックス行為が、いかなる暴力もなく、いささかも礼儀に反することなしに繰り広げられている事実である。私個人としてはここでふたたび〈社会民主主義的セクシュアリティ〉の概念を導入して、ドイツ人に恐るべき数の人命を奪った世界戦争を一世代の間を置いて二度にわたり仕掛け、しかるのち灰燼と帰した国土に強大な、輸出力を持つ経済を復興することを可能にしたのと同じ、規律と敬意に支えられた契約の思いがけない適用をそこに見たいのである。その点で、アグド岬で実施されている社会学的提案を、そうした文化的価値が昔から称揚されている国々の人たち（日本、韓国）に試してもらうとしたら興味深いことだろう。他人への敬意を抱き、形式を尊重し、契約の条項を守りさえするならば誰であれ心おきなく快楽に耽るチャンスを保証するこうした姿勢は、いずれにせよきわめて大きな説得力を有するものであるらしい。というのも、別にことさら成文化されているわけではまったくないにもかかわらず、こうした姿勢はヌーディスト地区の少数分子たち（ラングドックからきた国民戦線党員の若者、アラブ人の不良青年、リミニからきたイタリア人）のあいだにもスムーズに浸透しているからだ。」

やってきて一週間たったとき、ブリュノはそこで文章を中断した。さらに語るべきだった事柄は、もっと優しく、甘美で、不確かだった。彼らは浜辺で午後を過ごしたのち、七時ころアペリチフを一杯やりに戻るのが習慣になった。ブリュノはカンパリ、クリスチヤーヌはたいていマチーニの白。ブリュノは白塗りの壁を照らす太陽の動きに目を注いだ——室内では白、屋外ではかすかにピンクがかったその光。クリスチヤーヌが室内を裸で動きまわり、氷やオリーヴを取りに行く姿を見ているとうれしくなった。奇妙な、実に奇妙な気持ちだった。呼吸が楽になり、ときどき何分間も頭を空っぽにして何も考えず、もうあまり恐怖を感じなかった。到着後一週間たった午後、彼はクリスチヤーヌに言った。「自分が幸せだって気がするよ。」クリスチヤーヌははっとして立ち止まり、製氷皿にのばした手を震わせながら、長い溜息をついた。ブリュノは続けた。

「きみと一緒に暮らしたい。もう十分だという気がする。今までもう十分不幸だったんだ。あまりに長いあいだ。もっと後になれば病気になって、体がきかなくなり、死ぬだけだ。でも一緒にいれば最後まで幸せでいられると思う。とにかく試してみたいんだ。きみを愛していると思う。」

クリスチヤーヌは泣き出した。しばらくして、〈ネプチューン〉の魚介料理を前に、彼らは実際的に考えてみようとした。彼女は毎週末パリに出てこられる。簡単なことだ。しかしパリに配置換えしてもらうのはおそらく非常に難しかった。養育費のことを考えると、ブリュノの給料だけでは二人で暮らしていけなかった。それにクリスチヤーヌの息子もいる。こちらもまた、しばらく辛抱が必要だ。とはいえ、不可能ではなかった。何年もの歳月の末、ついに何事かが可能であると思えたのだ。

翌日ブリュノはミシェル宛に、感動のあらわに表われた短い手紙を書いた。自分は幸せだと書き、これまで互いに完全に理解し合えずにきたのが残念だと述べた。できればミシェルも、ぜひ何らかのかたちで幸せになってほしい。そしてこう署名した。「きみの兄　ブリュノより」

17

その手紙が着いたとき、ミシェルは理論上の壁に突き当たっていた。マルジュノーの仮説によれば、個人の意識はヒルベルト空間の総和として定義される、フォック空間における可能性の場になぞらえることができる。この空間は理屈の上ではシナプスの極微レベルで生ずる基本的電気現象にもとづいて構築されうる。すなわち通常の行動は場の柔軟な変形に、自由な行動はそれが破れることに対応する。だがそれはいかなるトポロジーにおいての話か？ヒルベルト空間の自然なトポロジーによって自由行動の説明が可能であるのかどうかはいささかも明白ではなかった。そう問うことに、今日、純然たるメタファーとして以上の意味があるのかどうかすら確かではないのだった。しかしながらミシェルには、新しい概念的枠組が不可欠になってきているという確信があった。毎晩パソコンを消す前に、彼はその日のうちにおおやけにされた実験結果のインターネット上でのサーチを予約した。翌朝その内容を読むたびに、今や世界じゅうどこの研究所でも、無意味な経験主義だけを頼りに、いよいよ行き当たりばったりに突き進んでいることがはっきりするのだった。何らかの結論を導くような結果は何もなく、それどころか理論的仮説の構築を可能にする結果すらまったく出ていなかった。個人の意識は、動物たちの系譜のただなかに突如として、一見いかなる理由もなしに現れた。ダーウィニズムの信奉者たちは、その無意識的合目的性の理論ゆえ、意識の出現に関してもいつもどおり自然淘汰の仮説を持ち出すだけで、何の説明にもならないのもこれまたいつもどおりのこと、まったくの神話的虚構というにすぎなかった。だがこの問題をめぐっては、人間中心主義的学説にもまったく説得力はなかった。世界は自らを眺めることのできる目、自らを理解することのできる脳を自らに与えた——それでどうだというのか？これでは問題の理解は少しも深まらない。線形動物には見られない自己意識は、〈ラセルタ・アジリス〉といったごく普通のトカゲ類においては明らかに存在している。それはどうやら中枢神経組織の存在プラスアルファに関係しているらしい。そのプラスアルファがまったく謎のままなのだった。意識の出現はいかなる解剖学的、生化学的、細胞学的データとも結びつけようがないらしかった。困った状況である。

ハイゼンベルクならどうしていただろう。ニールス・ボーアならどうしていただろう。一歩下がった地点に立って、思索すること。田園を歩き、音楽を聴くこと。新しいものは単に古いものを改変するだけでは決して生まれない。情報を情報に加えてもそれは砂山を築くに等しく、その性質上、実験の場を規定する概念的枠組によって結果は最初から見えている。今日研究者たちは、新たな角度をかつてなく必要としていた。

熱い日々があっという間に、物悲しく過ぎ去っていった。九月十五日の夜、ミシェルは常になく幸福な夢を見た。彼は蝶々と花に囲まれて馬に乗っている少女の隣にいた（目が覚めたとき、そのイメージはテレビ番組「サファイア王子《プランス・サフィール》」〔手塚治虫原作のアニメ『リボンの騎士』、フランスではこの表題で放映された〕のタイトルバックが三十年ぶりに蘇ったものだったことに気がついた——祖母の家で毎日曜日の午後に見た、実に琴線に触れる内容の連続ドラマだった）。一瞬ののち彼は、広大な谷間の平原、丈高い草の生えた原っぱを一人で歩いていた。地平線は見えず、明るいグレーの光り輝く空の下、草深い丘陵が無限に続くようだった。しかしながら彼はためらいもなく、急ぎもせずに進んでいった。足の下数メートルの地下を流れる川があり、直観に従って歩いていけば必ずやその地下の川に沿って進むことになるとわかっていた。周囲では風で草が波打っていた。

彼は二カ月前に休暇を取って以来かつてなかったくらい嬉しく、意欲あふれる気分で目覚めた。外に出て、エミール＝ゾラ大通りで曲がり、菩提樹のあいだを歩いた。一人ぼっちだったが、苦にはならなかった。アントルプルヌール通りの角で止まった。〈ゾラコロール〉はもう開店していて、アジア系の女性たちがレジに座っていた。時間はだいたい九時。ボーグルネルの高層ビル群のあいだに、不思議なほど澄んだ空がのぞいていた。何もかもは出口なしだった。きっとあの「二十歳《ヴァンタン》」誌で働く向かいの女性に話しかけてみるべきだったのかもしれない。一般誌の編集に携わり、社会のいろいろなことに詳しい女性であれば、この世界に加わるためのメカニズムを知っているはずだった。心理的な要素についても一家言あったかもしれない。きっと彼に多くを教えてくれたことだろう。彼はおおまたで、ほとんど駆け足になって戻り、彼女のアパルトマンまでの階段を一気に駆け上った。三度ほど、延々とベルを鳴らした。答えはなかった。途方に暮れた気持ちで、自分のアパルトマンに戻った。エレベーターの前に立って自問した。自分は鬱になっているのか、そもそもそんな問いに意味はあるのだろうか？　数年来、この界隈には国民戦線に対する警戒と闘いを呼びかけるポスターが増えていた。その問題に対する彼の、いずれの陣営にもくみしない極端なまでの無関心は、それ自体不安な徴候だった。人間的諸問題に対する徹底した脱備給〔精神分析用語、対象へのリビドー備給をやめること〕と解説されることの多い、いわゆる〈鬱病患者の明晰さ〉が現れるのは、まず第一に、実際のところあまり関心に値しない問題に対する興味の欠如によってである。それゆえ極端に言えば、恋に落ちた鬱病患者というのは想像可能だが、愛国主義的な鬱病患者というのはほとんどありえないのである。

　自宅の台所に戻った彼は、民主主義の当然の根拠である、人間の行為、とりわけ個人の政治的選択が、理性にもとづき自由に決定されていることに対する信頼とは、おそらく自由と予測不能性とを混同した結果なのではないかと思い当った。橋脚付近で逆巻く波の動きは構造的に予測不能である。しかしそれを〈自由〉だと言う者はいないだろう。彼は白ワインを一杯注ぎ、カーテンを閉めて横になり、考えに耽った。カオス理論の方程式においては、その式自体が成り立つ物理的環境についていささかも言及されていない。そうした遍在性ゆえに、カオス理論は水力学においても集団遺伝学においても、あるいは気象学やグループ社会学においても適用されうるのだ。形態論的モデル化という面で威力を発揮するのは確かだが、先の見通しを立てる役にはほとんど立たない。反対に、量子力学の方程式は原子物理学的システムの動きを予言することができ、物質的存在論への回帰を断念しさえすれば、完璧に正確な予言を得ることも可能である。これら二つの理論の数学的連結を試みるのは、少なくとも現段階では時期尚早であり、ひょっとしたら不可能なのかもしれなかった。しかしながらミシェルには、人間の考えや行為を説明する上で、ニューロンおよびシナプスの網の目が広がっていく過程における受容体の形成が鍵を握っているはずだという確信があった。

　最近の研究論文が送られてきているのではないかと郵便受けに向かったミシェルは、一週間以上郵便物を見ずにいたことに気がついた。もちろん、大半は広告類だった。TMR〔高級旅行代理店〕は〈コスタ・ロマンティカ〉号の進水によって、豪華客船の旅に新たな次元を切り開くと宣言していた。その客船は〈文字通り、浮かぶ楽園〉であるとのことだった。お客様さえお望みになるなら、海の旅は以下のとおりに滑り出す。「まず、ガラス張り円天井の下、陽光のさんさんと射す大ホールへお入りください。パノラマ式エレベーターが上甲板までご案内します。舳先の大ガラス越しに眺める海は、まるで巨大スクリーンに映し出されるかのよう。」後でじっくり眺めることにして、その資料を取っておいた。上甲板を散歩し、ガラス張りの向こうの海を眺め、同じ空の下、何週間も波間に漂う……それも悪くあるまい？そのあいだに西欧は爆撃を受けて瓦解しているかもしれない。船客たちは日焼けしたつるつるの肌をして、新しい大陸に上陸するのだ。

　さしあたりは暮らしを続けなければならなかった。しかも楽しく、賢く、思慮深く暮らすことだってできる。「モノプリ最新ニュース」の最新号を開くと、モノプリは市民の味方という側面がかつてなく強調されていた。美食はプロポーションの敵という通念に対し、筆者は改めて敢然と立ち向かっていた。モノプリがその定番製品ライン、そして注意深い商品選択を通し創業以来掲げ続けてきたのは、まさに正反対の信念である。「優れたプロポーションは誰にとっても、今すぐ可能です」と筆者は大見得を切っていた。その威勢のいい、やる気満々の巻頭ページに続いて、広告冊子の残りの部分には気のきいた生活のヒントや、ためになるクイズ、「知っていると得をすること」等々が盛りこまれていた。ミシェルは自分の毎日のカロリー消費量がどれくらいになるかやってみた。この数週間、掃除も、アイロンかけも、水泳も、テニスも、セックスもしていなかった。印をつけられる活動は、座っていること、寝そべっていること、眠っていることの三つだけだった。計算してみると、必要カロリーは一日一七五〇カロリーであった。手紙から判断すると、ブリュノはたっぷりと泳ぎ、セックスをしていたらしい。そのデータを加えて計算をやり直してみる。数字は二七〇〇カロリーまではね上がった。

手紙がもう一通、クレシー＝アン＝ブリの村役場から届いていた。駐車場拡張工事に伴い、村営墓地にある墓の配置見直しが必要となり、いくつかの墓を移動しなければならなくなったのだが、その中にミシェルの祖母の墓も含まれていた。規則によれば、遺骸の移動には家族の誰か一名が立ち会う必要がある。十時半から十二時のあいだに墓地使用権係に連絡を取られたし。

18

再会

クレシー＝ラ＝シャペルのディーゼルカーは郊外電車に取って代わられていた。村自体もすっかり変わっていた。ミシェルは駅前広場に立ち、驚きとともにあたりを見まわした。巨大スーパー〈カジノ〉がジェネラル＝ルクレール大通り、クレシー側出口のところにできていた。あたりには新しい家やビルが建ち並んでいた。

ユーロディズニーが開園して以来なんですよと村役場の係員が教えてくれた。とりわけRER〔首都圏高速鉄道網〕がマルヌ＝ラ＝ヴァレーまで延びて以来。パリから多くの人々が住居を求めて移り住んできた。土地の値段はほぼ三倍になり、最後まで残っていた農家も結局は農地を手放してしまった。今では体育館が一軒、多目的ホールが一軒、プールが二つある。青少年の非行が多少問題になっているが、よそと比べ特に深刻なわけではない。

しかしながら彼は古い家並みや昔ながらの水路に沿って墓地に向かう道すがら、幼いころを過ごした場所に戻るとき人がいつでも感じる、あの漠とした悲しみを感じていた。城壁の上の道を渡って、水車の前に出た。放課後アナベルとよく一緒に座ったベンチは今もそこにあった。暗い川を大きな魚が流れに逆らって泳いでいた。雲の切れ間から太陽が一瞬顔をのぞかせた。

墓地入口でミシェルを男が待っていた。「あなたが、あの……。」「そうさ。」「墓掘り人」のことを今では何と呼んでいるのだったか？　男は手にシャベルと、大きな黒いビニール袋を持っていた。「別に見てなくたっていいんだよ……」と呟きながら男は開いた墓穴の方に向かった。

死は理解しがたいものであり、人間が死とは何かを正確に把握するのはいつだって不承不承にである。ミシェルは二十年前に祖母の遺骸を見、最後の接吻をした。ところがこのたび、彼は墓穴の中にあるものを見て驚きを覚えた。祖母は柩に納められて埋葬された。しかしながら最近掘り返された土の中から出てきたのは、木の破片、腐った板、そしてより定かならぬ白い物体のみだった。目の前にあるのが何かに気づくやいなや、彼はあわてて顔をそむけ、あらぬ方に目をやろうとした。しかし遅すぎた。彼が見たのは眼窩のうつろな、泥にまみれた頭蓋骨で、そこから白髪の塊が垂れていた。脊椎がばらばらになって土に混ざっていた。死とは何かがよくわかった。

男は遺骸の残りをビニール袋に詰めながら、かたわらで意気消沈しているミシェルを見やった。「いつだって同じさ……。」男はぶつぶつ言った。「どうしても見ずにいられない。見なきゃならないんだ。柩ってのは、二十年も持たないんでね。」男は一種の怒りをこめて言った。男がビニール袋の中身を新しい墓に移しているあいだ、ミシェルは数歩離れたところで見守った。仕事を終えて男は立ち上がり、ミシェルに近寄った。「大丈夫かい？」ミシェルはうなずいた。「墓石は明日動かしますよ。登記簿にサインしてもらわなきゃ。」

　こういうわけだったのである。二十年後には、こうなっていたのだ。土と混じりあった骨、それに信じがたいほど大量の、なお生命を持った白髪の塊。祖母がテレビの前で刺繡しているところ、台所に向かうところが頭に浮かんだ。それがこうなったのだ。バール・デ・スポールの前を通ったとき、自分が震えているのに気がついた。店に入ってパスティスを一杯注文した。腰を下ろしてみて、店内の様子が記憶とはずいぶん違っているのがわかった。スマートボール、ビデオゲームが置かれ、テレビではMTVのクリップが流れていた。「ニュー・ルック」誌のパネル広告にはザラ・ホワイト〔フランスのポルノ女優〕はどんなセックスを夢見るか、そしてオーストラリアの巨大白サメについての記事が紹介されていた。彼は徐々に軽いまどろみの中に落ちていった。

　先に気づいたのはアナベルの方だった。タバコを買って店を出るところで、レザー張りの腰掛けにうずくまった彼に目を留めたのだ。二、三秒ためらってから近寄った。彼が目を上げた。「驚いたわ……。」彼女が小声で言った。それから彼の向かいの席に腰を下ろした。彼女はほとんど変わっていなかった。その顔は信じられないくらい艶やかに整ったままで、髪は輝くばかりの金髪だった。四十歳とは想像もつかず、せいぜい二十七、八にしか見えなかった。

彼女はミシェルと同じ理由でクレシーに来ていたのだった。「一週間前に父が亡くなったの。大腸ガンだった。長いあいだ苦しんで——痛みがひどかったのよ。母を助けなければならないこともあって、しばらくこっちにいたの。普段はパリで暮らしているわ——あなたと同じように。」

ミシェルは目を伏せ、一瞬沈黙が流れた。隣の席では二人の若者が空手の試合について話し合っている。

「三年前、空港で偶然ブリュノに会ったの。あなたが科学者になった、それもその領域では有名な、偉い人になったって教わった。あなたが結婚しなかったことも。わたしの方はそんなにぱっとしたものじゃないわ。図書館で働いてるの。区立図書館の司書。わたしも結局結婚しなかった。よくあなたのことを考えたわ。手紙に返事をくれなかったときには、憎らしいって思ったわよ。あれから二十三年にもなるけど、今でもときどき思い出す。」

彼女は彼を駅まで送っていった。夜の闇が落ちてきていて、時間は六時ころだった。彼らはグラン・モランにかかる橋で立ち止まった。水生植物が生え、マロニエと柳が並んでいた。緑の水が穏やかに流れていた。コローはこの風景を愛し、幾度か描いている。家の庭にたたずむ老人の姿がかかしのように見えた。「今ではもうわたしたち、同じ地点に立っているのね。死から同じ距離のところにいるのよ。」

　列車が出る直前、彼女はステップに上って彼の頰にキスをした。「また会おうよ」と彼が言った。彼女は答えた。「ええ。」

　次の土曜、彼女は彼を夕食に招いた。彼女はルジャンドル通りの小さなワンルームに住んでいた。スペースは限られていたが、暖かい雰囲気が漂っていた——天井と壁はまるで船のキャビンのように、落ちついた色の木材で覆われていた。「ここに住んで八年になるの」と彼女が言った。「司書の試験に合格したときに引っ越してきたのよ。それまではＴＦ１〔テレビ局〕の共同製作部門で働いていたわ。もううんざりだった。あの業界は好きになれなかったの。転職して給料は三分の一になったけど、今の方がいい。十七区の図書館の、児童書コーナーよ。」

　子羊とインドマメのカレーが用意してあった。食事のあいだ、ミシェルはほとんど口をきかなかった。アナベルに家族のことを尋ねた。兄は父親の会社を引き継いだ。結婚して三人の子供がいる——息子一人に娘二人。残念ながら会社の経営は苦しい。精密レンズの分野は競争がひどく厳しくなってしまい、すでに何度か破産の危機に瀕している。兄はパスティスを飲み、ルペン〔国民戦線党首〕に投票することで憂さを晴らしている。弟はロレアルのマーケティング部門に就職した。最近アメリカ転勤を命じられたばかり——北米マーケティング部門の課長になったのだ。弟はめったに実家に来ない。離婚して、子供もなし。つまり兄弟二人は異なる運命をたどっていたわけだが、しかしいずれも実に象徴的な運命であった。

「わたしの人生、幸せじゃなかった」とアナベルは言った。「きっと恋愛を重視しすぎたんだと思う。男にあまり簡単に身を任せてしまうものだから、目的を達してしまうと男はさっさとわたしを捨ててしまう。それで苦しんだ。男は愛しているからじゃなくて、興奮した結果セックスをするのよ。そんなあたりまえの真実がわかるまで、何年もかかったわ。まわりにいたのは同じような生き方の人たちばかり。自由な環境で暮らしてきたから。でも、誘惑したり興奮させたりするのはわたしには少しも楽しくなかった。最後にはセックスにまで嫌気がさしちゃった。こっちが服を脱ぐときに男が浮かべる勝利のほほえみ、快感にあえぐ男の間抜けな顔、そして特に、終わったあとの男の下品さが、もう我慢できなくなった。いくらでも取り替えのきく家畜みたいに扱われることに、いい加減耐えられなくなってくるのよ、たとえ見栄えのいい一頭として扱われるのでも。だってわたしは外見という点では非の打ち所がなくて、男たちはわたしを連れてレストランに入るのが誇らしげだったから。一度だけ、これは大切な出会いなのかもしれないと思って、同棲したことがあるわ。相手は俳優で、どこかしらとても興味を惹くルックスをしていたけど、でも役がつかなかった——実際、主にわたしが家賃を払っていたのよ。二年間一緒に住んで、わたしは妊娠したの。堕ろせって言われた。言われたとおりにしたけど、病院からの帰り道、これで終わりだってわかった。その晩に家を出て、しばらくホテル暮らしをしたわ。三十歳で二度目の中絶。本当にもうたくさんだった。一九八八年、みんながエイズの危険を知り始めたころだったけれど、わたしはそれを一種の解放として受けとめたの。十数人の男たちと寝て、思い出すだけの値打ちのある男は一人もなし。今の人間は、人生にはデートをして楽しむ時期がある、やがて死の影が現れるんだって思っている。わたしの会った男は全部、老いることの恐怖にとらわれていて、たえず自分の歳のことばかり考えていた。年齢のオブセッションって、すごく早くから始まるのよ。二十五歳でもうそうなっている人がいた。しかもあとは悪化するばかり。もうやめた、こんなゲームからは下りようって決めたの。今では静かに、楽しみ事もなく暮らしてる。夜は読書して、ハーブティーや、暖かい飲みものを入れるの。毎週末両親のところに戻り、甥と姪たちの相手をする。もちろんわたしだってときどきは男がいてくれたらと思うし、夜中に怖くなったり、眠れなくなったりするわ。トランキライザーや睡眠薬はあるけど、それですべて解決するわけじゃない。本音を言えば、人生がさっさと過ぎていってくれたらと思うの。」

ミシェルは黙って聞いていた。驚きはなかった。たいていの女たちは刺激に満ちた青春時代を過ごし、男の子やセックスのことばかりに興味を抱く。それから少しずつ飽き始め、またを開くのがいやになり、ヒップを強調するような下着を身につける意欲が失せる。優しさのある関係を求めて見出せず、情熱を求めながら本当に情熱を感じる力はもはやない。そのとき女たちにとって困難な歳月が始まる。

ソファベッドを広げると、部屋のスペースがほぼ完全にふさがった。「これを使うの、初めてだわ」と彼女が言った。彼らは並んで横になり、抱き合った。

「避妊具はもうずいぶん使ったことないし、コンドームも置いてないわ。あなた持ってる？」

「いや……。」彼はそんなことを聞かれて思わずほほえんだ。

「口でやってあげようか？」

彼は一瞬考え、それから答えた。「そうしてくれ。」

いい気持ちだったが、激しい快感を得たわけではない（結局のところ彼はそんなものを感じたことは一度もなかった。性的快楽とは、ある者にとっては強烈だとしても、他の者にとっては穏やかな、さらには取るに足りないものでしかない。それは教育の問題か、ニューロンの接続の問題か、それともまた別の問題なのか？）このフェラチオは、むしろ心を揺さぶるものだった。それは再会の象徴であり、彼らの中断された運命の象徴だった。そしてそのあと、アナベルが眠ろうとして背中を向けたとき、その体を抱きしめるのは素晴らしいことだった。彼女の体はしなやかで心地よく、暖かく、限りなくなめらかだった。ウエストが本当に細く、腰まわりは広く、小さな乳房はひきしまっていた。彼は彼女の両足のあいだに片足を差し入れ、手をお腹と乳房の上に置いた。心地よさ、暖かさに包まれて、彼は世界の始まりにいた。すぐ眠りに落ちた。

最初、彼は男の姿を見た。服が空間に溶け込んでいて、顔だけがあらわになっている。顔の中央に輝く両目。その表情は読み取りがたかった。正面には鏡。鏡を一瞥して、男は空虚に落ちこむような印象を得た。それでも彼は椅子に腰を下ろした。鏡の像をそれ自体として眺め、他者に伝達可能な、自分から切り離された精神的形態として観察した。一分後には興味はやや薄れたようだった。しかし男が数秒顔をそむけるだけで、すべてはやりなおしだった。間近な対象に目の焦点を合わせるときのように、自分自身のイメージに対する同一化を打ち破る苦しい作業を再開しなければならなかった。自我とは間歇的に襲う神経症であり、男はいまだ完全な治癒からは遠かった。

続いて白い壁が見え、その内側にいろいろな文字が描き出されていた。文字は少しずつ厚みを増し、気持ちの悪い脈動を示して一種の動く浮き彫りを形作った。まず最初に「平和」、次いで「戦争」の文字が現れ、また「平和」が現れた。そして一切が突然消えた。壁の表面はなめらかになった。空気が液体化し、波動が広がった。巨大な太陽が黄色く輝いていた。彼は時間の根が生えてくる場所を見た。その根は宇宙全体に向かって伸びていき、中心近くではごつごつと節くれだった巻きひげを広げ、先端部分ではひんやりとねばつく触手を伸ばした。それらの根が空間のあちらこちらを締めつけ、縛り上げ、凝集させていた。

彼は死んだ男の頭脳を、空間の一部、空間を含む小空間を見た。

最後に彼は空間の精神的凝塊、そしてその反対物を見た。空間を構造化する精神的葛藤と、その消滅とを見た。空間を、二つの圏域を隔てるごく細い直線として見た。最初の圏域には存在が、そして分離があった。第二の圏域には非＝存在が、そして個人の消滅があった。彼は穏やかに、ためらいなく振り返って第二の圏域へと向かった。


彼はベッドから出て身を起こした。隣ではアナベルが規則正しい寝息を立てていた。キューブ型のソニーの目覚ましが置いてあり、文字盤は03：37を示していた。もう一度眠れるだろうか？　そうしなければならなかった。ザナクスを持ってきてあった。

翌朝、彼女がコーヒーを入れてくれた。彼女は紅茶を飲み、トーストを食べた。よく晴れた日だったが、すでに少し寒さが感じられた。彼女は痩せたまま不思議なくらい娘らしさを残している自分の裸体を眺めた。ともに四十歳になったとは信じられなかった。とはいえ彼女はもはや、遺伝子上の奇形が生じるかなりの危険をおかさずには子供を生めないのだった。彼の男性的能力もまた、大幅に減退していた。種の保存という観点から見れば、彼らは二人とも年老いつつある、遺伝子的価値の低い個人であった。彼女はこれまでにやるだけのことはやったのだ。コカインもやり、乱交パーティーにも加わり、豪華ホテルで寝たこともある。

その美しさゆえ、風俗の解放という、彼女が青春を送った時代を特徴づける動きの震央に位置することとなったアナベルは、それゆえ人一倍苦しんだのでもあった——そして結局、青春時代とともにほぼ燃え尽きてしまうこととなった。無関心ゆえそうした動きからも、人生それ自体からも、およそすべての事柄から隔てられていたミシェルは、その影響をほんの表面的にしか受けていなかった。彼は近所のモノプリに通い、分子生物学の研究を組織するだけで満足だった。そうしたあまりに対照的な生活は、いずれの体にもほとんど目に見える痕跡を残していなかった。だが生命そのものが破壊作業を進行させており、彼らの細胞、器官の複製能力にじわじわと衰退をもたらしていた。知能を持ち、愛し合うこともできたはずの哺乳類二名は、秋の朝の燦々と注ぐ光の中で見つめ合った。「もう遅すぎるっていうことはわかってる。それでも、やってみたいの。わたし、七四年度の通学用定期券、まだ持ってるのよ。一緒に高校に通った最後の年。それを見るたびに泣きたくなる。どうしてここまで悲惨なことになったのかがわからない。どうしても納得できないのよ。」

19

西欧の自滅のただなかにおいて、彼らにいかなるチャンスも残されていなかったことは明らかである。それでも彼らは週に一、二度会い続けた。アナベルは婦人科に行ってまたピルを飲むようになった。彼は何とか貫通するのに成功したが、本当に好きなのは彼女のそばで眠ること、彼女の生きた肉体を感じることだった。ある夜彼は、ルーアンの町、セーヌ右岸にある遊園地の夢を見た。鉛色の空を空っぽの大観覧車が回り、その足下の川に錆びた貨物船がもやってあった。彼は派手な、とはいえ冴えない色調のバラック小屋のあいだを進んでいった。凍てつくような雨混じりの風が顔を打った。遊園地の出口まで着たとき、カミソリを振りかざす革ジャンの若者たちに襲われた。数分間なぶりものにしたあげく、彼を残して去っていった。両目から血が流れていて、これで一生目が見えなくなってしまったことがわかった。右手も半ば切断されていた。それでも彼には、出血と苦痛にもかかわらず、アナベルは最期までかたわらにいてくれるだろう、自分を永遠に愛情で包んでくれるだろうということがわかっていた。

万聖節〔十一月一日〕の週末、彼らは一緒にアナベルの兄の別荘があるスーラク〔フランス南西部ジロンド県の町〕に出かけた。到着した翌朝、二人は浜辺まで出た。彼は疲れを覚えてベンチに腰掛けたが、彼女はずっと歩き続けた。沖で波音が轟き、波がすっと巻いて灰色に、銀色に延びてきた。それが砂洲にぶつかって砕け、靄が生じ、太陽を浴びてきらきらと美しく輝いた。明るい色のブルゾンを着たアナベルのシルエットは、水面に溶け込むかのように見えた。老いぼれたドイツ・シェパードがカフェ・ド・ラ・プラージュの白いプラスチック椅子のあいだをうろついていたが、こちらも靄と、海と、陽光のただなかにあってその姿はおぼろにしか見えない。

夕食に、彼女はスズキのグリルを注文した。彼らが生きている社会は、飢えを癒すという以上のささやかなプラスアルファを彼らに許容した。したがって彼らには、まっとうな暮しを望むことができた。とはいえ実際のところ、もはや彼らには大した望みもないのだった。彼は彼女に同情を覚えた。彼女の内にはおびただしい量の愛という資源があるのに、これまではそれをいたずらに浪費するばかりだった。彼はつくづく同情を覚えたのだが、おそらく同情は彼の心をなお揺るがすことのできる唯一の人間的感情であった。あとはもっぱら氷のような慎みが彼の身体を満たしていた。実際のところ、彼にはもはや愛することができなかった。

パリに戻って、彼らはまるで香水の広告にも似た楽しいときを過ごした（モンマルトルの階段を一緒に駆け下りたり、ポン・デ・ザールの上でじっと抱き合ったところを、折り返してきたセーヌ観光船の投光器に一瞬照らし出されたり）。日曜の午後のちょっとした口論や、ベッドの中で体をこわばらせる沈黙のひととき、気まずく倦怠感にとらわれて一緒にいるのが嫌になるような一瞬も経験した。アナベルの部屋は暗く、午後四時になるともう明かりをつけなければならなかった。二人はときにわびしげだったが、しかし何と言っても真剣だった。自分が人間らしい関係を生きるのはこれが最後だと二人とも知っており、その予感が二人の過ごす毎瞬にある悲痛さを与えていた。二人はお互いに対し非常な敬意と、憐れみを抱いていた。日によっては、予期しなかった魔法の力で空気も爽やかになり、燦々と陽光を浴びて元気のよみがえる気分になることもあった。しかしたいていのときは自分たちの内に、そして足元の地面に広がる灰色の影を意識していた。そしてあらゆるものの内に終末を見て取るのだった。

20

ブリュノとクリスチヤーヌもまた一緒にパリに戻っていた。そうしないことは想像もできなかった。仕事に戻る朝、彼は二週間のにせの病気休暇という、とてつもないプレゼントをしてくれた顔も知らない医者のことを思った。そしてグルネル通りの勤務先へ向かった。二階まで来たとき、自分が日焼けした肌をし、元気満々の様子なのはいかにも格好がつかないことに気づいた。だがそんなのは平気だった。同僚たち、研修セミナー、青少年の人格形成……そうした一切は、彼にとってもはや少しも大事ではなかった。クリスチヤーヌは一物を吸ってくれ、彼の具合が悪いときには世話を焼いてくれる。クリスチヤーヌのことは大事だった。そして同時に、自分がもう二度と息子に会うことはないだろうともわかっていた。

クリスチヤーヌの息子パトリスはアパルトマンを手のつけようのない状態にしていた。ピザの切れ端やコカコーラの空き缶が踏んづけられ、タバコの吸殻が散乱し、床のところどころに焼け焦げがついていた。彼女は一瞬気をくじかれ、ホテルに行こうかと考えた。しかし意を決して掃除をし、部屋を元に戻した。ノワイヨンは小汚く面白みのない、危険な町だった。彼女は毎週末パリに出てくるようになった。ほぼ毎土曜、二人でカップル専用のクラブ——〈2＋2〉、〈クリス・エ・マニュ〉、〈シャンデル〉——に出かけた。〈クリス・エ・マニュ〉で過ごした最初の晩は、ブリュノにきわめて鮮烈な印象を残した。ダンスエリアの脇に小部屋が数室あり、薄紫の奇妙な照明に浸されていた。そこにはベッドが一列に並べてある。彼らのまわりではいたるところで男女がセックスをし、愛撫し合い、舐め合っていた。大半の女は裸だった。ブラウスやTシャツを脱がずにいる女もいたし、ドレスを捲り上げるにとどめている者もいた。一番広い部屋には二十組ほどの男女がいた。ほとんど誰も口をきく者はいない。聞えるのはエアコンディショナーのたてる音、そして絶頂に達しようとする女たちの荒い息遣いばかり。彼が腰を下ろしたベッドのすぐ横には、巨大な胸をした黒髪の大柄な女がいて、ワイシャツとネクタイを身につけたままの五十がらみの男に舐めさせている最中だった。クリスチヤーヌは彼のズボンを脱がせ、あたりを見まわしながらしごき始めた。男が一人近づき、彼女のスカートに手を入れた。彼女がホックを外すと、スカートがカーペットの上にすべりおちた。スカートの下には何もはいていなかった。男はひざまずいて彼女を愛撫し始め、一方彼女はブリュノをしごき続けた。ブリュノのそば、ベッドの上では黒髪の女がいよいよ激しくよがり出した。ブリュノは女の乳房を両手で揉んだ。猛烈に勃起していた。クリスチヤーヌは口を近づけ、睾丸の皺と包皮を舌先で突っつき始めた。隣に別の男女がやってきて腰を下ろした。女は二十歳くらいの小柄な赤毛で、黒のフェイクレザーのミニスカートをはいていた。女はブリュノを舐めるクリスチャーヌに目を向けた。クリスチャーヌは微笑みを返し、女のTシャツをめくり上げて胸が見えるようにした。男がスカートをめくると、やはり赤い毛が濃く繁ったおまんこがむき出しになった。クリスチャーヌは女の手を取ってブリュノのペニスまで導いた。女はそれをしごき始め、一方クリスチャーヌはふたたび舌先を這わせようとした。数秒後、ブリュノは痙攣的に襲ってきた快感をこらえきれずにクリスチャーヌの顔に射精した。がばりと身を起こすと彼女を抱いた。「ごめんよ、ごめんよ。」彼女はブリュノにキスし、体をすり寄せ、ブリュノは彼女の頬に自分の精液の匂いをかいだ。「いいのよ。全然かまわない。」彼女は優しく言った。「もう行きましょうか?」と彼女はしばらくして言った。彼は悲しげにうなずいた。興奮は完全に冷めていた。そそくさと服を着て直ちに立ち去った。

続く数週間のあいだに、彼はもうすこしちゃんと自分をコントロールすることができるようになった。それは嬉しい、幸福な一時期の始まりだった。彼の人生には今や、クリスチャーヌと過ごす週末に限定された、一つの意味があった。フナック書店の棚で、アメリカ人性科学者の書いた本を見つけたのだが、その著者は一連の段階的訓練によって射精をコントロールできるようになると主張していた。精腺の少し下にある小さな弓状の筋肉、すなわち恥骨・尾骶骨間の筋肉を鍛えるのがその主たる目的だった。オルガスムに達する直前にこの筋肉を急激に収縮させることで、理論上は射精を抑えられるはずだった。ブリュノはその訓練に取り組んだ。目指すだけの価値のある目標だった。クリスチヤーヌと一緒に出かけるたびごとに、何人もの女たちを次々に貫き、何時間にもわたって延々と一物をしごかれ吸われながら、決して勃起力に衰えを見せない男たち、それもしばしば自分よりもっと年配の男たちがいるのにブリュノは唖然とさせられるのだった。そしてまた大半の男が自分のよりもはるかに太い一物を持っているのに困惑を感じてもいた。クリスチヤーヌは、そんなの何でもない、わたしにとっては何の意味もないと繰り返し言っていた。その言葉を彼は信じた。クリスチヤーヌが自分に惚れているのは明白だった。しかしながら、そうしたクラブで出会う女たちが、彼がペニスを取り出したとき一様に少々がっかりしたような表情を見せるようにも思えるのだった。はっきり指摘されることは決してなかったし、客たちのあいだには見事な礼儀正しさ、感じのいい丁重な雰囲気が保たれていた。しかし本心ののぞく眼差しというのがあり、彼は少しずつ、セックス面においても自分の能力は十分ではないのだと悟り始めた。とはいえかつてない、まばゆいほどの快感、気が遠くなるほどの快感を彼は経験して、腹の底からの叫びを上げることもしばしばだった。しかしそれは男性的能力とは何の関係もない、むしろ器官の繊細さ、感じやすさと結びついたことだった。ちなみに彼は愛撫がとてもうまく、クリスチヤーヌもそう言ってくれていた。それが事実であることは自分でもわかっていて、相手をほぼ必ずオルガスムまで導くことができるのだった。十二月の半ばころ、彼はクリスチヤーヌが少し痩せ、顔に赤い斑点が浮かび出しているのに気がついた。彼女によれば背中の具合がよくならなくて、薬の量を増やさなければならなかったということだった。そう言って彼女は話を逸らした。いかにも気まずそうな様子で、それゆえ彼は不安を覚えた。彼を心配させないためならば、嘘だって辞さなかっただろう。あまりにも心優しく愛情深い女なのだ。いつも土曜の夜はまず彼女が料理を作り、二人でおいしいご馳走を食べる。それからクラブに繰り出すのだった。彼女はスリット入りスカート、半透明のタンクトップを着て、ガーターベルトをつけ、あるいはまたボディスーツを着て股間を開けっぱなしにした。彼女のおまんこは柔らかく、欲望をそそり、すぐにしっとりと湿った。それは彼が決して夢にも見なかった素晴らしい夜の連続だった。ときおり、次々に男たちに突かれているうちに、クリスチヤーヌの心臓が変調をきたして早鐘のように打ち出し、汗がどっと吹き出ることがあり、ブリュノは怖くなった。そんなときはそこでおしまいにした。クリスチヤーヌは彼の腕の中で体をすくめ、彼にキスし、髪や首を撫でるのだった。

21

もちろん、そこにもまた、出口などなかった。カップル専用クラブに通う男女は、たちまちのうちに悦びの追求を諦めて（それには繊細さや感受性、そしてゆったりとした構えが必要だった）、性的幻想を実地に移すことばかり考えるようになるのだが、性的幻想なるものは原則として実に皮相なものであり、本当のところはカナル・プリュス〔ケーブルテレビ局〕が流すソフトポルノに出てくる〈ギャング・バング〉の敷き写しでしかなかった。自らの体系の中心に、いわば有害なる妄想として「利潤率の漸進的減少」という謎めいた概念を据えたマルクスに敬意を表して、ブリュノとクリスチヤーヌが参入した放縦な体系の中心に、快楽率の漸進的減少という原理の存在を仮定してみたくもなる。だがそれはあまりに大雑把で、不正確であろう。文化的な、人類に固有の二次的現象である欲望および快楽は、結局のところセクシュアリティを解き明かす役にはほとんどたたない。決定的要素であるどころか、欲望、快楽は完全に社会学的に限定されたものなのだ。ロマンチックな恋愛にもとづく一夫一婦制においては、それらは唯一の存在である愛する人を介してしか満たされえない。ブリュノとクリスチヤーヌの暮らすリベラルな社会では、公式文化（広告、雑誌、社会機構、公衆衛生機関）の提案するセックスのモデルとは〈冒険〉のそれであった。そうした体系の内部においては、欲望と快楽は、〈誘惑〉の過程を経たのちに出現するのであり、その過程では新しさ、情熱、個人の創意が前面に押し出される（それらはもともと、職業の場において勤め人が要求される特性でもある）。だが知的・精神的誘惑の権威が低下し、もっぱら肉体的な基準のみが重視されるようになったことに伴い、カップル専用クラブの常連たちもまたそれまでとは少々異なる体系に組み入れられることとなった。公式文化の幻想とみなしてもいいだろうその体系とは、〈サド的〉体系である。その体系内では男根はひたすら固く長大で、乳房はシリコン入り、脱毛を施されたおまんこはだらだらとよだれを垂らしている。女性の常連客たちには「コネクション」や「ホット・ビデオ」といった雑誌の愛読者が多く、たくさんの巨根によって串刺しにされることという単純な目的を持ってやってくる。そんな女たちの次なる段階は通常、SMクラブである。もしパスカルがこうした事柄に関心を寄せたならばきっとそう言ったかもしれないが、快楽とは習慣の問題なのだ。

十三センチの男根に不十分な勃起力とあっては（青春初期をのぞけば勃起が延々と持続したためしはなく、しかもそれ以来射精から次の射精までの間隔は大幅に開いてしまっていた——確かに、もう若くはないのだ）、ブリュノは本当のところ、全然この種の場所向きではなかった。しかしながら彼は、夢にさえ見なかったほど大勢の女たちのおまんこと口を好きなようにできることに幸せを覚えていた。そしてその点でクリスチヤーヌに感謝していた。最も甘美な瞬間とは、彼女が他の女たちを愛撫しているときであった。その場で出会った相手はみな、彼女の舌の敏捷さ、クリトリスを探り当て刺激する指先の巧みさにうっとりとなるのだった。残念ながら相手の女たちがそのお返しをしてくれようとすると、必ずや失望が待っていた。数珠つなぎになった男たちによって挿入され、指（ときには数本の指、さらには片手全部）を荒々しく突っ込まれることによりとてつもなく広がってしまったおまんこは、何も感じないこと、まるでラードのかたまりだった。お決まりのポルノ映画で女優が見せる狂熱的なリズムにとりつかれた彼女たちは、ブリュノの一物をまるで感覚のない肉棒ででもあるかのようにむきになってしごき、馬鹿げたピストン運動を繰り返した（そうした演技のあまりに機械的な性格は、店内のいたるところで流れているテクノ・ミュージックのせいもあっただろう——より繊細な官能的リズムが望ましいところだったのだが）。ブリュノは本当の快感もないまま、たちまち射精した。それでもう彼にとって、その晩はおしまいだった。二人はなお三十分か一時間は去らずにいた。クリスチヤーヌは男たちに次々に貫かれながら、何とかブリュノの一物をよみがえらせようと、たいがいは空しく終わる努力を続けた。翌朝目覚めに二人は改めてセックスをした。寝ぼけたままのブリュノの脳裏には、前夜のイメージが和らげられた形で戻ってきた。するとようやく、愛情に満ちたひとときが広がり出すのだった。

理想は誰かカップルを選んで、一晩一緒に過ごしに来てもらい、愛撫をかわしながら親しくおしゃべりすることだったろう。自分たちはその方向に進むに違いない。ブリュノにはそういう密かな確信があった。そしてまた、アメリカ人性科学者の提案する筋肉強化の練習を再開しなければならなかった。クリスチヤーヌとの関係は、今までの人生における他のいかなる出来事よりも大きな悦びを与えてくれたのであり、彼にとって大切な、真剣な事柄だった。少なくとも、彼女が服を着たり、キッチンで料理にいそしんだりするのを眺めながら、しきりにそう思うのだった。とはいえウィークデイに離れ離れでいるときにはしょっちゅう、これは悪い冗談なんだ、人生で最後の、下劣な茶番なんだという予感に悩まされた。われわれの不幸は、幸福の可能性がいよいよ現実のものとなりつつあると思われたまさにそのとき極致に達するのである。

アクシデントが起こったのは二月の一夜、〈クリス・エ・マニュ〉の店内においてだった。真ん中の部屋のベッドに寝そべって、頭をクッションに乗せ、ブリュノはクリスチヤーヌに一物を吸ってもらっていた。彼女の片手を握っていた。彼女はベッドにひざまずいて彼の上にかがみ込み、両足を大きく開き、後ろを通りかかる男たちに尻を差し出していた。男たちはコンドームをつけ、かわるがわる彼女を貫いた。すでに五人の男たちが交代していたが、彼女は目もくれず、瞳を半ば閉じ、夢うつつの様子でブリュノの一物に舌を這わせ、寸刻みに丹念に舐めていた。突然彼女は短く、一度だけ叫び声を上げた。背後にいる縮れ毛の偉丈夫は大きく腰を振って、丹念に刺し貫いていた。彼女の目は虚ろで、いささか焦点の合わない様子だった。「やめろ！　やめろ！」ブリュノが叫んだ。大声を出したつもりが、弱々しくか細い声しか出なかった。立ち上がって男を乱暴に押しのけると、男は呆然として、一物を突っ立てたまま両腕をだらんと垂らしていた。クリスチヤーヌは横ざまに倒れ、苦痛で顔面をゆがませていた。「動けないのか？」とブリュノは尋ねた。彼女は「だめ」と頭を振った。彼はバーに駆けていって電話を借りた。十分後に救急車が到着した。店内の客はみな服を体にまとっていた。静まり返ったまま、救急隊員がクリスチヤーヌを助け起こし、担架に乗せるのを見守っていた。ブリュノは彼女に付添って救急車に乗った。店はオテル＝ディユー救急病院のそばだった。彼はリノリウム張りの廊下で何時間も待った。やがて夜勤のインターンが様子を知らせにきた。患者さんは眠っています。命に別状はありません。

日曜日の昼間、骨髄の採取が行われた。ブリュノは六時ころ病院に戻った。もう暗くなっており、冷たい小糠雨がセーヌに降っていた。クリスチヤーヌはベッドの上に座り、まくらを丸めて背中の支えにしていた。ブリュノが入ってくるのを見て微笑んだ。診断は簡単だった。尾骶骨の壊疽は治療不可能な状態に達していた。彼女にとってそれは数カ月来覚悟していたことで、遅かれ早かれ避けられない事態だった。薬で悪化を抑えてはいたが、止めることはできなかった。今や病の進行は終わり、これ以上何かを恐れる必要はなくなった。ただ、彼女は今後、両足が完全に麻痺したまま生きていかなければならないのだ。

十日後彼女は退院した。ブリュノが待っていた。今では事態は一変していた。人生を特徴づけるものは延々と続く漠とした倦怠である。人生とはたいがい、ひどく気の滅入るものだ。やがて突然岐路が訪れ、それが最後の分かれ道であることが明らかになる。今後クリスチヤーヌには身体障害者手当が支給され、もはや二度と働く必要はなくなった。自宅訪問サービスさえ無料で受けられるのだ。彼女は車椅子を押してブリュノの方に近づいた。車椅子の扱いがまだぎこちなかった――こつを覚えなければならないのだが、しかし腕にまだ力が入らなかった。彼は両方の頬と唇にキスをした。「僕の家に引っ越してくればいいさ。パリに出てきて。」彼女は顔を上げ、ブリュノの目をのぞきこんだ。その眼差しが彼には耐えられなかった。「本当なの?」彼女はそっと尋ねた。「本当にそうしてほしいの?」彼は答えなかった。少なくとも、答えるまでに間があいた。三十秒の沈黙ののち、彼女が言った。「無理しないで。あなたにはまだあと少し人生が残ってるんだから。身体障害者の世話をして過ごさなくてもいいのよ。」現代的な意識の根本は、もはや人間の死すべき運命に適応していない。いかなる時代、いかなる文明においても、人々がこれほど長いあいだ絶えず自分の年齢のことばかり気にして過ごしたためしはいまだかつてなかった。誰もが頭の中に単純な未来図を描いている。要するにいつかは、人生からなお期待しうる肉体的快楽の総量が、苦痛の総量を下回るときがくる(つまり現代人は心の奥底でカウンターが回っているのを感じているのだ――そしてカウンターは常に一方向にしか進まない)。快楽と苦痛をめぐって、遅かれ早かれ誰しもこうした理性的考察をめぐらさないわけにはいかず、その結果年配の人間は自殺の観念に必ずやつきあたる。この点に関し、世紀末に尊敬を集めた二人の知識人、ドゥルーズとドゥボールがいずれも明確な理由なしに、ただ将来の肉体的衰退を耐えられないがゆえに自殺したというのは面白い事実である。二人の自殺はいかなる驚きも呼ばず、いかなる論評も出なかった。より一般的に、自殺者に占める高齢者の割合は断然高いのであり、それは今日われわれにとってまったく理屈にかなったことと思える。あるいはまた、爆弾テロに巻きこまれたらどうするかという問いに対する一般大衆の答えも、徴候的特徴として注目に値する。回答者のほぼ全員が、不具になったり、あるいは顔形が変わったりするよりは即死した方がましだと答えている。それはもちろん、部分的には彼らが少々人生にうんざりしているからでもある。だがそれは何といっても、彼らにとっては死でさえもが、体の機能を失って生きることほどはむごくないと思えるからなのだ。

彼はラ・シャペル゠アン゠セルヴァル付近で脇に折れた。一番手っ取り早いのはコンピエーニュの森に入って木に激突することだったろう。あのとき、ためらいが数秒長すぎた。かわいそうなクリスチヤーヌ。そして彼女に電話するのが数日遅すぎた。息子と二人きりでH

LM〔低所得者層向け集合住宅〕にいること、車椅子に座ってテレビのそばにいることはわかっていたのに。無理して身体障害者の世話をしなくていいというのは彼女自らの言葉だったのであり、彼女は恨みなしに死んでいったのだとブリュノにはわかっていた。車椅子は車輪の外れた状態で、階段の一番下、郵便受けの横で発見された。彼女の顔は腫れ上がり、首の骨が折れていた。ブリュノの名前は「緊急時連絡先」のリストに入っていた。彼女は病院に運ばれる途中で亡くなった。

　葬儀施設はショニー街道上、ノワイヨンの少し外れにあり、バブーフを過ぎたところで曲がらなければならなかった。青い作業衣を着た職員二人が白いプレハブの建物で彼を待っていた。ラジエーターがあちこちに置かれた屋内は暖房のききすぎで、工業高校の講義室を思わせた。窓の外はいちおう高級住宅地で、背の低いモダンな建築が並んでいた。柩はまだ開かれたまま、架台つきのテーブルに置かれていた。ブリュノは近寄り、クリスチヤーヌの遺体を見、そのまま後ろに倒れた。頭が地面に激突した。職員たちが慎重に抱き起こした。「泣きなさい！　泣かなきゃだめです！……」年長の職員が熱っぽい口調で励ました。彼は頭を振った。泣けないことはわかっていた。クリスチヤーヌの体はもはや動くことも、呼吸することも、話すこともできない。クリスチヤーヌの体はもはや愛することができない。この体にはもはやいかなる運命も閉ざされている。しかもそれはすべて彼のせいなのだ。今度という今度は、カードを切り尽くし、ゲームは打ち止め、最後の札が配られたのに、決定的失敗に終わったのだ。両親がそうだったように、彼にもまた愛することはできなかった。地上数センチのところを浮いているような、感覚が麻痺した奇妙な状態で、彼は職員たちが電動ドリルを使って柩の蓋を固定するのを眺めていた。職員の後について「沈黙の壁」まで進んだが、それは灰色の、三メートルほど高さのあるコンクリートの壁で、柩を収めるカプセルが並んでいた。半分ほどは空のようだった。年長の職員が指示書類を見て、六三二番のカプセルに向かった。相棒が柩を乗せた手押し車を押して続いた。空気はひんやりと湿っぽく、雨が降り出していた。六三二番のカプセルは中くらいの高さ、地面から一メートル五〇ほどのところにあった。職員二人はしなやかな無駄のない動きで、柩を抱え上げ、あっという間にカプセルの中に滑りこませた。スプレーガンを使って隙間を瞬間乾燥式のセメントでふさいだ。それから年長の職員はブリュノに書類にサインさせた。お望みならここで黙禱していただいてかまいませんよ、と職員は去り際に言った。

ブリュノは高速道路A1を通って戻り、午前十一時ごろパリ外環状道路に入った。翌日は休みを取ってあった。葬式がこれほど手短に終わるとは思っていなかったのだ。ポルト・ド・シャティヨンで環状道路を出て、アルベール＝ソレル通りの、別れた妻のアパルトマンの正面に駐車した。延々と待つ必要はなかった。十分後、エルネスト＝レイエール通りから、通学用カバンを背負った息子の姿が現れた。心配事のありそうな顔をして、歩きながらずっとひとりごとを言っていた。いったい何を考えているのだろう？　どちらかというと友だちの少ない子なのと、アンヌに聞かされたことがある。高校で友だちと一緒に昼ご飯を食べるよりも、家に戻って、朝アンヌが出勤前に用意しておいた料理を温めて食べる方を好んでいた。父親がいないことで苦しんだのだろうか？　そうだったのかもしれないが、しかし口に出して言ったことはなかった。子供たちは大人が自分たちのために作った世界に耐え、何とかそれに適応しようとする。そしてたいていの場合、またその世界を復元するのである。ヴィクトールは建物の入口まできて暗証コードを押した。車から数メートルのところだったが、父親の方を見なかった。ブリュノはドアのノブに手をかけ、シートの上で体を起こした。ヴィクトールが中に入り、建物の扉が閉まった。ブリュノは数秒間身じろぎせずにいたが、やがてぐったりとシートに座り直した。息子に何と言えばいい、どんなメッセージがあるというのか？　何もない。何もなかった。自分の人生がもうおしまいであるとはわかっていても、終わりということの意味が理解できなかった。何もかもは暗澹として苦痛に満ち、とらえどころがなかった。

彼は車を出し、南高速道路に入った。アントニーの出口から出てヴォーアラン方向に折れた。文部省の精神科クリニックはヴェリエール＝ル＝ビュイソンから少し離れたところ、ヴェリエールの森のすぐ横にあった。その森の公園はよく覚えていた。ヴィクトール＝コンシデラン通りに駐車し、クリニックの柵までの数メートルを歩いていった。受付の看護人は顔見知りだった。彼は言った。「戻ってきました。」

22　サオルジュ、終点

「広告メッセージは、ジュニア市場ばかりをターゲットにするせいで、その戦略においてはおもねりがしばしば戯画や嘲弄にまで達している。われわれのタイプの社会に固有のこうした信頼の欠如を補うためには、販売部門に関わる者一人一人がシニアに対する『使者』の役を演じる必要がある。」

コリンヌ・メジー『シニアの真の顔』

おそらくこうしたすべてはこういう風に終わる定めだったのだろう。それ以外にはいかなる方法も、いかなる出口もなかったのだろう。もつれ合った糸を、最後には解かなければならなかったのかもしれないし、始まってしまったことを完遂させなければならなかったのかもしれない。それゆえ、ミシェルはサオルジュという土地に赴かなければならなかった。北緯四四度、東経七度三〇、標高五〇〇メートル少々。ニースに着いて彼は、デラックスホテルと言ってもいいウインザー・ホテルに泊まったが、雰囲気は鼻持ちならなかった。部屋の一つはフィリップ・ペランなる凡庸な芸術家の装飾になるものだった。翌朝、ニースからタンデに向かう、車両の華麗さで有名な列車に乗った。列車はニース北郊、アラブ人の住むHLMが建ち並び、ピンク・ミニテルの張り紙がべたべた張られ、国民戦線の得票率が六〇パーセントに達する地区を抜けていく。ペイヨン＝サン＝テレーズ駅を過ぎるとトンネルに入る。トンネルを抜け、まぶしい陽光を浴びながら、右手にペイヨンの町の宙に浮いたような不思議なシルエットを認めた。そのあたりはいわゆるニースの後背地だった。シカゴやデンバーから、ニースの後背地が誇る景観美を眺めに観光客がやってきていた。列車は続いてロワイヤ峡谷に入りこんでいく。五月の末だった。ミシェルはファントン＝サオルジュ駅で下車し、三十分ほど歩いた。途中でトンネルの中を歩かなければならなかった。バスやタクシーの類はいっさいなかった。

オルリー空港で買った『ヒッチハイカーのためのガイド』によれば、サオルジュの村とその階段状に高く積み重なった家々は、目も眩むような絶壁の上で峡谷を見下ろし、その様子には「どこかチベット風」なところがあるという。なるほどそうかもしれなかった。ともかくミシェルの母、ジャニーヌ改めジェーンが、インド半島西部の自治領ゴアで五年間過ごしたのち、死に場所として選んだのはそこだった。

「この場所を選んだのは確かだとしても、死に場所として選んだわけじゃあるまい」とブリュノは反論した。「あのあばずればばあはイスラム教に改宗したらしい――スーフィー神秘主義だの何だのといった阿呆くさい代物にかぶれたあげくに、さ。ババどもと腰を落ちつけて、村外れの廃屋で暮らしてる。新聞にもう記事が載らないからといって、ババだのヒッピーだのはいなくなったんだとみんなは思ってる。だが連中の数はいよいよ増すばかり。失業のおかげでずいぶん増えたのさ。急激に繁殖してるとさえ言える。じつはちょっとした調査をしてみたのさ……。」彼は声をひそめた。「連中、うまいこと〈ネオ農民〉などと呼ばれたりしてるが、実際には何一つせず、ただＲＭＩ〔就職希望者援助の最低賃金〕と、山岳農業振興のためとかいう馬鹿げた補助金だけもらってるんだよ。」ブリュノはわけ知り顔で頭を振り、グラスの酒を一息で飲み干し、お代りを注文した。彼はミシェルに村の唯一のカフェである〈シェ・ジルー〉で会おうと言ってきたのだ。ダサい絵葉書、額縁入りの鱒の写真、「サオルジュ・ペタンク協会」の張り紙（実行委員会には十五人ものメンバーが名を連ねている）等々、いかにも「狩りに釣り、自然と伝統」といった雰囲気を漂わせていて、ブリュノの非難する新ウッドストック的勢力の対極にあると思えた。ブリュノは書類挟みから大事そうに、〈ブリガスク雌羊と連帯せよ！〉と題したビラを取り出した。「昨日の夜タイプしたんだ……。」彼は小声で説明した。「昨日の晩、飼育業者と議論したんだよ。業者たちはもうにっちもさっちもいかなくなっている。あるのは憎しみだけだ。彼らの雌羊は文字通り皆殺しにされたんだ。

エコロジストと、メルカントゥール国立公園のせいさ。連中は狼をよみがえらせようなどと言って、狼の群れを放った。そいつらが雌羊をむさぼり食ってるのさ！……」ブリュノの声が突然上ずり、彼ははらはらと涙をこぼした。ミシェルへの手紙の中で、ブリュノはまたヴェリエール＝ル＝ビュイソンの精神科クリニックで暮らしている、「きっともう出られないと思う」と書いていた。つまり医者は、今度に限って外出の許可を出したのだろう。

「要するに、母親は死の床にあるわけだ……」とミシェルは話を本題に戻そうとして言った。

「そのとおり！　アグド岬でも同じさ、今度砂丘地帯が進入禁止になったらしい。沿岸地帯保護協会の圧力でね。完全にエコロジストの掌中にある集団だ。みんなは悪いことをしてたわけじゃまったくない。誰にも迷惑をかけずに乱交してただけさ。それがアジサシの害になるんだと。アジサシってのはぴーちくぱーちく言う鳥さんさ。ケツ食らえってんだ！」ブリュノは興奮した。「連中はぼくらが乱交したり雌羊のチーズを食べたりするのを邪魔したいんだ。本物のナチさ。社会党のやつらだって共犯だ。やつらは雌羊が右翼だからといって雌羊に反対する。狼は左翼なんだよ。だが狼ってやつはドイツ・シェパードに似てる。つまり極右じゃないか。誰を信用できるってんだ？」彼は気の滅入った様子で頭を振った。

「ニースではどこのホテルに泊まった？」彼は出し抜けに尋ねた。

「ウインザー・ホテル。」

「どうしてウインザー・ホテルにしたんだ？」ブリュノはまた興奮し始めた。「おまえ今じや、贅沢好みになったのか？　何のつもりだい。個人的には（彼はいよいよ語気を強めて言った）、ぼくはこれまでどおりメルキュール・ホテル・チェーンをひいきにしてるぞ。せめて値段を調べるくらいのことはしたんだろうな？　天使湾《ベ・デ・ザンジュ》のメルキュール・ホテルは季節によって値下げしてるってこと、知ってたか？　オフシーズンだと一泊三三〇フランだぞ！　二つ星並みの値段だ！　それで三つ星クラスの設備、プロムナード・デ・ザングレに面して見晴らしはいいし、ルームサービスは二十四時間ＯＫときてる！」ブリュノは今やほとんど叫び声を上げていた。いささか常軌を逸したふるまいを見せる客とはいえ、〈シェ・ジルー〉のマスター（彼がジルーなのだろうか？　そうかもしれない）は注意深く聞いていた。金の話、コストパフォーマンスの話にはいつだって興味をそそられる。それは人間という生き物の特徴であると言っていい。

「ほほう、デュコンのお出ましだ！」〔コンには馬鹿、間抜けの意あり〕ブリュノはがらりと口調を変えてひょうきんな声で、カフェに入ってきた青年を指差しながら言った。年齢は二十二歳くらいか。戦闘服に〈グリーンピース〉のＴシャツ、つるりとした肌に小分けにして編んだ黒髪。要するに〈ラスタ〉ファッションである。「やあ、デュコン」とブリュノが元気よく声をかけた。「弟を紹介しよう。ばばあに会いにいくとするか？」青年は何も言わずにうなずいた。どうしてだかわからないが、彼は挑発には応じまいと心に誓っている様子だった。

村を出ると、道は山腹沿いにイタリア方向へゆるい上り坂になっていた。高い丘を越えると樹木の生い茂った広い谷間に出た。国境までほんの十キロほどだった。東の方角には、雪を頂いた山々が見えた。人気のまったくない風景は広さと静謐さを印象づけた。「またお医者さんが来たんですよ。」ラスタ風ヒッピー青年が説明した。「病人は運搬に堪える容態ではない、どちらにしろもう手の施しようがないということでした。自然の掟ですから……。」青年は真剣な口調で言った。「おい、聞いたか？」ブリュノが冷やかした。「この間抜けくんが何と言ったか？　「自然」だとよ。こいつら、何かといやそればっかりさ。ばあさんが病気になったっていうんで、とっととくたばってもらいたがってるんだ。穴に入って死ぬ動物みたいにな。ありゃぼくの母親なんだよ、デュコン！」彼は大げさな調子で言った。「それにこいつの格好見たかい。他のやつらも同じようなもんだ。もっとひどい。まったく目も当てられないよ。」

「この辺、景色はとてもきれいだね……。」ミシェルはうわのそらで答えた。

大き目の石を積み上げて壁にし、石板で屋根を葺いた家は、背は低いが広々としていた。家は泉の近くにあった。入る前にミシェルはポケットからキャノン・プリマ・ミニ（伸縮式ズームレンズ、三八―一〇五ミリ、フナックで一二九〇フラン）を取り出した。ゆっくりと一回転してよく狙いを定めてからシャッターを押した。そして他の二人に続いた。

一番広い部屋にいるのは、ラスタ風ヒッピー青年の他には暖炉のそばでポンチョを編んでいる正体不明のブロンド女、おそらくはオランダ人か、そしてより年上で、灰色の長髪、やはり灰色の山羊ひげ、賢い山羊のような細い顔をしたヒッピーだった。「あちらです……」とヒッピーが言った。彼は壁に鋲で留めてある布地を払って、兄弟を隣室に案内した。

確かにミシェルは、寝床の奥で体を縮めている褐色の髪の女を興味深く観察した。女は兄弟が部屋に入ってくるのを目で追っていた。結局のところ母親に会うのはこれが二度目でしかなく、しかもどうやら今回が最後になりそうだった。ミシェルがまず驚いたのは、母親がひどく痩せ細っていて、頬骨が飛び出し、腕がねじまがっていることだった。土気色のどす黒い顔をし、息遣いが苦しげで、明らかに末期段階にあるらしかった。しかし鉤鼻の上の白目の勝った大きな瞳は、薄暗がりの中で輝いていた。ミシェルは横たわった影に向かってそろそろと近づいた。ブリュノが言った。「心配するな、もう口がきけなくなってる。」口はきけないのかもしれないが、意識がはっきりしていることは明らかだ。ミシェルが誰か、わかっているのだろうか？　わかっていないのかもしれない。ひょっとしたらミシェルの父親と混同しているのかもしれない。ありうることだった。自分が同じ年代のころの父と瓜ふたつであるとミシェルは知っていた。それに何と言っても、われわれの人生において決定的な役割を果たし、人生を一変させてしまうような人物というのが存在するものである。ジャニーヌ改めジェーンにとって、人生はミシェルの父親をはさんでそれ以前と以後にわかれた。彼に出会うまでは、結局のところ金に飽かせて放蕩にふけるブルジョワ女でしかなかった。彼に出会ってから、彼女は別の何者か、もはやどうにも手のつけられない人間に変身したのである。「出会い」などというのがそもそも、適切な言葉とは言えない。そこには本当の出会いなどなかったからだ。すれ違いざまに子供ができた、それだけのことだった。マルク・ジエルジンスキの奥底にあった秘密は、彼女の理解の及ばないものだった。それに近寄ることすらできなかった。厄介ばかりを引き起こしてきた一生の終わりにあたって、彼女はそのことに思いを寄せていただろうか。ありえない話では少しもなかった。ブリュノはかたわらの椅子にどしんと腰を下ろした。「あんたは老いぼれ娼婦にすぎない……。」彼は嚙んで含めるような調子で言った。「死んで当然なんだ。」ミシェルはベッドの枕元、彼の向かいに座りタバコに火をつけた。「火葬を望んだんだって?」ブリュノは熱っぽく続けた。「もうすぐ火葬にされるさ。灰になったら壺に詰めて、毎朝起き抜けにそこに小便してやるよ。」彼は満足げにうなずいた。ジェーンはしゃがれ声を発した。そのときラスタ風ヒッピーがふたたび現れた。「何か飲みますか?」冷ややかな声で言った。「あたりまえだよ、きみ!」ブリュノがわめいた。「もったいぶるんじゃない、デュコン!」青年はウィスキーのボトルとグラス二つを持って戻ってきた。ブリュノはなみなみと注いだウィスキーをごくりと飲んだ。「すみませんね、混乱しているんですよ……」とミシェルは聞き取れないくらいの小声で言った。「そういうわけだよ」とブリュノ。「放っておいてくれ、デュコン、こっちは悲しみに沈んでるんだから。」彼はウィスキーを飲み干して舌打ちをし、お代りを注いだ。「あのオカマ野郎どもは、おとなしくしてる方が身のためなのさ……。ばばあは財産すべてをあいつらに遺贈した。だが財産相続に関して不可侵の権利を持つのが子供たちであることを、あいつらも承知してるのさ。遺言に異を申し立てれば、こっちが勝つのは確実だ。」ミシェルは黙り込んだ。そんな問題を話し合う気にはならなかった。あからさまな沈黙が続いた。脇からも声はいっさいかからなかった。瀕死の床から聞えてくるのは弱々しくうなるような息遣いばかりだった。

「この人はいつまでも若いままでいたかった、それだけのことさ……。」ミシェルはくたびれたような、寛容な調子で言った。「若者たちとつきあいたかった、そして自分の子供だけは絶対に相手にしたくなかったんだ。自分が旧世代の人間だということをいやでも思い出させられるからね。理屈は簡単だし、理解もできる。ぼくはもうお暇したいな。死ぬのはもうすぐだと思うかい?」

ブリュノは知るもんかとばかり肩をそびやかした。ミシェルは立ち上がって隣の部屋に行った。灰色の髪のヒッピー一人だけになっていて、無農薬ニンジンの皮をむいていた。ミシェルは医者が正確には何と言ったのか、彼に問いただしてみたかった。しかしとうのたったヒッピーは曖昧な、見当外れのことしか言わなかった。「本当に素晴らしい女性でしたよ……。」ニンジン片手にそう強調した。「死ぬ準備もおできになっていると、ぼくらは思っているんです。何しろ霊的な実現の度合いがもう十分に高くていらっしゃいますから。」いったいこの男は何を言わんとしているのか？　詳しく問い詰めようとしたって無駄だった。この間抜け男は何かを語っているわけではない。ただ口から音を出しているだけだった。ミシエルはいらだって踵を返し、ブリュノのところに戻った。「ヒッピーの馬鹿どもときたら……」と彼は座りながら言った。「宗教とは瞑想だの霊的探求だのにもとづく個人的なものの考え方だと相変わらず信じている。それが反対に、取り決めや儀礼、規則やセレモニーにもとづく純然たる社会的行為であるということが理解できないんだ。オーギュスト・コントによれば、宗教の唯一の役割とは人類を完全な統一状態に導くことだというのに。」

「オーギュスト・コントとおいでなすった！」ブリュノが猛然と反論した。「人が永遠の命を信じなくなったそのときから、宗教はもはや不可能だ。宗教なくして社会は成り立たないと、そう思っているらしいが、そうであれば社会もまたもはや不可能なのさ。社会学者の中には、若さの崇拝とは五〇年代に生まれ八〇年代に頂点に達した一時的流行に過ぎないと思っているやつらがいるが、きみの話を聞いているとそいつらのことを思い出すぞ。実際には人間はいつの時代にも死の影におびえ、将来自分が消滅するということ、あるいは自分が衰退していくということさえ、恐怖なしには考えられなかったんだ。この世のあらゆる富のうち、肉体の若さは明らかに最も貴重なものだ。しかもわれわれは今じゃこの世の富しか信じていないときてる。「キリストが蘇らないなら」と聖パウロは率直に言ったもんさ、「そのときわれわれの信仰はむなしいものとなるだろう。」キリストは蘇らなかった。死との戦いに敗れたのさ。ぼくは新しきエルサレムを主題にして、楽園を舞台にした映画のシナリオを書いたんだ。物語は裸の女たちと小型犬しか住んでいない島で繰り広げられる。生物学的な大災害の結果、男たちと、ほぼすべての種類の動物は滅びてしまった。時間は止まってしまい、気候は温暖。木には一年中実がなっている。女たちは永遠に若くみずみずしいし、小さな犬たちは永遠に元気はつらつとしている。女たちは海で泳ぎ、互いに愛撫し合い、犬たちはそのまわりで浮かれ戯れている。あらゆる毛色、あらゆる種類の犬がいる。プードル、フォックステリア、グリフォン、シーズー、キングチャールズスパニエル、ヨークシャーテリア、縮れ毛のプードル、ウェストハイランド・ホワイトテリアにハリアー・ビーグル。大型犬はラブラドール一頭だけで、賢くて優しいこの犬は仲間の相談役なんだ。男が存在した唯一の痕跡は、エドゥアール・バラデュール〔フランスの前首相〕のテレビ出演場面を集めた一本のビデオ。このビデオを見ると気持ちが落ち着くという女たちがいるし、たいていの犬たちにとっても同じ効果がある。それからクロード・ダルジェがナレーターをやっている『野生の王国』のビデオも一本。こちらは誰にも見られず、ただ過去の時代の野蛮さの記録、証言として取ってあるだけなんだ。」

「つまり、物を書くのは自由にやらせてもらってるんだね……。」ミシェルがそっと言った。

驚きはしなかった。精神科医は患者たちのわけのわからない書き物を好意的な目で眺めるものだ。そこに治療上の何らかの価値を認めているわけではない。単に暇つぶしになると思っているだけなのだ。カミソリで手首を切り裂かれるよりもずっとましだから。

「そんな島にもちょっとした出来事は起こる」とブリュノは夢中になって続けた。「たとえば、ある日、小型犬の一匹が海を泳いでいて沖に出すぎてしまった。さいわい飼い主の女性が犬のピンチに気づいて、小舟で漕ぎ出し、全力で漕いで危機一髪、何とか救い上げた。かわいそうに、犬は海水を大量に飲んで気を失っていて、そのまま死んでしまうかと思われた。しかし飼い主は人工呼吸を施して犬を蘇生させ、万事めでたし、犬はまた元気を取り戻す。」ブリュノは急に黙り込んでしまった。ミシェルは腕時計に目をやってから、あたりを見まわした。母親はもはやいかなる音も立てていなかった。まもなく正午、あたりは静かすぎるほど静かだった。彼は立ち上がり、隣の部屋に戻った。ニンジンをそのままに残して灰色の髪のヒッピーは姿を消していた。ミシェルはビールをグラスに注ぎ、窓辺に近づいた。モミの木の林が何キロにもわたって、ゆるやかな斜面を形作っていた。遠く、雪を被った山々のあいだに、湖が青いきらめきを放っている。空気には甘い芳香が漂っていた。それは実に美しい春の午前だった。

どのくらいのあいだそうしていたのか、彼の関心は自分の体からさまよい出て、山頂のあいだを安らかに漂っていたのだが、そのとき何か怒号のようなものが聞えてきて現実に引き戻された。耳の感覚を取り戻すのに数秒かかり、それから足早に母親の部屋へ向かった。ベッドの足元に座ったまま、ブリュノは大音声を張り上げて歌っていた。

やつらが来たぞ、みんな来た
みんながこの叫びを聞いたなら、
いよいよそれでご臨終、ママァァァァ……

無定見。無定見で、軽薄で、道化じみている。それが男というものだ。ブリュノは立ち上がると、さらに声を強めて次の一節を歌った。

やつらが来たぞ、みんな来た
イタリアの南からも来た
呪われた息子、ジョルジオさえもやってきた
腕にいっぱい、プレゼント抱えてェェェェ……

歌声のご披露に続く沈黙の中で、ハエが一匹音を立てて室内を飛んできて、ジェーンの顔

にとまった。双翅類の特徴とは一対の膜翅、すなわち平衡棍（飛行の際バランスを取るためのもの）のみを胸部第二環にそなえていること、そして刺すかあるいは吸う機能を持った口腔部を持っていることである。ハエが母親の目の表面にとまろうかという構えを見せたそのとき、ミシェルの頭にはひらめくものがあった。ジェーンに近寄ってみたが、ただし触れようとはしなかった。「もう死んでいると思う。」しばらく眺めたのち、彼は言った。

医者はその事実をたちどころに追認した。医者と一緒に来た村役場の職員が、厄介の種をまいた。ご遺体をどちらにお運びになります？　ご一家のお墓にでしょうか？　ミシェルには答えようもなかった。彼はぐったりと疲れ切って、頭が回らないのを感じた。自分たちが温かい愛情に満ちた家族関係を結んできていたなら、村役場の職員の前で恥をさらす羽目にはならずにすんだだろうに——だが職員は礼儀正しい態度を崩さなかった。ブリュノは完全に興味を失った様子だった。少し離れて座ったまま、携帯ゲーム機でテトリスをやりだした。「何でしたら……」と職員が口を開いた。「サオルジュの墓地を使っていただくこともできますが。お参りにいらっしゃるには多少遠いとは思います。特に、この地方にお住みではないのでしたら。しかしご遺体を動かすことを考えますと、これが明らかに一番好都合です。今はそれほど混み合っておりませんので、午後にも埋葬が可能です。埋葬許可の方も問題なく出ると思いますよ……。」「もちろん問題なしですとも！」医者がやけに熱心に応じた。「用紙は持ってきてあります……。」快活に微笑を浮かべながら用紙を振りかざした。「くそ、負けた……」とブリュノが小声で言った。なるほど、ゲーム機からは楽しげな音楽が小さな音で鳴り出していた。「クレマンさん、土葬という点についても、ご異議はありませんか？」職員が声を強めた。「あるともさ！」ブリュノは勢いよく立ち上がった。「母親は火葬にしてくれと言っていた、それにひどくこだわっていたんだ！」職員は顔を曇らせた。サオルジュの村には火葬用施設はなかった。希望の少なさにかんがみて、そんな特別な施設は必要なかったのである。どうやら難問に突き当たってしまった。「それが母親の遺志だったんだから……」とブリュノは重々しく言った。みなは口をつぐんだ。職員は大あわてで考えをめぐらせた。「確かにニースには火葬場がありますが……。」彼がおずおずと切り出した。「そこで火葬にして、また戻ってこられてはいかがでしょう。お骨をここの墓地に埋葬なさるとしての話ですが。もちろん、往復の費用は持っていただくことになります。」答えはなかった。「ちょっと電話してきましょう。」職員は続けた。「とにかく、火葬場の営業時間をまず調べてみないと。」彼が手帳を調べ、携帯電話を取り出して番号を押し始めたとき、ブリュノがふたたび口をはさんだ。「いいですよ……。」彼は手を大きく振った。「ここに埋めましょう。遺志だのなんだの、知ったこっちゃない。金は払っておいてくれよ！」とミシェルに向かって有無を言わさない調子で言った。ミシェルはつべこべ言わずに小切手帳を取り出し、三十年間の墓地使用権がいくらになるか尋ねた。「それがよろしいですよ」と職員は賛成した。「三十年の使用権なら、将来安心ですから。」

墓地は村から百メートルほど高い場所にあった。青い作業衣を着た二人の職員が柩を担いだ。兄弟が選んだのは、村にストックのあった、白い樅材の標準モデルの柩だった。サオルジュでは、葬式関係のサービスは見事に組織されているようだった。夕方が近づいていたが、太陽はなお熱かった。ブリュノとミシェルは職員たちの少し後を、並んで歩いていった。灰色の髪のヒッピーがつきそった。ジェーンがお墓に入るまで見届けたいのだという。小石だらけの乾いた道を登っていく。そんなすべてには何らかの意味があるはずだった。猛禽類——おそらくはノスリ——が中空をゆっくりと滑翔していた。「ヘビのうじゃうじゃいそうなところだ……。」ブリュノはそう言って、角のとがった白い小石を拾った。墓地に折れていく直前、彼の言葉を証明するかのように、壁に沿った茂みのあいだからマムシが顔を出した。ブリュノは狙いをつけて力いっぱい石を投げつけた。石はあと一歩のところでマムシの頭を外れ、壁に当たって砕けた。

「ヘビには自然の中に居場所があるのですよ……」と灰色の髪のヒッピーがとがめるような口調で言った。

「自然がどうだってんだよ、おっさん。クソ食らえってんだ！」ブリュノはまたしても逆上していた。「自然なんかクソ食らえ、ケツ食らえ！」彼はなお数分間ぶつぶつと文句を言い続けた。しかしながら遺体を墓穴に下ろす際には行儀よく見守り、くっくっと押し殺した笑い声を立てたり、頭をしきりに振ったりするにとどめた。それはあたかも、この出来事によってこれまでにない考えが湧いてきたが、しかしはっきり言い表すにはまだ漠然としすぎているとでもいうかのようだった。埋葬が終わって、ミシェルは二人の職員にたっぷりとチップをやった――そんな慣わしなのだろうと想像したのだ。列車の時間までまだ十五分あった。ブリュノも一緒に出発することにした。

二人はニース駅のホームで別れた。二人ともまだ知らなかったが、それきり二度と会わない定めだった。

「クリニックでは、うまく行ってるの？」ミシェルが尋ねた。

「大丈夫だって。のんびり穏やかに、何しろリチウムを持ってるから。」ブリュノはずるそうな笑いを浮かべた。「すぐに戻るつもりはないんだ。あと一晩残ってる。淫売のいるバーに行くぞ、ニースにはそんなバーが山ほどある。」そう言って額に皺を寄せ、表情を曇らせた。「リチウムを飲んでると全然立たなくなっちまった。でもいい、好きなもんに変わりはないさ。」

ミシェルは曖昧にうなずき、列車に乗りこんだ。寝台車を予約してあった。

第三部　感情の無限

1

パリから戻ると、デプレシャンから手紙が届いていた。CNRSの内部規定第六六条に従い、休職期間の終了まで二カ月と迫った今、職場に復帰するか、それとも休職の延長手続きを取るか、貴君に決断をお願いしなければならない。手紙の文面は丁重でユーモアに満ちたものだった。デプレシャンはお役所的な手続きのうるささについて皮肉を飛ばしていた。とはいえ出願期限はすでに三週間オーバーしていた。ミシェルは深い当惑を覚えながら手紙を机の上に置いた。一年のあいだ、研究領域を自分一人でまったく自由に設定することができた。だがその結果何が得られただろう？　つまるところ、ほとんど成果なしである。パソコンのスイッチを入れ、eメールが八十通溜まっているのを知って胸が悪くなった。ただの二日留守にしただけなのだったが。パレゾー分子生物学研究所から一通届いていた。彼の後釜に座った女性研究者は、ミトコンドリアのDNAについての研究プログラムに着手していた。細胞核のDNAとは異なり、ミトコンドリアのDNAには遊離基の攻撃によるコード損傷を補修するメカニズムが欠けているらしいという。それは別段驚くべきことではなかった。オハイオ大学からの報告の方が興味深かった。〈サッカロミケス〉〔酵母菌〕を研究した結果、性的手段で繁殖する変種よりも、クローンによる種の方が成長が早いことが判明した。すなわちこの場合、偶発的変異の方が自然淘汰よりも有効であるわけだ。面白く組みたてられた実験であり、有性生殖こそ進化の推進力であるとする古典的仮説に反駁するものだった。だがいずれにせよそこには逸話的興味しかなかった。遺伝子コードが完全に解読されたあかつきには（それはもはや月単位の問題でしかなかった）、人類は自らの生物学的進化をコントロールすることができるようになるだろう。そうすればセクシュアリティはありのままの姿をさらすことになる——無駄で危険な、退行的機能。しかしながら、たとえ突然変異の出現を検出し、有害な影響を予測することができるようになったとしても、その決定力を解明する方法は今のところまったくない。従って突然変異に明確な、利用可能な意味を与える方法もないのだった。そうした方向に向けて研究を進めるべきであるのは明白なことだった。

　本棚にぎっしりと詰まっていた書類や書物が片づけられてみると、デプレシャンのオフィスは広々として見えた。「そうなんだよ……」と彼は遠慮がちに微笑みながら言った。「来月末に定年になるんだ。」ミシェルは呆然となった。何年も、何十年もつきあっているうちに、個人的な問題や、本当に重要な事柄には触れないことが徐々に習慣化していく。しかしいつか、いい機会が訪れたなら、そうした問題、事柄を話し合うことができるだろうという希望もまた捨てずにいる。より人間的で、より完全な関係をいつかは築けるのではないかという思いが、際限なく繰り延べられながらも決してすっかり消え失せはしないのは、ただ単にそれが不可能だからであり、いかなる人間関係も狭く固定された枠に完全に収まりはしないからなのだ。それゆえ、「本物の深い」関係に対する期待が保たれる。数年間、数十年間保たれたのち、決定的な出来事が（一般には相手の死という形で）不意に起こり、もはや遅すぎる、これまで夢見てきた「本物の深い」関係なるものは、ほかのすべてと同様、実現されずに終わると告げるのだ。十五年間勤めてきて、仕事場で過ごす日々を通常規定しているような、単に偶然一緒になった者どうしの、功利的なだけのはてしなく退屈な関係を超えた触れ合いを持ちたいと願った相手は、ミシェルにとってデプレシャンただ一人だった。ところがそれも失敗に終わった。彼はオフィスの床に積み上げられた本の入った段ボール箱に愕然として目をやった。「どこかで一杯やりに行かないか……。」デプレシャンの提案は、その場の雰囲気にふさわしいものだった。

彼らはオルセー美術館沿いに歩き、〈十九世紀〉というカフェのテラス席に腰を下ろした。隣のテーブルでは六、七人のイタリア人女性観光客がまるで罪のないニワトリのように元気よくおしゃべりに興じていた。ミシェルはビールを、デプレシャンはストレートのウィスキーを注文した。

「これからどうなさるんです？」

「さあね……。」デプレシャンは本当に見当がつかないといった口ぶりだった。「旅行でもするか……。セックス観光を少々というのもいいな。」彼は微笑んだ。彼の微笑んだ顔には、まだ大いに魅力があった。確かにそれは幻滅を味わった者の魅力であり、人生に挫折した人物であることは明らかだったが、とはいえ本物の魅力があった。「冗談だよ……。本当を言えばその種のことにはもう全然興味が持てなくなってしまった。誰かと知り合うということならば……、そう、誰かと知り合いになりたいという気持ちはまだ残っているな。不思議なもんだよ、そういう気持ちというのは……。研究者のあいだでさえ、そんな気持ちを持っている人間にはほとんどお目にかからない。大半はキャリアを築きさえすれば満足で、あとは早々に管理側にまわってしまう。だが、それは人類の歴史においてものすごく大切なものだったんだ。こんな寓話を考えてみてもいい。ごく小人数からなるグループ――地球上でせいぜい数百人――が困難きわまる、非常に抽象的で、素人にはまったく理解できない研究に精魂傾けているとする。そのグループのことを他の人類は知るよしもない。彼らは権力も、財産も、名誉も得られない。研究に励むことで彼らが得ている喜びのことなど、誰にも理解すらできない。しかしながら彼らこそは世界で最も重要な勢力なのだ。というのもごく単純な、ささやかな理由ゆえにだ――つまり彼らが合理的確実性の鍵を握っているのだから。彼らが真実であると主張する一切の事柄は、遅かれ早かれ人類全体の認めるところとなる。いかなる経済的、政治的、社会的、宗教的勢力といえども、合理的確実性の明白さを前にしては屈服せざるをえない。西洋はこれまで、哲学や政治に度はずれた関心を抱き、哲学的・政治的問題をめぐってまったく非合理な戦いを繰り広げてきたとは言えるかもしれない。また、西洋は文学や芸術に情熱を燃やしてきたとも言えるだろう。しかし現実には、その歴史において合理的確実性に対する欲求ほどの重みを持っていたものは何もなかった。結局のところ西洋は、その欲求のためにすべてを犠牲にしたということになるだろうな。宗教も、幸福も、希望も、そしてついには生命さえも。それは西洋文明全体に対して判断を下そうというときに、覚えておかなければならないことだと思うよ。」彼は口をつぐみ、物思いに沈んだ。視線は一瞬テーブルのあいだをさまよい、それから自分のグラスに戻ってきた。

「高校二年、十六歳のときに知り合ったやつのことを思い出すよ。とても複雑な、苦悩を抱えたやつだった。金持ちの、どちらかといえば伝統を重んじる家の生まれで、自分自身そういう価値観を保っていた。ある日話をしていて、こう言ったんだ。『ある宗教の価値は、その宗教を基盤としていかなる道徳が確立されるかにかかっている。』私は驚き、感心したまま何も言えなかった。彼が自分一人の力でそういう結論に到達したのか、あるいは本の中にそう書いてあるのを見つけたのかはわからない。どちらにしろその一言は私にとってひどく印象に残るものだった。そのことを考え出してから四十年になる。今では、あいつは間違っていたんだと思うようになったよ。宗教に関しては、もっぱら道徳という観点のみに立つわけにはいかないらしいね。とはいえ、人類の救世主その人ですら普遍的倫理の基準に照らして裁かれるべきだと言ったカントは正しい。しかし私は、宗教とは何よりもまず世界を説明するための試みであると考えるようになった。そして世界を説明するための試みというものは、われわれが持つ合理的確実性への要求にそれが反するならば決して成り立たない。数学的証明や実験に基づく証明は人間の意識にとってもはや譲り渡すことのできないものなんだ。なるほど事実がそれを反駁しているように見えることは承知しているよ。イスラム教――あらゆる宗教の中で、なんといってももっとも愚かしく、誤まった、もっとも蒙昧主義的な宗教――がこのところ勢力を広げているように見える。だがそれはうわべだけの、一時の現象にすぎない。長い目で見ればイスラム教の命脈が尽きていることは、キリスト教の場合よりもさらに確実だ。」

ミシェルは頭を上げた。彼は非常に注意深く話に耳を傾けていた。デプレシャンがこうした問題を本気で考えているとは予想だにしなかった。デプレシャンは少しためらってから、ふたたび話し始めた。

「大学に進学して以来、フィリップとはもう会うこともなくなっていたが、数年後、彼が自殺したと聞いた。もちろん、さっきの話が密接に関連していたとは思わないが。同時にホモセクシュアルであり、原理主義的カトリックであり、王党派であるというのは、単純な組み合わせであるはずもないからね。」

このときよくわかったのだが、結局のところミシェル自身は、これまで一度も本当に宗教的な疑問に襲われたことはなかった。とはいえ彼は、過去数世紀に及ぶ宗教的信仰を破壊した唯物論的形而上学自体が、物理学の新たな進歩によって破壊されてしまったことを、ずいぶん前から承知していた。自分にしろ、自分のこれまで出会った物理学者たちにしろ、少なくともそのことで懐疑や、精神的不安を覚えてもいいはずなのに、その様子がまったくないのは不思議なことだった。

「個人的には」とミシェルはそんな風に思いをめぐらしながら言った。「一般に研究者のものとされている、基本的な、プラグマティックな実証主義で満足するほかなかった気がします。事実は存在し、法則に従って連鎖する。原因の概念は科学的ではありません。世界はわれわれが世界について持つ知識の総量に等しいのです。」

「私はもう研究者ではないんだ……」とデプレシャンは驚くほど率直に言った。「だからこそこうやって、遅ればせながら形而上学的問題にとらわれているんだろう。しかしもちろん正しいのはきみだよ。研究、実験を続け、新しい法則を発見し続けなければならない。その他のことにはいかなる重要性もない。パスカルの言葉を覚えているかい。『大づかみにこう言うべきである。「これは形状と運動から成っている」と。なぜなら、それは本当だからである。だが、それがどういう形や運動であるかを言い、機械を構成して見せるのは、滑稽である。なぜなら、そういうことは、無益であり、不確実であり、苦しいからである。」もちろんここでもまた、正しいのは彼であり、デカルトは間違っている。ところで……これからの身の振り方はもう決めたのか？　つまり……（と彼は申しわけなさそうなしぐさをした）、例の書類提出期限というやつがあるんでね。」

「ええ。実はアイルランドのゴールウェーにある、遺伝子研究センターに任命していただこうと思っています。単純な実験的モンタージュを早急に立ち上げたいのです、気温、気圧を正確にコントロールし、高性能の放射性トレーサーを使って。とりわけ必要なのは大型計算機なんですが――確か、あそこでは二台のクレイ・コンピュータを同時に使えたような気がします。」

「何かまた新しい研究を起こそうというわけだね？」デプレシャンの声は興奮を抑えきれなかった。自分でもそれに気づき、例の控え目な微笑をふたたび浮かべたが、まるで自らを嗤うかのようだった。「知ろうとする欲望というのは……」と彼は小声で言った。

「僕の意見では、そもそもの間違いは自然界のＤＮＡだけを基準に研究を進めようとする点にあるのです。ＤＮＡは複雑な分子であり、その進化は多少なりとも偶然に左右されたものです。不必要な重複や、コード化と無関係な長いシーケンスなど、いわばいいかげんな要素も多い。変異の諸条件を本当にテストしようというのであれば、もっと単純な、せいぜい数百のリンクからなる自己増殖分子を対象とする必要があります。」

デプレシャンは目を輝かせてうなずき、もはや興奮を隠そうともしなかった。イタリア人女性観光客たちは立ち去っていた。彼らを除いて、店内に客はいなかった。

「もちろん時間はかなりかかるでしょう」とミシェルは続けた。「原理的には、変異可能な分子構造を特徴づけるものは何もありません。しかし構造的安定性の条件が、原子よりさらにミクロのレベルには必ずや存在するはずです。たとえ数百個の原子に対してであれ、安定した構造を算出できるようになったなら、あとは処理能力の問題でしかない……。でも、ちょっと先走りしすぎましたね。」

「いや、どうだろう……。」デプレシャンは今や、無限の彼方にある可能性、幻のような未知の精神的ヴィジョンを垣間見た人の、ゆっくりとした夢見るような口調で言った。

「センター内の序列とは関係なく、完全に独立したポジションで研究する必要があるのです。純然たる仮説段階の事柄がいろいろとあるものですから。説明するには長くかかるし、難しすぎる。」

「そりゃそうだろう。センター長のウォルコットに手紙を書いてあげよう。好人物だよ。何しろきみはそっとしておいてもらう必要があるわけだからな。それに、確か以前あちらで研究したことがあったね？　雌牛の実験だったか……。」

「ええ、大した研究ではありませんでしたが。」

「心配はいらない。私は退職するが……（今度は彼の微笑にはいくばくかの辛さが混じっていた）、とはいえそれくらいのことを通す力はまだ持っている。手続き上は出向という形になるな――毎年更新可能だ、きみの好きなだけ。私の後任が誰になろうとも、何か問題が生じるおそれはまったくない。」

二人はロワイヤル橋のそばで別れた。デプレシャンはミシェルに手を差し出した。彼には息子はいなかった。彼の性的嗜好からしてそれは不可能だった。名目だけの結婚など馬鹿げたことだと常に思ってきた。ミシェルの手を握りながら、自分が今生きている瞬間はそうしたことよりも高級なのだと数秒間考えた。それから彼はひどい疲れを覚えた。そして背を向け、セーヌ河岸に並ぶブキニスト〔古書商人〕の売り台に沿って歩き出した。一、二分のあいだ、黄昏の光の中を去っていく男の姿を目で追いながら。

2

彼は翌日の晩アナベルの家で食事し、アイルランドに行かなければならない理由をできるかぎりわかりやすく、とりまとめて明確に説明した。彼にとって今や進むべき道は見えており、何もかもは緊密に結びついていた。重要なのはＤＮＡのみに集中しないこと、生命体を自己増殖可能なシステムとして包括的にとらえることだった。

最初、アナベルは何も返事をしなかった。唇が軽くゆがむのを抑えられなかった。それから彼にワインを注ぎ出した。この晩の料理は魚だった。こぢんまりとしたワンルームにはいつになく船室のような雰囲気が漂っていた。

「連れていってくれるつもりはないのね……。」彼女の言葉が沈黙の中に響いた。沈黙が長引いた。「そんなこと、考えさえしなかったんだわ……。」子供っぽいすねた調子に驚きをまじえて彼女は言った。そして突然泣き出した。彼は動かずにいた。今そばに寄ろうとしてもおしのけられただろう。泣くべきとき、泣くほかないときがあるものだ。「十二歳のころは、あんなに仲良くしてたのに……。」涙に暮れながら彼女が言った。

それから彼女は目を彼のほうに上げた。端整な、非の打ちどころなく美しい顔だった。彼女は思ったことをそのまま口にした。「あなたの子供がほしい。誰かにそばにいてほしい。あなたには育てる必要もないし、世話をする必要もない。認知してくれとも言わない。その子を愛してやってくれとか、私を愛してくれなんて言わない。でもとにかく、あなたの子供を産ませてほしい。自分がもう四十歳だということはわかってる。危険は覚悟のうえよ。これが私の最後のチャンス。ときどき、昔中絶したことを後悔するの。でも私を妊娠させた最初の男はクズのようなやつだったし、二番目の男は無責任だった。人生がこれほど限られたもので、可能性なんかたちまち消えてしまうだなんて、十七歳のころには想像もつかなかった。」

ミシェルは考えをめぐらすためにタバコに火をつけた。「奇妙なことを考えるもんだな……」とつぶやいた。「人生を愛してもいないのに、子孫を残そうだなんて。」アナベルは立ち上がり、一枚ずつ服を脱いでいった。「とにかくセックスしましょうよ」と彼女は言った。「最後にしてから、一カ月はたつわ。二週間前からピルを飲んでないの。今日は可能性が高い日よ。」両手を腹にあて、乳房まで這わせ、両腿を少し開いた。その姿は美しく、欲望をそそり、愛情を呼び覚ました。それなのになぜ彼は何も感じないのか？　説明は不可能だった。もう一本タバコに火をつけ、突如、考えたところで何の役にも立たないことに気がついた。子供を作るか、作らないのか。それは理性の決定にゆだねるべき事柄ではない。人間が理性的に判断を下しうる問題ではないのだ。彼はタバコを灰皿に押しつけ、ささやいた。

「そうしよう。」

アナベルは彼を手伝って服を脱がせ、挿入できるようにするため一物をやさしくしごいた。ヴァギナの柔らかさと温かさをのぞいて、大して何も感じなかった。自分たちが幾何学的なまでに確かな姿勢でつがいあっている事実に驚き、粘膜のしなやかさ、豊かさにも感嘆して、彼は前後運動をたちまち止めた。アナベルは自分の口を彼の口に重ね、腕を回して彼を抱いた。彼は目を閉じ、自分の性器の存在をより明瞭に感じ取り、ふたたび体を動かし始めた。射精する間際に、配偶子が融合し、やがてただちに最初の細胞分裂が生じる様がありありと脳裏に浮かんだ。それはいわば前方への退却、ささやかな自殺のようなものだった。性器に沿って意識の波が走り、精液が体の外に飛び出ていくのを感じた。アナベルもそれを感じて長々とため息をついた。それから二人はじっとしたままでいた。


「一月前に検査にくるはずでしたね……。」婦人科医は物憂げな声で言った。「それなのに勝手にピルをやめて、子供を作りたいだなんて。もうおてんば娘じゃないんですよ！……」診察室の空気はひんやりとして、少しねばつく感じだった。外に出ると六月の太陽が輝いているのにアナベルは驚いた。

翌日婦人科医に電話を入れた。細胞検査の結果、「かなり重大な」異状が見つかった。生検と子宮細胞の採取を行う必要があるという。「当然だけれども、子供を作るのはさしあたりやめておいた方がいいでしょう。安心して産めるように、まず体を整えないとね……。」婦人科医は心配そうではなく、ただ少し困ったような顔をしているだけだった。

そこでアナベルは三度目の中絶をすることになった――胎児は二週間目でしかなく、吸引法でかたがついた。前のときに比べ設備ははるかに進歩しており、驚いたことに一切は十分もかからずに終わった。検査結果は三日後に届いた。「さてと……」婦人科医はひどく老け込んだような様子で、いかにも優秀な医者らしいその表情に悲しみを浮かべていた。「残念ながら、どうも間違いはないようだ。子宮ガンです。それもかなり進行した段階です。」医師はメガネを鼻にすえなおし、もう一度書類に目を落とした。そのしぐさによって、優秀な医者という印象はいっそう強まった。彼は特に驚いていたわけではない。閉経を控えた女性が子宮ガンにおかされる例はしばしばあり、子供を持たなかったことは危険を高める一要素となる。治療の手順ははっきりしており、医師にもその点でためらいはなかった。「子宮摘除手術と、左右の卵管・卵巣摘出を行わなければなりませんな。手術としては今では十分コントロールされたものですから、合併症の恐れもほとんどありませんよ。」そう言って医師はアナベルに目をやった。困ったことに彼女は反応を示さず、茫然自失の状態だった。おそらくこれは発作の前触れかもしれない。一般に臨床医には、心理療法のサポートを受けるよう女性患者をガイドしてやり――彼もちょっとしたアドレス一覧を用意してあった――、とりわけ、妊娠の可能性がなくなったからといってもそれは性生活の終わりを決して意味せず、それどころか欲望が以前よりもぐっと増す患者もいるのだ等々、〈力強い励まし〉の言葉をかけてやるように勧められていた。

「つまり、わたしの子宮は取られてしまうんですね……。」彼女は信じられないという口調で言った。

「子宮、卵巣、そして輸卵管もです。転移のおそれを完全に取り除いてしまった方がいいですから。代用ホルモン治療の処方も出しておきましょう——これは最近広く行われるようになってきているんですよ。単なる閉経の場合にでさえ。」

彼女はクレシー＝アン＝ブリの両親の家に戻った。手術は七月十七日に行われることになった。ミシェルは彼女の母親と一緒にモーの病院までつきそった。彼女はこわがりはしなかった。手術は二時間と少しかかった。アナベルは翌日目を覚ました。病室の窓から青い空が見え、木々のあいだを吹くかすかな風の動きが見えた。ほとんど何も感じなかった。下腹部の傷跡を見てみたかったが、看護婦に言い出せなかった。前と同じ女のままなのに、生殖器官が取り出されてしまったのだと思うと不思議だった。〈切除〉という言葉がしばらく頭の中を漂ったが、やがてもっと強烈なイメージが取って代わった。「中身をくりぬかれてしまったんだ」と彼女は考えた。「まるでチキンを料理するみたいに。」

一週間後彼女は退院した。ミシェルはウォルコットに手紙を書いて、出発を遅らせる旨知らせた。少しためらった末、両親の家に引っ越すことに同意し、彼女の兄が使っていた部屋に入った。アナベルは、自分が入院しているあいだに彼が母と心を通わせたのに気がついた。ミシェルが来てから、兄もまた前よりもひんぱんに顔を見せるようになった。別に大して話題があるわけではなかった。ミシェルは小企業の抱える問題など何も知らなかったし、ジャン゠ピエールは分子生物学の進展にともなって生じた問題とはまったく無縁だった。しかしながら晩、アペリチフを飲む時間には、いくらか作り物じみた男同士の絆が結ばれるのだった。彼女は体を休めなければならず、とりわけ重い物を持ち上げるのは厳禁だった。しかし今ではもう一人で体を洗い、通常どおりの食事をすることができた。午後は庭で座っていた。ミシェルと母親はイチゴやスモモの実を拾ってきた。それは奇妙なヴァカンスのようでもあり、幼いころに戻ったかのようでもあった。彼女は顔や腕を太陽の光がくすぐるのを感じた。ほとんどの場合、何もせずにいたが、ときどき刺繡をしたり、甥や姪のために小さなぬいぐるみを作ったりした。モーの精神科医が睡眠薬およびかなりの分量の精神安定剤を処方した。いずれにせよ彼女は長時間眠り、見る夢は幸せで和やかな夢ばかりだった。精神は、本来の領域内では巨大な力を発揮するものである。ミシェルはベッドの彼女の隣に横たわった。片手を彼女の体に置き、脇腹が規則正しく上下するのを感じていた。精神科医は定期的に往診しては、「現実に対する執着の喪失」などと心配そうにぶつぶつ呟いた。彼女はとてもやさしく、少し奇妙な様子になり、理由もなく笑い出すことが多くなった。かと思うと突然目に涙をいっぱい溜めるのだった。そんなときはテルシアン〔精神弛緩薬〕を一錠余計に飲んだ。

三週間たつと外出できるようになり、川べりや近所の森を少し散歩するようになった。それは例外的なほど晴天の多い八月だった。毎日快晴が続き、空には黒雲一つ浮かばず、夏の終わりを予告するものは何一つなかった。ミシェルは彼女の手を取って歩いた。よくグラン・モランの川辺のベンチに腰を下ろした。土手の草は焦げてほとんど白くなっていた。ブナの枝がかぶさる下を、濃い緑の川の水が延々とうねりながら流れていった。外界には固有の法があったが、それは人間の従う法ではなかった。

3

八月二十五日、検診で腹部への転移が見つかった。このままでは転移が進み、ガンが全身に広がってしまう。放射線療法を試みる余地はあった。本当を言えばそれが残された唯一の方策だった。しかし過酷な療法であることは覚悟しなければならず、しかも治癒率は五〇パーセントにも達しないのだ。

夕食の席は深い沈黙に包まれた。「きっと治してもらえるわよ、ねえ……。」アナベルの母親は少し声を震わせて言った。アナベルは母親の首に腕を伸ばし、自分の額を母親の額に押し当てた。二人は一分間ほどそうやったままでいた。母親が寝にいってしまってからも、アナベルは居間の中を歩きまわり、あれこれ本をめくったりした。肱掛椅子に腰掛けたミシェルはその様子を目で追った。「誰か別のお医者さんに診てもらってもいいんじゃないかな……。」彼は長い沈黙を破って言った。「そうね、そうしてもいいわね」と彼女は気軽な調子で応じた。

手術の跡がまだなまなましく、痛みも強かったのでセックスするのは無理だった。そのかわりに彼女は彼を長々と腕の中に抱きしめた。静けさの中で彼の歯が鳴る音が聞えた。ふと彼の顔に手を伸ばしてみると、涙で濡れているのがわかった。彼女は彼の性器をそっと撫でた。それは興奮を誘うとともに気持ちを静めてくれることでもあった。彼はメプロニジン〔催眠薬〕を二錠飲み、やがて眠りに落ちていった。

彼女は夜明けの三時ころに目を覚まし、部屋着を引っかけて台所に下りていった。食器棚をかきまわすうちに、十歳のとき代母からもらった、彼女の名前入りのボウルが出てきた。ボウルの中に、ロイプノール〔精神安定剤〕のチューブの中身を出して注意深く押し広げ、そこに水と砂糖少々を加えた。彼女が感じていたのはただ、ごく一般的な、ほとんど形而上学的な意味での悲しさだけだった。人生はこういう風にできていたんだ、と彼女は思った。自分の体の中に一つの別れ道、予測できない、不条理な別れ道が生じた。そして今となっては、体はもはや幸福や喜びの源ではありえなかった。それどころか徐々に、しかし実際にはかなりのスピードで、自分自身にとっても他の人たちにとっても困惑と不幸の源になろうとしている。従って、この体を破壊しなければならなかった。どっしりとした木製の柱時計が音を立てて毎秒を刻んでいた。それは母親が祖母から受け継いだ品、結婚したときにはもう持っていた品で、家で一番古い品物だった。ボウルに少し砂糖を足した。彼女の姿勢は運命の甘受とは遠く隔たったものであり、人生は悪い冗談、許しがたい冗談だと彼女には思われた。しかし許そうが許すまいが、どうしようもない。数週間の闘病を経て、彼女は驚くべき速さで老人が抱きがちな気持ちを抱くようになっていた——これ以上他人の重荷になりたくない。人生は、思春期の終わりごろから猛スピードで進み出した。それから長い倦怠期がきた。そして終わりになってまた、すべてがまた猛スピードを取り戻したのだ。

夜明け少し前、ミシェルは寝返りを打ったはずみにアナベルがいないことに気がついた。彼は服を着て下りていった。アナベルは意識を失ったまま居間のカーペットの上に横たわっていた。そばのテーブルの上に手紙が残されていた。最初の一行にはこうあった。「愛する人たちに囲まれて死んでいきたいと思います。」

モー病院の救急治療班チーフは三十がらみの、褐色の縮れ毛で正直そうな顔をした男だった。彼は直ちに好印象を与えた。娘さんが意識を取り戻す見込みはほとんどありません、と彼は言った。ご家族の皆さんはつきそっていてくださってかまいません、個人的に、そうしていただいて問題はないと思いますので。昏睡状態というのは不思議な、未知の部分の多い状態だった。アナベルがまわりの人間にまったく気づいていないことはほぼ確かだった。しかしながら、脳内にはかすかな電気の流れが保たれていた。それは何らかの精神的活動と結びついているはずだが、その正体はまったくの謎であった。医学的にも今後の見通しはまったく不確かだった。深い昏睡に陥った患者が、数週間、さらには数カ月後に突然意識を取り戻した例がある。だが残念ながら大半の場合、昏睡状態はやはり突然に死へと到りつく。アナベルはまだ四十歳であり、少なくとも心臓は持つはずだった。とりあえず今言えるのはそれだけだった。

町の上に日が昇ろうとしていた。ミシェルの隣に座ったアナベルの兄は、頭を振りながら呟いていた。「こんなことありえない……。こんなことありえない……。」その言葉に何か力でもあるかのように、幾度もそう繰り返すのだった。だが、ありえたのである。ありえないことなど何もない。看護婦が金属製のワゴンを押しながら彼らの前を通っていった。その上で血清の瓶がぶつかり合っていた。

少したつと太陽が雲を追いやり、青空が現れた。今日もまたこれまでと変わらない快晴になるだろう。アナベルの母親は辛そうに立ち上がった。「少し休んでおいた方がいいわね……」と声の震えを抑えながら言った。兄も両腕を力なく垂らしたまま立ち上がり、自動人形のように母親に従った。ミシェルは頭を振って、一緒に行かないことを示した。少しも疲れを感じなかった。しばらくのあいだ、彼がとりわけ感じていたのは観察可能な世界の不思議な存在感だった。陽光の差す廊下の、プラスチックの編み込み椅子にぽつんと一人座っていた。病棟はあまりに静かだった。ときおり遠くで扉が開き、看護婦が出てきて別の廊下に入っていった。高台の下からは町のざわめきがごくかすかに聞えてきた。周囲から完全に切り離された精神状態で、彼はこれまでのなりゆきを振り返り、いかなる段階を経て自分たちの人生が破壊されたのか、そのメカニズムを考えてみた。すべてはどうしようもなく、澄明かつ反論の余地なきものであるように思われた。すべては限定された過去の明証性を帯びてくともしないように思われた。今日では、十七歳の娘がこれほどのナイーブさを示すことはありそうもない。とりわけ今日では、十七歳の娘が恋愛にこれほどの重要さを認めることはありそうもない。アナベルの少女時代から二十五年の月日が流れ、アンケート調査や雑誌の記事を信じるならば、事態はずいぶん変わったらしい。今日の少女たちはもっと思慮深く、合理主義的だった。何よりもまず学校でいい成績を得ることを考え、ちゃんとした職業につくことを目指している。男の子とのデートは暇つぶしにすぎず、性的な喜びと自己愛の満足がほぼ同等に入り混じったお遊びにすぎない。のちに彼女たちは、社会的・職業的立場が釣り合い、趣味嗜好に何らかの共通性がある相手と、熟慮の上で婚姻を取り決めようとする。もちろんそうすることで、幸福になる可能性はきっぱり捨ててしまうわけだが——何しろ幸福とは、理性にもとづく実利的慣習とは両立しえない、融合的・退行的な状態と切り離せないものだから——、しかし前の世代の女たちを責めさいなんだ感情的、精神的な苦悶からは免れることができるものと期待しているのである。とはいえこの期待はたちまちのうちに裏切られた。情熱の苦しみが消え失せた後に残ったのは、倦怠、空虚感、そして老いと死に対する恐怖に満ちた思いばかりだった。こうして、アナベルの人生の後半は前半よりもはるかに悲しく陰気なものだった。最後には、思い出さえ残らなかったのである。
　正午ころ、ミシェルは病室の扉を押した。彼女の息づかいはひどく弱々しく、胸元のシーツはほとんど上下しなかった——医者によればそれでも組織の酸素化には十分だというのだが。呼吸がこれ以上弱まったなら、補助呼吸装置を取りつけることも考えられた。今のところは、肘の少し上に点滴の針が刺され、こめかみに電極が固定されているだけだった。真っ白いシーツを陽光が照らし、明るい色の美しい髪の毛を輝かせた。目を閉じた顔は、普段より少し青白いだけで、非常に穏やかに見えた。いかなる恐れからも解放されたかのようだった。ミシェルにとって、これほど幸せそうな彼女を見るのは初めてだった。彼に昏睡状態と幸福とを同一視しがちなところがあるのは確かだった。とはいえ、彼女の姿はきわめて幸福そうに見えた。ミシェルは彼女の髪を撫で、額と生暖かい唇にくちづけした。それはもはや明らかに遅すぎた。とはいうものの、それはやはり甘美なことだった。廊下に戻って、エヴァンズ＝ヴェンツ博士〔ウォルター・イーリング・エヴァンズ＝ヴェンツ、一八七八～一九六五年。アメリカのチベット仏教・東洋思想研究家〕編集による仏教の瞑想書を開いた（数週間前からいつもポケットに入れていた——濃い赤の表紙の、ごく小ぶりな本だった）。

　東にいるすべての者、
　西にいるすべての者、

南にいるすべての者、
北にいるすべての者が
幸福であり、幸福を保ち続けんことを。
不和なく暮らさんことを。

自分たちばかりが悪かったわけではない、と彼は考えた。二人は苦しみに満ちた世界、競争と戦い、虚栄と暴力の世界に生きた。調和あふれる世界に暮らしたのではない。だが他方では、二人はこの世界を変えるために何もせず、改善するために少しも貢献しなかった。アナベルに子供を作ってやるべきだったと思った。それから急に、実際にそうしたこと、というよりもむしろ第一歩は踏み出したのだったことを思い出した。とにかくその計画を受け入れはしたのだった。そう思うと彼は大きな喜びに満たされた。そして最近数週間、自分が平和と安らぎに浸されていた理由が理解できた。今やもはや彼にできることは何もなかった。病と死の支配をどうにかできる者は誰一人いなかった。しかし少なくとも数週間のあいだだけは、彼女は自分が愛されているという気持ちを抱いたことだろう。

もし愛の思想を実践し
みだらなふるまいに身を委ねないなら。

情念の絆を断ち
〈道〉に目を向けるなら。

愛を実践しえたがゆえをもって
彼はブラフマンの天に蘇るだろう
すみやかに〈解放〉をうるだろう
そして〈無制約の領野〉で永遠に遊ぶだろう。

もし殺すことも害することもなく、
他人を辱めて自分が目立とうとしないなら、
もし普遍の愛を実践するなら
死に際し彼は心に憎悪を抱かないだろう。

晩になるとアナベルの母親もやってきて、容態を知りたがった。何も進展はなかった。深い昏睡状態は安定したまま続くこともあるのですよと、看護婦が辛抱強く説明して聞かせた。何週間もたたないと診断が下せないこともあるのです。母親は娘の顔を見に病室に入り、一分後にはすすり泣きながら出てきた。「わたしには理解できない……。」頭を振りながら母親は言った。「人生っていったいどうなっているのか。あの子は優しい子でしたよ。いつだって思いやりがあって、問題を起こしたことなんかなかった。愚痴を言ったりしない子だったけど、でも幸せじゃないんだということはわかってました。あの子ならもっといい人生が送れたはずなのに。」

母親は見るからに力を落とした様子でそそくさと帰っていった。不思議なことに、ミシェルは空腹も眠気も覚えなかった。廊下を行ったり来たりし、入口ホールまで下りていった。アンチル諸島出身者とおぼしい受付係はクロスワード・パズルをやっていたが、こちらに会釈してみせた。ミシェルは自動販売機でホットココアを買い、窓ガラスに近寄った。月がビルのあいだを漂っていた。シャロン大通りを何台か車が通っていった。アナベルの生命が風前のともしびであることがわかる程度の医学的知識は持ち合わせていた。彼女の母親が理解を拒もうとするのは無理もなかった。人間は死を受け入れるようにはできていないのだ。自分の死であれ、他人の死であれ。彼は受付係に近づき、紙を貸してもらえないかと頼んだ。少々驚いた顔をしながら、受付係は病院のヘッド入りレターペーパーの束を渡してくれた(このレターヘッドこそは、はるかのちにハブゼジャックが、クリフデンで発見されたノート類の山からその文章を見分ける手がかりとなったものである)。人間の中には生命に懸命にしがみつき、ルソーの言うとおり、しぶしぶそれを手放す者もいる。だがアナベルの場合はそうではないだろうと彼はすでに予感していた。

彼女は幸せになるべく生まれた子、
だれにでも心の宝をさしだした
他の子たちを生かすためなら自分の命でもさしだしただろう、
同じ親から生まれた兄弟たちのあいだで。

子供たちの叫び声をとおし、
一族の血をとおし
つねに存在し続ける彼女の夢は
その軌跡を刻むだろう
時間の中に、
空間の中に

永遠に聖別された
肉体の中に
山々の中、風の中
そして川の水の中、

一変した空の中に。

いまきみはそこにいる、
瀕死の床に横たわり
安らかに昏睡し
そして永遠に愛を抱きつつ

われらの体は冷たくなることだろう、そしてただ
草の中にのみ存在するだろう、わがアナベルよ
それが個人という存在の
虚無であるだろう。

われらは人の姿のもと
愛すること少なかった
おそらくは太陽が、墓に降る雨が、風が、霜が
われらの苦しみに終止符を打つことだろう。

4

アナベルは翌々日死んだが、家族にとってはおそらくその方がまだしもだっただろう。人が亡くなるとその種の馬鹿なことを口にしがちである。とはいえ母親と兄にとって、どっちつかずのまま引き延ばされるのは耐えがたかったにちがいない。

鉄筋コンクリートの白い建物、祖母が死んだのと同じその場所で、ジェルジンスキは改めて空虚の力を思い知った。病室に入りアナベルの遺体に近づいた。彼の知っていたとおりの体だが、ただし温かさは徐々に失われつつあった。アナベルの肉体は今やほとんどひんやりとしていた。

七十歳、八十歳まで生き続け、なお新しいことが待ちかまえている、素敵な冒険が街角で待っているという風に信じている人たちがいる。そういう人々に引導を渡すには結局のところ無理やり命を奪ってしまうか、少なくとも重大な傷病状態に追いやらねばならないくらいだ。ミシェル・ジェルジンスキの場合はそうではなかった。人生を彼は孤独に、誇り高い空虚のうちに生きた。科学の進歩には貢献した。それは彼の天命であり、持って生まれた才能を表現するために彼が見出したやり方だった。だが彼は愛を知らなかった。アナベルもまた、その美貌にもかかわらず、愛を知らなかった。そして今や彼女は死んでしまった。もはや不要なものとなった彼女の体は、単なる積荷のごとく、光の中に横たえられていた。柩の蓋が閉ざされた。

別れの手紙で、彼女は火葬を希望していた。葬儀の前に、一同は入口ホールにあるルレ・H〔喫茶チェーン店〕でコーヒーを飲んだ。隣のテーブルでは、ジプシー男が点滴を打ちながら、見舞いにきた友人二人と車の話をしていた。照明が不足していた――天井からランプがいくつか、巨大なコルク栓をかたどった不快なデザインのシェードに覆われて吊り下げられていた。一同は太陽の下に出た。火葬場の建物は病院から近く、同じ一郭にあった。火葬室は白いセメントの大きなタンクで、壁をむらなく白に塗ったホールの真ん中にあった。光の照り返しに目が眩むほどだった。熱された空気が無数の小さなヘビのように周囲で波打っていた。柩はかまどの内側へ送るための可動式デッキの上に載せられた。三十秒ほど全員で黙禱を捧げてから、職員がスイッチを入れた。デッキを動かす歯車がかすかにきしんだ。扉が閉じられた。耐熱ガラスの丸窓ごしに炎を見守ることができるようになっていた。巨大なバーナーから火が吹き出した瞬間、ミシェルは顔をそむけた。二十秒ほどのあいだ、鮮烈な赤が視野の端から消えなかった。だがそれで終わりだった。職員が遺灰を小さな箱に集めた。そしてその白いモミノキ材の箱をアナベルの兄に手渡した。

車をゆっくり運転しながらクレシーに戻った。市役所通り沿いのマロニエの葉むらごしに太陽が輝いていた。二十五年前、アナベルとミシェルは放課後いつもこの通りを一緒に歩いたものだった。母親の家の庭に十五人ほどの人たちが集まっていた。弟がわざわざアメリカから戻っていた。痩せて、神経質そうな、いかにもストレスの溜まっている様子で、いささか服装に凝り過ぎだった。

アナベルは家の庭に灰を撒いてほしいと願っていた。その願いも叶えられた。太陽が傾き始めていた。それは塵だった――ほぼ真っ白な塵。まるでベールのように、バラの木のあいだの地面にそっと積もった。このとき遠くから、踏切の警報機の音が聞えてきた。ミシェルは十五歳だったころ、午後はいつもアナベルが駅で待っていて、彼を抱きしめたものだったと思い出した。彼は地面を、太陽を、バラを見た。草のしなやかな表面を見た。理解できないことだった。みんなは口数少なかった。アナベルの母親がワインをふるまった。ミシェルの目を見つめながらグラスを差し出した。「もしよかったら、ミシェル、何日か泊まっていってもらってもいいのよ」と彼女は小声で言った。そのつもりはなかった。仕事をしなければ。それ以外に何をしたらいいのかわからなかった。空に光の筋が走っているように見える。彼は自分が泣いているのに気がついた。

手を触れることのできない空の下方、無限に広がる雲の床に飛行機が近づきつつあるそのとき、彼は自分の全人生はこの瞬間を目指していたに違いないという印象を抱いた。さらに何秒か、そこには広大な蒼穹と、まばゆい白がくすんだ白と交代しながら果てしなく波打つ雲の平原しかなかった。やがて一切が揺れ動き灰色を帯びる中間地帯に突入し、光景は乱れた。その下、人間の世界には草原があり、動物がいて、木が生えていた。すべては緑で、湿り気を帯び、隅々までくっきりと見えた。

5

ウォルコットはシャノン空港に出迎えに来ていた。小太りできびきびとした人物だった。はっきりと目につく禿げのまわりを赤っぽい金髪の毛が冠のように縁取っていた。トヨタ・スターレットを駆って霧の牧場、丘陵地帯を進んだ。センターはゴールウェーの少し北、ロスカヒル町の行政地区内にあった。ウォルコットは施設を案内し、技術者たちを紹介した。彼らが実験を行ったり、分子構造の計算をプログラムしたりする手伝いをしてくれる。設備は最先端のもので、室内は完璧なまでに清潔が保たれていた——センター全体の資金はECの予算から出ていた。クーラーの効いた部屋で、ミシェルは塔のようにそびえるクレイ・コンピュータ二台に目をやった。コントロールパネルが薄暗がりの中で輝いていた。その巨大なサイズどおり、百万ものプロセッサを有し、ラグランジュの方程式であれ波動関数であれスペクトル分析であれエルミット演算子であれ何でも処理してしまう。以後、彼の人生はこの宇宙内で過ごされることになる。胸元で組んだ腕を体におしつけながらも、彼は悲しみと、心の寒さとを振り払えずにいた。ウォルコットは自動販売機のコーヒーを持ってきてくれた。窓ガラスごしに、青々とした斜面が続き、コリブ湖の暗い湖水になだれこんでいるのが見えた。

ロスカヒルへゆるやかに下っていく道は牧場に接していて、そこには普通よりも小型の、きれいな明るい茶色をした牝牛が群れをなしていた。「わかりますか？」ウォルコットが微笑を浮かべて尋ねた。「そうなんです……。もう十年前になりますか、最初のお仕事の結果生まれた牝牛ですよ。当時ここはまだほんの小さなセンターで、設備も整っていませんでしたから、あなたの協力は実にありがたかった。牝牛は丈夫で、スムーズに増えていき、良質な乳を出していますよ。ご覧になりますか？」彼はくぼ地の道に駐車した。ミシェルは牧場の縁石に近づいた。牝牛たちは静かに草を食み、頭を仲間のわき腹にこすりつけていた。寝そべっているのも二、三頭いた。これらの牝牛の複製を支配する遺伝子コードは彼が作ったもの、少なくとも彼が改良を加えたものだった。牝牛たちにとってみれば彼は神のような存在と言ってもよかった。しかしながら牝牛たちは彼のことなど気に留めていないようだった。丘の頂上から霧の層が下りてきて、牝牛の姿が次第に見えなくなっていった。彼は車に戻った。

運転席に座って、ウォルコットはクラーヴェンを吸っていた。フロントグラスは雨で覆われていた。彼は優しい、控えめな声で（とはいえその控えめさは少しも無関心の表れではないようだったが）ミシェルに尋ねた。「最近ご不幸があったのですか？……」そこで彼はアナベルの話をし、その最期を物語った。ウォルコットはときおり頭を振り、あるいはため息をつきながら耳を傾けた。話が終わると彼は黙り込んだまま、もう一本タバコに火をつけ、そして消してから言った。「私はアイルランドの出身ではありません。生まれはケンブリッジで、今でもイギリス人気質がまったく抜けていないらしいのです。イギリス人は冷静沈着で、人生の出来事を――たとえどれほど悲劇的なことであれ――ユーモアとともに受け止めるやり方を心得ているとよく言われます。かなり当たっています。それがイギリス人の本当に馬鹿なところなんです。ユーモアは救いにならない。結局のところユーモアなどほとんど何の役にも立たないものです。何年間か、あるいはもっと長いあいだ人生上の出来事をユーモアとともに受け止め、場合によってはほとんど最後までユーモアに富んだ態度を貫くこともできるでしょう。とはいえ最後には、人生は人の心を打ち砕かずにはいない。一生を通してどんな勇気や冷静さやユーモアを養ってきたとしても、必ず最後には心を打ち砕かれる。そうなればもう笑うこともなくなります。要するにあとに残るのは孤独、寒さ、沈黙のみ。要するにあとは死ぬしかない。」

彼はワイパーを動かし、エンジンをスタートさせた。「この辺の人たちはたいていカトリックなんです。」彼は言葉を継いだ。「とはいえそれも変わりつつある。アイルランドも近代化の最中なんです。社会保障負担と税金を軽減することで、ハイテクノロジーの企業がいくつも誘致されました——この近くにはロッシュとリリーがあります。それにもちろん、マッキントッシュ。地元の若者はみんな、マッキントッシュに就職することを夢見ているんです。ミサにいく人が減り、ここ数年セックスの自由度が増し、ディスコが増え、抗鬱剤を飲む人が増えている。まあ、お決まりのパターンですな……。」

車はふたたび湖に沿って走っていた。霧のただなかから太陽が顔をのぞかせ、湖面に虹色の輝きを描き出した。「とはいえ……」ウォルコットが続けた。「カトリックは相変わらず強い影響力を保っています。たとえばセンターの技術者の大半はカトリックですよ。おかげでつきあうのに骨が折れる。みんなまじめで、礼儀正しいのですが、私のことを少しばかり異質な、本当には話の通じない相手だと思っているんです。」

太陽が完全に現われ、そのまわりに真っ白な輪ができた。湖全体が陽光に照らし出された。

地平線の向こうには〈トゥウェルヴ・ベンズ・マウンテンズ〉の山並みが、まるで夢のフィルターをかけたかのように灰色から白へとグラデーションを示しながら連なっていた。ゴールウェーに入って、ウォルコットはまた話し始めた。「私はずっと無神論者で通しているのですが、それでもここの住民がカトリックになるのはわかります。この土地には非常に特別な何かがある。すべてがたえず震えているんです。牧場の草にしろ水面にしろ、すべてが何かの存在を示している。太陽の光は変わりやすく、優しくて、まるでさまざまに変化する物体のようだ。そのうちわかりますよ。空にだって生命があるんです。」

6

彼はクリフデン近く、〈スカイ・ロード〉に面したアパートを借りた。かつて沿岸警備兵が住んでいた家を改装した、観光客用ペンションの一部だった。各部屋は糸車や石油ランプ等、観光客の気に入るようにとの配慮から古民具で飾られていた。別に気にはならなかった。この家で暮らせば、人生そのものが彼にとってそうであるように、ホテル暮らしの気分を味わうことになるだろうとわかっていた。

フランスに戻るつもりは毛頭なかったが、しかし最初の数週間のあいだはアパルトマンの売買や口座の移動のためにたびたびパリに行かなければならなかった。そのたびにシャノン十一時五十分発の飛行機に乗った。飛行機は海の上を飛び、陽光で白熱した海面が見えた。波はまるで延々と連なりくねっていく虫のようだった。この青い表面の下では軟体動物が増殖し、それを鋭い歯を持つ魚類がむさぼり食らい、さらにそれをより大型の魚類が食らっているはずだった。彼はうつらうつらとしては嫌な夢を見た。目を覚ますと農村地帯の上空を飛んでいた。眠りから覚めやらぬ気分のまま、一面同じ色が広がっている光景に驚いた。畑は茶色、ときおり緑だが、いずれにせよくすんだ色調だった。パリ郊外は灰色だった。飛行機は高度を落とし、ゆっくりと降下しつつ、その生命、動悸を打つ何百万もの人生の方へとなすすべもなく引き寄せられていった。

十月半ばから、クリフデン半島は大西洋から直接吹き寄せる厚い霧に覆われた。観光客の姿はすっかり見えなくなった。寒くはなかったが、すべては穏やかな灰色に深々と浸された。ミシェルはほとんど家から外に出なかった。四〇オクト・ギガバイトのデータを収めたDVDを三枚持ってきていた。ときどきパソコンを開き、分子構造を検索してから、タバコの箱をそばに置いて巨大なベッドの上に寝そべった。いまだセンターに戻ってはいなかった。窓ガラスごしに霧がゆっくりと動いていくのが見えた。

十一月二十日ころから空が晴れわたり、寒さが厳しくなり、空気が乾燥してきた。海岸沿いに長い散歩をするのが習慣になった。ゴーロランナグとノックアヴァリーを通り過ぎてクラッダフダフまでいくのが普通で、オーグラス・ポイントまで足をのばすこともあった。そのとき彼は西欧の西端、西欧世界の極点に立っているわけだった。目の前には大西洋が広がり、四千キロの海原が彼をアメリカから隔てていた。

ハブゼジャックによれば、ミシェル・ジェルジンスキが何もせず、実験も立ち上げず計算のプログラムも組まずに過ごしたこの二、三カ月の思索期間こそは、のちの思索の基盤となる要素が出揃った期間なのだという。いずれにせよ、一九九九年最後の数カ月は西欧の人間全体にとって不思議な時期であり、奇妙な待機状態、一種のひそかな反芻状態によって特徴づけられるものだった。

一九九九年十二月三十一日は金曜日だった。ブリュノが残りの人生を過ごすこととなったヴェリエール゠ル゠ビュイソンのクリニックでは、病人たちと看護スタッフが一緒になってささやかなパーティーが開かれた。みんなはパプリカ風味のチップスを食べながらシャンパンを飲んだ。その晩遅く、ブリュノは看護婦を相手に踊った。彼は不幸ではなかった。薬がよく効いて、あらゆる欲望は消え失せていた。楽しみはおやつと、夕食の前にみんなで見るテレビのゲーム番組だった。日々の暮らしにもはや何一つ期待しない彼にとって、ミレニアム最後の晩は心地よく過ぎていった。

全世界の墓地では、最近死んだ人間たちが墓の中で腐り続け、少しずつ骸骨に変身し続けていた。

ミシェルはその晩自宅で過ごした。遠すぎて村の祭の音も聞えてこなかった。アナベルの、和らぎ安らいだ姿が何度も記憶をよぎっていった。祖母の姿もまた、同様に。

十三、四歳のころ、懐中電灯などの小さな器具を買ってばらしては組みたて直していたことを思い出した。祖母にモーターつき飛行機を買ってもらったが、ついに離陸させることができなかったことも思い出した。迷彩を施したカーキ色の立派な飛行機だったが、結局はケースに入ったきりになった。さまざまな意識の流れに貫かれながら、彼の存在はともかく個人的特徴を備えていた。存在があり、思考がある。思考は空間を占めない。存在は空間の一部を占める。それはわれわれの目に見える。その像は水晶体上に結ばれ、房液を経由して網膜を刺激する。人けのない家にただ一人で、ミシェルはささやかな追憶に浸っていた。一つの確信がその晩徐々に彼の精神を満たしていった――自分はまもなく研究を再開できるだろう。

地球上のいたるところで、くたびれ、憔悴しきった人類は自らを疑い、自らの歴史を疑いながら、どうにかこうにか新たなミレニアムに入っていこうとしていた。

7

次のように言う者たちがいる。

「われわれの打ち建てた文明は今なお脆弱であり、ようやく夜を抜け出したかどうかというところだ。不幸なる諸世紀の敵意に満ちたイメージを、われわれはいまだ引きずっている。いっそのことそうした一切は闇に葬ってしまったほうがいいのではないか？」

語り手は立ち上がり、精神を集中して述べる。冷静に、しかし断固とした様子で立ち上がり、述べるのだ。形而上学的革命は成就したのだと。

たとえばキリスト教徒たちは古代文明を振り返り、古代文明に関して何から何まで知ったとしても、それで自らを問い直したり懐疑に襲われたりすることはいささかもなかっ

た、
というのも彼らは一つの段階、
一つのステージを超え、
破壊点を通り過ぎてしまったのだから。

物質主義時代の人間たちは、昔ながらに繰り返されるキリスト教徒たちの儀式に参列しながらそれを理解せず、本当には儀式を目で見ることさえなかった、というのも過去のキリスト教文明から生まれた作品を、彼らはほとんど人類学的な視点に立たずには読み込むことができなかったのだから。
罪と恩寵のあいだの揺れ動きをめぐって先祖が戦わせた議論を、もはや理解などできないのだから。

それと同じく、われわれも今日、その物質主義時代の歴史を
人類の昔話として聞くことができる。
それは悲しい物語だが、とはいえわれわれは
本当には悲しむことさえできない。

というのもわれわれはもはやそうした人間たちに似てはいないのだから。彼らの肉体、彼らの欲望から生まれながら、われわれは彼らのカテゴリーおよび社会を捨て去った。

われわれは彼らの喜びを知らず、彼らの苦しみも知らない。
われわれは平然と
何の努力もなしに
退けたのだ
彼らの死の世界を。

遺産として残された苦悩の諸世紀を、
われわれは今日忘却からよみがえらせることができる。
第二の分裂のごとき何事かが起こったのだ。
そしてわれわれにはわれわれの人生を生きる権利がある。

一九〇五年から一九一五年のあいだ、限られた数学的知識を頼りにほぼ独力で研究を続けながら、アルバート・アインシュタインは最初の直観を出発点として特殊相対性理論を生み出し、引力、空間、時間に関する一般相対性理論を構築するに至った。それがのちの天体物理学の進歩に決定的な影響を及ぼすことになった。一見何の実利にも結びつかない、しかも当時はまだ研究者たちが注目するところとなってはいなかった領域において、ヒルベルトの言葉によれば「人間精神の名誉のために」なしとげられたこの大胆で孤独な努力は、現実態としての無限の類型論を確立したカントールや、論理の根拠を再定義しようとしたゴットローブ・フレーゲの仕事に比べられるものだ。そしてそれはまた、ハブゼジャックは『クリフデン・ノート』に付した序文で強調しているのだが、二〇〇〇年から二〇〇九年にかけてのミシェル・ジェルジンスキのクリフデンにおける孤独な活動に比べることができる――とりわけ、アインシュタインがそうであったのと同じく、ジェルジンスキもまた、自らの直観を真に厳密な基礎の上に展開させるための十分な数学的技術を持たずに研究していたのだから。

しかしながら二〇〇二年に出版された彼の最初の著作、『減数分裂のトポロジー』は大変な反響を呼んだ。それは減数分裂の際染色体が分離して半数体配偶子ができること自体のうちに構造的不安定さの源があること、つまりあらゆる有性種は必ずや死を免れないということを、反駁の余地ない熱力学的議論により初めて証明したのだった。

二〇〇四年に出た『ヒルベルト空間におけるトポロジーについての三つの仮説』は驚きを巻き起こした。それは連続体の力学に対する反動、形態の幾何学を再定義しようとする――奇妙なほどプラトン主義的な響きを持つ――試みとして受けとめられた。そこで提出された仮説の価値は認めながら、数学の専門家たちは命題に厳密さが欠けるとか、アプローチがいささか時代錯誤的だとか言いたてた。ハブゼジャックも認めているが、実際のところ当時ミシェルは最新の数学的著作を参照しておらず、興味も失いつつあるかのようだった。二〇〇四年から二〇〇七年までの活動については、ほとんど証言が残されていない。ゴールウェーのセンターにきちんと通っていたが、研究者たちとの関係は単に技術的な、仕事の上での関係に留まっていた。クレイ・コンピュータのアセンブリー・プログラムの基本を習得したおかげで、プログラマーの世話になる必要はほとんどなくなっていた。ウォルコットだけが彼といくらか個人的な関係を保っていたようである。彼もクリフデンの近くに住んでいて、午後、ときおり訪ねてくることがあった。彼の証言によれば、ミシェルはしばしばオーギュスト・コントを引用し、とりわけクロチルド・ヴォー宛書簡と、未刊の遺作である『主観的綜合』をよく引き合いに出したという。科学的方法という面も含めて、コントは実証主義の真の創立者と目されるべき存在である。同時代にありえたいかなる形而上学、いかなる存在論も彼の容赦ない批判を免れなかった。もしコントが一九二四年から一九二七年にかけてのニールス・ボーアの知的状況に身を置いたなら、自らの妥協なき実証主義を貫徹しつつ、コペンハーゲンの解釈に賛成したのではないかとさえ思われるとミシェルは述べている。しかしながらコントが、個人的存在の虚構に対する社会的状態の現実性を強調し、歴史的過程と意識の潮流にたえず関心を寄せていたこと、そしてとりわけ、過度にセンチメンタルな側面を持っていたことにかんがみるならば、おそらく彼はより最近の、ツュレク、ツェー、ハードキャッスルらの業績によって確固たるものとなった存在論上の鋳直し――つまり対象の存在論から状態の存在論への転換――にも敵対的ならざる態度を示したのではないだろうか。事実、状態の存在論のみが人間関係の実際面にわたる可能性を一新することができたのである。状態の存在論においては、粒子は識別不可能であり、観察可能な〈数〉を手がかりに規定するほかない。こうした存在論において同定しなおされ名づけられうる唯一の実体は波動関数であり、それを媒介とする状態のベクトルであった――そこからアナロジーによって、友愛、共感、愛といった言葉にふたたび意味を与える可能性も出てくる。

彼らはバリコニーリーの道を歩いた。足下で大洋がきらめいていた。水平線の彼方では太陽が大西洋に沈んでいくところだった。ウォルコットは最近、ミシェルの思考がいよいよ不確かな、神秘主義的でさえあるような彷徨に迷い込みつつあるのを感じていた。彼自身はラディカルな概念道具説〔プラグマティズムの哲学者デューイによる、あらゆる理論は行動のための道具だとする説〕の信奉者という立場を崩さなかった。アングロ・サクソン流プラグマティズムの伝統を汲み、ウィーン学派の仕事にも影響を受けた彼は、コントの業績にはなおロマン主義臭が強すぎるとして軽い猜疑の目を向けていた。唯物主義とは異なり、それにとってかわった実証主義は新たなヒューマニズムの基礎を築くことができるとコントは強調していた。しかもそれは事実上初めてのヒューマニズムとなるだろう（なぜなら唯物主義は結局のところヒューマニズムと両立せず、ついにはヒューマニズムを破壊してしまうものだから)。とはいえ唯物主義にもその歴史的重要性はあった。神という、最初の障壁を越える必要があったのである。その一歩を越えた人々は苦悩と懐疑の淵に沈んだ。だが今日では第二の障壁も乗り越えられた。それがコペンハーゲンで起こったことである。コペンハーゲン学派にとってはもはや神も潜在的現実の概念も不必要なものとなった。「人間的知覚というものがあり」とウォルコットは言うのだった。「人間による証言、人間の経験がある。それらを結びつける理性があり、それらに生命を吹きこむ感情がある。そのすべてが形而上学ないしは存在論といっさい関係なしに展開されていくのです。われわれにはもはや神の観念も、自然や現実の観念も必要ありません。経験の結果に関しては、理性に基づく相互主観性に依拠することで、観察者たちのコミュニティ内で合意が成り立ちえます。経験はさまざまな理論によって結び合わされますが、それらの理論はできる限り経済の原則を満たすものでなければならず、必ずや反駁可能なものでなければならない。知覚された世界、感覚された世界、つまり人間の世界があるのです。」

ウォルコットの立場は非の打ちどころがないものであることを、ミシェルは意識していた。存在論の必要性とは人間精神の小児的な病なのであろうか? 二〇〇五年終わりごろ、ミシェルはダブリンに旅した折『ケルズの書』と出会った。七世紀のアイルランド僧による作品と推定される、この極度に複雑な形象で飾られた草稿との出会いがミシェルの思考の進展において決定的な意味を持ったのであり、この作品を時間をかけて眺めたからこそ、ミシェルは今から振り返るだに奇跡的としか思えない数々の直観を得、高分子のエネルギー的安定性を追求する生物学的研究における複雑な計算をなしとげることができたのだとハブゼジャックは断言してはばからない。ハブゼジャックの説に完全にはくみしないとしても、『ケルズの書』が何世紀にもわたり、その解説者たちにほとんど法悦に近い感嘆の思いを表明させてきたものであることは認めなければならない。たとえば一一八五年にジラルドゥス・カンブレンシスの記した次のような言葉が残されている。

「この書は聖ヒエロニムス版四福音書の用語索引、および文字頁と同じくらいの挿絵頁を含むものであり、素晴らしい色彩で飾られている。こちらには神々しき威厳を湛えた者の顔。あちらには六つの翼、あるいは四つ、あるいは二つの翼をもつ福音史家の神秘に満ちた画像。こちらには鷹、あちらには雌牛。こちらには男の顔、あちらには獅子の顔、さらにまたおびただしき挿絵の数々。それらを漫然と眺める者は確たる構成なきなぐり書きにすぎぬと思うであろう。繊細なる何物もないかと見えて、しかしすべては繊細なのである。仔細に眺め、芸の秘密に眼差しで分け入る労を取るならば、あまりに精巧、繊細にして緊密に犇めき合い、互いに絡まり合い結ばれ合った複雑なる意匠、そしてあまりに瑞々しく輝かしい色彩をそこに見出して、これは人間の技にあらず、天使の技なりと人は思わず叫ぶであろう。」

ハブゼジャックは、あらゆる新たな哲学は、たとえそれが一見純粋に論理的な公理という形で表明されるとしても、実際には宇宙に関する新しい視覚的コンセプトと深く結びついているものだとも主張しているのだが、これまた首肯しうる考えだろう。人類に物理的不滅性をもたらすことで、ミシェル・ジェルジンスキは明らかにわれわれの時間概念を深く変容させた。しかしながら、ハブゼジャックによれば彼の最大の功績とは、空間に関する新しい哲学の原理を築いたことにある。チベット仏教に固有の世界像が、無限に円環を描く〈マンダラ〉像の熟視と切り離せないのと同様、あるいは八月の午後、ギリシアの島の太陽に照らされた白い石を眺めることにより、デモクリトスの思想を忠実に伝えるイメージが得られるのと同様に、ミシェル・ジェルジンスキの思想をたどる近道は『ケルズの書』を飾る十字や螺旋の無限の構築物のうちに沈潜することか、あるいは『クリフデン・ノート』と別に出版された、『ケルズの書』に想を得て書かれたあの素晴らしい『絡み文様をめぐる瞑想』を読み返すことである。その中でミシェル・ジェルジンスキはこう書いている。

「自然の形態とは人間の形態である。三角、絡み文様、枝模様が現れるのはわれわれの頭脳においてである。われわれはそれらを識別し、評価する。われわれはそれらのものに囲まれて生きている。われわれの創造物、すなわち人間的な、人間に伝達可能な創造物に囲まれて成長し、死ぬのだ。空間、すなわち人間的な空間のただなかにあってわれわれは測量する。その測量によってわれわれは空間、われわれの計測器具のあいだに広がる空間を創造する。

学識に恵まれない人間は宇宙を思うとき恐怖に襲われる。広大無辺な闇が口を開いているさまを想像するのだ。そして人間を空間内で孤立し、縮こまり、永遠なる三次元の現前のもとに圧倒された球体のような単純なイメージで思い描く。空間を思って恐怖に襲われた人間は縮こまる。寒気を覚え震え上がる。せいぜい空間を横切り、そのただなかで互いに悲しげな挨拶を交し合う程度である。しかしながらこの空間は彼ら自身の内にある、彼ら自身の精神が作り上げたものにほかならないのだ。

彼らが恐れるその空間内で、人間たちは生き、死ぬことを学ぶ。精神的空間のただなかで別離、遠さ、苦しみが作り出される。このことに注釈の要はほとんどない。恋する男は恋する女の叫び声を、海原や山々を超えて聞く。母親は子供の叫び声を、海原や山々を超えて聞く。愛は結びつける。永遠に結びつける。善をなすことは結びつけることであり、悪をなすことは結びつきを解くことである。分離は悪の別名である。それはまた虚偽の別名でもある。実際、あるのはただすばらしい絡み合い、巨大な相互的絡み合いのみである。」

ジェルジンスキの最大の功績は個人の自由という概念を超克したことではなく（つまりこの概念はすでに当時大幅に評価を下げており、それが人類の進歩の基礎としては何ら役立たないことを、誰もが少なくとも暗黙のうちには認めていたのだから）、量子力学上の公理の、確かにいくらか大胆ではある解釈を通して、愛を可能にする諸条件を再興したことにあると、ハブゼジャックは正当に記している。これに関しては今一度アナベルの姿を思い起こさなくてはならない。自分自身は愛を知ることなしに、ミシェルはアナベルの仲立ちによってそのイメージを摑むことができた。何らかの手段、未知の方法によるならば愛はなお可能であると悟ったのである。彼の理論が仕上げの段階を迎えた最後の数カ月については、残された情報はごくわずかだが、しかしその間彼を導いたのがこうした考えだったことは間違いないものと思われる。

最後の数週間、アイルランドで彼の近くにいたわずかな人々の証言によれば、彼はすっかり何もかもを受け入れる気持ちになっていたようだったという。不安げで表情の変わりやすい顔に安らぎが表われていた。別に目的もなく、ぼんやりと夢想にふけりながら〈スカイ・ロード〉をゆっくりと散歩した。空を身近に感じながら歩いたのだ。西の道は急になったと思えばまたなだらかになる丘に沿ってうねうねとのびていった。海がきらめき、点在する岩だらけの小島に光を屈折させた。水平線の彼方では雲がすばやく流れ、輝きながらも混濁した不思議な物体を形作っていた。彼は軽いもやで顔を濡らしながら、気楽に延々と歩いた。仕事にけりがついたことを彼は知っていた。研究室がわりに使っていた、エリスランナン岬を望む窓のついた部屋で、彼はノートを整理し終えていた——実に多様なテーマをめぐる数百ページのノートである。厳密に科学的な成果は八十ページのタイプ原稿にまとめられていた——計算に詳細な解説を加える必要はないと彼は判断していた。

二〇〇九年三月二十七日の夕方、彼はゴールウェー中央郵便局に出かけた。研究成果をパリの科学アカデミーに一部、イギリスの「ネイチャー」誌に一部郵送した。それから後に起こったことについては、いかなる確証も残されていない。オーグラス・ポイント近くで車が見つかったという事実からは、もちろん自殺という推測が成り立つ――ウォルコットやセンターの技術者たちは誰もこの結果に驚かなかったのだからなおのことである。

「彼は何か恐ろしいほどの悲しみを抱えていました」とウォルコットは後に語った。「一生のうちであれほど悲しげな人に出会ったことはありません。悲しみという言葉では弱すぎるくらいです。何か破壊されたもの、完全に荒れ果ててしまったものを抱え込んでいたのです。人生は彼にとって重荷であり、生きている何ものとのあいだにもいかなる関係も感じていない人だという印象が常にしていました。研究を完成するのに必要な時間だけこらえ抜いたのでしょうが、それがあの人にとってどれほど努力のいることだったかは、われわれの誰にも想像がつきますまい。」

いずれにせよミシェルの失踪をめぐっては謎が残り、遺体がついに発見されなかったという事実ゆえに、自分の研究結果をある種の仏教の教えとつき合わせようとしてアジア、それもチベットまで出かけていったのだとする伝説が根強くささやかれることとなった。この説は今日はっきりと否定されている。一方では、アイルランド発の飛行機の乗客名簿に彼の名前は発見されなかったし、他方では、ノートの最終ページに残されていたデッサンは一時期マンダラではないかと言われたこともあったが、結局のところ『ケルズの書』に用いられたものに似たケルトの象徴を組み合わせたものであることが判明したのだった。

今日われわれは、ミシェル・ジェルジンスキは晩年を過ごす場所として選んだそのアイルランドの地で自ら命を絶ったのだと考えている。ひとたび研究が完成するや、自らにはいかなる人間的絆もないことを感じて死を選んだのであろう。多くの証言によれば、彼はこの西欧世界の最果てに魅了されていたのであり、やわらかな変わりやすい日差しに浸された土地、最晩年のノートに書き残した言葉のとおり「空と陽光と海水とが渾然となった」この土地を散歩することを好んだのだった。ミシェル・ジェルジンスキは海に身を投じたに違いない。

エピローグ

この物語を横切っていった人々の人生、外見、性格に関して、われわれは多くの事柄を知っている。とはいえこの本は、証明可能な唯一の真実を映したものというより、一個のフィクション、部分的な思い出にもとづく信用に足る再構成とみなされるべきである。ミシェル・ジェルジンスキが二〇〇〇年から二〇〇九年のあいだ、その偉大な理論を構築するかたわら綴った回想や個人的印象、そして理論的考察の錯綜する複合体である『クリフデン・ノート』の刊行によって、彼の人生上の出来事、特異な人生観を形成するに至った分岐点や試練、ドラマについてはより多くが判明したとはいえ、なお彼の人生に関しても人柄に関しても多くの謎が残されている。逆に以下の記述は歴史に属するものであり、またジェルジンスキの業績が刊行されて以降の出来事についてはこれまで幾度も記述され、論評され、分析されてきたのであるから、簡単なレジュメで十分であろう。

ミシェル・ジェルジンスキの最後の業績をまとめた八十ページの論文が「ネイチャー」誌

別冊に「完全な複製のためのプロレゴメナ」の表題で掲載されるやいなや、科学界には巨大なショック波が走った。世界各地で十数名の分子生物学者たちが、論文で扱われていた実験をやり直し、計算の細部を確認しようとした。数カ月後に最初の結果が明らかになり、やがて毎週のように結果が寄せられたが、そのいずれもが始めの仮説の有効性をあらゆる細部にわたり裏付けるものであった。二〇〇九年の終わりにはもはやいかなる疑いの余地もなくなった。ジェルジンスキの結論は有効であり、今や科学的に証明ずみであるとみなすことができるようになったのである。それが現実生活に対して途方もない影響力を及ぼすことは明らかだった。その複雑さがどれほどのものであろうと、あらゆる遺伝子コードは乱調や変異の生じる恐れのない、構造的に安定したスタンダードに沿って書き直し可能となったのである。ゆえにいかなる細胞にも無限の複製能力を与えることが可能となった。どんなに進化した種であれ、すべての動物種はクローン操作によって複製可能な、同一の、不死なる種として生まれ変わることができるようになったのだ。

地球上の何百人もの研究者たちと時を同じくしてジェルジンスキの業績に出会ったフレデリック・ハブゼジャックは、当時二十七歳、ケンブリッジ大学で生化学の博士課程を終えようとしていた。いまだ方向が定まらず、芽が出ないまま、彼は数年来ヨーロッパを経めぐって——プラハ大学、ゲッティンゲン大学、モンペリエ大学、ウィーン大学に登録した形跡が残されている——、自らの言葉によれば「新たなパラダイムを求めていたのだが、それればかりではない。世界を把握する別のやり方を求めていたのみならず、自分を世界との関係において位置づける別のやり方をも求めていたのである。」いずれにせよ彼は、ジェルジンスキの業績が提起したラディカルな思想を擁護する最初の人物——初めの数年間は唯一の人物——となった。その思想とは、人類は消滅しなければならないということだった。人類は新しい種族を生み出さなければならない、それは性別をもたない不死の種族であり、個人性、分裂、生成変化を超克した存在であろう。こうしたプロジェクトが啓示宗教の信奉者たちから敵意に満ちた反応を引き出したことは言うまでもない——ユダヤ教、キリスト教、イスラム教は史上初めて一致団結し、「創造主たる神との関係における個別性において成り立つ人間の尊厳を激しく傷つける」この研究に対し呪詛を投げかけた。唯一仏教徒だけは、結局のところ仏陀の全思索は老い、病気、死という三つの障害に対する自覚を出発点として養われたのであり、もっぱら瞑想に身を捧げたとはいえ、仏陀は必ずしも技術的解決策を頭ごなしに否定はされなかったであろうという見解を表明した。ともあれハブゼジャックが、在来宗教の側からの支持をほとんど期待できなかったことは確かである。だが逆に驚くべきは、ヒューマニズムの伝統的擁護者たちが徹底的な拒絶反応を示したことであった。〈個人の自由〉、〈人間の尊厳〉、〈進歩〉といった概念は、今日われわれにとって理解しにくい概念であるとはいえ、唯物主義時代の人間たちにとって（つまり中世キリスト教の消滅からジェルジンスキの研究の刊行に至る数世紀間）、中心的な位置を占めていた事実を思い起こさなければならない。これらの概念はその曖昧で恣意的な性格ゆえ、実際には社会的有効性をいささかも持ちえなかったのである――だからこそ十五世紀から二十世紀にかけての人類の歴史は、本質的に分離と分裂の進行する歴史として特徴づけられるのだ。とはいえ、それらの概念が根づく上で何らかの貢献をした、多少とも教養ある階層は、とりわけ必死でそれらの概念にしがみついていたのであり、フレデリック・ハブゼジャックの主張が数年間のあいだ、なかなか受け入れられなかったことも理解できる。

当初は全員一致の非難と嫌悪で迎えられたプロジェクトを、ハブゼジャックは何年もかかって徐々に国際世論に認めさせていき、ついにはユネスコの財政支援をとりつけるに至ったのだが、その歴史を通して浮かび上がるのは並はずれて才能に恵まれ、論争を好み、実践的かつ臨機応変な思考力の持ち主の肖像――つまりは並はずれた思想的アジテーターの肖像である。たしかに彼は自身のうちに偉大な研究者たる才能を有してはいなかった。しかしながら彼は、国際的な科学者たちがミシェル・ジェルジンスキの名前と業績に対しこぞって敬意を表している事実を利用する術を知っていた。独創的で深遠な哲学者たる素質など、彼にはなおのことなかった。しかし彼には『絡み文様をめぐる瞑想』および『クリフデン・ノート』に寄せた序文、注釈において、衝撃的かつ的確、しかも一般大衆に理解できるような形でジェルジンスキの思考を解説してみせることができた。ハブゼジャックの最初の論文、『ミシェル・ジェルジンスキとコペンハーゲンの解釈』はその表題にもかかわらず、パルメニデスの「考える行為と考える対象が溶け合う」という言葉をめぐる長い瞑想をなしている。続く作品『具体的制限概論』および、より簡潔に『現実』と題された書物では、ウィーン学派の論理的実証主義とコントの宗教的実証主義との奇妙な統合を企てている。それが抒情的な飛躍にも事欠かないことは、しばしば引用される次の一節が示していよう。「〈無限の空間の永遠の沈黙〉など存在しない、なぜなら本当は沈黙も、空間も、空虚も存在しないのだから。われわれの知っている世界、われわれの創造する世界、人間的な世界とは、丸くなめらか、均質で温かいこと、あたかも女の乳房のごとくなのだ。」いずれにせよ彼は、人類は今や世界の進化の総体をコントロールできるし、またコントロールしなければならない段階に達したのだという思想——とりわけ、自分自身の生物学的進化をコントロールできるし、コントロールしなければならないという思想を、大衆のうちに浸透させていくことができた。この戦いにおいて彼は幾人かの新カント派哲学者たちからの貴重な支援を得た。彼らはニーチェを発想源とする思想の全般的退潮を追い風として、知的世界、大学、出版界の重要な部分に支配を及ぼし始めていたのである。

しかしながら衆目の一致するところ、ハブゼジャックの真の天才的側面とは、問題のありかを見抜く信じがたいほど的確な眼力によって、二十世紀末に〈ニューエイジ〉の名で登場した折衷的で混乱したイデオロギーを自説のために転用することができた点にある。彼は同時代人で初めて、たとえそれが時代遅れで矛盾した、馬鹿げた迷信のかたまりと思われようとも、〈ニューエイジ〉は心理的・存在論的・社会的な崩壊から生じた本当の苦しみに呼応しているのであることを見て取った。原始的経済やら、伝統的な「聖なる」思想への愛着やらといった、ヒッピー運動やエスリンの思想の系譜から受け継いだおぞましい混ざり物を超えて、ニューエイジは二十世紀およびその反道徳主義、個人主義、自由解放を叫ぶ反社会的側面と手を切ろうとする本当の意志の表われであった。それはいかなる社会であれ、何らかの宗教による統合なしには持続しえないという苦悩に満ちた思いを物語っていた。実際のところ、そこにはパラダイム変革への力強い呼びかけがあったのである。

　妥協が必要な点があることに他の誰よりも意識的だったハブゼジャックは、二〇一一年終わりに創立した「ヒューマン・ポテンシャル運動」の中であからさまにニューエイジ的なテーマを再利用した――「ガイアの大脳皮質形成」や、かの有名な、「地球上に百億人の個人、一人の頭脳に百億のニューロン」という言葉、「新たな同盟」にもとづく世界政府樹立の呼びかけから、さらには半ば広告的な「明日は女のものだろう」というスローガンに至るまで。彼は評者たちの感嘆を誘う手際のよさを示し、非合理的な、もしくはセクト主義的ないかなる逸脱も注意深くしりぞけ、逆に科学者のコミュニティのうちに強力な支持層を築き上げたのである。

　人類の歴史に関する研究においてはある種のシニシズムが伝統的にあり、「手際のよさ」こそは成功の根本的要素だとする傾向があるが、しかしそこに強い信念が欠けているならば真に決定的な変化を生じさせることなどできない。ハブゼジャックに会う機会のあった人々、あるいは彼と議論をたたかわせたことのある人々は、彼の説得力、人柄の魅力、並はずれたカリスマ性はいずれも、深い率直さ、正真正銘の個人的確信に由来するものだったと口を揃えて強調している。どんな場合でも彼は、ほぼ自分の思っているとおりのことをそのまま発言し、古臭いイデオロギーゆえの無理解や限界に陥っている論敵たちにとってはその率直さが恐るべき猛威を振るったのである。彼のプロジェクトに対して浴びせられた最初の非難の一つは、人間のアイデンティティを作り上げる重大要素である男女の差異をなくしてしまうという点にあった。これに対しハブゼジャックは、いかなるものであれこれまでの人類の特徴をまた繰り返すことは問題にならない、そうではなく理性的な新しい種を創造しなければならないのであり、生殖方法としてのセクシュアリティの終焉は性的快楽の終わりを意味しないどころか、まさにその逆なのだと返答した。ちょうど、胚形成の際クラウゼ小体の生成を引き起こす遺伝子コードのシーケンスが特定されたところだった。人類の現状では、これらの小体はクリトリスおよび亀頭の表面に貧しく分布しているのみである。しかし将来、それを皮膚の全体にくまなく行き渡らせることがいくらでも可能になるだろう――そうすれば、快感のエコノミーにおいて、エロチックな新しい感覚、これまで想像もつかなかったような感覚がもたらされるに違いないとハブゼジャックは主張したのだった。

おそらくはより深遠な、別の批判は、ジェルジンスキの業績に立脚して造られる新種ではあらゆる個人が同一の遺伝子コードを持つわけだから、人格の根本となる要素が消滅してしまうという点に集中した。これに対しハブゼジャックは猛然と反論し、遺伝子的個人性なるものを、悲劇的な思い込みによってわれわれは滑稽にも誇りにしてきたわけだが、まさにそれこそがわれらの不幸のもっとも大きな原因となってきたではないかと述べた。人格が消滅の危機に晒されるという意見に、彼は双子をめぐる具体的観察例を引き、厳密に同じ遺伝形質を有するにもかかわらず、双子はそれぞれの個人史を通して固有の人格を育むこと、しかも不思議な兄弟愛で結ばれ続けることを反証とした——その兄弟愛とはまさしく、ユブチェヤクによれば、人類を再構築し和解させるためにもっとも必要な要素なのだった。

自分はジェルジンスキ理論の単なる継承者、実行者であり、唯一の野心は師の考えを実現することであるというのが、ハブゼジャックの本心からの言葉であったことに疑いの余地はない。その証拠としてたとえば、『クリフデン・ノート』三四二ページに書きつけられた奇妙なアイディアに、彼が忠実に従ったことがあげられる。新種の個体数は常に素数でなければならないというのである。つまり一人、二人、三人、五人……と造っていく過程で、それが素数であり続けるよう個体数を厳密に保たなければならない。もちろん狙いは、一とその数以外に約数を持たないその個体数を保つことによって、分派集団の発生がいかなる社会においてもはらむ危険に対し、いわば象徴的に注意を喚起することにあった。しかしハブゼジャックはその意味を少しも意識しないままこの条件を規定書に盛り込んだように思われる。

より一般的には、ジェルジンスキの業績をもっぱら実証主義的に解読するせいで、彼は形而上学的転換の重大さを常に過小評価しがちであった。しかしその形而上学的転換ゆえにこそ、かくも甚大な生物学的変化が生じずにはいなかったのである——実際それは、人類の歴史に先例のないほどの変化であった。

プロジェクトの哲学的論点に関するこうしたお粗末な無理解、さらには哲学的論点なるものの全般に関する無知も、プロジェクトの実現を妨げず、遅れをもたらすことすらなかった。要するに〈ニューエイジ〉運動に代表されるその先駆的部分においてのみならず西欧社会全体において、社会が存続するためには根本的な変化——共同体、不変性、神聖さといった言葉の意味を信頼にたるやり方で再建するような変化——が不可欠になったという思いが、どれほど行き渡っていたかということである。それはまた、大衆の精神にとって、哲学的問題が明確な指標としての意義をどれほど失っていたかということでもある。数十年に及びとんでもなく過大評価されてきたフーコー、ラカン、デリダ、ドゥルーズの仕事が、突如笑止千万とみなされ省みられなくなって以後、かわりとなる新たな哲学的思考が出現するどころか、「人文科学」を標榜する知識人全体が不信に晒されたのだった。それ以来、思考のあらゆる領域において科学者たちの発言力は不可避的に増していった。〈ニューエイジ〉の同調者たちは、「古い精神的伝統」に根ざす何らかの信仰に対してときおり、矛盾に満ちた場当たり的な関心を示そうとすることがあったが、それも結局のところ彼らの痛烈な、精神分裂に近いほどの苦悩を示すものにすぎなかった。社会の他のメンバーすべてと同様、あるいはおそらくそれ以上に、彼らもまた実際には科学しか信頼せず、科学こそは彼らにとって唯一否定しえない真実の基準だったのである。社会の他のメンバーすべてと同様、彼らもまた心の奥底では、あらゆる問題――心理的、社会的、そしてより一般的に人間に関わる問題――に対する解決法は技術的なものでしかありえないだろうと考えていた。それゆえハブゼジャックは実際のところたいした抵抗にあう恐れなしに、二〇一三年、かの有名なスローガン、地球規模の議論が高まる事実上のきっかけとなったスローガンを掲げたのだった。「変化は精神的ではなく、遺伝子的なものだろう。」

ユネスコで最初の予算案が可決されたのは二〇二一年のこと。研究者グループがハブゼジャックの指導の下、直ちにプロジェクトに着手した。本当のところハブゼジャックの指導は科学面においてはたいしたものではなかった。しかし「広報担当」というべき役割において恐るべき有能さを発揮したのである。最初の結果がたちまちのうちにおおやけになったので人々は驚いた。「ヒューマン・ポテンシャル運動」のメンバーないし同調者である多くの科学者たちが、実際にはユネスコのゴーサインが出るはるかに以前から、オーストラリア、ブラジル、カナダ、日本の研究所で仕事を開始していた事実が判明したのは、ずっと後になってからのことだった。

最初の存在、人間により「人間の似姿として」造り出された、知能ある最初の新種の創造は、二〇二九年三月二十七日、ミシェル・ジェルジンスキの失踪からちょうど二十年目に行われた。これもまたジェルジンスキへの敬意を込めて、研究者グループにフランス人は一人も含まれていなかったとはいえ、実験はフランスのパレソー分子生物学研究所のラボラトリーで行われた。一部始終はテレビ中継され、当然ながら巨大なインパクトを与えた——それは約六十年前、一九六九年の一夜行われた、人類初の月世界着陸の生中継をはるかにしのぐインパクトであった。番組の初めにハブゼジャックはごく手短に、いつもながら歯に衣着せぬ率直さで演説をし、人類は「自らの身代わりを作り出すための条件を自ら管理することのできる、現在までのところ宇宙で唯一の動物種」となったことを誇りに思わなければならないと述べた。

それから五十年以上の時を経た今日、ハブゼジャックの予言者的言葉は現実によってかなりの程度まで——おそらくは彼自身思いもしなかったほどに——立証された。今なお、とりわけ長いあいだ伝統的宗教の教義の影響下に置かれていた地域には、古い人種が生き残っている。しかしながら彼らの生殖率は年々低下し、種としての絶滅はもはや避けられないものと思われる。あらゆる悲観的な見方に反して、この絶滅は平穏裡に進行しており、散発的に暴力沙汰が起こっているとはいえ、その件数は減少し続けている。人類が自らの消滅を実に穏やかに、諦観と、そしておそらくはひそかな安堵をもって受け入れている様子には驚きを禁じえないほどである。

われわれと人類を結ぶ親子の絆を断った上でわれわれは生きている。人間の観点から言えば、われわれは幸福に暮らしている。彼らには乗り越えることのできなかったエゴイズムや残酷さや怒りの支配をわれわれが脱することができたのは確かである。いずれにせよ、われわれは異なる人生を送っている。われわれの社会にも科学と芸術は依然存在している。しかしながら「真」と「美」の追求は個人的虚栄心によって促されていたものであり、それが弱まった今となっては以前ほど緊急な目的ではなくなった。旧人類の目から見れば、われわれの世界は楽園である。われわれ自身、ときおり自分たちのことを――軽いユーモアを交えてではあるが――「神」という、旧人類たちがあれほど夢見た名前で呼んでみたりもするのである。

歴史は存在する。それは厳として動かしがたく、その支配を免れることはできない。しかし厳密に歴史学的なレベルを超えて、本書の究極の野心は、われわれを造り出した幸薄い、しかし勇気ある種族に敬意を表することである。痛ましくも下劣な、猿とほとんど差のない存在でありながら、この種族は心の内に数々の高貴な願いを抱いてもいた。責めさいなまれ、矛盾を抱え、個人主義的でいさかいに明け暮れた種族、そのエゴイズムに限りはなく、ときにはとんでもない暴力を爆発させた彼らは、しかしながら善と愛を信じることを決してやめようとはしなかったのである。そしてまたこの種族は世界史上初めて、自らを超克する可能性を検討することができたのだし、数年間を経てそれを実行に移すことができたのだ。彼らの最後の生き残りが消えていこうとする今、われわれは人類に最後のオマージュを捧げてしかるべきだろうと考える。そのオマージュもまたいつしか忘れられ、時間の砂漠のうちに失われるだろう。しかし少なくとも一度はしっかりと敬意を表しておく必要がある。本書は人間に捧げられる。

訳者あとがき

『素粒子』の出現はまぎれもなく一個の事件だった。フランスの小説で、刊行直後これほど轟々たる反響を引き起こした例は久しくなかった。かくも熱狂的な支持者――そしてまた反撥し憤慨する人々――をうみだした小説はなかった。しかもそうした現象は、フランスを越えてヨーロッパ諸国に広まった。ドイツやオランダ、イギリス、さらにはアメリカでただちに翻訳が出版され、同様の騒ぎを引き起こした。現在すでに三十カ国近い国々の言葉に訳されて読まれているその小説（Michel Houellebecq, *Les Particules élémentaires*, Flammarion, 1998）の日本語版をここにお届けする。

作者ウエルベックはこの一冊で忽然と現れた作家ではない。寡作ながら、十年間におよぶキャリアを持ち、とりわけ本書に先立つ小説『闘争領域の拡大』によってすでにめざましい成功を収めた存在だった。同時にまた、メディア的な話題をも多々提供し、『素粒子』以降はその一挙手一投足が耳目を集める存在となっている。わが国ではこれが初めての紹介となるウエルベックについて、以下に基本的な情報を提供しておこう。

ミシェル・ウエルベックは一九五八年二月二十六日、インド洋上に浮かぶフランスの海外県レユニオン島で生まれた。父は登山ガイド、母は麻酔専門医だったが、両親は息子の養育を放棄。ウエルベックが六歳のときに、父方の祖母に預けたきりにしてしまう。その後両親は離婚。母親は別の男性とのあいだに娘を作ったが、ウエルベックは四歳下のこの異父妹とこれまで一度も会ったことがないという。なおウエルベックというペンネームは祖母の姓からきている。パリの東、セーヌ＝エ＝マルヌ県で少年時代を送ったのち、同県モー高校の寄宿生となる。祖母は彼が二十歳のときに死去。八〇年に国立高等農業学校を卒業したウエルベックは、同年に最初の結婚をし、二十三歳で息子が誕生するがやがて離婚。職業も失ってしまう。その後精神のバランスを崩し、数度にわたり精神科入院を余儀なくされた。以上のような経歴のほぼいっさいが『素粒子』の設定に色濃く反映していることは、本書を一読していただけば明らかだろう。両親に見捨てられ、祖母に育てられた少年時代、寄宿舎での生活、結婚の破綻、出世コースからのドロップアウト、絶望的な彷徨……彼のたどった半生の一こま一こまが、本書のうちに焼き付けられているにちがいない。

ウエルベックの出た国立高等農業学校とは、農業技術指導者の養成を主眼とするエリート校である。ヌーヴォー・ロマンを代表する作家アラン・ロブ＝グリエがこの学校の卒業生だというので、かつてその異色の経歴が話題になったことが思い出される。ウエルベックは久々に出た同校出身の作家ということになるだろうが、先輩ロブ＝グリエとの類縁関係はいささかも感じられない。むしろヌーヴォー・ロマン的な〈エクリチュール〉の戯れ、〈テクスト〉の探求といった方向性を不毛で退屈だとしてまっこうから否定するのがウエルベックの姿勢である。彼がまず手を染めたのは小説ではなく詩だった。二十歳ころ、友だちに誘われて詩を作る集まりに出てみたところ、「みんながうっとりするようなものができてしまった。別に努力したわけではなく、偶然に。それがぼくの人生を一変させた」(「リベラシオン」紙掲載のインタビュー、一九九七年四月二十三日付)。以後詩作を続け、九〇年代に入って詩集『生きてあり続けること』(*Rester vivant*; 1991)、『幸福の追求』(*La Poursuite du bonheur*, 1992) を続けざまに発表。同時に、傾倒するアメリカの特異な幻想作家ラヴクラフトについてのエッセイ (*H. P. Lovecraft : Contre le monde, contre la vie*, 1991) も刊行し、文学的スタートを切ったのだった。

これらの書物は当時脚光を浴びることはなく、一部で話題となるに留まったが、しかし今読み返してみるならば、ある意味でウエルベックの世界は最初から完成されていたことが見て取れるのである。『生きてあり続けること』を開いてみよう。巻頭には次のような文句が連ねられている。「世界とは苦しみが押し広げられたものである。その起源には苦しみが凝固している。あらゆる存在は膨張、そして破砕だ。(……) 詩的な歩みの第一歩は起源にさかのぼることに存する。すなわち、苦しみへと。」あるいは、「世界に反対し、人生に反対して」という激越な副題をもつラヴクラフト論は、「人生は苦痛に満ちたもので、われわれの期待を裏切る」と書き出されている。苦悩と絶望を基調とする世界観の上に立って人間の営みに仮借なき批判を加え、同時代に呪詛を浴びせ、しかもその怨念と痛みに満ちた言葉をとおして、ある詩的体験を実現する。それがミシェル・ウエルベックにとっての文学創造の根幹をなしている。『幸福の追求』から任意に引用してみると——

「血の固まり、憎悪の固まり／どうしてこの連中は皆ここにいるのか?／それが人間社会というもの／夜がパリに下りてくる」

「フナックの角に人だかり／残忍な連中がひしめきあっていた／巨大な犬が白鳩の体を噛み砕いているのだ／そこから離れた路地では／老いた浮浪者が体を丸めて／子どもたちの吐きかける唾を何も言わずに受けとめていた」

『悪の華』や『パリの憂鬱』の詩人との精神的親近性は一目瞭然だろう。とはいえウエルベックは、そうしたボードレール的主題を季節外れの定型にのせて唄うだけでは満足しなかった。憎悪と残忍さと暴力に塗り込められた現代ヨーロッパ社会の病根を抉り、歴史的・社会学的な観点から検討を加え、そこに生きる人間の悲惨を白日のもとに晒す。そんな企図を抱いた彼が小説へと向かったのは必然だった。

小説第一作『闘争領域の拡大』は一九九四年秋にひっそりと刊行された。版元モーリス・ナドーはごく小さな出版社だが、しかしその名前の重要さは強調しておかなければならない。戦後営々と進歩派書評紙「カンゼーヌ・リテレール」を出し続けるかたわら、ブランショ、ペレック、あるいはゴンブロヴィッチといった特異な文学者たちをサポートし、世に知らしめる大きな功績を残してきたのがモーリス・ナドーという人物である。ウエルベックの処女作は彼の眼鏡にかなったのだ。しかも驚いたことにこの奇妙な表題の小説は、文学賞レースとまったく無関係にいつしか多くの読者の支持を集め、一種の「カルト」的人気を博すに至ったのである。

闘争領域の拡大とは何か。高度資本主義社会を支えるのは、個人の欲望を無際限に肯定し、煽りたてるメカニズムである。そのメカニズムを行き渡らせることにより、現代社会はあらゆる領域で強者と弱者、勝者と敗者を生み、両者を隔ててやまない。経済的な面においてだけではない。セクシュアリティにかかわる私的体験の領域においても、不均衡は増大する一方である。あらゆる快楽を漁り尽くす強者が存在する一方、性愛に関していかなる満足も得られないまま一人惨めさをかみしめる傷ついた者たちも存在する。「残るのは、苦々しさだけである。巨大な、想像もつかないほどの苦々しさ。いかなる文明、いかなる時代といえども人々にこれほどの量の苦々しさを植えつけるのに成功したことはなかった。」『闘争領域の拡大』は、コンピュータ会社に勤務しながらコンピュータを呪うエンジニアの心のうちに、そうした「苦々しさ」がどうしようもなくせりあがってくる様子を、みすぼらしい性的冒険の数々をまじえて描き出した小説である。要するにそれは、〈もてない男〉を主人公とした物語なのだが、批評家たちが云々する以前に一般読者が強く反応したという事実は、この作品が従前のフランス小説が閑却してきた主題を掘り起こしたことを証明している。伝統的諸価値の制約を解かれ、何もかもが自由になったはずの現代社会で、その自由ゆえに男たち――〈もてない男〉たち――はいかなる困難を背負ってしまったかという主題である。『闘争領域の拡大』の提起したテーマをさらに掘り下げ、物語にはるかに重層的なスケールを与えて、二十世紀を総括するとでもいうような強烈な野望のもとに書き上げられた異形の長編、それが本書『素粒子』なのである。コンピュータ・エンジニアの一人称で綴られた前作に対し、ここでは「語り手」の正体そのものが一つの重大な虚構を含む。誰が、何のために語っているのかが全体を貫く大きな謎を形作るのである。ブリュノとミシェルという異父兄弟の人生を双曲線のごとく向かい合わせた設定は、見事な効果をあげている。兄のブリュノは高校の文学教師で、子どものころは残酷きわまるいじめを受け、長じては性的誘惑に人生を狂わされっぱなしの、「お涙ちょうだいの、破壊された男」。他方、弟のミシェルは孤独な純潔を貫く天才科学者。まったく対照的な二人でありながら、いずれもが「西欧の自滅」の過程をありありと浮き彫りにする。「ニューエイジ」風サマーキャンプや乱交パーティー専門のナイトクラブといった場所をさまようブリュノの姿を通しては、むなしく刺激にさらされるのみで決して幸福にたどりつくことのできない現代人の生態が容赦なく描き出される。「アメリカに起源を持つセックス享受型大衆文化」の全般化、「誘惑の市場」の拡張にしたがい、白人中年男はいかなる精神的、性的悲惨に陥ってしまったか。しかも「夢破れ、心のすさんだ四十男」となってなおエロチックな快楽を諦めきれず女体を求めて放浪する、責めさいなまれた者の滑稽な苦悶が、きわめて鮮烈にリアリティを伴って描かれるのだ。

それに対し、弟のミシェルを通して物語には、量子論以後の物理学と、遺伝子工学の最先端を切り結ぶような、科学的言説の可能性が導入される。ユダヤ゠キリスト教道徳が破壊されたあと、西欧に残された唯一のよりどころとしては結局「合理的確実性」への信頼しかない。今や生命誕生のメカニズムをもコントロール下に置きつつある科学の進展が、行きつくところまで行ったとしたらどうなるのか。男と女にわかれた人間のセクシュアリティこそは「無駄で危険な、退行的機能」であり、そこに「病と死の支配」の根源がある。そうした認識に発する科学者の仕事が「第三次形而上学的変異」なるものを到来させるなりゆきを描いて、物語は何と二二〇〇年代の社会にまで及ぶのである。生々しい現実把握と、SF的構想力とが渾然一体となった展開は、フランス小説として実に珍しいものであり、その異様な迫力に興奮を覚えずにはいられない。

本書が大成功を収めたのも、まずは読者を力ずくで引っ張る物語的面白さがあればこそだろう。しかもそこには右に要約したとおり、社会の現状に対する激越な批判と問題提起が含まれている。これは誰にとっても人ごとではない小説、読者にはっきりとした反応を求めずにはいない小説なのである。事実、雪崩を打つような熱狂的支持が集まったのと同時に、本書はさまざまな非難や攻撃をも浴びることとなった。現実への憤懣をつのらせるあまり、優生思想や人種差別主義に類する言辞を洩らしたりする語り口が読者の良識を逆なでする部分を多く含んでいることは明らかで、その挑発に乗せられる読者がいるのもまた当然のことだろう。いわゆる「六八年世代」の進歩派精神やヒッピー・ムーヴメントの影響をばっさりと斬り捨てる論法も物議をかもした。またサルトルからソレルス、ゴダールからドゥルーズまで、歴史上の人物たちを実名で登場させるやり方が、本書のリアルな手応えと、シニカルな批判性を増加させている。しかしその実名主義は災いをもたらした。キャンプ地「変革の場」は実在の施設であり、初版では「可能性のスペース」と実名で表記されていた。小説での描かれ方に抗議して、「スペース」は『素粒子』を回収し廃棄処分にするよう求める訴えを、版元フラマリオンを相手取りただちに起こしたのである。結局双方は再版から表現を改めることで和解し、その結果「スペース」は「変革の場」と名を変え、初版に記されていた所在地は「ショレ」に改められた——ショレは内陸の町であり、浜辺と設定されている物語には合致しないのだが。

裁判沙汰まで含むこうした騒ぎもあいまって、ウエルベックはスキャンダリズムで世を騒がせたに過ぎないとする批評家もいる。だがそれは見当違いだろう。家族制度を解体させ性的自由化を推し進めたもろもろの解放運動やカウンター・カルチャー、同時にまたその潮流を利用する形で「エロチック＝広告社会」を到来させた消費万能文明。そうしたいっさいを貫通するイデオロギーとしてのセックス至上主義を正面から問いただし、われわれがフラストレーションのみを抱えた〈素粒子〉状態で漂っているのはなぜなのかと問うウエルベックの叫びには、無防備なまでの真率さがこもっている。しかも明らかにその彼自身、カウンター・カルチャーの申し子であり、「エロチック＝広告社会」の呪縛を抜けられず性的快楽の夢をつむがずにはいられない存在なのだ。自分が前記「変革の場」の長年にわたる「得意客」であること、スワッピング・クラブ等本書に登場する享楽的スポットをすべて体験してきたことを彼はインタビューで明言している。ウエルベックにおいてすべては骨がらみなのであり、文明の告発者とはいえ、彼自身そこから解脱するすべなど持ってはいない。だからこそ彼の文章は否も応もなくわれわれの胸を突くのである。激しい矛盾を内に抱えたまま、ウエルベックはその矛盾に明確で、雄弁な表現を与えることに成功した。『素粒子』が新しい小説の開示であると信じられるゆえんだ。

本作はゴンクール賞の候補となったが、受賞を逸した。そのこと自体に憤慨する読者の声が高まった一方、ウエルベックが受賞者ポール・コンスタンの作品をおとしめる発言をしたことに怒る声も出て、とにかく九八年秋のフランス文学界は本書を中心としてにぎわったのだった。

これだけの力作を上梓してしまうと、その後が難しいのではないかとはだれしも思うところだろうが、ウエルベックは予想に反して、以降実に活発に執筆活動を展開している。エッセイ集『発言』(*Interventions*, 1998) や短編小説に加え、二〇〇〇年にはスペインの島ランサローテへの旅に取材した小説『ランサローテ』を発表。自ら撮影した島の写真集——およそ素人ばなれした驚くべき写真の数々である——とあわせて二冊をボックスに収めての刊行で驚かせた。小説自体も虚実半ばするきわめて刺激的な出来ばえである。さらに二〇〇一年秋の読書シーズンに向けては新たな長編小説『プラットフォーム』を完成。いわゆる買春ツアーを題材とする、またしてもスキャンダラスな内容であり、論争の再燃は必至と思われる。

他方、ウエルベックは詩の朗読、さらにはバンドをバックに配してのコンサート活動も盛んに展開し、CDも何枚か出している。彼のファンによるウェブサイトにアクセスすると、オランピアの舞台に立つウエルベックの勇姿を目にすることができる。

今年冬にはフランス大使館文化部の招きにより来日も予定されている。こういう小説を書いたのはいったいいかなる人物なのか、興味津々で迎えたいと思う。

本書の翻訳にあたっては多くの方々に助けていただいた。いちいちお名前はあげないがこの場を借りて御礼申し上げる。とりわけ、数々の細部について訳者の無知を照らしてくださったパトリック・レボラール氏に深く感謝する。

本書で引用されている作品については次の既訳をお借りした。ハイゼンベルク『部分と全体 私の生涯の偉大な出会いと対話』山崎和夫訳、みすず書房。ボードレール『悪の華』阿部良雄訳、筑摩書房（ちくま文庫版『ボードレール全詩集Ⅰ』所収）。プルースト『失われた時を求めて』鈴木道彦訳、集英社。ロートレアモン『ポエジー』石井洋二郎訳、筑摩書房（『ロートレアモン全集』所収）。

なお『素粒子』については原著刊行の直後、堀江敏幸氏により見事な紹介記事が書かれている（「新潮」九九年一月号）。また拙稿「人間の終わり、小説の再生」（『フランス小説の扉』所収）もあわせてご参照いただければ幸いである。

最後に、翻訳の進行を温かく見守り、貴重な提言の数々を惜しまれなかった筑摩書房の岩川哲司さんに心から御礼を述べたい。

二〇〇一年八月

野崎　歓

付記

本訳書に続き、『闘争領域の拡大』および『プラットフォーム』が角川書店から刊行されている（いずれも中村佳子訳）。

『プラットフォーム』の刊行後、ウエルベックは版元をフラマリオン社からファイヤール社に移したが、その際、ポップミュージックやサッカーのスター並みの契約金を獲得したというので大いに話題となった。そして二〇〇五年秋、新作『島の可能性』を発表。刊行直前まで内容については緘口令が敷かれ、しかもフランスでの刊行と同時にアメリカ、イギリス、ドイツ、イタリア等でいっせいに翻訳が出版されるという異例の展開に、またしても読書界は騒然となった。現代の人間の孤独と、未来の「新人類」の世界とを並行して描く、『素粒子』の延長線上にある力作長編である。ゴンクール賞にノミネートされ、最終候補まで残ったが、結局はベテランのベルギー作家、フランソワ・ヴェイエルガンスに賞をさらわれた。

ウエルベックは現在、スペインの片田舎で暮らしている。

この作品は二〇〇一年九月に筑摩書房より刊行された。

素粒子
ミシェル・ウエルベック
野崎歓訳

人類の孤独の極北にゆらめく絶望的な愛――二人の異父兄弟の人生をたどり、希薄で怠惰な現代の一面を描き上げた、鬼才ウエルベックの衝撃作。

地図と領土
ミシェル・ウエルベック
野崎歓訳

孤独な天才芸術家ジェドは、世捨て人作家ウエルベックと出会い友情を育むが、作家は何者かに惨殺される――。最高傑作と名高いゴンクール賞受賞作。

競売ナンバー49の叫び
トマス・ピンチョン
志村正雄訳

「謎の巨匠」の暗喩に満ちた迷宮世界。突然、大富豪の遺言管理執行人に指名された主人公エディパの物語。郵便ラッパとは？（巽孝之）

スロー・ラーナー［新装版］
トマス・ピンチョン
志村正雄訳

著者自身がまとめた初期短篇集。「謎の巨匠」がみずからの作家生活を回顧する序文を付した話題作。驚異に満ちた世界。（高橋源一郎、宮沢章夫）

エレンディラ
G・ガルシア＝マルケス
鼓直／木村榮一訳

大人のための残酷物語として書かれたといわれる中・短篇。「孤独と死」をモチーフに、大著『族長の秋』につらなるマルケスの真価を発揮した作品集。

氷
アンナ・カヴァン
山田和子訳

氷が全世界を覆いつくそうとしていた。私は少女の行方を必死に探し求める。恐ろしくも美しい終末のヴィジョンで読者を魅了した伝説的名作。

アサイラム・ピース
アンナ・カヴァン
山田和子訳

出口なしの閉塞感と絶対の孤独、謎と不条理に満ちた世界を先鋭的スタイルで描き、作家アンナ・カヴァンの誕生を告げた最初の傑作。（皆川博子）

オーランドー
ヴァージニア・ウルフ
杉山洋子訳

エリザベス女王お気に入りの美少年オーランドー、ある日目をさますと女になっていた――4世紀を駆ける万華鏡ファンタジー。（小谷真理）

昔も今も
サマセット・モーム
天野隆司訳

16世紀初頭のイタリアを背景に、「君主論」につながるチェーザレ・ボルジアとの出会いを描き、「政治人間」の生態を浮彫りにした歴史小説の傑作。

コスモポリタンズ
サマセット・モーム
龍口直太郎訳

舞台はヨーロッパ、アジア、南島から日本まで。故国を去って異郷に住む〝国際人〟の日常にひそむ事件のかずかず。珠玉の小品30篇。（小池滋）

バベットの晩餐会　I・ディーネセン　桝田啓介 訳
バベットが祝宴に用意した料理とは……。一九八七年アカデミー賞外国語映画賞受賞作の原作と遺作「エーレンガート」を収録。（田中優子）

ヘミングウェイ短篇集　アーネスト・ヘミングウェイ　西崎憲 編訳
ヘミングウェイは弱く寂しい男たち、冷静で寛大な女たちを登場させ「人間であることの孤独」を描く。繊細で切れ味鋭い14の短篇を新訳で贈る。

カポーティ短篇集　T・カポーティ　河野一郎 編訳
妻をなくした中年男の一日を、一抹の悲哀をこめ、ややユーモラスに描いた本邦初訳の「楽園の小道」他、選びぬかれた11篇。文庫オリジナル。

フラナリー・オコナー全短篇(上・下)　フラナリー・オコナー　横山貞子 訳
キリスト教を下敷きに、残酷さとユーモアのまじりあう独特の世界を描いた第一短篇集『善人はなかなかいない』を収録。個人全訳。（蜂飼耳）

動物農場　ジョージ・オーウェル　開高健 訳
自由と平等を旗印に、いつのまにか全体主義や恐怖政治が社会を覆っていく様を痛烈に描き出す。『一九八四年』と並ぶG・オーウェルの代表作。

パルプ　チャールズ・ブコウスキー　柴田元幸 訳
人生に見放され、酒と女に取り憑かれた超ダメ探偵が次々と奇妙な事件に巻き込まれる。伝説的カルト作家の遺作、待望の復刊！（東山彰良）

ありきたりの狂気の物語　チャールズ・ブコウスキー　青野聰 訳
すべてに見放されたサイテーな毎日。その一瞬の狂った輝きを切り取る、伝説的カルト作家の愛と笑いと哀しみに満ちた異色短篇集。（戌井昭人）

死の舞踏　スティーヴン・キング　安野玲 訳
帝王キングがあらゆるメディアのホラーについて圧倒的な熱量で語り尽くす伝説のエッセイ。「2010年版へのまえがき」を付した完全版。（町山智浩）

スターメイカー　オラフ・ステープルドン　浜口稔 訳
宇宙の発生から滅亡までを壮大なスケールで描いた幻想の宇宙誌。1937年の発表以来、各方面に多大な影響を与えてきたSFの古典を全面改訳で。

トーベ・ヤンソン短篇集　トーベ・ヤンソン　冨原眞弓 編訳
ムーミンの作家にとどまらないヤンソンの作品の奥行きと背景を伝える短篇のベスト・セレクション。「愛の物語」「時間の感覚」「雨」など、全20篇。

ちくま文庫

素《そ》粒子《りゅうし》

二〇〇六年一月十日　第一刷発行
二〇二四年八月十日　第十五刷発行

著者　ミシェル・ウエルベック
訳者　野崎　歓（のざき・かん）
発行者　増田健史
発行所　株式会社　筑摩書房
東京都台東区蔵前二—五—三　〒一一一—八七五五
電話番号　〇三—五六八七—二六〇一（代表）
装幀者　安野光雅
印刷所　信毎書籍印刷株式会社
製本所　株式会社積信堂

ISBN978-4-480-42177-7 C0197